pinball

jerzy kosinski

pinball

Publicado anteriormente no Brasil
sob o título de *Uma voz sem face*

Tradução de
THÉA FONSECA

EDITORA RECORD
RIO DE JANEIRO • SÃO PAULO

2000

CIP-Brasil. Catalogação-na-fonte
Sindicato Nacional dos Editores de Livros, RJ.

Kosinski, Jerzy N., 1933-1991
K88p Pinball / Jerzy Kosinski; tradução de Théa Fonseca.
– Rio de Janeiro: Record, 2000.

Tradução de: Pinball
ISBN 85-01-05442-9

1. Romance norte-americano. I. Fonseca, Théa.
II. Título.

00-0050 CDD – 813
CDU – 820(73)-3

Título original norte-americano
PINBALL

Impresso no Brasil

ISBN 85-01-05442-9

PEDIDOS PELO REEMBOLSO POSTAL
Caixa Postal 23.052
Rio de Janeiro, RJ – 20922-970

EDITORA AFILIADA

AGRADECIMENTOS

Meus agradecimentos aos editores relacionados abaixo pela autorização da impressão de:

Excerto de "Under Which Lyre", de *W. H. Auden: Collected Poems,* de W. H. Auden: copyright © 1946 by W. H. Auden. Cortesia de Random House.

Excerto de *Ulysses,* de James Joyce, copyright © 1914, 1918, by Margaret Caroline Anderson, e renovado em 1942, 1944 by Nora Joseph Joyce. Reimpresso com autorização de Random House, The Bodley Head, e de Society of Authors, representante literária do espólio de James Joyce.

Excerto de "Hypocrite Auteur" de *New and Collected Poems 1917-1976* de Archibald MacLeish. Copyright © 1985 by Espólio Archibald MacLeish. Reimpresso com autorização de Houghton Mifflin Company.

Excertos de *The Book of Rock Quotes,* de Jonathan Green, usado por permissão dos editores; Omnibus Press, Inglaterra Music Sales Corporation, EUA/Angus & Robertson, Austrália.

Excertos de "His Confidence" de *Collected Poems of W. B. Yeats.* Reimpresso com autorização de Macmillan Publishing Co., Inc., M. B. Yeats, Anne Yeats, e Macmillan London Limited. Copyright © 1933 by Macmillan Publishing Co., Inc., renovado © 1961 by Bertha Georgie Yeats.

Para Katherina v. F., com amor inigualável,
e à memória de Goddard Lieberson e Boris Pregel.

O homem que não traz em si a música,
Nem se comove com a harmonia de sons deliciosos,
É capaz de traições, falsidades e pilhagens;
As manifestações de seu espírito são obscuras como a noite,
E seus amores, sombrios como o Érebo;
Que não se confie em tal homem. Que se ouça a música.

SHAKESPEARE
O mercador de Veneza

Aquele que um dia pôde escutar,
escutará para sempre, quer saiba
que não ouvirá mais nada, novamente,
quer não o saiba... O silêncio,
uma vez quebrado, nunca mais será completo.

BECKETT
O inominável

PARTE I

QUANDO Patrick Domostroy virou a chave do seu carro o motor não fez qualquer ruído e nenhuma luz acendeu no painel. Tentou mais duas vezes e nada: a bateria estava descarregada.

Sabendo que na vizinhança levaria mais de uma hora para um mecânico atender seu chamado, e não querendo perder tempo, soltou a bateria dos seus cabos e colocou-a numa sacola de lona que guardava sempre na mala do carro. Depois transportou-a através do estacionamento e quando alcançou a rua chamou um táxi.

Em poucos minutos chegou à National Know How, a maior oficina mecânica de South Bronx. Sobre a porta de entrada pendia um letreiro enorme "Você não Preferia Saber Fazer?"

Levando a sacola de lona, Domostroy dirigiu-se ao gerente, um sujeito barrigudo com uma camiseta azul e um guarda-pó branco no qual estava bordado o nome JIM.

— Pode dar uma carga numa bateria para mim? — perguntou Domostroy.

— Claro — disse Jim. — É só trazer.

— Já está aqui — falou Domostroy, colocando a sacola no chão. Jim olhou para a sacola e depois para Domostroy por cima dos óculos.

— O carro — falou, pronunciando deliberadamente cada palavra. — Traga o carro.

— Não posso — disse Domostroy. — Não conseguiria trazê-lo aqui com uma bateria descarregada

— Por que não o fez pegar empurrando? — perguntou Jim.

— Um empurrão não ia adiantar. Ela precisa de uma carga completa. Por isso retirei a bateria, peguei um táxi e aqui está ela — disse, abrindo a sacola com a ponta do sapato.

Aborrecido, Jim ergueu os olhos e perguntou:

— Onde está o carro?

— No estacionamento do Old Glory — informou.

— Trouxe isso — Jim apontou para a bateria — de táxi?

— Trouxe. Era pesada demais para carregar a pé até aqui.

A expressão de Jim mudou. Tirando os óculos, fechou a sacola com um chute e chamou outro mecânico:

— Pete, pode vir aqui por um minuto?

Pete, um rapaz magro, olhou, viu Jim e Domostroy e colocou sua chave inglesa no chão.

— Já vou — disse.

Virando-se para Pete, Jim apontou para a sacola de lona.

— Adivinha o que tem aí dentro? — disse alegremente, com o jeito de um animador de programa de auditório da TV.

O olhar de Pete foi da sacola para Domostroy duas vezes.

— Não sei — disse com um encolher de ombros.

— Dá um palpite — disse Jim, batendo nas costas de Pete.

Os olhos de Pete avaliaram Domostroy, depois a sacola.

— Roupa suja — falou.

— Errado — respondeu Jim triunfante.

— Uma bola de boliche?

— Errado novamente! Tente uma vez mais — incentivou Jim.

Pete ficou pensativo.

— Uma cadela morta — aventurou.

— Morta, certo! Cadela, errado — anunciou Jim, abrindo a sacola com o pé: — É uma bateria morta! E esse cara — disse ele, apontando para Domostroy — trouxe-a até aqui. — Depois de uma pausa para causar efeito, acrescentou: — Num táxi!

— Mas onde está o carro? — perguntou Pete.

— Não podia vir com uma bateria morta — respondeu, sarcástico, Domostroy —, por isso a bateria teve que vir sem ele.

— Num táxi? — perguntou Pete.

— Num táxi. Para ganhar tempo.

Sacudindo a cabeça, Pete afastou-se.

Jim começou a escrever uma ordem de serviço.

— Estou no National Know How há vinte anos — disse, inclinado sobre o formulário. — Muita gente chega em carros com baterias mortas. Mas você é o primeiro a entrar com uma bateria morta sem um carro. — Parou. — Você trabalha em quê?

— Sou músico — disse Domostroy.

— Você tem um sotaque — disse Jim. — De onde é?

— South Bronx — disse Domostroy.

— Quero dizer... antes disso. De onde vem seu sotaque?

— De New Atlantis — disse Domostroy. — Mas sotaques não aparecem na música.

Jim riu.

— Que tipo de música?

— Séria — disse Domostroy. — Mortalmente séria.

— Se é tão mortal quanto sua bateria — disse Jim —, deveria trazer sua música aqui para ser carregada também. — Ele continuou rindo enquanto relia a ordem de serviço. — Sabe, acho que nunca ouvi falar de New Atlantis — disse. — Onde fica?

— No País dos Sons — disse Domostroy. — Francis Bacon escreveu um livro sobre ele.

Enquanto a bateria estava sendo carregada, Domostroy abriu sua correspondência que havia jogado dentro da sacola, junto com a bateria. Pôs no bolso as contas e os habituais extratos dos cartões de crédito; depois, deu uma olhada na correspondência sem importância. Uma carta do Clube Nacional de Vasectomia perguntava em grandes letras: "Já fez uma vasectomia?", e depois sugeria: "Então encoraje outros! Se você é um dos milhares de homens que fez uma vasectomia, entre para o Clube Nacional de Vasectomia e inspire outros a seguir seu exemplo para controlar o aumento da população." Por apenas alguns dólares, o clube oferecia um alfinete de lapela ou de gravata em prata de lei, um cartão de sócio e um plástico adesivo.

Domostroy parou para pensar. Se já tivesse realizado uma vasectomia — embora não pudesse imaginar algo menos interessante — que direito teria de fazer proselitismo? Além do mais, se na busca de identidade externa — novamente, um conceito bastante estranho para ele — tivesse decidido se definir como um Americano Vasectomizado, onde poderia ele se sentir confiante usando o botão de lapela ou o alfinete de gravata do Clube Nacional de Vasectomia? Em coquetéis? Jantando com uma namorada? Quando fosse à Igreja? E o cartão de sócio do clube? Como e onde ele seria necessário? A quem deveria apresentá-lo? Imaginou-se sendo parado pela patrulha rodoviária por excesso de velocidade e viu-se entregando, junto com sua licença de motorista, seu cartão do Clube Nacional de Vasectomia. "O caso é esse, seu guarda, tenho que segurar todos os sujeitos que estão aumentando o crescimento populacional e resta-me pouco tempo para isso."

Em outro envelope, um volante ilustrado fazia propaganda de Candypants — a calcinha cem por cento comestível. "Vem com sabor de caramelo, de manteiga, cereja, banana, laranja e lima. Tamanho único que serve a todas." Domostroy tentou imaginar-se comendo as calcinhas que tirava de Andrea. Por que, perguntou a si mesmo, iria ele querer perder tempo comendo calcinhas? Comer roupas íntimas não seria por si só perda de tempo? E o que faria Andrea enquanto ele se entupisse com calcinhas de caramelo, banana e cereja? Apenas assistiria? Perguntando-lhe se estavam gostosas? Por um momento imaginou um caso jurídico envolvendo envenenamento por Candypants, seus fabricantes enfrentando grande número de perguntas: Eram as calcinhas comestíveis mais ameaçadoras à vida do que, digamos, balas? Melhoravam as relações familiares? Agilizavam o namoro? Aumentavam ou diminuíam o apetite sexual? Deveriam os estudantes adeptos das brincadeiras de roubar calcinhas das colegas nos dormitórios ser proibidos de levar mais calcinhas do que podiam comer? E finalmente, qual seria a responsabilidade do fabricante como criador de sabores nesse negócio?

Quando a bateria ficou pronta, ele chamou um táxi para voltar ao Old Glory, antigamente o maior local de banquetes e bailes de South Bronx. Agora estava vazio. O aumento dos crimes e de guerras de quadrilhas na vizinhança expulsara do Old Glory a maioria da clientela, em grande parte judia, que antes afluía em bandos para suas festas de casamento e *bar mitzvahs*. Seu dono, um velho locador de cortiços, finalmente fechara o local, colocando-o à venda, e mudara-se para a Flórida.

Uma década atrás, quando Domostroy estava no auge de seu sucesso, dera vários concertos beneficentes no Old Glory para ajudar as crianças desamparadas de South Bronx, e durante os últimos dois anos o senhorio sovina, lembrando-se desses benefícios, permitira que Domostroy vivesse num quarto de vestir distante do salão de festas.

Esperando que algum possível comprador pudesse querer reabrir o Old Glory exatamente como havia sido em seus dias de esplendor, o senhorio deixara nele toda a mobília e ornamentos originais. A vasta cozinha permanecia pronta para produzir 120 jantares, e num palco baixo ao lado da pista de dança aparecia um velho piano de cauda tendo ao fundo uma enorme fileira de instrumentos musicais, todos em mau estado de conservação e necessitando de reparo, que iam da harpa ao violoncelo, guitarra elétrica, acordeons e — um traço da moderna tecnologia — uma mesa de música eletrônica que poderia simular o som de vários instrumentos.

Ainda não aparecera comprador. Até que um aparecesse, Domostroy se dispusera, como compensação à benemerência do proprietário, a ser o guarda e protetor do Old Glory e de tudo que ali existia.

Pediu ao motorista para parar ao lado de seu carro, que era o único no vasto espaço do estacionamento. Quando saltou do táxi, viu o salão de festas ao crepúsculo como se fosse uma imensa nave estelar que estivesse estacionada temporariamente numa pista de aterrissagem. Já tivera antes sensações similares. Seu quarto era o posto de comando da nave e quando estava no seu interior era o único passageiro, prestes a partir em sua última viagem de descoberta. À noite, os sons distantes dos tiros de uma luta de quadrilhas ou a uivante sirene de um carro de polícia, ou de uma ambulância, ou de um carro de bombeiros eram iguais a sinais de vida convocando-o e, quando os ouvia, sentia que existia tanto à margem quanto dentro dessa vida.

Domostroy instalou a bateria e ligou a ignição. Deleitou-se com o silencioso motor do carro, as imensas poltronas de couro, a força e velocidade que resultavam da mais leve pressão sobre o pedal do acelerador. Sempre gostara de dirigir e, de todos os carros que possuíra, esse era o seu preferido. Era um velho e venerável veículo, o maior sedã de passeio que Detroit fabricara no auge de sua força industrial. Quando Domostroy o comprara numa agência de automóveis, uns quinze anos atrás, reconhecera nele um símbolo de sua própria mobilidade e afluência. Na época em que dava concertos, freqüentemente despachava o carro para onde quer que viajasse — Califórnia, Caribe e até Suíça — como se fosse um pequeno pacote, mas agora o carro era o único objeto que restara e que ainda o ligava ao seu passado opulento. Quando ia trabalhar, sempre levava o carro — sua única posse de vulto. O velho sedã de Patrick Domostroy era, para ele, o mesmo que um superjato particular era para um grande astro de *rock*.

Seu talento musical era de outro tipo. Não compondo mais, sem renda significativa das vendas de seus antigos discos, Domostroy sustentara-se durante a última década alugando-se para tocar qualquer um dos vários instrumentos — piano, acordeom, cravo e até o sintetizador eletrônico, tão em voga entre os músicos populares que tinham a metade de sua idade — em pequenos clubes noturnos na periferia da cidade. Trabalhava também como guitarrista de pequenos grupos ou fazia acompanhamento para outros artistas — cantores, dançarinos, malabaristas ou mágicos. Se tivesse necessidade de dinheiro, trabalhava em festas particulares, bailes e salões de bingo.

Desde o ano anterior estivera trabalhando no Kreutzer. Lá a multidão nunca variava. Havia casais cinqüentões, em sua maioria da vizinhança, mas alguns vinham de tão longe como Queens e Brooklyn e até de Nova Jersey, atraídos pelos anúncios de jornais oferecendo estacionamento grátis, música ao vivo, dois drinques pelo preço de um, bar, e tanto pão-de-alho de fabricação caseira quanto conseguissem comer, tudo incluído no preço do jantar. Havia também vendedores de fora, de meia-idade, em busca de companhia feminina ou acompanhados de mulheres vestidas com roupas espalhafatosas, apanhadas nos bares da redondeza; jovens casais da vizinhança que vinham principalmente para dançar; festas de aniversário de oito, doze ou dezesseis pessoas — geralmente famílias inteiras; e, no bar, vários homens solitários de idades variadas, assistindo TV, ouvindo vitrola automática, jogando ocasionalmente nas máquinas eletrônicas de fliperama ou caça-níqueis, lançando olhares furtivos para três ou quatro damas da noite que, em troca de estender seus favores ao gerente e de dividir parte de suas rendas com o leão-de-chácara, tinham permissão para sentar no bar e se oferecer aos fregueses — contanto que não saíssem da linha.

Toda noite, antes que essa multidão se reunisse, Domostroy jantava em uma das mesas de fundo, geralmente sozinho, às vezes com um dos garçons ou o gerente; depois ia para o vestiário masculino e vestia seu *smoking*, sempre examinando cuidadosamente sua imagem no espelho. Estava contente porque nesse trabalho nunca exigiam que tocasse piano sozinho, sempre acompanhava cantores e outros músicos, porque dessa maneira afastava-se completamente de seu passado como concertista e assim não se sentia insultado.

Como já não compunha, podia dedicar a vida à sua própria existência e não à existência de sua música. E como podia prever com relativa facilidade como seria sua vida em épocas futuras — algo que não poderia fazer com relação à sua música — sua vida se tornara bastante simples e livre de angústia. Conservava-a de certa forma do mesmo modo que mantinha seu carro — um pequeno reparo aqui, um mínimo polimento ali — e ficava agradecido quando esta corria suavemente.

Tivesse vivido entre os vitorianos ou durante a Proibição, ou permanecido na totalitária Europa Oriental, onde passara sua juventude, teria considerado arbitrária e excessivamente restritiva a imposição de regras morais de qualquer tipo. E estava certo de que o mundo de amanhã, cheio de tecnologia computadorizada e comportamento estandardizado, esgotado de recursos naturais e humanos, não iria nem desafiá-lo nem interessá-lo de modo algum.

Livre como estava da falaz segurança da acumulação de bens, da quimera do sucesso — sua liberdade, um subproduto útil do bloqueio que o impedia de compor — regozijava-se de ser capaz de viver sua vida como lhe aprazia, naquele tempo e lugar, de poder seguir seu próprio código ético de responsabilidade moral, sem prejudicar ninguém, nem mesmo a si próprio — um código no qual a livre escolha era sempre o axioma indisputável.

Mas ele era solitário. Não tinha amigos. A maior parte dos que tinham sido seus amigos quando famoso consideravam que sucesso e fracasso corriam paralelos e, conseqüentemente, não havia como se cruzarem. Como anteriormente sentira a mesma coisa, ele agora não podia sobrecarregá-los com explicações sobre seu fracasso, fazendo com que se sentissem culpados de seus próprios sucessos ou inseguros dos próprios talentos. Aos olhos deles, Domostroy sabia muito bem, sua nova maneira de viver — particularmente sua maneira de ganhar dinheiro — representava não apenas um fracasso, mas o fracasso acrescentado a algo grotesto e ridículo. Nunca poderia convencê-los da verdade: de que mesmo tendo chegado ao fundo, estava confortavelmente sentado lá.

Freqüentemente, muito depois de todos no Kreutzer já terem ido embora, pegava seu carro e atravessava a ponte da Terceira Avenida, indo para Manhattan. De madrugada, as longas avenidas se abriam diante dele como linhas de música despidas de notas. Parava numa rua deserta onde nenhum som quebrava o silêncio e imaginava que um dia a fonte de sua música, agora tão vazia e silenciosa quanto as avenidas da grande cidade, estaria cheia novamente. Até lá, sabia que tinha de viver cada momento, assegurando-se de que a importância disso não lhe escapasse.

Desse modo, devido não só às circunstâncias de sua carreira mas também por escolha, Domostroy chegara a modelar sua vida como se sempre a tivesse vivido apenas no presente. Escolheu como companhia pessoas que, devido às suas idades, formação ou preferências, nem reconheciam seu nome nem se importavam que ele um dia tivesse feito coisas para tornar-se famoso.

O julgamento que as pessoas dele faziam, assim como a que ele fazia delas, dependia apenas de como Domostroy se apresentava em seus encontros ocasionais e nunca em razão do conhecimento de seu passado. Evitava a companhia daqueles informados sobre sua carreira de compositor e que pudessem procurar convencê-lo de que suas realizações do passado pesavam muito mais do que a diminuição de sua popularidade, sua recente esterilidade musical, seu fracasso para conseguir sucesso financeiro e sua atual obscuridade.

Gradualmente, conseguira transformar seu universo privado numa fortaleza bem guardada, e até agora mantivera afastado qualquer um que pudesse perturbar a paz que encontrara ali.

A caminho da casa de Andrea, Domostroy tocou sua fita favorita no estéreo do carro. Seu humor era freqüentemente determinado pela música, como se as ondas da compressão e dilatação do ar à sua volta influenciassem o grau de suas emoções. Via a si mesmo em termos de como se sentia, não apenas em termos de quem era. Nessa era do vídeo, sentia-se freqüentemente um anacronismo, treinado a reagir com sua cóclea, não com sua retina; uma criatura do som, não da imagem. Especulava que, assim como aumentava a insegurança da humanidade com respeito ao seu mundo superpopuloso, também o mesmo acontecia com a sua dependência do espaço concreto que podia ser visto e medido, e portanto da arte visual que o retratava, a televisão e a fotografia.

Mas Domostroy era guiado pelo audível e sua arte era a música que ampliava seu mundo espiritual, demolindo os limites do tempo e do espaço e substituindo a miríade de encontros desconexos e colisões de homens e objetos por uma mística fusão de som, lugar e distância, de humor e emoção. Entre seus ancestrais espirituais incluíam-se poetas, escritores e músicos, especialmente aqueles que, como os amantes de Shakespeare, podiam "ouvir com os olhos".

A fita de duas horas de duração que estava escutando tinha cerca de doze peças musicais, ou fragmentos de peças musicais, algumas delas com apenas alguns minutos de duração. Tais peças, selecionadas através dos anos, eram aquelas às quais confiava a tarefa de colocá-lo num desejável estado emocional.

Ao aprender a entregar-se à música adequada, ele se tornara especialista no processo de reflexo auto-induzido. Conseguia se projetar em vários estados mentais: antecipação, tranqüilidade, entusiasmo, apetite sexual e, na época em que compunha, até a necessidade de compor. Em "A Contagem da Vida", sua última entrevista publicada, uma década atrás, ele dissera: "Compor é a essência de minha vida. O que quer que seja que eu faça provoca em mim uma única pergunta: Posso — quero — devo — usar isso em minha próxima composição? Sempre que escuto minha música sendo tocada, sinto como se minha vida inteira estivesse em jogo e que uma única nota errada pudesse estragá-la toda. Não tenho filhos, nem família, nem parentes, nem negócio ou propriedades sobre as quais falar; minha música é minha única realização, a única moldura espiritual do meu gênio."

Algumas vezes, recordando seu passado criativo, Domostroy desejou saber o que teria acontecido à essência de sua vida. Estaria certa a crítica musical do influente *Musical Commentary*, que certa vez o havia acusado de colocar-se num "isolamento radical"? Era sua música realmente tão vazia e nua que um dia poderia levar seu criador, como sugerira outro crítico, a cortar a própria garganta?

Domostroy lembrou-se quando, também uns dez anos atrás, aparecera num programa da TV, *Sintonizando o Tempo*. O outro convidado do programa era um líder militar estrangeiro que estava vivendo no exílio, na Flórida. Apesar desse líder ter sido apoiado pelos Estados Unidos numa guerra que havia durado anos, seu país e sua causa haviam sido derrotados. "Ainda temos um minuto, senhores", disse o animador da TV no final do programa e virou-se para o líder militar. "Diga-nos, general, depois de uma carreira tão brilhante, o que saiu errado?" Tivesse a pergunta sido feita a Domostroy, este teria entrado em pânico e não saberia respondê-la. O líder militar, sem demonstrar emoção, olhou casualmente para seu relógio cravejado de brilhantes, depois para o entrevistador sorridente, depois para a platéia atenta. "O que teria saído errado?", disse ele. "Eu perdi a guerra. É isto que deu errado." Para um militar, uma guerra perdida era a suficiente explicação óbvia do fracasso de sua vida. Mas que nota errada era suficiente para estragar a vida de um compositor e fazê-lo perder, na plenitude de sua vida, a vontade de compor?

Domostroy estacionou seu carro diante de um edifício reformado de fachada de arenito. Lá dentro subiu as escadas, e quando chegou ao apartamento no quarto andar, estava sem fôlego. Esperou um minuto para acalmar pulmões e coração, depois bateu. Andrea abriu a porta e mandou-o entrar. Pendurou a jaqueta dele num armário que estava cheio de vestidos e casacos dela e convidou-o a sentar-se na cama baixa de tamanho exagerado, coberta com uma colcha multicolorida e flanqueada de um lado por uma mesa com um rádio em cima e de outro pelo aparelho de televisão. A sala era confortável, embora esparsamente mobiliada, e as poucas peças, ele sabia, eram boas antigüidades, complementadas por várias cópias de pinturas pré-rafaelitas. Sobre uma mesa isolada, uma grande coleção de vidros de perfumes antigos.

A cozinha e o banheiro ficavam no fundo da sala, parecendo estar roubando espaço um ao outro, e ele ficou olhando enquanto Andrea se movia pelo apartamento perfeitamente arrumado para preparar-lhe uma bebida. Ela estava vestida simplesmente, mas com roupas caras, uma blusa de seda e uma grossa saia de lã de ótima qualidade.

No dia anterior, quando a vira pela primeira vez no Kreutzer, conseguira sentir a juventude dela, sua presença incrível — olhos expressivos, boca larga, cabelos macios e ondulados, dorso bem delineado, pernas longas. Instantaneamente, tomara consciência de que ela despertara nele uma necessidade, não por ela exatamente — pelos menos ainda não — mas talvez por alguém que se parecia com ela. Talvez, como o som de um acorde vindo do seu passado, ela simplesmente havia lhe despertado uma saudade da sensação de desejar uma mulher.

— Não acreditava que você pudesse realmente aparecer — ela disse, entregando-lhe a bebida e remexendo na mesa ao lado do sofá. — A noite passada no Kreutzer, ao entregar-lhe aquele bilhete, me senti como uma tiete.

Ela escorregou ligeiramente sobre o sofá, seu drinque na mão, e recostou-se contra a mesa, de frente para ele, suas pernas esticadas de modo que seus sapatos ficassem a poucos centímetros da coxa dele.

— Na Juilliard, onde estudo teatro e música, uma porção de alunos gosta de suas coisas. Dizem que você é um profissional.

— Um profissional, sem discos na praça há anos, e todos os antigos arquivados na memória.

— De maneira nenhuma! — replicou ela. — No mês passado Etude Classics presenteou a biblioteca do Juilliard com todos os melhores discos do seu catálogo, inclusive todos os seus.

— É bom que o Etude mantenha minhas obras-primas no mercado, ainda que se livre delas dando-as de presente.

Andrea levantou-se e foi até algumas prateleiras cheias de livros e discos que ficavam de um dos lados da sala. Lentamente, um de cada vez, ela retirou os oito discos de Domostroy e colocou-os no toca-discos. Depois ligou o aparelho, anunciando numa voz confidencial e balbuciante de discotecário:

— O programa da noite, senhores e senhoras, será dedicado à obra completa de Patrick Domostroy, o eminente compositor americano, vencedor do Prêmio Nacional de Música. — Quando sentou de novo no sofá, ela roçou nele e ele sentiu o perfume dos seus cabelos.

A música chegou a eles pelos dois grandes alto-falantes pendurados na parede nos cantos opostos da sala. Como sempre, quando ouvia seus discos, ele ficava surpreendido com sua própria música, pelos sons que anteriormente fora capaz de ouvir apenas com seu ouvido interior. Uma vez mais ficou indeciso quanto à sua reação; nunca conseguiu decidir se gostava de sua música ou não. Sem dúvida, ele se identificava com ela, conhecia cada nota, cada frase; recordava quanto tempo — e onde — trabalhara nela. Lembrava até suas reações a cada trecho quando o ouvia numa sala de concertos, depois no rádio, depois ocasionalmente na TV; e lembrava muito bem da angústia de esperar pelo lançamento de cada disco, da secreta expectativa do sucesso e depois da angústia posterior de esperar pelas críticas.

— Você não se sente bem por ser um compositor? — perguntou ela, olhando-o intensamente.

— Já não componho mais — respondeu ele.

— Quando vai dar outro grande concerto?

— Acabaram os grandes concertos — disse ele com energia.

— Por quê?

— Perdi meus admiradores — disse.

— Mas por quê? Eles o amavam.

— Eles, os críticos, a platéia, mudaram e eu não. Ou talvez seja ao contrário.

— Você ainda é um astro — disse ela. — Seus discos emocionam mais pessoas do que qualquer concerto.

Sentiu os olhos dela fixos nele, implorando, tão macios e convidativos como se ela fosse uma criança, e ficou tentado a beijá-la.

— Se meus discos emocionam você, eu posso?

— Você quer? — disse Andrea e inclinou-se apoiada no cotovelo, para fitá-lo. Quando fez esse movimento, seu seio roçou na mão dele.

— Somente se você quiser.

— O que o faz pensar que não quero? — perguntou ela, aproximando mais, seus lábios entreabrindo-se.

Enquanto olhava Andrea, ele ponderou sobre o que fazer. Recordou certa vez em Oslo, durante uma de suas viagens de concertos pela Europa, quando uma jovem repórter entrevistou-o durante um jantar e depois foi com ele para o hotel. Ela perguntou-lhe se poderia passar o resto da noite no quarto dele em vez de ter que dirigir de volta para casa sozinha na estrada, e apesar de ele ter achado que ela era tentadora, ficou na dúvida, pois durante o jantar ela não havia sido nem um pouco insinuante. Ele declarou da maneira mais direta possível que seu quarto só tinha uma cama e ela disse que dividi-la com ele não a aborrecia nem um pouco, pois estava acostumada a dormir na mesma cama com seus amigos. Tendo em vista essa admissão gratuita e a reputação dos escandinavos quanto à liberdade sexual, Domostroy sentiu-se bastante confiante para dizer à jovem que, durante o jantar, ele imaginara os dois fazendo amor de variadas maneiras e que, portanto, estava satisfeito e ansioso para compartilhar com ela a sua cama, bem como tudo que ele havia imaginado.

A mulher ficou indignada.

— Creio que você compreendeu mal as coisas — disse ela. — Só lhe pedi para dividir sua cama comigo, não incluí você com a cama. Para mim, compartilhar uma cama seria a mesma coisa que irmos nadar juntos. Quando se está nadando, não se fala sobre isso, não se pergunta um ao outro se gosta de nadar ou se prefere nadar de costas ou de peito. Apenas nada-se. Fazer amor é da mesma forma. Por que não tenta pensar nisso dessa maneira?

Furiosa, ela foi embora. Quanto à lição que deu, ficou perdida em Domostroy, que em criança quase se afogara e desde então ficara com medo d'água.

— O que o faz pensar que não quero que você me toque? Repetiu Andrea. — Afinal, fui ouvir você no Kreutzer e passei-lhe aquele bilhete dizendo o quanto gostava de você, não foi? — Ela virou-se novamente e dessa vez sua respiração ficou sobre o pescoço dele e o seio contra seu peito.

Num instante ele poderia cobrir o corpo dela com o seu, mas não se moveu.

— Já esteve com outros músicos? — perguntou.

Ela o olhou zombeteiramente.

— Como?

— Quero dizer...

— Quer dizer dormindo com. Claro. Sou estudante de música, lembra-se? E quanto a você? Não fode as garotas que andam pelo Kreutzer?

Ele ergueu-se, afastando-se dela.

— Você não estava andando à toa por lá. Você foi com um propósito.

— Fui — concordou ela. — Conhecer você.

— Mas você já conhecia minha música; não era suficiente? Música não faz exigências. Compositores fazem.

— Não me importo com suas exigências.

— Você não me conhece!

— Eu me conheço.

— Teria ido ver-me se ao contrário do que sou eu fosse, digamos, um afinador de piano?

— Afinadores de piano não me interessam. Patrick Domostroy sim.

Ela aproximou-se mais. Sua mão repousou sobre a coxa dele e, puxando-o para si, beijou delicadamente o lóbulo de sua orelha.

Como ele não correspondesse, ela pressionou os seios contra Domostroy, depois beijou-o no pescoço. Ele estremeceu ligeiramente e procurou-a, uma excitação crescendo, levando-o na direção dela. Subitamente, Andrea parou, afastou-se, e o desejo dele arrefeceu.

— Não quero fingir que sexo com você é tudo que me excita — disse ela, seus olhos buscando os dele. — Existe uma coisa que você, só você, pode fazer por mim.

Uma ligeira dissonância estava surgindo entre eles.

— O que é isso? — perguntou ele, temeroso de que ela fosse perdir-lhe dinheiro.

— Quero que você me apresente a Goddard!

— A Goddard? Que Goddard?

— O Goddard. O primeiro e único.

— Goddard, o cantor de *rock*? — perguntou ele, sentindo-se perdido. Não conseguia ver conexão entre ele e o mundo de manchetes, sucesso, dinheiro e música popular que o nome de Goddard evocava.

— Esse mesmo — disse Andrea. — Quero conhecer Goddard. Em pessoa. É só isso que quero.

Domostroy teve que sorrir. Estaria ela brincando? Por trás da sua fachada suave, a garota era diferente.

— Isso é tudo? — perguntou ele sarcasticamente.

— Sim — disse ela —, isso é tudo. Descubra quem ele é. Melhor ainda, descubra-o. Quero encontrá-lo.

Por um momento, ele se sentiu decepcionado. Aborrecia-o a confiança infantil dela. Então era para isso que ela precisava dele. Um homem mais velho ajudando uma jovem a satisfazer sua fantasia adolescente.

— Mas que diabo faz você pensar que posso encontrar Goddard? — vociferou ele.

— Por que não pode? — perguntou ela. — Você não é famoso também?

Domostroy ficou impaciente com ela.

— Olha, durante cinco ou seis anos Goddard tem sido o maior astro de venda de discos do país. Contudo, além de uma voz e um nome, ainda é um completo mistério. Ninguém jamais o viu ou conseguiu descobrir a menor informação que seja sobre ele. Ninguém! E desde o dia que seu primeiro grande disco foi lançado no rádio, toda revista, jornal, TV e estação de rádio, todo profissional e todo diletante do ramo de celebridades já tentou. Mas ninguém sabe mais sobre Goddard hoje do que sabia quando ele começou. E você quer que eu descubra quem ele é? — Ele riu. — Está certa de que sabe quem sou?

— Sei quem você é — disse ela, aborrecida também. — E também sei que poderia encontrá-lo. Você poderia, mas só se o quisesse realmente. Se sentisse que isso valeria a pena, poderia encontrar a pista de Goddard — disse enfaticamente. — Só o que precisa fazer é querer encontrá-lo. Já pesquisei você e descobri muita coisa. Sei que ganhou o Prêmio Nacional de Música por *Octaves*, e que tanto o Sindicato de Escritores de Música da América como a Academia de Filme e Arte Televisionada Britânica votaram em sua música feita para o filme *Chance* como a melhor do ano.

— O que mais? — perguntou Domostroy, em parte encantado com a crença infantil que ela depositava em seu poder.

— Sei que no passado você conheceu todo figurão importante do mundo musical e artístico. Vi fotografias suas com cantores populares, homens de negócio, artistas de cinema, apresentadores de TV, desenhistas de moda. Li a resolução que os compositores, letristas e executores de MUSE Internacional escreveram para homenageá-lo, quando você terminou seu segundo mandato como presidente dessa organização. Disseram que você demonstrou um senso de responsabilidade imaginativo e protetoral com relação aos musicistas do mundo inteiro; e que os frutos daquilo que conseguira iriam se estender amplamente no futuro. Bem, se fez isso tudo para eles, não acha que eles fariam a você um favor agora? Só precisa telefonar-lhes, fazer algumas perguntas e seguir algumas pistas, para chegar a Goddard. Não percebe isso?

Ele estava impressionado com o resumo de sua passada carreira de sucessos e por sua cuidadosa desatenção com o seu freqüente fracasso.

— Não é assim tão fácil telefonar para as pessoas que conheci e dizer que gostaria de usá-las! — disse suavemente, tentando não desencorajá-la. — Não acha que todos os repórteres, discotecários, colunistas, comentaristas e músicos do país dariam exatamente tanto quanto você para descobrir quem é Goddard? Por que acha que tudo que preciso fazer é telefonar para alguns velhos conhecidos e dizer: "Aqui é Patrick Domostroy, diga-me: quem é Goddard?"

— Não sou assim tão ingênua — ela disse, pronta para acalmá-lo — mas certamente, em algum lugar, devem existir pessoas que realmente saibam quem é Goddard e onde está e como é, e o que come e a quem fode, e o que toma ou fuma ou injeta para ficar alto. Deve existir um bom número delas, sua família, parentes, amigos, amantes, chefões de gravadoras, contadores, agentes do imposto de renda, advogados, funcionários, secretárias, médicos, enfermeiras, técnicos de música. Não importa quão grande, ou esperto, inteligente ou rico seja Goddard, ele não poderia ter feito tudo isso sozinho! Não percebe que deve ter tido gente que o ajudou? E que trabalha com ele agora? Você só precisa descobri-las. Uma só!

— Ainda que eu conseguisse encontrar uma delas, alguém que tivesse guardado segredo todo esse tempo iria revelá-lo a mim? — disse ele, sacudindo a cabeça.

Ela estava inflexível.

— Descubra uma pessoa dessas antes de dizer não! E convença a ele ou ela. — Andrea parou e esperou pela reação dele, mas, como nada acontecesse, continuou: — Se você disser que tentará encontrá-lo, farei tudo que posso para ajudá-lo. Tudo, Patrick. Pagarei você à vista agora a quantia que você leva seis meses para ganhar no Kreutzer. E tenho dinheiro suficiente para nós dois vivermos. Todo ele vem de minha família.

A perspectiva de pagamento à vista — seu carro necessitava de consertos — e de viver com ela era irresistivelmente tentadora.

Ele se ergueu e andou pela sala.

— Durante quanto tempo pensou nesse assunto? — perguntou ele.

— Sobre encontrar você?

— Não. Sobre descobrir Goddard.

— Mais ou menos durante um ano.

— Falou a respeito disso com mais alguém?

— Não.

— Por que não?

— Não tinha as conexões certas. Até recentemente, receei abordá-lo porque achava que não tinha nada a lhe oferecer que pudesse interessá-lo. — Ela parou e um sorriso astuto abriu seus lábios. — Então, depois, exatamente quando estava desistindo de minha pesquisa sobre você, deparei com um artigo muitíssimo revelador. Foi escrito anos atrás, mas fala de suas inclinações, e deu-me esperança de que você pudesse não ser totalmente indiferente a mim.

— Foi meu perfil no *The New York Times*? — perguntou ele.

— Não foi. — Ela riu maliciosamente. — Estava na *Hetero*, "a revista dos moralmente liberados". Você o leu?

— Devo ter lido na ocasião — ele disse. — Houve tanto lixo escrito...

— O artigo foi escrito por uma Sra. Sutiã Grande — interrompeu ela —, uma estrela pornô maneta que faz biscates como repórter da vida noturna. Nele a Sra. Sutiã Grande descrevia um fim de semana no Aprendiz de Feiticeiro, um clube privado nas Catskills para casais "sexualmente imaginativos", onde encontrou Patrick Domostroy. Ela disse que você estava lá com uma sinuosa coisa jovem que se comportava como uma escrava sexual. Por todo o fim de semana, e durante as várias atividades "sexualmente imaginativas" que o ocuparam, sua garotinha ficou trocando uma fantasia por outra: algumas vezes parecia uma pubescente, outras uma prostituta ou uma colegial, cada fantasia perfeita, até ao menor detalhe do vestido e da maquilagem. E por nenhuma vez ela se repetiu.

Andrea parou e novamente aguardou a reação de Domostroy. Sentou diretamente diante dele, os tornozelos cruzados, as coxas abertas amplamente, sua carne à mostra. Examinou Domostroy calmamente, como se ele também estivesse à mostra, sem nada esconder de seu escrutínio.

— Você tem trilhado um longo caminho, de grande compositor de música, que dava concertos de lotação esgotada no Carnegie Hall, para viver no Old Glory, para trabalhar como um guitarrista no Kreutzer, uma espelunca de fliperama que tenta se passar como um clube noturno! Um longo caminho! Não gostaria de mudar tudo isso?

— Acontece que esse "longo caminho" é minha vida, e não reclamo — disse ele, desejando poder mudar o ponto de vista dela. — E não seja tão precipitada em derrubar os antros de fliperama! — disse, assumindo um tom mais ameno. — Afinal de contas, Earle Henry, o homem que inventou o fliperama, também inventou a vitrola automática. E onde estaria seu precioso Goddard sem as vitrolas automáticas?

Andrea não deu atenção ao que ele disse.

— O que estou dizendo, Domostroy, é o seguinte: torne-se tão inventivo na vida quanto antes foi na música, e no sexo, trabalhando para mim. Ajude-me a encontrar Goddard. Você não se arrependerá. Também posso interpretar uma escrava do sexo e usar roupas excêntricas, sabia?

— Tenho certeza que pode, mas estou errado para o papel de dono — disse Domostroy, erguendo-se abruptamente para pegar seu casaco e sair.

Ela foi atrás e colocou a mão sobre seu ombro; com a outra, desabotoou-lhe a camisa e tirou-a, deixando-a cair no chão. Depois, esticou o corpo em toda sua altura e fitou-o, forçando-o a olhá-la nos olhos. Sabia que o havia vencido.

— Dinheiro será apenas metade de seu pagamento — disse. E isso — ela cutucou-o com as coxas e deu uma olhada para a cama — será a outra metade. Pelo menos não vai mais perder seu tempo tocando nas espeluncas de fliperama.

— Em vez disso, estarei perdendo tempo com Goddard! — disse ele.

— Não estará perdendo isso! — ela riu e tirou os sapatos sacudindo os pés. Suas mãos deslizaram para a cintura e retiraram saia e calcinha e desabotoaram a blusa, jogando-as no chão. Quando deitou nua na cama, outro disco de Domostroy caiu no prato da vitrola.

Enquanto esperava que ele falasse ou reagisse, Andrea, com as pontas dos dedos, começou a tocar de leve os próprios seios, depois desceu as mãos, acariciando a barriga e as coxas. Sob o olhar dela, ele sentiu-se desajeitado e pouco à vontade: ali estava ele, tentando salvar sua dignidade enquanto negociava sua sabedoria e experiência de meia-idade pelos favores sexuais de uma jovem mulher. Teria preferido despi-la. Agora, ao contrário, era ela quem o vigiava, como que através de uma lente de aumento.

Antes que o último disco terminasse, ele ligou o rádio, já sintonizado na estação favorita de Andrea.

O movimento de se despir logo o distraiu e, por um momento, sentiu uma perda de excitação. Temeroso de que ela pudesse notar, fingiu ter de sentar-se para tirar as calças e permaneceu sentado, de costas para ela, enquanto tirava o resto de suas roupas. Depois, ainda escondendo o membro agora mole, rastejou sobre ela e começou a acariciar seus ombros, beijando-lhe o pescoço, conduzindo seu corpo lentamente sobre a barriga dela enquanto mantinha uma das mãos entre as próprias coxas, descendo a cabeça para os seios dela, beijando, lambendo e roçando os bicos dos seios com seus lábios e a língua. Novamente ficou excitado.

Quando sentiu o estímulo dela, apressando-o, ficou tentado a refreá-la. Sua tendência era estabelecer domínio sobre qualquer mulher que no calor do ato sexual forçasse a provocação do seu orgasmo, do qual ela parecia necessitar como uma prova tanto da excitação dele como do controle dela. Domostroy sempre tomava a iniciativa quando isso estava a ponto de acontecer; de outro modo, julgava, seu próprio clímax conduziria ao fim de sua excitação e estancaria, pelo menos temporariamente, o fluxo de sua paixão.

Andrea estendeu a mão e virou-se para apagar a luz ao lado da cama, e no escuro, no meio da música pulsando pelos alto-falantes, Domostroy permitiu-se ser envolvido nas imagens dela que ele evocara, sentindo o corpo de Andrea com cada parte do seu, até que foi sacudido pelo que pareceu o sussurro de um homem, de tom irregular, quase como um tossido. Se esforçou para escutar o som, que parecia vir através de um buraco no teto ou no alto da parede. Percebendo que o barulho havia destruído sua concentração, fez um forte esforço consciente para recuperá-la e entregou-se inteiramente à tarefa do ato sexual.

Andrea começou a brincar mais fortemente com ele, acariciar, dedilhar, alisar e afagar o corpo dele. Estava a ponto de render-se a ela, fazê-la gritar, se debater e lutar como se ele a estivesse fendendo e rasgando, quando o som surgiu novamente, já não mais um sussurro, mas uma voz profunda com sotaque latino.

— Vamos, José, o que você disse, cara? Diga outra vez, cara...

Depois a voz sumiu e a música retornou. Amedrontado, encalorado e suado, seu coração pulsando, Domostroy desprendeu-se da moça.

— Quem era esse? — perguntou, procurando a colcha e cobrindo os dois com ela.

— O quê? Ora, isso! — De um salto, ela saiu debaixo dele e acendeu a luz. Domostroy ficou observando-a alisar para trás os cabelos e estudar sua expressão perplexa. — Eles — disse, temperando a palavra com mistério e riso — provavelmente são motoristas de táxi ou caminhão. De vez em quando, geralmente no meio da noite, por milagre eletrônico, meu sintonizador capta as vozes deles quando conversam entre si em seus rádios da faixa do cidadão.

Novamente, as vozes surgiram. Pareciam estar falando pelo prazer de falar e de ter alguém para ouvir...

— De fato, vou lhe dizer, cara...

— Ora, José, você sabe o que quero dizer...

Em pouco tempo, as vozes dissolveram-se outra vez na música.

— Você está tremendo — disse ela. Depois riu de novo. — Eles o assustaram, não foi?

— Acho que sim. Estranho. Mas também está fazendo um frio danado aqui. Não pode ligar o aquecimento?

— Pode tentar, mas a válvula está emperrada. O administrador nunca vem consertá-la.

Ele foi até o radiador do aquecimento situado debaixo da janela. Colocando-se deliberadamente de costas para ela, abaixou-se, abriu a tampa de metal e tentou girar a válvula. Mas estava muito apertada e, apesar de ter se esforçado várias vezes, não conseguiu forçá-la no ângulo de alavancagem. A válvula não se movia. Quando se agachou no chão frio, com a corrente de vento frio soprando sobre ele, começou a tremer. Sentindo-se embaraçado e perturbado, empregou toda sua força e inclinou-se com as duas mãos sobre a válvula. Sentiu-a ceder e em seguida ouviu-a estalar sob seu peso. Quando a empurrou para frente, um jato de vapor escaldante esguichou da abertura, por pouco não atingindo-lhe o braço e a coxa. Dando uma cambalhota para trás, para escapar ao esguicho, caiu sobre uma cadeira e se esparramou debaixo de uma mesa. O vapor começou a se espalhar pela sala, obscurecendo seus contornos. Escutou Andrea rir, perto, mas mal pôde distinguir sua forma desnuda quando ela se ergueu, como um fantasma, diante do brilho ofuscante do abajur ao lado da cama. Depois, não conseguiu vê-la mais. Ele também se levantou em meio ao vapor branco e foi tateando em direção à válvula, que assobiava, e à janela acima dela. Ele e Andrea ficaram chamando um ou outro; depois, totalmente molhados, cobertos de finas e quentes gotículas d'água, colidiram, agarrando-se um ao outro. Finalmente, Domostroy encontrou a janela e abriu-a. Uma onda de ar frio entrou violentamente, forçando-os a correr para a cama, tremendo e rindo enquanto se aconchegavam um ao outro sob o cobertor. Minutos depois, quando a corrente de vapor artificial havia acabado de sair do radiador, o ar esfriou e a névoa desapareceu. Como um jardim após uma chuva, o teto da sala, as paredes e a mobília ficaram pingando água.

— Acabou a tempestade — disse Andrea. — Vou colocar uma toalha sobre o vazamento. — E, sem interrupção, perguntou: —

Por que acha que fui para a cama com você? Porque estou apaixonada por você, ou porque quero usá-lo?

— Espero que tenha sido porque você precisa de mim — disse Domostroy.

— Realmente? Quer dizer que não se importa de estar sendo usado?

— Posso controlar isso; é fácil de entender a motivação.

— E quanto ao amor?

— O amor não. E ele não se incorpora com os ornamentos de minha vida.

Localizado no South Bronx, a vinte minutos de carro de Manhattan, nos velhos tempos o Kreutzer havia atraído uma multidão bem elegante que ia lá para ouvir alguns dos melhores cantores de boate do país. Domostroy recordava uma época, uns vinte anos atrás, mais ou menos na ocasião em que terminou seus estudos e *O pássaro da quintana*, seu primeiro trabalho, estava sendo executado pelas principais orquestras. Costumava levar namoradas ao Kreutzer para uma noitada de boa música, dança elegante e boa cozinha italiana, servida na famosa Sala Bórgia do clube. Também durante essa época, o Kreutzer, como tantos outros clubes, costumava discriminar os negros. Incapaz de impedir legalmente que clientes negros entrassem em seu território, o gerente os sentava nas piores mesas, bem ao fundo da sala, e depois dizia aos garçons para ignorá-los até que saíssem por vontade própria ou provocassem distúrbios ao reclamar aos gritos, caso em que a gerência chamava a polícia que, sempre favorável ao estabelecimento, os punha para fora.

Uma noite, vestido com um casaco de vicunha forrado de seda e acompanhado por uma namorada toda enfeitada, Domostroy chegou ao Kreutzer bem antes da hora marcada para o *show* de pista. Com forte sotaque da Europa Oriental, com urgência na voz, ele pediu ao *maître* para separar as duas melhores mesas da casa para uma dúzia dos seus eminentes amigos das Nações Unidas, que convidara para jantar. Instigados pela generosa gorjeta de Domostroy, os garçons se puseram em ação arrumando os melhores talheres e toalhas do clube com vasos de flores frescas nos centros das duas mesas.

Em pouco tempo a sala lotada e, para grande deleite do gerente do Kreutzer, vários fotógrafos da imprensa, alertados por Domostroy, chegaram para tirar fotos dos dignitários internacionais.

Na hora que o *show* ia começar, uma comoção na entrada anunciou a chegada dos convidados do Domostroy. O *maître* e o esquadrão de garçons correram para a porta para saudá-los e conduzi-los às mesas; os fotógrafos em serviço imediatamente prepararam suas câmeras e *flashes*. À medida que chegavam e passavam por entre as mesas para alcançar seu lugar, o gerente, *maître* e garçons descobriram horrorizados que os distintos convidados que aguardaram com tanta ansiedade eram negros e, julgando por seus trajes e fala, americanos do Harlem. Quando os homens e mulheres negros sentaram-se e ergueram suas taças de champanhe, os fotógrafos bateram as fotos. Na manhã seguinte, as fotos daqueles negros proeminentemente sentados no Kreutzer saíram na maioria dos jornais, que afirmavam ironicamente que, de todas as grandes boates de Nova York, o Kreutzer era ainda a que atraía a mais elegante clientela. Com isto, foi quebrada a barreira da cor no Kreutzer e o clube não voltou a ser o mesmo.

Isso ocorrera há mais de duas décadas. Não havia agora ninguém no Kreutzer que pudesse lembrar — ou sequer se preocupasse em lembrar — o lugar de Domostroy na história do clube. Exatamente quando a aparência e a sorte de Domostroy mudaram, o mesmo também ocorreu com o Kreutzer. Enquanto o South Bronx deteriorava, um número cada vez menor de clientes de Manhattan arriscava sua segurança viajando até lá, e sem eles o clube noturno não poderia manter seus padrões luxuosos. Posteriormente, o clube mudou de dono e mais tarde tornou-se uma espelunca com fileiras de máquinas de fliper e uma eletrola automática enchendo o espaço que antes fora a lustrosa pista de dança. Para atrair clientes e fazer a comida parecer saborosa, a Sala Oboe d'Amore ainda oferecia espetáculos noturnos, mas agora consistiam em uma decadente cantora de ópera, um fortuito conjunto local de *rock*, uma *strip teaser* que já não conseguia contratos decentes em clubes de Manhattan e, quatro dias por semana, Patrick Domostroy, acompanhando esses atos num órgão Barbarina, uma espineta eletrônica com um painel de seletores de tons pré-ajustados para fornecer os sons da maioria dos instrumentos, inclusive piano, acordeom, saxofone, trombone, violão, flauta e trompete, bem como uma seção de ritmo e coro misto.

Quando Domostroy viu Andrea Gwynplaine pela primeira vez, andando pelo Kreutzer, sentiu uma ânsia momentânea, consciente da vontade de querer impressioná-la. Mas não teve esperanças. Quando ela aproximou-se dele, entregou-lhe uma carta e humildemente pediu-lhe que a lesse e ficou surpreso a ponto de não acreditar ter ela tão subitamente mudado toda a estrutura do seu pensamento.

Domostroy ergueu os olhos e viu Andrea fitando-o. Ela aproximou-se mais, amontoou os travesseiros e almofadas numa pilha, recostou-se e passou a mão pelos cabelos dele.

— Nenhum dos artigos que li sobre você explicava por que deu o nome de *O pássaro da quintana* ao seu primeiro trabalho. Por quê?

Domostroy não estava seguro de que o interesse dela fosse genuíno e hesitou antes de responder.

— Na Idade Média — disse —, uma quintana era um poste para treinamento de torneios medievais com uma cruzeta giratória no topo. Numa das pontas da cruzeta havia um pássaro de madeira pintado e na outra um saco de areia. Um cavaleiro tinha que golpear o pássaro com sua lança e depois esporear seu cavalo e abaixar-se antes que o pesado saco de areia girasse e o atingisse, jogando-o fora da sela. Achei que o pássaro da quintana era metáfora apropriada para meu trabalho e para minha vida também.

— Nenhum dos artigos que li mencionaram uma esposa, filhos, ou uma família — disse ela.

— Não tenho ninguém — disse Domostroy.

— Por que não?

— Perdi meus pais cedo na vida. Depois a música tomou meu tempo e energia. Compor música foi, para mim, pertencer a todos, falar todas as línguas, transmitir toda emoção; como compositor, fui o mais livre dos homens. Uma família teria impedido minha liberdade.

— E quanto aos esportes e *hobbies*?

— Nunca tive muito tempo para isso.

— Exceto para sexo, de acordo com *Hetero*.

— Mesmo sexo, só em certas ocasiões.

— Que ocasiões?

— Quando tinha parceira. Não toco solo.

— Quais foram suas parceiras favoritas?

— Mulheres amigas, artistas, intérpretes musicais, escritoras.

— Quem são suas parceiras agora?

— Uma tiete perdida, aqui e ali. Uma cantora de *jazz* sem voz. Essas são as únicas mulheres que conheço atualmente.

Ela o olhou tristemente.

— Parece que agora o amor é tudo que você compõe. Não se importa de não ter uma mulher só para você?

— Não. Afinal de contas, também estou sendo compartilhado.

— Você se importaria de me compartilhar? — perguntou ela, acariciando o membro dele.

— Com quem?

— Com meu amante.

— Ele preenche sua necessidade. Você preenche a minha.

Ela riu.

— Não tenho um amante, mas você não é nem um pouco possessivo?

— Sou, de experiências novas. Do passar do tempo.

— Então passe-o comigo. Descobrindo Goddard.

— Por que quer tão desesperadamente encontrá-lo?

— Obsessão. Quero também possuir uma mansão estilo Tudor um dia, e enchê-la com pinturas originais pré-rafaelitas. Mas, muito antes disso, quero conhecer Goddard.

— Entre tanta gente, por que Goddard?

— Por que não Goddard? Sou o público dele. Tenho direito a isso.

— E ele tem direito de esconder seu nome, seu rosto, sua vida.

— Não de mim. Não o separo de sua música.

— Mas obviamente ele se separa.

— Pior para ele — disse ela e recostou-se, dando a Domostroy outra oportunidade de maravilhar-se com a maciez de sua barriga.

— Diga-me, Patrick — disse ela no final daquela semana —, você já ficou completamente livre com uma mulher? — Ela estava deitada sedutoramente na cama perto dele. — Estou querendo dizer livre para repartir com ela tudo que é espontâneo em você. Deitar com ela a qualquer hora, qualquer lugar, uma ou duas, muitas vezes, ou nenhuma? Deixar seu instinto guiá-lo para descobrir tudo que você quer saber sobre ela, tudo que você quer pegar e tomar e saborear nela?

— Sou livre com você — ele disse.

— Se for verdade, é porque não está apaixonado por mim. Porque não tem nada a perder sendo você mesmo.

— Certamente não quer que seu gigolô se apaixone por você — disse ele, rindo da observação dela. — “Em amor, dinheiro compartilhado aumenta o amor; dinheiro dado mata-o”, diz Stendhal e ele está certo. Pense o quão desagradável eu poderia me tornar se começasse a me ressentir da sua obsessão por Goddard! — disse Domostroy.

Ele parou de falar e começou a achegar-se lentamente, até que seu corpo ficou fortemente pressionado contra o dela.

Andrea levava seus conhecimentos de assuntos sexuais tão a sério e dedicadamente quanto seus estudos de música e teatro. Estava preocupada com os efeitos prejudiciais das pílulas anticoncepcionais sobre a saúde das mulheres, bem como dos outros produtos disponíveis — o DIU, diafragma, e até geléia espermicida, e orgulhava-se de advogar em lugar desses produtos o capuz cervical, que ela inseria com grande cuidado, sem sentir vergonha, bem na frente de Domostroy.

Rotineiramente, ela comprava várias revistas e tablóides dedicados à rápida mudança da moda e dos costumes relacionados ao sexo e visitava regularmente algumas das mais sofisticadas lojas que vendiam produtos e artigos sexuais. Seu armário de roupa era uma verdadeira arca de objetos de prazer, também bissexual, conforme Domostroy reparou com curiosidade.

Ela era, ele sabia agora, uma amante eficiente, sempre antecipando e adestrando e satisfazendo suas necessidades, como se de certa forma tivesse sido capaz de pesquisar não só sua carreira musical mas também seu apetite sexual. Ela gostava de levá-lo bem perto do clímax da excitação e depois afastar-se dele — sob o pretexto de trocar a fita no gravador de som ou pegar alguma bebida.

Freqüentemente o surpreenderia depois ao voltar para a cama, não mais nua como quando saíra, mas com trajes variados. Certa vez, vestiu-se como um artista *punk* — toda de preto: gola de couro tacheada, jaqueta justa de couro vermelho e saia curta de couro, luvas longas de couro e botas vermelhas, de saltos altos, que iam até os joelhos e aderiam dos pés às panturrilhas. De outra vez emergiu do banheiro fortemente perfumada e parecendo uma *strip teaser*, com uma peruca platinada, olhos sombreados de preto e batom vermelho-vivo, usando apenas calcinha de renda e cinta-liga, meias de seda e sapatos de salto-agulha, cujas tiras de couro se enrolavam nos tornozelos. Uma noite, desapareceu num minuto e reapareceu sem qualquer maquilagem — com cada centímetro, cada poro, cada orifício de seu corpo fresco e limpo, seus macios cabelos sedosos, usando o mais simples vestido de algodão e sandálias. Com cada mudança de vestido e aparência, mudavam também suas maneiras. Num momento, podia ser agressiva e sugar toda a força dele; noutro, totalmente submissa, deixando-o solapar a energia dela e usar-lhe o corpo da maneira que desejasse. Mas não importava o que usasse ou como parecesse, havia nela sempre uma aura de sensualidade ao mesmo tempo vulgar e delicada, recatada e sem-vergonha, tão real, tão óbvia, que o fazia sentir-se subjugado, como ficaria a uma figura autoritária ou a uma doença contagiosa.

A princípio, dado o esforço que fazia para excitá-lo, suspeitou que ela estivesse representando um papel, criando uma farsa sexual na qual ele era duplamente platéia e público, enquanto ela permanecia meramente um instrumento de diversão e prazer dele. Mais tarde, porém, ao fazerem amor, quando ele ouviu sua respiração rápida e observou seus seios bem modelados subindo e descendo no ritmo da excitação que se formava dentro dela, quando sentiu a aceleração das batidas do seu coração e ouviu-a perder o ar e gritar quando alcançou o orgasmo, compreendeu que ela gostava de sexo tanto quanto ele, e que todos os esforços que fazia para levá-lo ao clímax davam a ela tanto prazer e excitamento quanto a ele.

— Quando quero ter um homem, ele pode ser até o Corcunda de Notre Dame — disse ela. — Sua aparência, sua idade, sua ocupação, nada disso importa. Só importa sua mente, e não ligo se essa é desonesta. Preciso consegui-lo como ele realmente é. Quando consigo, e todos os recursos são usados no processo, sinto-me livre, segura, entregue a tudo que o agrade, a tudo que o satisfaça. Isso é natural em mim, e para conseguir isso tenho ido atrás de todo homem que já desejei. E sempre o tenho conseguido. Sempre. — Ela descansou o queixo sobre o ombro dele. — Exceto um: Goddard. E consegui-lo é agora apenas uma questão de tempo.

— Lembro-me do sujeito — disse Domostroy — que durante anos, todo dia, chovesse ou fizesse sol, vestido em trapos nojentos, costumava parar na calçada defronte ao Carnegie Hall e cantar conhecidas árias de óperas. Sua voz não era má, e Deus sabe que era forte, alcançava um quarteirão. Mas quando cantava, seu rosto ficava vermelho pelo esforço e ele fazia caretas, mostrando gengivas sem dentes. Pessoas que passavam ficavam tão desconcertadas pela aparência dele que não prestavam atenção à sua voz, pensavam que era louco. Em todos aqueles anos de cantar ópera, ele só conseguiu inspirar constrangimento, e até medo. De certo modo, Goddard é o contrário desse homem; não o vemos, só escutamos sua voz, e portanto desejamos saber quem ele é.

— E se Goddard — perguntou Andrea — tiver se rebelado tão fortemente contra a impostura visual, a aparência, a gesticulação e a vida particular dos grandes ídolos, a ponto de decidir afastar-se disso? Suponhamos que ele ache que, escondendo seu rosto, esteja livrando a cara do *rock*?

— Ele precisa ter um motivo muito forte para se esconder — disse Domostroy. — Tem de ser algo muito maior do que um mero truque de publicidade. E isso lhe custa uma porção de dinheiro, também! — Ele parou. — Alguns anos atrás, seis milhões de pessoas encomendaram entradas para a turnê de *rock* de Bob Dylan e só existiam seiscentos e sessenta lugares. Você sabe que se Goddard fosse dar um concerto ao vivo amanhã, digamos em Nova York ou Los Angeles, ou qualquer grande cidade, centenas de milhares de seus admiradores iriam comparecer, não importa qual fosse o preço do ingresso? Se ele saísse do esconderijo, qualquer cadeia de TV daria milhões por apenas uma única aparição, e qualquer estúdio de cinema de Hollywood triplicaria a quantia da TV pelos direitos da história de sua vida. — Ele hesitou. — Então, por que não aparece? Talvez seja um aleijado, tão repugnante, tão desagradável à vista que tem que permanecer escondido?

Andrea olhou-o ceticamente.

— Provavelmente, ele apenas é alérgico a pessoas. Repugnante ou não, ainda temos que encontrá-lo. Ainda quero conhecê-lo.

Ela esperou que Domostroy reagisse novamente e a abraçasse; como não o fez, pegou a mão dele como se fosse um objeto e colocou-a no seu corpo, esfregando-a até que os dedos dele ficaram molhados, depois retirou-a e lentamente ergueu-a até a boca dele, enquanto os dedos da outra mão mantinham os lábios dele abertos. A língua dele sentiu e provou a umidade dela antes que combinasse com a sua.

A voz de Andrea flutuou sonhadoramente.

— Um dia, quando souber quem é Goddard, aparecerei diante dele e o surpreenderei com a verdade sobre ele mesmo!

— E se ele já conhece a verdade? — disse Domostroy.

Ele aceitara a oferta dela e recebera o dinheiro, correspondente a seis meses do trabalho monónoto no Kreutzer, tudo pago de uma vez, em notas tão novas que sentiu que era o primeiro a usá-las.

Mas não sabia por onde começar a resolver o problema que ela havia criado para ele. Mesmo no auge de sua popularidade, quando estivera compondo e gravando discos e regularmente apresentando-se ao público, Domostroy fora, afinal de contas, um artista criativo e, como tal, era reservado. Suas ligações no ramo musical haviam se limitado principalmente ao pessoal de seu próprio editor, Etude Classics. Desde então o interesse do público pelos discos clássicos havia diminuído e os lucros haviam caído a tal ponto que o Etude já não mantinha mais seus próprios setores de distribuição e vendas. Durante os últimos anos, todos os discos do Etude estavam sendo distribuídos pelo Nokturn Records, uma grande companhia localizada em Manhattan devotada principalmente à música *rock*. Devido a essa recente filiação, Domostroy havia conhecido, em várias ocasiões, alguns executivos e funcionários da Nokturn, mas não chegara a conhecer bem nenhum deles.

Suas outras associações profissionais consistiam principalmente de advogados que contratara para assisti-lo nos seus contratos. Nunca tivera um agente, preferindo agir por sua conta, e só consultava seus advogados de vez em quando, geralmente para negociar detalhes complicados num novo contrato.

Quanto ao restante mundo musical, os compositores, instrumentistas, cantores, empresários, gerentes e executivos da imprensa, embora tivesse conhecido todos eles no apogeu de sua carreira — havia cumprido duas gestões como presidente do Sindicato dos Músicos, participado da diretoria das Solistas de Câmara Nova York e sido membro ativo da Academia Nacional de Artes e Ciências

Fonográficas, da Associação Americana de Indústria Fonográfica e da Academia Nacional de Música Popular — raramente ele se comunicava agora com qualquer dessas pessoas.

Se tinha de encontrar Goddard através desses canais normais, ele teria que tentar compreender a indústria de música como um todo e depois decidir qual parte desta, ou quais indivíduos nesta, poderiam ajudá-lo na busca.

A ironia era estar vivendo num estado totalitário — como tinha vivido na juventude —, lidando com um monopólio dirigido por um único líder ou partido. Para isso, só necessitaria favorecer ou seduzir alguém numa posição de privilégio — ou insinuar inteligentemente a outros que ele o fizera —, a fim de ganhar acesso a qualquer informação que desejasse. Seria muito mais fácil descobrir o botão que abriria todas as portas num país totalitário, fechado, de partido único, do que descobrir a única porta fechada — aquela que levava a Goddard — numa sociedade americana aberta, livremente competitiva.

Além disso, como artista esbanjador e independente, Domostroy sempre desconfiara de grandes companhias e conglomerados. Elas eram organizadas e burocratizadas de tal forma que só permitiam aos indivíduos que nelas trabalhavam, como prova de sua adesão, mostrar apenas a parte de suas personalidades que coincidissem com as dos seus colegas, nunca aquelas que refletissem a individualidade integral de cada um.

Assim, em vez de procurar por assistência dentro da indústria musical, Domostroy inclinara-se a procurar ajuda de alguém que, como ele próprio, agisse como agente independente, cujo acesso ao mundo da música não fosse embaraçado por considerações coletivas ou corporativas.

Sidney Nash era esse homem. Jornalista independente, menos de trinta anos, durante quase uma década tivera sucesso fazendo cobertura do complexo mundo corporativo da música americana. Recentemente escrevera sobre a intrincada indústria musical, *Música para seus ouvidos: A indústria fonográfica na América*, que recebera o Prêmio Pulitzer, e seu principal livro, *Sonata ao luar: Música, individualidade e lucro na sociedade americana*, foi considerado um pequeno clássico e um modelo de documentação e inquérito jornalístico. Graças à sua meticulosa pesquisa e seus inúmeros contatos, nada no negócio da música moderna era segredo para Nash.

Durante seus derradeiros dias de compositor, Domostroy conhecera Nash muito bem e fora objeto da admiração do jovem crítico, mas não via Nash há vários anos. Sabia, contudo, que Nash, típico nova-iorquino como era, preocupado amplamente com seu interesse do momento, ainda estaria disposto a parar para receber um telefonema vindo do passado. Também Nash compreenderia melhor do que a maioria das pessoas os motivos da prolongada ausência de seu amigo do cenário de uma cidade preocupada com o sucesso.

Nash disse a Domostroy para encontrá-lo naquela noite no Fuzz Box, um clube popular em Greenwich Village, onde tinha que dar uma olhada num novo grupo *punk*. Quando Domostroy chegou, quatro garotos com vistosos cabelos tingidos estavam num furioso *finale* no minúsculo palco. Nash, sozinho numa mesa, avistou-o e acenou. A despeito de sua grande renda e popularidade, Nash não havia mudado. Ainda tinha a aparência de um estudante universitário desregrado, com seus óculos de aro de tartaruga, terno largo de *tweed* e camisa de tecido sintético que o fazia suar.

Levantou-se e saudou Domostroy afetuosamente, como um estudante premiado vendo seu velho professor depois de muitos anos. Lembrando que Domostroy gostava de beber cuba-libre, pediu um para ele e outra cerveja. Enrolou também um baseado, que escondia sob a mesa quando não o estava tragando.

Depois de terem indagado um ao outro sobre saúde e bem-estar, Domostroy entrou direto no assunto.

— Preciso de um favor — disse. — Estou trabalhando um projeto com uma pessoa do negócio de discos e ela quer que eu descubra o que for possível sobre Goddard. A verdade é que não tenho a menor idéia de como conseguir isso. — Ele parecia estar embaraçado e tentando se justificar.

Nash deu-lhe um sorriso de quem perdoa.

— O que ela quer saber? — perguntou.

— Tudo que eu puder descobrir — disse Domostroy, desajeitadamente. — Contanto que seja mais do que se conhece em geral.

— O que geralmente se conhece — disse Nash, abrindo os braços — é a música dele, e nada mais. Sua amiga não sabe que, quando se refere a Goddard, mais é menos? Ela não sabia que ele é o homem que não está em parte alguma?

— É claro que sabe — disse Domostroy. — Só que ela pensou que com meus contatos... você sabe... pessoas como você... — A voz dele foi diminuindo.

— Compreendo — disse Nash. — Bem, tudo que posso oferecer-lhe são os fatos — acrescentou com um suspiro. — Como você deve saber, desde o dia em que a WNEW começou a tocá-lo pela primeira vez, Goddard vendeu mais discos do que qualquer outro cantor popular. Em seis anos produziu seis LPs, e cada um permaneceu no topo da vendagem por muitos meses. Quatro deles se tornaram discos de platina, vendendo acima de um milhão de álbuns cada. Em acréscimo, provavelmente ele teve pelo menos uma dúzia de compactos de sucesso, inclusive seis discos de ouro que fizeram mais de um milhão de dólares cada. — Ele bebericou sua cerveja. — O que posso dizer? O cara quer ser um mistério.

— Você nunca o conheceu? — perguntou Domostroy mansamente.

— De jeito nenhum — disse Nash com um divertido sorriso. — Ele é um segredo muito bem guardado. O maior conglomerado de diversões do país, American Music Limited, criou a Nokturn Records não só para fabricar e distribuir os discos de Goddard, mas expressamente para guardar seu segredo, para proteger sua invisibilidade, não incluindo o investimento dos acionistas, nele e na sua música. — Ele parou. — Lembre-se, não estamos falando de merrecas. Estamos falando de dinheiro grande. Vendas de disco neste país igualam-se ao lucro bruto da indústria cinematográfica, da televisão e todos os esportes profissionais; e Goddard é o maior arrecadador no negócio! Em todos os tempos. Você sabia de tudo isso?

— Sabia — disse Domostroy. — Li no seu artigo do *Times*.

— Bom para você. Então sabe também que no *rock* nada tem tanto sucesso como o excesso. É por isso que enquanto os discos de Goddard estiverem vendendo dessa maneira, ninguém poderá penetrar na impostura da Nokturn e convidar Goddard para jantar. Isto é, podem convidá-lo, mas escrevendo aos cuidados da Nokturn Records, mas já esperando que ele não comparecerá! — Nash chamou a garçonete e pediu mais cerveja e outro cuba-libre para Domostroy.

— O que acha da música dele? — perguntou Domostroy.

— É boa, talvez a melhor. Tamanho sempre prejudica a grandeza, grande sempre supera o grandioso, mas não no caso. Ele apenas continua melhorando. Admito, podem-se notar influências no seu trabalho, mas ele é coerente, sempre ligado ao melhor. Ele sabe o que quer, e de todas as colagens e empréstimos, ele criou o melhor som *pop* que já tivemos. Não me diga que não gosta dele!

— Não muito — disse Domostroy.

— Distanciamento de gerações — replicou Nash, provocando-o. — Ou ciúme, talvez? Quantos trabalhos coerentes de arte existem realmente?

— O que acha das letras dele? — perguntou Domostroy, na defensiva.

Nash começou a enrolar outro baseado.

— Pelo que sei, suas letras têm o mesmo sabor da sua música. Veja uma canção como *Fora do rock*. Qual outro astro popular cantaria versos de William Butler Yeats?

Saído da pedra
Saído de sua triste origem
O amor segue seu rumo

Ou o que acha de *Um Fim de Mundo?* Imagine alguém colocando um magnífico poema de Archibald Mac Leish em música! — Com fervor, ele recitou:

O mundo acaba quando sua metáfora morre.
Uma era se torna uma era, tudo à parte,
Quando poetas sensuais em seu orgulho inventam
Emblemas para o consentimento da alma
Que falam de significados que o homem nunca conhecerá
Mas as imagens imaginadas pelo homem podem mostrar:
O mundo morre quando essas imagens, apesar de vistas, nada mais significam...

E este é o compacto que vendeu milhões! Não é sensacional? — perguntou Nash.

— Talvez seja — disse Domostroy. — Mas o que acha de uma canção como *Dama acne* com seu engenhoso jogo de palavras sobre produtos farmacêuticos? Ou aquela outra, *Pornotopia é utopia*, na qual ele diz "Procriação é criação, anticoncepção é enganação, masturbação é provocação". Não acha que isso é idiota?

— Se é idiota, a cultura que diariamente promove toda essa coisa também é — disse Nash. — Goddard obviamente está ridicularizando tudo isso! E o que é mais, essa é a coisa que seus fãs jovens entendem. Você pode não gostar, mas isso provavelmente é por causa da sua idade. Lembre-se disso.

— Infelizmente eu me lembro — disse Domostroy. — *Jingles* infantis na TV e em todas as vitrolas automáticas não tornam o envelhecer mais fácil para mim.

— Seja justo, Domostroy. Musicalmente e em termos de letra, Goddard é a culminância de todos seus predecessores no *rock*. Elvis Presley, John Lennon, Bob Dylan, Elton John, Bruce Springsteen, bem como de tudo que há de melhor no *funk*, no *soul*, no *reggae* e, é claro, naqueles grandes cantores como Nat King Cole e Tony Bennett. Na música de Goddard você pode ouvir o vocabulário de

Karlheinz Stockhausen e engenhocas eletrônicas do Sound City Jo'anna e Pianomate ao Hammond, Moog, Buchla, chegando até ao ARP, Putney, Synthi e ao Gershwin. Seja qual for o aparelho, já foi tocado por ele.

Domostroy escutou atentamente. Depois de uma pausa disse:

— Ainda não posso acreditar que nessa sociedade esbanjadora e neurotizada pelos meios de comunicação ninguém consiga descobrir a identidade de nosso mais popular astro musical!

— Todo mundo é livre para tentar descobrir — disse Nash — e, pode crer, quase todo mundo tentou. Lembra-se quando todas as revistas de fãs ofereceram recompensas para quem conseguisse identificar Goddard ou apresentar uma verdadeira fotografia dele? Quando centenas de sujeitos surgiram, todos alegando ser Goddard, e alguns até cantando como ele? Lembra-se quando, depois que o verdadeiro Goddard deixou de comparecer para receber seu primeiro prêmio Grammy, o primeiro dos três que ganhou até agora, todas as agências de noticiários correram atrás dele? E também os Dick Tracy, todos os discotecários, todos os investigadores da Associação da Indústria Fonográfica da América e todas as outras pessoas do Tin Pan Alley, onde se encontra a patota dos músicos, divulgadores e produtores. E o que eles descobriram? Nada, além do lixo usual e dos palpites: que ele não aparece porque é aleijado; que seu rosto foi destruído num acidente de carro; que ele sofre de dança-de-são-guido; que teve uma premonição de que se sair do esconderijo receberá um tiro, em vez de flores e beijos de seus fãs. Outras pessoas, que alegavam ter fodido com ele, dizem que mete a cara na heroína, é um viciado que não deseja ser curado; ou, então, que é um viciado que não dorme, com fios elétricos implantados em seu cérebro que lhe dão choques alucinogênicos e o levam com suas amantes viciadas a uma viagem de horas pelo eletrossexo! Outros ainda dizem que sua invisibilidade não passa de uma mistificação publicitária da gravadora — a melhor que já foi feita. Isso mantém o público excitado e o astro protegido de todos os malucos; porque enquanto ninguém souber quem é Goddard, ninguém dará um tiro nele. Lembra-se de John Lennon? — Nash terminou sua cerveja e olhou para o relógio. — Se eu fosse você desistiria — concluiu. — Todos o fizeram. Goddard diz isso tudo quando canta aquele trecho do *Ulysses* de Joyce:

Sou o rapaz
Que pode gozar
A invisibilidade

E por que não deveria ele gozar sua invisibilidade? Se alguém tão bom quanto ele quer ser um mistério, acho que devem deixá-lo. E fico imaginando se alguém realmente está interessado em saber quem é Goddard.

— Minha sócia está — disse Domostroy. — O que digo a ela?

— Diga a ela para me procurar, em vez dele. Tenho uma boa cabeça, a aparência de um astro de *rock* e, o que é mais importante, não me escondo!

Na Biblioteca de Nova York, Domostroy debruçou-se sobre artigo após artigo, todos mencionando o que já sabia, sem oferecer nenhuma pista nova. Cada ano os discos de Goddard continuavam no topo das listas dos mais vendidos e cada semana o som de sua música crescia em popularidade e no entanto ninguém tinha conseguido descobrir quem ele era. Seu mistério permanecia inviolado, a despeito dos elaborados esforços para desvendá-lo. Um crítico musical de São Francisco alegou que Goddard era um ex-aluno seu em Berkeley, que seguia o credo de Descartes "*Carvatus prodeo* — perambulo mascarado" e que escrevia composições que se pareciam muito com as de Goddard; o crítico relatava como, ao tentar contatar o ex-aluno, este desaparecera e nenhum de seus amigos fornecera qualquer informação confiável sobre ele. Um discotecário de Manhattan anunciou, com igual segurança, que Goddard era um fazendeiro com mulher e três filhos que vivia numa remota fazenda no norte do estado de Nova York. E um famoso guitarrista inglês estava convencido de que ele e Goddard costumavam freqüentar um certo clube de *jazz* londrino antes de cada um deles conseguir sucesso.

Cada um dos vários psiquiatras contratados pelos jornais tablóides e revistas de fãs havia feito um retrato diferente do homem. Um, via em Goddard um jovem de cidade pequena, patologicamente tímido, entocado num sanatório particular de doentes mentais onde escrevia e gravava sua música; outro, descreveu-o claramente como viciado em drogas numa cidade industrial, necessitando periódicas hospitalizações; um terceiro disse que ele era conhecido pelo mundo como um cantor de música caipira de segunda classe e que só através de uma conspiração de amigos influentes e de sua amante, uma famosa agente de Hollywood, conseguia ir tão longe sem ser desmascarado.

Relutantemente, Domostroy decidiu dar uma olhada no Goddard Beat, uma discoteca popular do West Side, que usava o nome Goddard e executava sua música. O Goddard Beat diferia da maioria das discotecas, pois em vez de contratar discotecários para programar discos, empregava intérpretes ao vivo, freqüentemente os mais inventivos grupos de *rock* e música *pop* disponíveis, para os quais dar um *show* no Goddard Beat equivalia a ir a Meca.

Domostroy detestava discotecas e permanecera afastado delas mesmo quando, na época de sua própria popularidade, era convidado para freqüentá-las com amigos. Seu motivo era simples: misturada por um computador, amplificada por um robô e dançada por autômatos humanos, a música das discotecas não era arte.

Quando Domostroy entrou no Goddard Beat, componentes de uma das bandas, que se alternavam na noite, estavam barulhentamente removendo do palco aparelhos eletrônicos, enquanto músicos do outro grupo colocavam os seus. Antes que Domostroy pudesse abrir caminho por entre a multidão suada até um lugar no bar, a nova banda atacou seu primeiro número e a sua volta pares começaram a se agitar, fortemente abraçados.

Quando finalmente chegou ao bar e pediu um cuba-libre, o *barman*, um latino com um bigode ameaçador, encarou-o e perguntou:

— O que é isso?

— Cuba-libre! — repetiu Domostroy numa voz mais alta.

— Cuba o quê? — perguntou o homem furiosamente.

— Cuba-libre — disse Domostroy lentamente, controlando-se. — Você é *barman*, não é? Isso é rum com Coca-Cola e uma rodela de limão!

— Sei o que é cuba-libre. Sou cubano! — replicou o *barman*. — Mas Libre significa livre — continuou ele — e acontece que eu sei que Cuba não é livre, *señor*, portanto, em vez de chamar rum com Coca-Cola de cuba-libre, o que é uma mentira, sugiro, *señor*, que chame de grande-mentira! Compreende?

— Compreendo — disse Domostroy, impassível. — Então me dê uma grande-mentira, dupla. Com uma rodela de limão, por favor.

Uma garota sentada no bar ao lado de Domostroy começou a rir. Domostroy virou-se defensivamente para encará-la. Ela também era latina, com expressivos olhos castanhos, cabelos negríssimos e dentes que quase pareciam brancos demais.

Sentiu-se desconcertado quando ela continuou a encará-lo e a rir, mas nem desviou os olhos nem deixou de notar seus seios empinados e sua figura compacta.

— Não seja louco, paizinho! — disse ela. — Da próxima vez, peça uma tequila Sunrise.

— Não sou seu paizinho — disse Domostroy.

— Podia ser — disse ela e do seu banco alto virou-se na direção dele, pronta para começar uma conversação.

— Eu poderia ser uma porção de coisas — disse ele, tentando calcular se ela era um flerte solitário, com o que não teria se importado, ou uma prostituta profissional, a quem ele sabia não ter condições de pagar.

— Você poderia também ter o cabelo mais bem cortado — disse ela, observando-o.

— Por quê?

— Está curto demais — disse com convicção. — Todo errado para seu rosto.

— O que posso fazer? — perguntou ele com uma careta.

— Deixe que cresça por um mês ou dois. Depois mande cortar direito.

— Por quem?

Ela olhou-o provocante.

— Por mim.

— Por que você?

— Trabalho num salão de beleza. Tenho diploma e licença para cortar cabelos. — Ela respondeu prontamente, abrindo sua bolsa a tiracolo, tirando um cartão comercial e entregando a ele.

Ele leu o cartão: "Angelina Jimenez, perita em embelezamento. Trabalhou no Hotel Casa de Campo, La Romana, República Dominicana". O endereço era em Manhattan.

— Todo mundo me chama de Angel — ela disse.

Domostroy apresentou-se e desculpou-se por não ter um cartão para dar-lhe.

— Cortei o cabelo deles — disse ela, apontando orgulhosamente para o grupo no palco. — Faço corte para a maioria dos grandes músicos da Nova Onda. — Parou como que esperando que ele demonstrasse surpresa, e como não o fizesse, disse: — Toda vez que você vir um grande corte de cabelo que se destaque numa capa de álbum de disco *punk*, e *pop*, pode ficar certo de que foi meu. Torno todos eles originais, e os conheço pessoalmente!

— Estou impressionado — disse ele, aproveitando uma oportunidade. Aproximou seu banco do dela.

— Não me diga que você também faz os cabelos — ela disse.

— Não. Eu faço, costumava fazer, discos.

— Não brinca. Que tipo de discos?

— Minha própria música — ele disse.

Ela olhou-o longamente.

— Eu deveria conhecer você? — perguntou depois, um toque de deslumbramento em sua voz. — Quero dizer, será que conheço as coisas que você faz?

— Duvido. Quando eu fiz, você ainda não tinha nascido.

— Você não é assim tão velho — assegurou-lhe ela. Depois acrescentou, bastante séria: — Aposto que ainda tem a maior parte dos seus próprios dentes.

— A maioria. Capeados, alguns deles, mas meus.

— Seus dentes são limpos, mas sua mente é capeada — declamou. — Isso é de John Lennon. Mas e sobre sua música? — continuou ela.

— Não é nada que eu possa tocar aqui — disse ele com um gesto vago.

— Você já tocou no *hall*?

— *Hall*?

— O Carnegie Hall. Uma porção de grandes astros da música *pop* toca lá.

— É. Toquei algumas vezes no Carnegie Hall — ele disse.

— E no Garden? — prosseguiu ela.

— Não. Lá não. O Madison Square Garden era grande demais para minha música.

— Posso encontrar seus discos numa loja? — perguntou ela.

— Poderia — disse ele. — Agora, muitos deles são artigos de celecionadores.

Ele pediu outra rodada de bebidas.

— O que está fazendo agora? — perguntou ela. Ele sorriu.

— Bebendo um drinque. Deixando meu cabelo crescer.

— Não agora! Quero dizer, na vida. Você sabe.

— Estou entre — ele hesitou — uma gravação e outra.

— Bem, antes de lançar o próximo disco, prometa que me telefona. Cortarei seu cabelo e o preparei para a foto do álbum. Pode acreditar em mim, um bom retrato faz toda a diferença!

— Diga-me, Angel — perguntou ele enquanto bebericavam seus drinques —, já cortou o cabelo de Goddard?

— Desejaria ter cortado — disse ela, fazendo brilhar seus dentes brancos.

— Talvez você tenha cortado o cabelo dele sem saber quem era.

— Talvez tenha razão. Eu não saberia, saberia? — refletiu ela.

— Ele poderia até ser um daqueles caras ali — disse Domostroy, apontando para o grupo.

— De maneira nenhuma — disse ela. — Todos aqueles caras conhecem todas as notas da voz gravada de cada um. Eles conseguiriam reconhecer Goddard assim! — Estalou os dedos.

— Eles têm curiosidade a respeito dele?

— É claro que têm. Estiveram tentando imaginar como ele seria durante anos. Ficam falando sem cessar sobre ele e os macetes que usa, e mesmo assim não conseguem entender o sujeito.

— Entender o quê? — perguntou ele.

— Entender como ele joga fliperama de forma tão incrível. Porque nunca se pode dizer que caminho ele vai seguir numa canção, como a bola numa máquina de fliperama.

— O que há de tão diferente nele?

— Primeiro seu toque, o modo com que ele se apóia sobre algumas notas, como nenhuma outra pessoa. Alguns *punks* juram que Goddard ensaia com uma platéia, sabia disso? Juram que para ser tão forte e tão bom ele tem que conseguir emoção de público real.

— Eles acham que ele tem seu próprio estúdio?

— Ora, claro — ela disse. — Olhe, ter seu próprio estúdio de gravação não é uma coisa extraordinária hoje em dia! Corto o cabelo de uma porção de pessoas em suas próprias casas. Há um cara do *rock punk* que tem um estúdio de cobertura com toda a aparelhagem eletrônica que você é capaz de imaginar, bem na York Avenue, com vista para o rio! E nenhum desses caras jamais alcançou a lista dos quarenta mais vendidos.

— Quem eles acham que é o pessoal que trabalha com Goddard?

— Alguns acham que com a Nokturn por trás, Goddard consegue as melhores pessoas no ramo para trabalhar com ele. Mas corto muitos cabelos — disse ela com um sorriso largo — e um monte deles diz que Goddard deve estar fazendo grande parte da coisa sozinho. Se Steve Wonder, que é cego, consegue tocar, gravar e produzir um álbum como *Music of my mind* sozinho em seu próprio estúdio, que comprou com o dinheiro que ganhou, por que um sujeito esperto como Goddard não poderia fazer a mesma coisa? Por que não poderia ele gravar em sua própria aparelhagem, você sabe, seu próprio sintetizador e nesses aparelhos todos que existem, igual a Steve Wonder?

— Você conhece alguém que diga que sabe quem é Goddard?

— Ora, claro! Todo mundo que conheço diz que tem alguma idéia — disse ela, encolhendo os ombros. — Mas, cá entre nós, tudo que sabem é que não há ninguém igual a ele.

— De onde acham que ele é? — perguntou Domostroy. — Ele é branco ou preto?

— Todos continuam supondo — ela disse. — A maioria acha que ele não é preto, mas na verdade não se pode afirmar isso. Eu gostaria de dizer que a língua dele é espanhola, mas não posso.

— O que quer dizer?

— Ele canta algumas canções em espanhol. Não sabia disso?

— Não sabia.

— Ora, claro. São mexicanas. *Volver, volver, volver* e *El rey*. Velhas canções folclóricas. Todas as pessoas de origem latina as conhecem!

— E o espanhol de Goddard é bom?

— Não é mau, mas ele tem um sotaque engraçado. Alguns acham que ele é chicano, mas também pode ser como eu, uma americana de São Domingos! — exclamou ela com orgulho. — Uma vez cortei o cabelo de um sujeito que conhecia todo mundo da *Billboard*, *Cashbox* e *Variety* e ele disse que Goddard era — ficou procurando pela palavra — um músico judeu intelectual.

— Significando o quê? — perguntou Domostroy.

— Que ele é esperto! — Ela tocou sua cabeça com o dedo indicador. — Que se você prestar atenção a Goddard, pode dizer que ele freqüentou a escola da boa música. De modo algum é igual àqueles caras! — acrescentou, acenando com a cabeça para o grupo do palco.

Dois rapazes do grupo vieram se despedir, e Angel levantou-se para sair. Quando agradeceu a Domostroy pelos drinques, deu um olhar firme para o rosto e mãos dele.

— Sua pele está ficando um pouco seca. Devia usar um umedecedor. Sabe que aquela geléia de petróleo puro é a melhor? — Ela fez uma careta. — Para as mãos, glicerina e óxido também são boas. Ou, se quer ser chique, compre alguns preparados com ácido esteárico, estearato de glicerina, ou óleo Purcellin. — Obviamente, ela estava exibindo seus conhecimentos profissionais. — O óleo Purcellin é realmente estupendo. É feito com glândulas de patos e gansos. É o ingrediente que faz a água escorrer das costas dos patos! — Com isso, ela foi juntar-se a seus amigos que partiam.

Por ora, Domostroy estava convencido de que qualquer tentativa para descobrir Goddard através de associações musicais, negócios correlatos, ou canais governamentais, seria inútil. Mesmo com a ajuda de Andrea, não tinha meios nem energia para assumir esse tipo de investigação; além do mais, não havia motivo para acreditar que tivesse sucesso onde tantos outros haviam fracassado.

Devia existir algum caminho que conduzisse a Goddard. Mas qual?

Domostroy começou a escutar a música de Goddard, hora após hora, com os olhos fechados. A fórmula melódica era sempre original; os tempos criavam uma vibração excitante; a voz do cantor permanecia forte e vibrante, com boa dicção e coloração; e as letras, ora turbulentas, ora ternas, raramente roubavam à música sua própria dramaticidade.

Depois de algum tempo, Domostroy começou a suspeitar de que Goddard espertamente misturava os sons de instrumentos vivos com um sintetizador, o qual, armazenando eletronicamente os sons de vários instrumentos, permitia-lhe com um toque no teclado acompanhar-se por vários instrumentos ou mesmo por uma banda inteira. Notou que apenas uma vez Goddard havia gravado música escrita por outra pessoa — as duas canções em espanhol que Angel mencionara — e mesmo assim havia adaptado as canções radicalmente para combinar com o famoso Goddard. No passado, essas duas composições haviam sido cantadas algumas vezes por intérpretes latinos, então se Goddard tivera o trabalho de adquirir os direitos das músicas e letras originais e depois se esforçara para fazer um novo arranjo e gravar essas canções, é porque elas deviam ter sido muito importantes para ele. Mas nada em suas outras canções indicava qualquer influência latina. Teria ele, talvez, em suas viagens, ouvido as melodias em clubes noturnos do México ou em festivais de música latina e gostado delas o bastante para comprometer seu tempo, talento e esforço para popularizá-las nos Estados Unidos? Quem pode dizer? Podem existir uma dúzia de outras razões igualmente plausíveis.

Alguns dias depois de seu encontro com Nash, Domostroy foi ver Samuel Scales nos escritórios da Mahler, Straus, Handel e Penderecki, um grande escritório de advocacia representando muitos clientes no campo das artes, principalmente músicos. Alguns anos antes, Scales, negociara o contrato de Domostroy com Etude Classics e naquela época os dois se viam muitas vezes, socialmente. A firma de Scales, até recentemente instalada num edifício no lado leste da cidade, refletia perfeitamente o crescimento rápido da indústria de diversões na América, pois agora ocupava seis andares do Edifício Hammerklavier, uma das mais altas adições futuristas ao perfil de Manhattan.

Domostroy dividia a sala de espera com uma artista de cinema de meia-idade, mas ainda sedutora, e um casal negro de músicos de *rock*. Quando seguiu a recepcionista para o escritório de Scales, passou por fileiras de escrivaninhas e dúzias de cubículos zumbindo com o ruído de máquinas de escrever elétricas, telex, telefones e máquinas copiadoras. A visão de tantas secretárias trabalhando com os mais novos processos do mundo eletrônico o surpreendeu e repentinamente sentiu-se intimidado, além de embaraçado pela lembrança das razões de sua presença ali.

Scales levantou-se detrás de sua grande mesa de pau-rosa, que estava centrada diante de larga janela de vidro, cinqüenta andares acima da Madison Avenue. Intensamente bronzeado, os cabelos prateados penteados para trás, a testa e as maçãs do rosto alisadas pela cirurgia plástica, Scales parecia um *playboy* de meia-idade de Beverly Hills. Acenou para Domostroy entrar.

— Muito bem! Estou surpreso de ver você com tão boa aparência — brincou ele — depois de todas as coisas terríveis que tenho ouvido sobre você.

— Que coisas terríveis? — perguntou Domostroy, forçando um grande sorriso.

— Vida de cigano. Dormindo ao relento. — Ele riu e fez um gesto para se sentarem. — Certo ou errado?

— Certo — disse Domostroy, sentando. — Isso me mantém saudável.

Scales afastou alguns papéis e inclinou-se sobre a mesa.

— O que posso fazer por você, Domo? — perguntou. — Tem uma nova obra-prima? Outro *Octaves*, por acaso?

— Não exatamente. Estou trabalhando em uma coisa, com outra pessoa — disse Domostroy, reunindo coragem.

— Uma colaboração musical? — perguntou Scales com interesse.

— De certa forma. Mas preciso de conselho. Não vou me alongar — disse, lembrando-se dos honorários extravagantemente altos de Scales nos velhos tempos.

— Sou todo ouvidos — disse Scales.

— Bem... nós estivemos conjecturando... quais as chances que temos de descobrir Goddard.

Scales ergueu as sobrancelhas.

— Goddard? O Goddard?

— Sim.

— Para quê?

— Por uma boa razão, acredite-me — disse Domostroy.

— Como qual? Crime? Pode provar que Goddard matou alguém? — perguntou Scales um pouco impaciente.

— Não, mas...

— Porque, se não pode, aconselharia você a não perder seu tempo. — Ele parou e refletiu. — De fato, mesmo que você pudesse provar tal coisa, encontrá-lo ainda não seria fácil. Certa vez peguei um caso bastante famoso, envolvendo um prisioneiro em Leavenworth. — Ele fez uma pausa, depois se abriu para contar a Domostroy outra de suas histórias preferidas. — Esse homem, começando quando tinha doze anos, passou uns vinte e cinco anos na cadeia por vários crimes, inclusive por matar um prisioneiro e ferir outro gravemente. Enquanto estava na prisão, invisível para o mundo, escreveu várias músicas *country*, e enviou esse material para alguns luminares da música. Estes ficaram convencidos de que haviam descoberto um gênio e contrataram-me para ajudá-los a obter o livramento condicional do homem. Assim, com trinta e sete anos de idade, ele chegou a Nashville e foi recebido pelo mundo oficial da música caipira como se fosse o herdeiro de Johnny Cash.

"Mesmo considerando que suas músicas, na maioria medíocres, eram delicadas, as letras não o eram. Expressavam desprezo pelas massas, que ele via como ignorantes, cínicas e basicamente más. O sujeito acreditava que para ser homem, para proteger sua reputação, você precisava matar qualquer pessoa que o ameaçasse pela força. Mas depois que sua chegada se transformou num evento publicitário de Cinderela, todo mundo esperou que o homem para quem a violência era música se transformasse no nobre selvagem, no prisioneiro do teclado cujo talento libertaria sua alma. Desnecessário dizer que, como se houvesse uma palavra de ordem, sua música, a despeito de suas letras cheias de ódio, recebeu algumas das mais elogiosas críticas de primeira página de especialistas de música *country* e *western*, e assim nosso gênio foi lançado, como nenhum outro, numa carreira musical. Contudo... — Scales afundou para trás em sua cadeira. — Contudo — prosseguiu — apenas duas semanas depois, ele foi a uma lanchonete onde pediu para usar o banheiro. O balconista, um músico de vinte e dois anos, um sujeito gentil, recém-casado, que trabalhava ali em meio-expediente, disse-lhe que o lugar não tinha banheiro público. Realmente não tinha, mas nosso nobre bárbaro preferiu não acreditar no balconista e, possivelmente para proteger sua reputação, diante de duas moças que estavam com ele, esfaqueou o rapaz, matando-o por julgar que ele lhe mentia. Depois desapareceu. Conseguiu escapar da polícia, escreveu muitas outras canções e, possivelmente em conluio com alguns de seus antigos patrocinadores, conseguiu publicá-las com outro nome e foram cantadas por alguns dos melhores cantores de música *country*, mas sempre informando aos jornalistas sobre a verdadeira autoria. Ele ainda está escrevendo, e pelo que sei, continua escondido e invisível. Ninguém tem qualquer idéia de sua aparência hoje em dia, se já matou mais alguém, ou quem, se for o caso, o está ajudando. Esse homem é um assassino famoso! Se ele pode se esconder e escrever sua música em segredo, pense como será ainda mais fácil para Goddard fazer o mesmo! — Scales olhou para Domostroy tristemente.

— Você acha que procurar Goddard seria uma perda de tempo? — perguntou Domostroy.

— Em minha opinião seria — disse Scales. — Pelo menos, tem sido para quase alguns milhares de pessoas até agora.

— Quer dizer que não tenho a menor chance de encontrá-lo?

— É exatamente isso que quero dizer.

— E a Nokturn Record? Certamente negociam com ele, não é? Como faz chegar sua música a eles?

— Provavelmente pelo correio. Desde a primeira entrevista à imprensa que deram sobre Goddard, os diretores da Nokturn têm insistido na mesma história: dizem que ninguém da companhia jamais conheceu Goddard em pessoa e que ninguém lá sabe quem ele é e onde está. Conseqüentemente, mesmo que quisesse, a Nokturn não poderia divulgar o segredo de Goddard.

— Você acredita neles? — perguntou Domostroy.

— E tenho alguma prova de que estejam mentindo?

— Mas, e o governo? — Domostroy estava insistente. — Alguém no governo deve saber quem é Goddard.

— Ora, vamos, Domo — disse Scales asperamente. — O que isso interessa ao governo? Goddard é um cantor de *rock*, não o chefe de uma nação estrangeira disfarçado ou um mestre de espionagem soviética à solta.

— Mas Goddard ganha seu dinheiro da Nokturn, não ganha? E os impostos? O governo não vai atrás dos impostos dele? Certamente iam atrás do meu, conferindo minha declaração todo ano, quando eu compunha e gravava! — Domostroy estava se sentindo cada vez mais frustrado.

— Sei que eles fazem isso — disse Scales mansamente. — Eu representava você naquele tempo, lembra-se? — Empertigou-se na cadeira. — Pelo que lembro — prosseguiu com exagerada calma —, cerca de um ano depois que saiu o primeiro grande álbum de Goddard e o primeiro dinheiro grosso começou a rolar, um inquérito do Congresso mandou fazer um escrupuloso exame contábil de todas as negociações da Nokturn com Goddard. O Imposto de Renda não encontrou nada ilegal na maneira da Nokturn negociar com Goddard. Ao contrário, conforme revelou Oscar Blaystone, presidente da Nokturn, a companhia depositou os direitos autorais de Goddard numa conta numerada na Suíça, mas somente depois de todos os impostos municipais e estaduais, e todas as taxas federais, terem sido pagos. Isto significava, conforme salientou publicamente um agente do Imposto de Renda, que permanecendo incógnito, Goddard estava voluntariamente renunciando às deduções de impostos que teria direito a fazer, por lei, como artista autônomo. Isso significa também que, enquanto sua renda for taxada ao máximo, Goddard está livre de quaisquer complicações com agentes do fisco. E devido ao extraordinário sigilo que a Suíça garante às pessoas com contas realmente grandes... pode imaginar como deve ser grande a conta de Goddard!... ele pode movimentar o dinheiro de lá com a maior facilidade para contas em seu verdadeiro nome, ou em nome de quem quiser, para qualquer parte do mundo, sem medo de ser descoberto. O que mais deseja saber, Domo? — perguntou, relanceando para sua agenda na mesa.

— Nada. Acho que disse tudo. — Domostroy levantou-se. — Tem algum conselho a me oferecer? — perguntou enquanto Scales o acompanhava até a porta.

— Escreva música — disse Scales, apertando-lhe a mão. — É sério. A propósito, a Etude ainda é a sua editora?

— É — disse Domostroy. — Eles mantêm meus discos disponíveis para quem quiser comprar.

— Bem, os discos da Etude são distribuídos pela Nokturn. Então, se você escrever mais música, estará no mesmo barco de Goddard! Quer melhor meio de encontrá-lo?

— Mas como saberei que o outro sujeito no barco é Goddard? — pergntou Domostroy.

— Você não saberá. E este é o problema — disse Scales, rindo ao fechar a porta.

Escutando a música de Goddard e especulando sobre seu próprio destino, Domostroy recordava os bons tempos passados quando viajava para dar concertos ou promover seu último lançamento numa viagem de publicidade. Durante todo esse tempo em que seus discos vendiam bem e sua música esteve no auge de popularidade, ele aparecia freqüentemente na TV e rádio para entrevistas e programas musicais através do país. A correspondência que recebia de seus fãs era tão volumosa que a Etude enviava para ele apenas as cartas de fãs já selecionadas, pois ele nunca teria podido ler todas. Um das secretárias da Etude Classics fazia a seleção, enviando-lhe por via expressa apenas as cartas dos críticos, ouvintes sérios e estudantes de música. O material direto-para-a-cesta-de-lixo, comprometido pelas ingênuas afirmativas de adoração, era respondido pela própria secretária com o formulário padronizado de resposta.

Os pensamentos de Domostroy vagaram para uma conversa que certa vez tivera com um simpático ator de Hollywood. Este dissera que a maioria das cartas que recebia das suas incontáveis fãs — mesmo quando continham fotografias mostrando que as missivistas eram mulheres belas e voluptuosas — eram tão previsíveis e banais que ele nunca tivera qualquer interesse em conhecê-las.

— Uma carta típica de fã — dissera — é sempre sobre o quanto ela me ama, o quanto quer encontrar-me, quanto acalentaria um momento passado comigo, o quanto espera que eu vá para a cama com ela! É toda sobre *ela* e o que ela quer. Mas, e quanto a mim? Estou aqui para foder as queridinhas da América só porque sou o astro que elas desejam?

"Se qualquer uma dessas putas mimadas pensasse em mim, só por um momento — continuara ele —, saberia que a maneira para me conhecer não é oferecendo-se para ser fodida... posso conseguir uma trepada com que eu quiser... mas mostrando que me compreende de algum outro modo. Que viu todos os meus filmes, inclusive os primeiros, nos quais desempenhei pequenos papéis. Que leu tudo que foi escrito sobre mim. O que deduziu pelas minhas entrevistas, porque eu disse aquilo que eu disse, e se eu disse a verdade. Que sabe por que gosto de alguns dos meus filmes e detesto outros. Por que me orgulho de alguns de meus desempenhos mas não de outros. Depois de feito tudo isto, que tente convencer-me de que sabe o que necessito e de que ela melhor do que qualquer outra mulher pode dar-me o que quero. Seria engraçado encontrar uma fã assim! Mas se existe uma, certamente ainda não escreveu para mim, e por isso ainda não fui ao encontro dela. E você, Domostroy? Já teve uma fã que o compreendesse?"

— Talvez uma — respondeu Domostroy evasivamente — e fui eu que não a compreendi.

— Todas as pistas que imaginei até agora — disse Domostroy a Andrea — estão erradas.

— Há alguma outra direção?

— Sim. Dele para nós. Teremos que fazê-lo sair de seu esconderijo e depois desmascará-lo, e não ao contrário.

— Provavelmente ele não tem um esconderijo — ela disse. — O mundo inteiro pode ser o esconderijo de Goddard.

— Talvez sim. Pois, então, o que temos de fazer é criar o convite correto de você para Goddard, enviá-lo e esperar que o intrigue o bastante para que ele apareça aqui para conhecê-lo.

— E o que atrairá Goddard para mim?

— O que você disser em sua carta. Você terá que despertar nele uma necessidade, um desejo por você. Por sua compreensão. Se conseguir isso, muito em breve ele virá buscá-la.

— Minha compreensão? — repetiu ela. Depois, cruzando os braços, exclamou: — Você é um compositor, Patrick, compreende-o mais do que eu jamais poderei fazê-lo. Em uma de suas entrevistas você disse que a música era "a única realização espiritual de sua vida"! Em outra disse: "Existem angústias que só compositores reconhecem uns nos outros." Pense na música dele, Patrick! O endereço espiritual dele é a música. Ela poderá dizer-nos quem é! — Ela parou, excitada, depois prosseguiu: — Por que não tenta descobrir quem o influenciou como artista? Foi um determinado compositor? Um professor de música? Alguém que influenciou sua escolha de instrumentos ou seus arranjos? Um certo engenheiro ou especialista de som ou um daqueles novos mágicos da música eletrônica? Não pode descobrir quem é, através da música dele?

O entusiasmo e a linha de pensamentos dela eram contagiantes.

— Posso tentar — disse Domostroy. — As melodias, harmonias, ritmos e formas musicais de Goddard provavelmente dizem mais sobre ele do que sua letra ou seus mapas astrológicos ou as linhas de sua mão. As letras das músicas também. — Ele parou. — Por exemplo, uma de suas canções é chamada de *Fugue*. Ora, é claro que em música *fugue* significa imitações contrapontísticas, mas em psiquiatria significa um estado de fuga da realidade. Tais coisas podem realmente dizer-nos muito mais sobre Goddard do que, digamos, o que poderíamos deduzir de sua aparência.

— O que quer dizer com sua aparência? — Ela se ergueu na cama, debruçando-se sobre ele.

— Quero dizer é que ele não virá a você como Goddard. Poderá vir como qualquer pessoa.

— E se eu já o tiver conhecido? — disse ela. — E se esse cretino alto que mora ao lado e sempre me cumprimenta for Goddard?

— Se for, certamente não irá admitir isso, nem para você. Se ele permaneceu num estado de fuga e sigilo todo esse tempo, você não espera que ele entre, aperte sua mão e se apresente como Goddard, espera? E tenho certeza de que o som da voz normal dele é bastante diferente da dos seus discos, como acontece com muitos outros cantores populares. Muito trabalho foi despendido na tarefa de manter Goddard escondido, e muito dinheiro resulta disso. Ele, ou o pessoal por trás dele, não vai querer desistir só por causa da carta inteligente de uma fã amorosa. Mesmo que goste de sua carta e fique tentado a conhecê-la em pessoa, ele ou seus associados provavelmente mandarão alguém investigar você, para ter certeza de que não está tentando preparar uma armadilha para ele.

— Mandar quem, por exemplo?

— Quem sabe? Um homem, uma mulher, até um casal. Qualquer pessoa, um sujeito que dê uma cantada em você num coquetel, uma vendedora que bate à sua porta, até o nojento do seu vizinho! Não podemos saber quem trabalha para ele! Na verdade, se Goddard cair por você, estou bem certo de que ele viria vê-la incógnito, como um homem comum, sem nunca admitir a vantagem de seu sucesso, riqueza e fama, ou qualquer conhecimento de sua carta. Você pode fazer amor com Goddard, escutar seu coração ou a história da sua vida e nunca saber que ele é Goddard.

— Está querendo dizer que, depois que minha carta mágica for enviada, terei de abraçar todo vagabundo que me der uma cantada porque ele pode ser Goddard?

— Pode ter que fazer isso, sim. E, quando o fizer, tente avaliar se ele é aquele que leu sua carta.

— Mas não quero partilhar meu corpo com qualquer vagabundo.

— Neste caso, poderá perder a chance de conhecer Goddard. E se a única razão da invisibilidade e do sigilo dele, e de seu sucesso, é porque ele gosta de parecer um vagabundo?

Ela considerou a idéia em silêncio. Depois disse:

— Para onde mandaremos a carta?

— Aos cuidados da Nokturn Record — disse Domostroy.

— A Nokturn não recebe todo dia centenas de cartas para Goddard?

— Provavelmente recebe. Não há nenhum outro lugar para onde escrever para ele. A Nokturn até admite que a correspondência dos fãs dele chega a um milhão de cartas por semana, e que tem pessoal especializado para isso. Estou certo de que, dessa massa de cartas, só enviam uma pequena parte para ele.

— O que faria a minha chegar lá?

— Ainda não sei. Algo nela deverá torná-la diferente e convincente.

— E se ele tiver coisas melhores para fazer do que ler correspondência de fãs quando nossa carta chegar? E se ele estiver viajando? E se... — A voz dela diminuiu.

— E se chegar a ler a carta e não lhe der muita importância?

— Isto também.

— Então mandaremos várias cartas — disse Domostroy. — Uma após outra.

Domostroy temia a morte, não a doença ou a humilhação da incapacidade associada com a morte, mas a própria morte: a súbita cessação do eu, o fim do ser, o final, a arbitrária dissolução da inteira história real de Patrick Domostroy.

Esse pensamento assaltava-o freqüentemente, tanto de dia, durante um momento de alegria e prazer, quanto à noite, quando pesadelos sobre a morte o despertavam para o medo enquanto jazia sozinho no escuro.

Todos os homens estavam sujeitos à morte a qualquer tempo e, ele sabia, para a maioria dos homens o passado, suas vidas vividas, era a única realidade que a morte não lhes podia tirar. Porém, conquanto a morte pudesse findar a existência de Patrick Domostroy como um ser físico, ela não poderia terminar a existência de sua música, a qual, sendo uma entidade abstrata, se estenderia até o futuro. Sua música era uma sombra lançada diante dele e, enquanto estivesse compondo, Domostroy se considerava como alguém existindo sem uma história, criando os meios para sobreviver a si mesmo.

No tempo em que compunha, Domostroy considerava sua música como uma chave que poderia abrir a porta do futuro. Como muitos de seus admiradores eram jovens, iriam sobreviver a ele e assim se tornariam os porta-estandartes e mensageiros dos anos futuros. Quando sua música era amplamente conhecida e ele próprio famoso, manteve a fechadura e dobradiças dessa porta bem lubrificadas. Respondia pilhas de cartas de jovens homens e mulheres entusiasmados nos elogios ao seu talento, todos sinceros, alguns realmente perceptivos. Ocasionalmente, por vaidade, porém mais ainda para assegurar o seu futuro, ele os encorajava, chegando a marcar encontros com alguns deles.

Lembrava-se de um em particular, uma estudante de música de algum lugar de Michigan. Ela escrevera para dizer que a música dele significava tanto para ela que seria a coisa mais importante de sua vida se pudesse discuti-la com ele. Assegurou-lhe que não o aborreceria, que o máximo que lhe pediria seria autografar as cópias das partituras e o álbum de discos. Viria a Nova York na ocasião que melhor conviesse a ele, bastava que telefonasse para ela, a cobrar, dizendo quando. Junto com as cartas suplicantes havia uma fotografia da garota, parecendo esguia, jovem e bonita. Domostroy telefonou para ela e especificou um fim de semana em que estaria em Nova York. Com uma voz inofensiva e inocente, ela agradeceu-lhe profusamente; não estava familiarizada com a cidade, explicou, por isso combinaram encontrar-se no hotel dela.

Estava sentado numa mesa no bar do hotel quando ela chegou e reconheceu-o imediatamente. Alta e graciosa, com grandes olhos azuis e um rosto oval emoldurado por cabelos castanho-avermelhados. Caminhou para a mesa dele e apresentou-se. Usava bem suas roupas simples — com uma espécie de elegância relaxada —, e contudo era obviamente tímida. Ficou tão aturdida quando foi apertar a mão dele que deixou cair um monte de partituras e álbuns que carregava apertados sob o braço. Quando ela e Domostroy abaixaram-se para apanhá-los e suas cabeças colidiram sob a mesa, ela admitiu que estivera com medo de ele achá-la desajeitada e estúpida; certamente, agora ele devia pensar o pior dela.

Domostroy colocou-a à vontade. Pediu bebidas para os dois, e enquanto ela enrubescia de vergonha, Domostroy disse brincando que era ele quem devia estar inseguro, diante de alguém tão jovem e atraente. Lentamente, ela começou a se abrir. Falou sobre si mesma e seus estudos, contou a Domostroy como um colega que era fã dele recomendara pela primeira vez a sua música, e confessou que, através dessa música, havia descoberto emoções em si mesma que antes nunca sentira.

À medida que a noite passava, tentou definir seus sentimentos sobre a moça. Deveria prolongar o encontro dos dois e talvez levá-la para a cama, ou deveria deixá-la e juntar-se a um grupo de amigos que estavam fazendo uma festa de aniversário para uma jovem celista francesa, da qual os amigos achavam que ele iria gostar. A festa estava sendo realizada na Sala Rainbow, um clube noturno no alto do Edifício RCA.

Domostroy tinha uma tendência a complicar assuntos sem importância — onde jantar, a quem telefonar para um encontro, quanto tempo permanecer numa festa. Seus amigos literatos interpretavam sua crônica indecisão como uma síndrome Jekyll-Hide; seus amigos que acreditavam em astrologia o viam como um geminiano típico, sempre dividido entre dois impulsos conflitantes.

Poderia, é claro, levar sua fã de Michigan ao Salão Rainbow, apresentá-la aos amigos e depois levá-la de volta ao hotel em que estava hospedada, ou poderia ir sozinho ao Salão Rainbow, conhecer a celista francesa, combinar para sair com ela outro dia e depois voltar e passar a noite com sua visitante de Michigan.

Tentou considerar a situação em termos de responsabilidade. Seria correto levá-la para a cama, tratá-la como se ela fosse uma coisa, uma imagem de juventude e pureza que pudesse usar para continuar a aumentar sua auto-estima?

Por outro lado, ela o via como o artista que personificava maturidade e criação. E, desde que criara seu conceito sobre ele, a fim de satisfazer-se, tornara-o uma parte dela mesma; mas esta imagem o controlava como a droga controlava o viciado que a procurava. Porém buscando-o, não estaria ela declarando-se capaz de decidir por si mesma que desejava mantê-lo como a fonte de sua obsessão — tornar-se amante dele e levá-lo para a cama como se ele fosse um objeto, uma coisa criada puramente para satisfazer suas próprias necessidades?

A garota deve ter sentido a relutância dele, pensou, pois deu uma olhadela para o relógio e disse que já havia tomado muito tempo dele, agradeceu novamente, depois continuou a dizer que tinha uma confissão a fazer: talvez estivesse errada em contar-lhe isso, disse, mas o motivo pelo qual havia querido tanto o encontro era porque ela estava sofrendo de leucemia mielomonoblástica aguda, uma doença degenerativa que ataca a medula óssea bem como o fígado, baço e nódulos linfáticos, e de acordo com os médicos — e todos os livros que ela lera sobre o assunto — estaria morta dentro de um ano. Tanto estava certa de ficar confinada num hospital durante o estágio final de doença, que decidira esquecer sua timidez normal e fazer tudo que podia, enquanto era capaz, para conhecer Patrick Domostroy, a pessoa que mais enriquecera sua vida.

Olhou-a cuidadosamente. Nada em sua aparência ou maneiras indicavam a devastação da doença; ao contrário, ela parecia quase reluzente de saúde. Disse-lhe que ela poderia muito bem ser curada de sua doença e viver por muitos anos, até mesmo sobreviver a sua família e amigos. Ou, sua vida poderia terminar seu curso não pela leucemia mas por um acidente de carro. Só a sorte resiste ao previsível em nossas vidas, a sorte, no final, fornece a única desculpa ao homem e, conseqüentemente, seu conforto diante do irracional.

Observou-a enquanto falava, notando como a sua pele era imaculada e macia e como seus cabelos eram espessos e brilhantes. Sua respiração parecia perfeitamente normal e quando, a pretexto de retirar um pequenino fio de sua gola, tocou-lhe o pescoço e a face, sua pele pareceu seca e fresca.

Teve a sensação de que ela não tinha doença alguma, que inventara a doença para justificar sua visita, bem como para fazê-lo sentir pena, induzindo-o a ficar mais tempo com ela do que ficaria com qualquer outra visitante que não tivesse nada a oferecer-lhe além de juventude, inocência e ingênua admiração. E assim decidiu não fazer o que ela queria, mas livrar-se dela o mais rápido possível. Pediu a conta, e enquanto esperava, rapidamente autografou todas as partituras e álbuns que ela trouxera. Depois polidamente acompanhou-a ao elevador, beijou-a gentilmente no rosto e disse boa-noite.

Minutos depois, o rapidíssimo elevador do Edifício da RCA transportou-o ao Salão Rainbow, 65 andares acima das luzes de Manhattan.

Durante os meses seguintes, no ocupado decorrer de sua vida — escrevendo músicas durante o dia, saindo à noite, viajando, dando concertos, procurando mulheres com imaginação e homens com sabedoria —, ele esqueceu tudo sobre sua visitante de Michigan. Assim, quando, um dia, um advogado de uma firma de Ann Arbor telefonou para ele, mencionando o nome dela e sugerindo que Domostroy a conhecia, isso o deixou aborrecido. Perguntou o que possivelmente poderia ter levado o homem a tal conclusão. Após um breve silêncio, o advogado desculpou-se e depois continuou para informar Domostroy que a moça havia morrido — vítima de uma doença de sangue fatal — e, para surpresa de sua família e amigos, ela legara em testamento tudo que possuía a Domostroy. Irônica e comoventemente, tudo que ela possuía de algum valor consistia em uma coleção de partituras e álguns de discos de Domostroy, os quais o compositor havia tão cordialmente autografado para ela meses atrás, quando o visitara em Nova York. O advogado contou a Domostroy que ela se referiu a esta visita em seu testamento como a mais tocante experiência de sua curta vida. Domostroy sabia, perguntou o advogado, que sua admiradora havia gasto a maior parte de suas escassas economias nessa viagem?

— Nenhum artista, que seja realmente bom, pode de fato prescindir dos fãs — disse Domostroy a Andrea. — Escutando os discos de Goddard, tenho a impressão perfeita não só de que ele algumas vezes precisa de uma platéia real, mas também de que ocasionalmente teve uma, durante uma gravação. Isto o exclui das categorias de louco varrido, eremita ou homem-elefante.

Andrea olhou com descrença.

— Você disse durante uma gravação?

— Sim. Uma garota com quem conversei no Goddard Beat sugeriu isso, e acho que ela pode estar certa. A maneira de Goddard pronunciar palavras e estabelecer o ritmo de certas frases em seu último álbum, e a imensa energia de seu desempenho, convencem-me de que ele deve ter cantado algumas de suas canções em público, antes de gravá-las.

— Goddard iria arriscar-se a uma apresentação em público só para testar suas canções?

— Não suas canções. A ele próprio. Como todo cantor popular, Goddard sabe que cantar num estúdio de gravação é um pouquinho parecido com cantar debaixo de um chuveiro. O mesmo acontece com os cantores de clube noturno, eles sabem que é diferente cantar no Carnegie Hall, ou no Kennedy Center, ou Madison Square Garden. Uma grande platéia ao vivo força o cantor a cantar na clave mais alta de que é capaz, a ter um desempenho no qual sua energia tem que ser superior à energia coletiva da platéia. Quando faz uma gravação num estúdio, um bom cantor fica tentado a imitar seu próprio desempenho ao vivo, recapturar a animação que ocorre, e até usa uma fita nessas ocasiões para servir de guia.

— Mas onde Goddard poderia realizar espetáculos ao vivo sem ser reconhecido pela voz?

— Em qualquer grande cidade — disse Domostroy. — Metade dos jovens cantores de hoje fazem tudo que podem para soar como Goddard, e muitos deles conseguem ser bem-sucedidos. A última coisa que alguém no mundo esperaria seria ver Goddard num espetáculo público. E, além disso, ninguém sabe seu verdadeiro nome ou como é sua aparência.

— Onde você acha que ele poderia ter feito esses *shows*?

— Talvez numa cidade mexicana, perto da fronteira dos Estados Unidos — disse Domostroy.

— Por que lá? — perguntou Andrea, surpresa.

— Ao sul da fronteira, Goddard provavelmente não iria atrair maior atenção do que qualquer outro jovem americano com uma guitarra nas costas. Ele poderia cantar e tocar em qualquer esquina ou café, e analisar seu impacto sobre uma platéia ao vivo, sem muito perigo de se revelar.

— Então por que ele não tentaria Paris ou Amsterdam, onde todos conhecem e tocam música americana também? — perguntou Andrea.

— Por um bom motivo pessoal, acho. De sete canções em seu último álbum, duas são adaptações ou paráfrases de canções folclóricas mexicanas, *Volver, volver, volver* e *El rey*, que Goddard canta em inglês, exceto por algumas linhas em espanhol. No outro dia, fui a uma loja de discos latinos na Broadway e comprei os originais mexicanos. Quando os comparei às adaptações de Goddard, descobri que algumas das frases que Goddard canta em espanhol não são iguais aos originais. Goddard escreveu-as em espanhol!

— Conheço essas canções — disse Andrea. — Elas parecem mais sentimentais do que a maioria de suas coisas. — Ela começou a cantar *Volver, volver, volver*:

Meu amor está aflito
Para voltar;
Estou ficando louco e
enquanto tudo é tristeza
eu quero amar
e estou morrendo por voltar.

Depois ela perguntou:

— O que dizem as letras em espanhol que ele escreveu?

— Em *El rey*, elas vêem em seguida a estas linhas em inglês:

Com dinheiro, ou sem dinheiro
Faço o que quero...
E continuo sendo um rei

— ele entoou. — Ele fala de estar sozinho, "como Del Coronado"; perseguido "como os inúteis navios de guerra, na fronteira, eu atravesso para encontrá-la". Na outra canção ele fala sobre "escondendo e cantando, em El Rosarito, para onde ela volta toda vez, sua última vez." Ele fala também sobre estar "cansado de paz e sossego... o preço do amor", e diz que "amantes que se separam cometem um crime passional".

Andrea estava ficando excitada. — Existem mais pistas? — perguntou.

— Acho que podem existir. Na última faixa do álbum, inteligentemente Goddard entrelaçou temas de Schubert: *A cidade, À beira-mar* e *O duplo*. Ele repete os acordes sombrios de *O duplo* várias vezes, só para interrompê-los e mudar na série final de acordes, para uma harmonia diferente, claramente arábica em sua natureza, como se, depois de todo seu monótono escondimento, Goddard "o duplo" tivesse subitamente se revelado ao seu verdadeiro sentimento — Domostroy ficou calado e pensativo por um momento.

— Arábica? — perguntou Andrea.

— Arábica — respondeu ele. — Reconhecível na música como o arabesco é reconhecido nos ornatos de certas pinturas.

— Bem, continue! — disse Andrea.

— Existe um estaleiro americano a algumas milhas do famoso Hotel Del Coronado e a fronteira entre San Diego e Tijuana. Talvez Goddard estivesse lá por alguma razão e talvez estivesse ansioso para comunicar o que sentia a alguém, alguém, acho, a quem ele amava. Talvez não tenha tido tempo para compor uma peça que expressasse apropriadamente seus sentimentos e, ao contrário, apossou-se às pressas de algumas canções populares mexicanas, às quais acrescentou um motivo árabe e novas letras, sua mensagem secreta.

— Uma mensagem para uma mulher?

— Por que não? E se cantou em espanhol, provavelmente ela era mexicana. Poderia tê-la conhecido no Hotel Del Coronado. Muitos mexicanos o visitam quando vão a San Diego, passando por aqueles navios assombrados na fronteira. Depois, quem sabe? Talvez ela fosse comprometida, até mesmo casada. — Parou. — Se fosse, a única maneira de ele poder vê-la, sem levantar suspeitas, seria se apresentando em locais públicos, cafés ou restaurantes. Em sua carta, precisamos perguntar se foi seu amor mexicano quem o atraiu para aquelas canções e o inspirou a mudar suas letras originais. Podemos estar na trilha errada, e todo esse material latino ter sido simplesmente recolhido quando ele assistiu ao El Festival Latino no Village Gate, em Nova York. Ou então podemos ter pegado o touro à unha.

— Falando de touros — disse Andrea, agora em um de seus momentos reflexivos —, sabia que uma porção de americanos da Califórnia do Sul vão rotineiramente ver as corridas em Tijuana? — Sem esperar pela réplica, continuou: — Vi touradas na Espanha e, sabe, nunca me pareceram um duelo macho entre um bravo matador e um touro enfurecido. De certo modo, sempre vi o touro, com sua baloucante pica negra, como a essência da virilidade e o matador como uma fêmea sendo cortejada, uma donzela dando piruetas, elegantemente enfeitada, fingindo que caça, mas que está, de fato, ansiosa para ser apanhada, seduzindo e provocando o macho, deixando-o esfregar-se contra ela em cada passe, sua capa vermelha como se já estivesse ensopada do sangue de seu defloramento pelo touro. E só quando o touro finalmente está cansado demais, ou demasiado farto da perseguição, com suas patas plantadas no chão e a cabeça caída bem baixo, só então o matador, como uma mulher rejeitada decidida a punir seu agora desprezado amante, ergue a espada e a crava no ponto mais vulnerável do mundo: o coração do macho.

Às vezes Andrea falava sobre sua família. Disse que sua avó, uma velha senhora teimosa, orgulhava-se tanto de seus lindos cabelos espessos que durante anos se recusara a cortá-los. Para desespero do resto da família Gwynplaine — que considerava impróprio para uma velha usar cabelos tão compridos —, os cabelos da velha chegaram bem abaixo da cintura. Então Andrea, ainda uma garota muito nova, decidira se encarregar de dar uma lição à avó. No meio da noite, se esgueirou até o quarto dela, que estava profundamente adormecida, desbastou-lhe os cabelos com tesouras especiais, deixando todo o monte de cabelos cortados espalhados pelos travesseiros. Supondo que seus cabelos estivessem caindo por causa de seu comprimento e peso, a avó de Andrea apavorou-se, e num esforço para salvar os que restavam, prontamente cortou-os tão curtos que mal cobriam sua nuca.

Andrea também contou a Domostroy uma brincadeira que fazia com seus namorados quando estava no colégio. Deixava que um garoto a atraísse para o quarto dele e começasse a lhe acariciar e beijar. Então, quando ele não estava olhando, se inclinava casualmente e retirava de sua bolsa um tampão higiênico feminino ensopado de vinho e jogava-o para cima com força suficiente para que chegasse ao teto e ficasse preso lá. O garoto olhava horrorizado para a bola gotejante de algodão e as gotas vermelhas pingando sobre o assoalho, o rosto registrando o irracional medo do macho de manusear qualquer coisa suja pelo sangue menstrual, se desculpava profusamente e a levava para casa intocada.

Ouvindo essas e outras histórias similares, Domostroy às vezes conjecturava se Andrea já havia pregado peças nele.

Certa noite, ele deixara Andrea, adormecida, e dirigira seu carro para a histórica Passion Play Church em Long Island para tocar numa missa matutina de réquiem. Mas, cerca de dez minutos depois de ter saído do apartamento dela, percebeu que havia esquecido sua carteira de dinheiro. Voltou e entrou pé ante pé no apartamento, cuidando para não perturbar Andrea, e então descobriu que a cama onde estivera com ela estava vazia. Ficou imaginando aonde teria ido, sozinha, nas primeiras horas da manhã, e por que teria mentido, dizendo-lhe para acordá-la para o desjejum quando voltasse.

Na igreja, o caixão estava no centro do corredor principal, e enquanto tocava, Domostroy não conseguiu deixar de olhar para aquela presença negra e pensar no homem morto ali dentro, uma lembrança para os vivos de que eles eram meramente o elo seguinte na corrente da morte. Em vez de perturbá-lo, o pensamento animou Domostroy. Confrontado pela morte, ficou feliz de estar vivo para aceitar outros ultimatos da vida.

Quando voltou ao apartamento de Andrea, tarde naquela manhã, encontrou-a adormecida na cama, como se não tivesse saído de modo algum. Ferido pela traição, acordou-a e perguntou-lhe como passara a noite. Esticando-se e espreguiçando, Andrea estendeu os braços para dar-lhe um beijo de bom-dia, e disse que, pela primeira vez, havia dormido a noite toda.

Apreciando o calor do seu corpo jovem e firme, sem coragem de confrontá-la, nada disse sobre sua visita de surpresa.

Noutra ocasião, ela contou que via a si mesma, espiritualmente, como metade homem, metade mulher. De tempos em tempos, disse, gostava de vestir-se como homem e fazer a ronda dos bares e discotecas homossexuais da parte baixa do lado oeste de Manhattan, em companhia de alguns amigos, um grupo de músicos *punk*.

Disse que sua fascinação pela sexualidade masculina havia começado quando adolescente, ao se apaixonar por um garoto bissexual ativo. Ela o acompanhava em suas caçadas secretas em busca de um amante masculino, às vezes até oferecendo-se como isca para atrair parceiros sexuais. Em troca, seu namorado deixava que ela o assistisse fazer amor com um homem. Isto fora uma revelação para ela, ver os dois parecia despertar nela não o seu lado feminino, mas o masculino. Em tais momentos, sempre desejava fazer amor com seu namorado e satisfazê-lo como outro homem o faria, um homem por quem ele estivesse apaixonado, e quando ela fazia amor com ele, imaginava ter um pênis próprio — uma réplica do dele.

Andrea se orgulhava de ser uma perfeita provocadora sexual. Freqüentemente, no meio da noite, quando não conseguia dormir, escolhia ao acaso o nome de um homem da lista telefônica, discava o número, e com uma voz rouca se apresentava como Ludmila, Vanessa ou Karen, dizendo que acabara de acordar e que para conseguir voltar a dormir necessitava de "uma conversa *sexy*". Se o homem desligava, discava outro número e repetia a mesma conversa. Levava o sujeito a conversar longamente com ela. Observando Domostroy na cama a seu lado, calculava, pelas reações dele, o impacto de cada palavra que dizia.

— Quero que você seja livre comigo, *baby* — sussurrava no bocal do telefone. — Quero que você se toque onde eu me tocarei. Quer que eu comece primeiro? Farei porque isso me excita. Gosto de sua voz, ela me faz sentir tão perto. Deixe-me guiar suas mãos para onde você quer ir, sim, está onde quero que você me toque. Agora, toque em você, e enquanto o faz, pense que suas mãos são minhas... toque de novo... de novo...

Excitado pela voz dela e sua fantasia, o parceiro amoroso do telefone sussurrava-lhe palavras que Domostroy não conseguia ouvir, e enquanto sussurrava e gemia no telefone, ela deitava-se sobre Domostroy, seus seios sobre o peito dele, seu rosto perto do dele, o telefone sendo a única barreira entre os dois.

— Me ame rápido, amor, mais rápido, mais fundo... mais rápido agora — ela suspirava dentro do fone, e escutando os sons do receptor, ela se afastava de Domostroy, deixando-o no meio de sua própria excitação, e desligava o telefone. — Outro sacana acaba de esporrar em cima de mim — exclamava ela com raiva fingida. — Imagine a ousadia, no nosso primeiro encontro!

Certa manhã, exatamente quando Domostroy estava a ponto de falar a Andrea sobre sua última descoberta, ela o surpreendeu antecipando-se a ele.

— Goddard é como um escritor que usa um pseudônimo. Geralmente esse pseudônimo não tem relação com o verdadeiro nome do escritor, ou com sua vida, porque esse deve ser um disfarce, uma camuflagem. Mas outro dia você disse que achava que sabia por que Goddard escolheu esse nome para si mesmo. Fale-me sobre isso.

— Tenho uma pista — disse Domostroy. — Enquanto estava ouvindo os discos dele, selecionei dois temas musicais, os quais estava certo de pertencerem a outros compositores cujos discos já escutara antes. Eram sutis paráfrases de música que eu pensava conhecer, e durante dias escutei centenas de discos e fitas, velhas e novas, americanas e estrangeiras, mas não consegui encontrar as origens, principalmente porque esses dois temas musicais indefiníveis evocavam a música de vários compositores do passado e do presente. Finalmente, descobri um *leitmotiv*.

— Associado a quem?

— Lieberson, um homem que conheci — respondeu ele —, que morreu alguns anos atrás. Lieberson era presidente da Columbia Records Masterworks, e foi responsável pelo lançamento de nossos melhores compositores contemporâneos, tanto clássicos como populares, bem como por produzir *South Pacific*, *My fair lady* e *West side story*. Ganhou sete prêmios Grammy, e pelo menos outros tantos Discos de Ouro, e foi um dos mais completos e admirados homens da indústria fonográfica.

— Espere um minuto — interrompeu Andrea, impacientemente. — Você está falando sobre um executivo. O que tem isso a ver com os temas na música de Goddard?

Inclinando-se lentamente sobre Andrea e inalando seu odor ácido e perfumado, Domostroy esfregou uma das faces contra sua coxa interna, dura e fresca, e pressionou a outra contra o púbis raspado, contra a carne agitada e quente em forma de caracol.

— Lieberson era também um inspirado e excelente compositor — disse delicadamente. — Gastei tempo escutando novamente toda a sua obra, e ele escreveu um volume bem grande: música incidental para *Alice no país das maravilhas*, um balé, uma suíte para orquestra de cordas, uma sinfonia, fundo musical para três poemas chineses de três vozes misturadas, uma suíte para vinte instrumentos, uma peça chamada *Protestos dos jovens*, outra chamada *Nova melodia para piano*, um quinteto, e várias canções para textos de Erza Pound, James Joyce e outros. Até tornei a ler seu romance, *Três para o quarto C.* Gloria Swanson trabalhou no filme!

— Volte ao assunto — disse ela enquanto movia-se para trás e prendia-o entre suas pernas. Sua rotundidade era livre de qualquer protuberância muscular e a maciez não era perturbada por um único pêlo.

— A questão é que Goddard parafraseou uma parte inteira de uma das peças de Lieberson.

— Grande coisa. Todo mundo parafraseia. Em meu curso de literatura pianística, acabei de aprender que, na *Fantaisie impromptu*, Chopin parafraseou um *impromptu* de Moscheles que havia sido publicado por acaso num volume junto com os noturnos Opus 15 de Chopin. Ficou tão envergonhado ao tomar conhecimento da semelhança que durante vinte anos recusou-se a publicar sua obra-prima. Tudo que Goddard fez foi parafrasear uma passagem musical de uma peça que ele pode ter ouvido em algum lugar! — Ela estava desapontada. — Isto não é o bastante para ser um elo significante.

— Concordo, não é o bastante — disse ele, beijando-a, sua língua contornando as dobras e anéis do sexo dela, pressionando e abrandando, deixando-a arrepiada, com a respiração estridente, os olhos fechados, o corpo se contorcendo.

Ele parou, depois falou suavemente.

— Há outro elo. Adivinhe qual é o primeiro nome de Lieberson?

— Por quê? — suas mãos empurraram os ombros de Domostroy. Ela parou de se contorcer.

— Apenas adivinhe.

— Victor. Não, espere: Hector.

— Errado.

— O que o primeiro nome de Lieberson tem a ver com Goddard?

— Muita coisa — disse Domostroy. — O primeiro nome de Lieberson era Goddard.

— O quê? — disse ela, tirando o cabelo do rosto.

— Goddard Lieberson. — Ele olhou-a fixamente.

— Isso é inacreditável — ela disse. — Poderia ser uma coincidência?

— Coincidência? Primeiro o nome de Lieberson, depois sua música! Esta é uma conexão, não uma coincidência. — Domostroy fez uma pausa. — Mas o que pode ser a conexão? Quando Goddard Lieberson estava em seus bons tempos, nosso Goddard provavelmente era, como você, Andrea, um adolescente no colégio.

Ela sentou-se, pensativa.

— Você disse que Goddard tinha parafraseado os temas de dois compositores. Um é Lieberson. Conseguiu descobrir o outro?

— Ainda não — disse Domostroy.

Alguns dias depois, como que conferindo os progressos dele, Andrea perguntou:

— Descobriu o outro tema que Goddard parafraseou?

— Foi terrível! Tentava tudo e nada conseguia. Nem o compositor, nem a obra — disse. — Havia qualquer coisa inteligente e evanescente nele, um pouquinho estrangeiro e antiquado, na linha dos românticos russos do passado século XIX: Borodin, Balakirev, Mussorgsky. Tinha a sensação estranha de já ter ouvido a peça tocada pelo próprio compositor, em certa ocasião, o que significava que devia ser coisa muito mais recente. Então me lembrei. Goddard tirou aquele *leitmotiv* de Boris Pregel, outro compositor que conheci, como conheci Lieberson.

— Boris Pregel? Acho que nunca ouvi falar dele, ou de qualquer coisa feita por ele.

— Ele também antecedeu um pouco ao seu tempo. Pregel nasceu na Rússia e com a idade de seis anos foi treinado pela mãe, que era uma excelente pianista e cantora. Mais tarde, estudou música no conservatório de Odessa, mas então passou a estudar Engenharia e fugiu para o Ocidente, para a França. Depois veio para os Estados Unidos. Como Lieberson, Pregel tornou-se conhecido não por sua música, mas por outras razões; em seu caso, principalmente como especialista e inventor no campo da energia atômica. E foi um empresário enormemente bem-sucedido, negociando com urânio e outros materiais radioativos. Por suas realizações e serviços à humanidade, Pregel foi feito presidente da Academia de Ciências de Nova York e se tornou um dos homens mais condecorados do mundo, bem lá em cima com De Gaulle, Eisenhower e o papa.

— E quanto à sua música?

— Era de primeira classe — disse Domostroy. — Na tradição dos russos românticos. Sua *Suíte romântica*, sua *Fantasia em ré maior* e muitos outros trabalhos seus foram executados na América e na Europa, pelas orquestras sinfônicas de Roma e Milão sob a regência de D'Artega. É estranho como as coisas retornam. Eu havia me esquecido que D'Artega, o maestro, também foi ator. Ele interpretou Tchaikovsky, no filme *Carnegie Hall*.

— Você conhece um monte de curiosidades musicais, não é? — disse ela, impressionada.

— Você acabará conhecendo todas — replicou Domostroy. — Por exemplo, as músicas de Boris Pregel, como as de Lieberson, foram usadas como moldura por poetas muito conhecidos. — Ele parou e refletiu. — Existe uma informação que eu gostaria de ter: como aconteceu de Goddard apanhar os *leitmotivs* de Goddard Lieberson *e* Boris Pregel? Não consigo encontrar a conexão.

— Talvez ele gostasse apenas da música deles — disse Andrea.

— Contudo, que coincidência! Mesmo quando Pregel e Lieberson estavam vivos, a música deles não era muito conhecida. A maioria das pessoas não estaria familiarizada com o trabalho de um, quanto mais dos dois. Gostaria de saber se a família de nosso Goddard tinha alguma conexão com eles. Haveria possibilidade de Goddard ter conhecido Lieberson e Pregel?

— Por que não? — gritou ela. — Goddard poderia ser um jovem executivo, uma espécie de contemporâneo de Lieberson ou Pregel. Esta não poderia ser a conexão?

— Duvido. Por uma razão, Lieberson e Pregel não foram executivos típicos. Ambos eram artistas criativos e intelectuais, homens com educação extensa e vasta cultura.

— Você acha que, a seu modo, Goddard está no nível deles?

— Definitivamente não. Os dois foram músicos talentosos e excelentes. A despeito do que Nash e outros críticos dizem, nosso Goddard não tem nenhuma compreensão real do piano; sua música é elementar, plana, sem profundidade; seu tratamento de ritmo, harmonia e melodia é feito pelo sintetizador. Em minha opinião, ele também tem fracassos como cantor: sua voz é tão comum quanto seu repertório. Ele não consegue dar a nuance certa às suas vogais e o volume depende inteiramente da amplificação eletrônica.

— Pelo menos não tenta apenas entreter — disse Andrea. — Goddard escreve para alargar a experiência musical de sua platéia. É por isso que todos o amam. É por isso que ele não é apenas outro astro do *rock*. É um inovador, como Gershwin.

— O público de massa é por natureza ingênuo — disse Domostroy. — Facilmente influenciado pela mídia de massa, não consegue distinguir entre o que é autêntico e o que é meramente crível, entre originalidade e imitação. Na melhor das hipóteses, Goddard é um cantor moderadamente dotado e um engenhoso improvisador de música eletrônica. Isso é tudo. Certa vez Chopin disse que nada é mais odioso do que música sem significado oculto. Mas Goddard não tem significado para esconder. Ao contrário, se esconde astutamente em sua música! Sua invisibilidade ainda é seu maior bem! — Ele olhou para Andrea e viu que suas palavras a aborreceram. — Inovador ou não — continuou, numa voz mais gentil —, sua música apenas não nos dirá como ele se ligou a Lieberson e Pregel. Mas talvez os arquivos da Columbia Records, ou da Academia de Ciências de Nova York digam.

Andrea leu a carta.

— Está maravilhosa — disse, com um suspiro —, e tão comovente. Se eu fosse Goddard, certamente ia querer conhecer a mulher que a escreveu. — Ela releu, calmamente, seus lábios se movendo a cada palavra. — Meus sentimentos sexuais devem ser mencionados em tais detalhes?

— O que você diz sobre sexo nesta carta tem de funcionar como o pedal de sustentação num piano. Tem de fazer você ressoar na fantasia dele.

— Gostaria de ter escrito isso — murmurou ela docemente. — Está linda.

— Veio de você — disse Domostroy.

— Sim, mas a assinatura será minha única contribuição.

— Não será assinada — disse Domostroy. — E não terá nenhum endereço de remetente.

— Por quê? Se a carta está dizendo a verdade...

— A verdade não necessita de assinatura — disse Domostroy, tirando-lhe a carta. — Se ficar impressionado com a carta, o fato de não saber quem é você o intrigará ao máximo. Ele contará os dias até que escreva de novo, esperando que da próxima vez assine seu nome para que um dia possa vir a encontrá-la.

— E uma carta pode fazer tudo isso? — conjecturou ela em voz alta.

— Duvido. Mas várias, digamos, cinco, poderão. Tempos atrás, durante o período *Sturm und Drang*, quando eu recebia bastante cartas de fãs para saber quão similares todas são, recebi uma diferente. Quem a escreveu, uma mulher, dizia que me conhecia apenas por minha obra e uns poucos concertos e aparições na televisão, mas sua análise de minha música era tão perspicaz quanto o eram suas percepções de minhas ânsias e desejos... as influências ocultas de minha vida, sobre as quais nunca havia conversado com ninguém... que fiquei totalmente espantado.

"Se, sem me conhecer, ela havia detectado tanto do meu mais íntimo ser, você pode imaginar como fiquei tentado a permitir seu estudo cara a cara, sem delicadezas emocionais e profissionais para mascarar o encontro. Mas quando cheguei ao final da carta, percebi com desalento que ela não a havia assinado, ou melhor, que a assinara apenas com uma frase musical de Chopin. Concluí que ela simplesmente esquecera de acrescentar seu nome, e honestamente esperei que, não recebendo minha resposta, escrevesse novamente.

"Algumas semanas depois, uma segunda carta chegou, e desta vez, com estranho discernimento, ela especulava em que tipo de composição eu estava trabalhando: extensão, tendência, fontes de inspiração, e tudo que dizia era mistificadoramente próximo da verdade. Outra vez, a carta só estava assinada com uma frase de Chopin, uma diferente, e agora eu sabia que a omissão era intencional.

"Outras cartas se seguiram, todas assinadas com frases de Chopin nas quais ela continuava a falar sobre meu trabalho, mas também continha cada vez mais informações sobre seus próprios sentimentos e desejos, e em pouco tempo as cartas se tornaram específicas sobre seus pensamentos e fantasias sexuais. Descrevia cenas com detalhes de nós dois na cama, com diálogos — o que eu lhe dizia e o que ela respondia; e a posição exata de nossos corpos a cada etapa do caminho. Com fantástico discernimento, ela especulava com perfeita acuidade sobre a extensão total de meus desejos sexuais, aqueles que eu admitiria livremente e aqueles que eu nunca sonharia confessar, muito menos realizar.

"Em muitos momentos ela chegava tão próximo da verdade que comecei a acreditar que tinha percepção extra-sensorial. Pior, temia que minha misteriosa correspondente pudesse ser alguém que eu conhecia ou amiga de alguém que eu conhecia: uma antiga amante, uma parceira casual, uma colega ou uma amiga. E, ainda assim, estava certo de que nunca encontrara alguém tão lúcido, ou tão obsessivo.

"Para a busca bem-sucedida tanto de meus esforços criativos quanto de minhas fantasias sexuais, passei a contar inteiramente com as suas cartas, como se fossem a força vital de minha vida. Durante meses, cada vez que chegava uma carta, eu me convencia de que ela se revelaria para que afinal pudéssemos nos encontrar, para que eu pudesse dizer-lhe o que ela significava para mim. Mas ela nunca o fez, e depois de um ano as cartas pararam. Senti a princípio como se o alimento de meu cérebro tivesse sido cortado inesperadamente. Depois, comecei a me confortar com várias teorias: que ela era velha e doente; que havia morrido; que mesmo que estivesse viva devia ser, apesar de brilhante, neurótica, instável e provavelmente esquizofrênica. Por fim, a reduzi à banalidade, imaginando-a fisicamente comum, ou feia, talvez um pouco repulsiva, e com o tempo a excluí de minha mente.

"Alguns anos mais tarde, participei do festival musical de Crans-Montana, uma estação de esqui na Suíça, muito freqüentada por artistas. O convidado de honra do festival era uma pianista considerada, a despeito de estar na casa dos vinte anos, uma das maiores concertistas do mundo, e que, devido a sua aparência invulgarmente linda, era a favorita do público e dos meios de comunicação. Eu a vira tocar várias vezes, e sempre me sentira perturbado pela sua sensualidade.

"Na última noite do festival, eu estava sentado, com vários outros convidados, à mesa principal com a pianista e seu marido, um jovem homem de negócios. Durante a refeição notei que a pianista me olhava furtivamente. Intimidado por sua beleza, bem como pela presença do marido, só consegui trocar algumas palavras com ela sobre a necessidade de reclusão e de exposição do artista, o que parecia óbvio para nós dois, mas contraditório para alguns outros na mesa.

"Em determinado momento, saí da mesa para ir ao banheiro dos homens, no andar de baixo, e na escada escura ouvi uma mulher atrás de mim chamando-me pelo nome. Era a pianista.

— Quero me desculpar, Sr. Domostroy — ela disse — por tê-lo encarado durante o jantar.

— Fiquei muito lisonjeado — disse. — Eu queria conhecê-la há muito tempo.

— Já me conhece, antes mesmo desta noite! — disse ela, aproximando-se até seu rosto ficar sob a luz. Uma vez mais, senti a força total de sua beleza.

— Já ouvi você tocar, mas acho que nunca a conheci — falei.

— Pessoalmente não — replicou ela e colocou a mão no meu ombro. — Escrevi, porém, a você — disse ela —, muitas vezes. Nunca assinei minhas cartas. Eu as encerrava com notas musicais.

Senti meu corpo se sacudir. Meu coração disparou.

— Notas de *O desejo*, uma mazurca de Chopin — falei e comecei a recitar a letra das frases musicais que ela enviara.

Se eu fosse o sol no céu,
Não brilharia senão para você;

Se eu fosse um pássaro deste bosque,
Não cantaria em qualquer terra estranha

Somente por todo o tempo
Sob sua janela e para você sozinho.

Dominado pela lembrança das cartas e pelas imagens que elas sugeriam, agora que estava em pé à minha frente, peguei-a pelos braços e puxei-a para mim, fechei as mãos atrás das suas costas e encostei meu rosto contra o dela.

— Amei suas cartas — disse. — Elas me fizeram pensar em você cada vez mais, e esperá-la mais ansiosamente do que jamais esperei por alguém. Isto foi há cinco anos. Cinco anos! Pense o que esses anos poderiam ter sido se tivéssemos nos encontrado naquela ocasião.

Ela segurou minhas mãos.

— Olhei para suas mãos no jantar — disse — e pensei, na época, que teria dado o mundo inteiro para senti-las sobre meu corpo. Tive uma imensa atração por você, por sua música, por tudo a seu respeito. Vi você na TV, li tudo nos jornais a seu respeito, fui a todos os seus concertos. Tudo que desejava era que se apaixonasse por mim.

— Se ao menos você tivesse se mostrado, teria conseguido — falei. — Eu estava apaixonado pela mulher que escreveu aquelas cartas. Sonhava com ela toda noite e com a vida que poderíamos ter juntos. Teria desistido de tudo por uma nova vida com ela. — Puxei-a para mim, enterrei meu rosto nos seus cabelos, pressionei seu corpo contra o meu. Ela oscilou em meus braços. — Ainda a amo. Diga-me o que quer que eu faça para que possamos ficar juntos.

Ela hesitou, sem me olhar, e lembrou-me de que era casada.

— Você o ama? — perguntei.

— Amar? Talvez não, mas me importo com ele. E temos um filho.

— Podemos ser amantes — instei-a.

Ela afastou seu rosto do meu.

— Disse-lhe numa carta que estava apaixonada. Ainda estou. Mas, se tiver que me esconder, sentirei que estou pervertendo esse amor, tornando o que é natural em algo vergonhoso.

— Então por que escondê-lo? — perguntei, segurando-a com mais força. — Não quero perdê-la de novo.

Ela soltou-se de meu abraço e disse:

— Meu marido me ama. Ele tem sido muito generoso. Sem o apoio dele eu não teria me tornado o que sou. Não posso deixá-lo.

Quando se afastou, deixei escapar:

— Por favor, escreva-me outra vez. — No dia seguinte, ela e o marido partiram de Crans-Montana.

— Fiquei a princípio com a emoção de ter segurado em meus braços a mulher que amava, e só mais tarde tomei consciência de minha perda. Enquanto esperava que escrevesse, fantasiei sobre ela cada vez mais, sempre imaginando-a nua, fazendo amor comigo em encontros clandestinos, depois de seus concertos, em grandes hotéis anônimos no West Side de Nova York; em hotéis nos arredores de Paris, Roma ou Viena; em motéis de Los Angeles; em quartos particulares dos secretos palácios do sexo no Rio de Janeiro. Mas ela não escreveu e comecei a passar horas sem fim lendo e relendo suas velhas cartas. Durante esses períodos eu desprezava a mim mesmo, minha música, minha existência inteira, minha falha, não conseguindo tê-la na única vez em que tive a oportunidade. A visão de um telefone enchia-me de dor, mas não ousava telefonar para ela. Como um colegial apaixonado por sua professora de música, fiz elaborados planos para segui-la, arranjar as coisas para nos encontrarmos acidentalmente, mas sempre abandonava esses projetos adolescentes. Alguns meses atrás, soube que o marido dela morreu num acidente de automóvel.

— Verdade? — perguntou Andrea casualmente, pegando uma escova de cabelo. — Então por que não a procura?

— Para quê?

— Para ficar com ela. — Andrea escovou os cabelos vagarosamente, deixando-os cair sobre os ombros e pescoço. — Você é a melhor parte do passado dela.

— Mas ela não é a melhor parte do meu — disse Domostroy numa voz deliberadamente calma. Levantou e espreguiçou-se. — De qualquer modo, ela me escreveu quando eu era compositor. Tudo que componho agora são cartas, para outra pessoa — ele riu entre dentes, depois pegou Andrea e levou-a para a cama. Cobriu-lhe os seios com os cabelos dela, acariciando-os suavemente.

— Quanto tempo depois desse encontro com a pianista você parou de compor? — perguntou Andrea no dia seguinte.

— Um ano e pouco — disse Domostroy. Com um sorriso acrescentou: — Você poderia dizer que a criação se exaure ante a renúncia.

— Ainda está apaixonado por ela? — perguntou Andrea.

— Não por ela. Só por suas cartas — disse ele. — Por falar nisso, sua primeira carta para Goddard seguiu a noite passada. Enviei-a num envelope oficial da Casa Branca, um dos poucos que guardei como lembrança, durante anos. São gravados em relevo, do tipo que você recebe com convites de casamento dentro. Nunca haviam sido endereçados ou carimbados.

— Onde os conseguiu? — perguntou Andrea.

Domostroy olhou-a antes de responder.

— Toda vez que eu dava concerto em Washington, recebia nesses envelopes bilhetes de congratulações de um admirador que era então conselheiro do presidente. Se alguma carta de fã chegar até Goddard, será esta.

— Provavelmente ele vai pensar que trabalho na Casa Branca.

— Talvez. Ou que você é mulher ou filha de um dos chefões do país, alguém que, como Goddard, se mantém invisível. Isto o tornará temeroso de que você jamais abandone seu anonimato, mas pode ter certeza de que isso também o fará aguardar os próximos envelopes da Casa Branca.

— O que haverá neles?

— Mais percepções suas sobre ele, sua música, sua vida e talvez algumas fotografias para mostrar como você é linda.

— Devemos permitir que ele saiba como eu sou, tão logo? — disse ela e depois prontamente respondeu sua própria pergunta. — Talvez possam ser tiradas a distância, ou com meu rosto virado.

— Essa é uma boa idéia — ele disse.

— Se não estou assinando as cartas, também não deveria mostrar meu rosto. O rosto não é a assinatura do corpo?

Ele sorriu.

— Você não tem montes de retratos? — perguntou ele.

— Não muitos. — Parou e acrescentou: — Olhe, talvez pudéssemos tirar alguns! *Sexys*. Eu poderia té me despir para ele.

— Outra boa idéia, mas e se ele ficar ressentido por você posar para outro homem?

— É claro que ficará — declarou ela. — Por isso não o deixaremos saber. Não podemos arranjar as poses de forma que ele pense que usei uma câmera com disparador automático?

— Acho que sim. Na sua opinião, para que servirão as fotos? — perguntou Domostroy.

— Puramente para excitá-lo.

— Você pensa em tudo, não? — disse ele, impressionado.

— Alguém tem que pensar, porque, Patrick, se Goddard guardou seu segredo do mundo esse tempo todo, deve ser muito esperto. Isto significa que temos de ser mais espertos ainda, certo? Acho que devemos também ter certeza de que não existem impressões digitais nas minhas cartas ou nas fotografias. Se ele ficar interessado em mim, não vamos deixar que me investigue antes que eu o tenha investigado. — Ela revirou os olhos e soltou uma gargalhada.

— O que é tão engraçado? — perguntou-lhe Domostroy.

— Depois de tudo isso — disse ela — e se o interesse de Goddard for por homens?

— Se for — disse Domostroy, com um sorriso aberto —, vocês dois vão ter alguma coisa em comum logo de início.

Estavam deitados nus, bronzeando-se ao sol no terraço do edifício dela. Estendida ao lado dele, a cabeça sobre uma toalha, Andrea dormia. Domostroy observou uma gota de suor escorrer pelo pescoço dela rolar sobre seu busto, parar no bico do seio, correr pelos lados e, sem qualquer ruga para impedir sua descida, rolar pela superfície macia e lisa de sua barriga.

Domostroy em seguida olhou para si mesmo. Pequenos lagos haviam se formado entre as dobras e rugas de sua pele. Incapaz de suportar o calor por mais tempo, vestiu o calção e levantou-se. As ruas de Manhattan exalavam calor lá embaixo. Uma brisa fraca trouxe um cheiro de alcatrão e no Hudson um porta-aviões nuclear, escoltado por uma frota de rebocadores e barcos de passeio, dirigia-se para Ambrose Light, as asas dobradas dos aviões no convés de vôo recebendo o sol como um acordeom aberto.

— Não acredito nessa história do papel de carta da Casa Branca. — A voz de Andrea veio por trás dele.

— Por que não?

— Toda essa coisa de carta-dentro-de-carta soa falso — ela disse calmamente. — Fiz algumas investigações. Na Casa Branca não usam envelopes duplos em tais casos. Você mentiu, Domostroy. Por quê?

— Achei que os envelopes poderiam beneficiar nossa causa, não a verdade sobre como os consegui.

— A verdade não existe para beneficiar. A verdade é. Apenas isso.

— Então eu meramente a suprimi — disse ele, ainda observando o porta-aviões.

Quando falou isso, por um momento pensou: teria igualmente suprimido de si mesmo a verdade de sua vida? Teria sua vida sido mais bem servida se, em vez de alistar-se a serviço da jovem ao seu lado, tivesse se alistado na tripulação daquele porta-aviões? Para permanecer autêntico consigo mesmo, não deveria ser adaptável, tão mutável como a música, em que faz pouca diferença que o hino americano tenha sido, até a Guerra de 1812, uma canção londrina? Ou que a majestosa *Polonaise* em dó bemol maior de Chopin tivesse alcançado a massa de ouvintes pela primeira vez em A *song to remember*, um filme banal sobre a vida do compositor, e também como *Cheek to Cheek*, uma versão em *swing* do tema principal da melodia?

— E que tal tentar a verdade, Patrick? Como conseguiu aqueles envelopes? — insistiu Andrea.

— Está bem, vou lhe contar — disse Domostroy. — Dez anos atrás, ensinei sintaxe musical na escola de teatro de uma das antigas universidades do Leste. Entre meus alunos havia uma de quem eu honestamente gostava muito, e quando ela se candidatou a ser minha assistente, contratei-a na hora.

— Não estou interessada em práticas de recrutamento na universidade — interrompeu Andrea. — Aposto que acontece o mesmo na Juilliard.

— Devido às ligações de sua família — disse Domostroy —, ela morava no andar térreo de uma grande casa de campo perto da universidade. O proprietário, que ocupava o andar de cima, era um advogado aposentado, ex-sócio de um importante escritório de advocacia em Washington e que na juventude fora um dos principais conselheiros da Casa Branca.

— E ele deixava o papel de carta da Casa Branca espalhado pela casa? — perguntou Andrea com um sorriso malicioso.

— Mesmo que deixasse, naquele tempo tinha coisas melhores para pensar que surrupiar envelopes para cartas que eu poderia escrever um dia, como se fosse uma mulher, para um astro do *rock* que representa o papel de homem invisível.

— Coisas melhores? Tais como? — perguntou Andrea.

— Composições musicais. Foi nesse ano que escrevi *The Baobab Concerto.*

Andrea sorriu com menosprezo.

— O mesmo que, alguns anos depois, pelo que me lembro, você decidiu reescrever porque achou que não era suficientemente bom. Obviamente, tinha outras coisas em mente na primeira vez. Para começar, essa jovem assistente.

— Certo — disse Domostroy. — Sem ela, dar aulas teria sido uma rotina monótona. O velho, aliás, vivia sozinho e, a despeito de sua idade avançada, insistia em preparar as próprias refeições, desse modo economizando o salário de uma cozinheira. Numa manhã de sábado, minha assistente telefonou e perguntou se eu podia ir lá imediatamente. Tinha uma surpresa para mim, disse, que poderia até inspirar uma peça musical. Quando cheguei à casa, encontrei-a no jardim usando um vestido de *chiffon* quase transparente de uma época passada e sapatos antiquados de saltos altos. Quando caminhou na minha direção, uma brisa fez o vestido aderir ao seu corpo bem-feito. Como a Dama de Shalott do quadro de Waterhouse, da Galeria Tate, ela pegou-me pela mão e levou-me para a casa, onde vedou meus olhos com um lenço e fez-me subir um lance de escadas. Entramos numa sala. Pelo cheiro de livros e couro velho, calculei que estávamos na biblioteca do velho. A garota conduziu-me a um sofá de couro e empurrou-me para sentar nele. Subitamente, ela arrancou a minha venda. Abri os olhos e o vi sentado na escrivaninha, a menos de três metros de distância de nós, sua cabeça apoiada sobre as mãos enquanto nos fitava com cega fascinação.

— Ele? — perguntou Andrea.

— O velho, quem mais podia ser? — disse Domostroy. — Mas ele não se movia, estava morto.

— Há quanto tempo estava morto? — perguntou Andrea.

— Apenas há algumas horas. Naquela manhã, a garota reparou que ele não descera para apanhar seu exemplar do *New York Times*. Quando subiu ao andar superior, encontrou-o na escrivaninha, já frio. Num impulso, empurrou a cabeça dele e telefonou para mim. Ela tinha um gosto pelo bizarro, como vê.

— E eu pensei que poderia surpreender você com minha vestimenta *punk* de couro! — gemeu Andrea. — Conte-me o que aconteceu depois.

— Não muito — disse ele. — Começamos a mexer nas coisas: gavetas, arquivos, armários de cartas. A presença dele definitivamente a excitava, a idéia da Morte vigiando a Vida. Ela disse que nós dois fazendo amor ali, naquele instante, seria um tema perfeito para Hieronymus Bosch ou Dali.

— Com o velho, espero, apenas assistindo — interrompeu Andrea. — Ou sua assistente estava pronta para uma experiência ainda mais bizarra?

O porta-aviões agora havia sumido e todos os pequenos barcos tinham se dispersado.

— E o papel de carta? — perguntou Andrea.

— Tirei um pacote de papel de cartas da Casa Branca da escrivaninha dele. Como lembrança.

— Um *souvenir* — murmurou Andrea. — Gostaria de saber de quê.

Em ocasiões estranhas e inesperadas, Andrea gostava de provocar Domostroy.

— Quando meu avô se aposentou, não queria comer mais, e quando os médicos o salvaram de morrer de fome, cansado de sua vida inútil, como Hemingway, ele estourou os miolos com um tiro. Por que não fez o mesmo?

— Porque ainda sou útil — disse Domostroy. — A mim mesmo. A você. Estou feliz por estar vivo.

— Isto não é ser útil — disse ela, rindo para ele. — Isto é ter um ego!

Ocasionalmente, Andrea recordava-lhe que, assim que conhecesse Goddard, Domostroy teria que ir embora. Dizia isso calmamente, como que para salientar o que era óbvio: que encontrar Goddard era a única razão de estarem juntos. E às vezes dizia isso exatamente depois de terem feito amor, quando permitia que ele a excitasse e depois, trocando os papéis, o excitava, levando-o a cruzar todas as barreiras. Quando já não tinha mais tensão para liberar, depois de pedir que ela parasse de forçá-lo além de seus limites, ele adormecia exausto e acordava ao lado dela saciado e sereno. Então ela falava da separação.

Suas palavras inevitavelmente traziam de volta o terror que ele freqüentemente sentia antes de conhecê-la: o terror de dirigir seu carro a cada noite, sozinho, do Kreutzer para o Old Glory — o buraco negro de seu estreito universo.

Domostroy sabia que se as cartas de Andrea e as fotografias intrigassem Goddard suficientemente, o cantor iria procurar encontrá-la. O artifício seria tornar impossível para Goddard identificar Andrea antes de ela poder identificá-lo. Pois, se descobrisse quem ela era, não haveria motivo para ele revelar-se, e todos os esforços de Domostroy e Andrea teriam sido em vão. Mesmo que Goddard encontrasse Andrea e se tornasse seu amante, raciocinava Domostroy, era preciso cuidado para que, mesmo deitado com ela nua na cama, ele não fosse capaz de identificá-la. A fim de saber se ela era ou não a mulher da Casa Branca, Goddard devia ser obrigado a falar longamente, na esperança de fazê-la trair-se aludindo a um pensamento, uma frase de uma de suas cartas para ele. Domostroy esperava que, durante esse longo intercâmbio verbal, Goddard se revelasse primeiro, através de referências involuntárias, a algo que Andrea reconheceria como tendo tido origem em suas cartas.

Para dar a Andrea as maiores vantagens nesse jogo, Domostroy decidiu fotografá-la num quarto de motel anônimo e não no apartamento dela, que Goddard provavelmente reconheceria instantaneamente. Decidiu também disfarçá-la. Lavando-lhe os cabelos com uma rinsagem colorida e secando-os, mudou sua forma e consistência. Depois, usando maquilagem para o corpo, alterou ligeiramente o recorte dentado do umbigo dela, alargou e escureceu as aréolas dos seios, e cobriu várias manchas visíveis nas suas costas e coxas. Como Andrea regularmente raspava os pêlos do púbis, ele a fez colocar uma peruca vaginal, um artifício popular entre travestis e hermafroditas, que fez sua vagina parecer mais alta, mais larga e mais alongada do que realmente era.

Nas muitas fotografias que Domostroy tirou de Andrea, ele próprio teve que ficar completamente invisível. Não poderia haver nada no retrato ou na expressão ou pose de Andrea que indicasse a presença de um homem no quarto. Depois de prepará-la para cada pose, saía de perto dela, levantava e posicionava a câmera de modo que a fotografia pudesse mostrar o corpo de Andrea — não seu rosto — e a própria câmera refletida num espelho.

Enquanto Andrea jazia nua sobre a cama, com os travesseiros e lençóis em desalinho, Domostroy derramava óleo sobre seus ombros, pescoço, seios, barriga e coxas, e depois nele próprio. Sentado ao lado dela ou sobre ela, abrindo-lhe as pernas, ele a massageava, começando a bater com as palmas das mãos nas costas, descendo até as nádegas. Virando-a, guiava as mãos para os seios, depois pressionava com os polegares os mamilos, esticando as aréolas; deslizava as mãos mais abaixo e passava o óleo sobre os rins, sobre os contornos das nádegas, sobre os lábios da vulva. Parava para derramar mais óleo sobre ela e, depois, duro, rígido, tenso e oleado, erguendo-a sem avisar, suas pernas escorregando contra os braços dele, o peito dele apoiado na parte posterior das coxas de Andrea, penetrava profundamente nela, com toda sua força e peso. Ficava entrando e saindo, e logo que ela começava a se contorcer, a gemer e gritar embaixo dele, Domostroy saía de dentro dela, corria para a câmera e fazia a foto. Então, depois que a foto ainda não revelada saía da câmera, estudava seus contornos emergentes e cores, verificando criticamente a forma de cada detalhe do corpo e do rosto dela, à medida que ganhava contraste e densidade, segundo por segundo. Ele movia a câmera, massageava Andrea outra vez, mudava sua posição — ou a posição das mãos dela sobre os seios, a barriga ou púbis — e tirava mais retratos dela, resplandecente, como se seu corpo estivesse banhado em suor. Outra vez ele voltava a ela. Elevando-se buscando a boca dele, estremecendo, as mãos de Andrea deslizavam ao longo dos quadris dele, agarravam seu membro e o guiava para dentro de sua carne. Então ele se enfiava por ela adentro. Quando ela começava a estremecer e suspirar, novamente saía dela e corria para a câmera.

Tirou uma foto depois da outra, deixando-a insatisfeita, gritando, chamando-o de cruel e sem coração. Quando se tornou frenética, deu-lhe uma bofetada no rosto de um lado e de outro, enquanto que com a outra mão esfregava com força o sexo dela, até fazê-la chorar e deixar que ele forçasse a própria mão passiva de Andrea entre as próprias coxas, dentro das virilhas que ardiam. Quando ele corria de volta para a câmera e a aproximava mais para fotografar os seios, as coxas, a umidade da vagina e dos dedos dela ali enfiados, ela começava a provocá-lo novamente e ele trepava sobre ela. Gritando que era dela a idéia de excitar Goddard mostrando a este o quanto ela própria poderia ficar excitada, Domostroy batia nos seios, barriga e quadris de Andrea, como um marido ciumento. Virando-lhe o rosto para baixo, outra vez, segurando-a num forte aperto, montou-a por trás, mergulhando dentro dela seguidamente, machucando-a a cada enfiada, enquanto ela se debatia, seu rosto enterrado no travesseiro, implorando que a soltasse.

Fotografou-a também quando estava repousada e calma, em pé ou sentada na banheira, ou segurando um secador e com cabelos esvoaçando sobre o rosto para ocultá-lo da câmera. Depois, para guardar para sempre a lembrança dela, fotografou-a para si mesmo, cada gesto dela ao se vestir: em calcinhas, pondo meias e sapatos, com a blusa aberta, abotoada, vestindo a saia, abotoando-a na cintura.

Com o passar do tempo, Domostroy mudou sua atitude com relação à posição de Andrea em sua vida. Ainda precisava dela, mas começava a se ressentir dessa necessidade. Embora corresse para estar com ela, ansioso para não perder um único momento do prazer que ela lhe dispensava tão complacentemente, à medida que a conhecia melhor rebelava-se mais com sua dependência. Temia que seu relacionamento parecesse com o daqueles viciados sexuais por quem sempre sentira desprezo, homens e mulheres que chegavam a depender tão completamente de um certo tipo de prazer sexual, que procuravam isso na segurança e previsibilidade dos clubes fechados, tais como o Aprendiz de Feiticeiro.

Havia outra razão para a rebeldia de Domostroy. Na incessante curiosidade e na infindável especulação de Andrea sobre a vida, dinheiro, amantes e viagens de Goddard, ela deixava de lado a coisa mais importante — sua música —, um ponto de vista que Domostroy achava primário e errado.

— Um dia — disse Domostroy, abrançando Andrea até que seus lábios se tocaram; depois, soprando suas palavras dentro da boca da moça —, um dia você pode estar assim nos braços de outra pessoa, alguém que poderá ser Goddard, e ele poderá perguntar-lhe coisas. Uma imagem, uma idéia, uma associação, que leu em suas cartas e seria melhor você estar preparada para isso! — Apertou-a nos ombros até ela se contorcer de dor. — Para tornar você mais fácil de ser descoberta, planejo fazer referências a alguns dos assuntos que você está estudando agora na Juilliard: a vida e as cartas de Chopin, por exemplo. Mas você sempre tem que estar em guarda. Mesmo no calor da cama terá de lembrar exatamente o que foi que escreveu e ser capaz de reconhecer as mais ligeiras nuances dele ao tentar descobrir se foi você quem escreveu as cartas.

Ela soltou-se e disse petulantemente:

— Não seja tolo, Patrick. Quando Goddard estiver na cama comigo, não irá, como você, me interrogar. Terá outras coisas em mente.

— Você acha que Goddard sentirá por não ver meu rosto, ou pensará que sou feia ou marcada?

— Talvez, mas a essa altura ele deverá estar apaixonado pelo resto de você.

— Ele poderá já estar apaixonado por outra pessoa.

— Talvez. Mas se essa pessoa é sua amiga íntima e sabe quem ele é, não existe mais o mistério. Se ela encara como algo comum a grandeza de Goddard, deixa que a vaidade dele morra de fome, ao passo que você, com suas cartas, satisfaz essa vaidade. Sendo amante dele, ela pode, na melhor das hipóteses, alimentar o desejo de Goddard, mas você pode despertar o amor próprio dele, o maior estímulo do amor. Imagine sua tentação por estar com você!

— Imagine a minha!

— Imagino. Sei também que, logo que Goddard souber onde começar a procurar por você, nós dois teremos que descobrir novos lugares para nos vermos. Eu não estaria seguro aqui, ou mesmo no Old Glory; ele, ou seus espiões, poderão estar vigiando. E você não iria querer perder Goddard meramente pelo bem de manter Patrick Domostroy, quereria?

— Certamente não! — replicou ela. Depois disse: — Como Goddard irá saber quem eu sou?

— Pelas pistas que deixei escapar nas cartas. Farei com que ele tenha sucesso em descobri-la, não se preocupe.

— E se ele falhar?

— Mandarei mais cartas. Com mais pistas.

Ela espreguiçou-se e bocejou.

— Gostaria de saber o que nosso homem misterioso está fazendo neste instante — disse ela.

— Poderá estar imaginando quem você é! — replicou Domostroy.

PARTE II

JAMES OSTEN parou diante de uma relojoaria na Quinta Avenida, examinou a vitrine, entrou, e lá dentro foi prontamente atendido por um vendedor jovem.

— Bom-dia, senhor — disse o vendedor com forte sotaque italiano, sorrindo para Osten com indisfarçável admiração e balançando-se atrás do balcão como um dançarino de balé. — Posso servi-lo em alguma coisa?

— Sim — disse Osten. — Indiretamente. — E, apontando para um relógio de pulso de ouro na vitrine, disse: — Gosto deste relógio.

— Meus cumprimentos pelo bom gosto. — O vendedor falou brandamente, todo sorrisos, enquanto retirava o relógio da vitrine. — Esse é o relógio mais fino que jamais foi feito. Além disso — acrescentou com um sugestivo brilho nos olhos —, é um desenho unissex.

Enquanto Osten examinava o relógio, imaginava-o no pulso moreno de Donna.

— Quanto custa? — perguntou.

Mencionado o preço, o vendedor forçou um sorriso casual.

— É verdadeiramente um relógio além do tempo. Seu valor nunca descerá. Por conseguinte, é um bom investimento contra a inflação, mesmo ao preço de um Cadillac!

— Não planejo enfrentar a inflação com isto — disse Osten. — É um presente para uma pessoa amiga.

— Maravilhosa escolha — ronronou o vendedor. — Sabe, ele é à prova d'água.

— Bom — disse Osten. — Essa pessoa odeia água.

O vendedor fingiu não perceber a ironia.

— A pessoa por certo achará o mostrador preto muito dramático — disse.

— Certamente — disse Osten. — A pessoa é negra.

— Ele adorará tal presente — disse o vendedor afetadamente.

— "Ele" é uma mulher — disse Osten enquanto tirava um rolo de notas de seu bolso e colocava a quantia certa num monte bem arrumado sobre o balcão.

— É muito dinheiro para carregar assim por aí! — disse o vendedor, impressionado com o monte. — Não tem medo que alguém possa assaltá-lo?

— De maneira alguma — disse Osten. — Aprendi como me tornar invisível! — Riu, depois acrescentou: — Isso me faz lembrar: quero que o mostrador seja trocado por outro, sem a marca do relógio.

— Sem a marca? — O vendedor estava horrorizado. — mas então ele ficará invisível e ninguém saberá que esse é o relógio mais exclusivo do mundo!

— Exclusivo ou não, um relógio é meramente algo que marca o tempo, não é? Só a música permite você escutar o tempo passar. Minha namorada está dentro da música, não do tempo.

Sem uma palavra, o vendedor pegou o relógio e levou-o para o fundo da loja. Em questão de minutos retornou.

— Aqui está, conforme pediu — disse, entregando o relógio a Osten. — Sorte nossa que, para agradar sua amiga negra, você não tenha desejado também o relógio escurecido — murmurou com um sorriso de desprezo, abrindo a porta de aço para Osten. — Isto não poderia ser feito na hora, sabe!

Sem dar-lhe a mínima importância, Osten saiu.

Escolheu um hotelzinho enterrado entre dois teatros burlescos off-Broadway. Acordou o porteiro, um velho negro com um chapéu de mexicano e óculos espelhados, que estava dormitando ao lado da mesa telefônica, e pediu-lhe um quarto com banheiro.

— Para você mesmo? Ou serão dois? — perguntou o porteiro sonolentamente, esfregando os olhos.

— Estou sozinho — disse Osten.

— Claro, é isto que todos dizem — disse o porteiro com um suspiro quando estendeu a mão para pegar uma chave. — Quanto tempo vai ficar?

— Um dia. Mas no caso de me envolver com alguém de um dos *shows* ao lado, pagarei por dois. — Deu algumas notas ao homem.

O homem resmungou:

— Nenhuma bagagem?

— Está toda aqui — disse Osten, apontando para sua cabeça.

Osten só permaneceu no quarto o tempo suficiente para usar o banheiro. Depois, desceu pelo corredor para o telefone público. Após fechar cuidadosamente a porta da cabine telefônica, discou para Nokturn Records.

— Nokturn Records, A Casa de Goddard, bom-dia! — atendeu a telefonista. Sua voz parecia uma gravação e era tão inconveniente quanto aquilo que dizia, devido ao anonimato de Goddard. Osten achava tudo extremamente ridículo.

Antes de falar, Osten tossiu. Apertando ligeiramente o músculo de sua garganta, desse modo, conseguia diminuir o tom de sua voz normal e fazê-la soar rouca e gutural. O pequeno truque, empregado tão freqüentemente, tornara-se habitual. Osten perguntou por Oscar Blaystone, o presidente da companhia. Quando a secretária de Blaystone atendeu, Osten pediu para falar com ele.

— Pode dizer quem está falando? — perguntou a secretária.

— O Sr. River — disse Osten. — Swanee River.

— Sr. Swanee River? — repetiu ela suspeitosamente.

— Está correto.

— O Sr. Blaystone não pode ser perturbado no momento. Está em conferência. Creio que terá que me dar seu número de telefone, e irei...

— Tenha coragem — interrompeu Osten. — Diga apenas que Swanee River está na linha. Ele está aguardando minha chamada. Sou seu canto do cisne, como se diz! — ele riu por entre dentes.

Logo ouviu Blaystone assumir uma cordial voz de negócios do outro lado da linha.

— Alô? Sr. River? Swanee River? Deixe-me chamá-lo por minha linha particular. Onde você está?

— Numa fornalha — disse.

— Uma fornalha?

— Sim. Manhattan no verão — disse Osten e ditou o número de seu telefone para Blaystone.

Um minuto depois que desligou, Blaystone voltou a chamar.

— Recebi seu telegrama com o novo código do nome duas semanas atrás — disse recriminadoramente. — Desde então estive esperando que telefonasse.

— Tenho estado ocupado — disse Osten. — De qualquer modo, conversamos recentemente.

— Recentemente? Isto foi há seis meses! — disse Blaystone. — Você precisa lembrar — continuou, com exagerada ênfase — que não tenho meio, absolutamente nenhum meio de entrar em contato quando preciso de você. E *preciso* de você. Há uma porção de papéis para serem assinados por Goddard com urgência. Mas tudo que consigo é sua voz telefônica, essas conversas e seus vários nomes de código, cada um cancelando todos os outros. Sabe o que estou falando?

— Sei. Você diz isso toda vez que telefono. Alguma coisa mais? — perguntou Osten.

— Sim! Para começar, necessito de uma nova autorização sua para transferência de seus direitos autorais do último álbum. Em menos de um mês, aquele LP pagou o adiantamento que lhe fizemos. Na Grã-Bretanha, você conseguiu um recorde jamais atingido. Imagine! A Inglaterra sozinha! Na América Latina suas canções de língua espanhola venderam mais de...

— Use a mesma conta da Suíça, o mesmo número que lhe dei da última vez — atalhou Osten.

— Está certo. Mas preciso de sua assinatura, de Goddard, nos novos formulários de impostos. E por favor, não mude o formato do G em sua assinatura como fez da última vez. Não temos meios de encontrá-lo para confirmá-la! Esse é a única identificação que você tem, pelo menos para nós e o Imposto de Renda. Depois existe esse assunto da Etude Classics. Consegui renovar aquele contrato de dois anos pelo qual você, Goddard, reembolsa a Nokturn, incluindo pagamento dos agentes e todo o resto, para distribuir e promover a Etude Classics. O negócio inteiro é absolutamente secreto, exatamente igual ao que está para expirar, e Etude não tem meios de saber, ou sequer suspeitar, que você mantém o negócio funcionando.

— E é melhor que fique assim — disse Osten. — Etude não é a única companhia que mantenho em atividade. Mantenho a Nokturn também.

— Sim, é claro — concordou Blaystone apressadamente —, mas isso não é segredo. — Parou. — Você precisa entender que sem o seu subsídio Etude Classics teria fechado anos atrás! E se continua a ajudá-los, eles continuarão funcionando. Tem alguma idéia de quanto dinheiro lhe custa para segurá-los? Por essa quantidade de dinheiro você poderia até ressuscitar Beethoven!

— Não preciso, se mantiver Etude viva.

— Oh, eu sei, eu sei — disse Blaystone e Osten pôde sentir o calor e a admiração em sua voz. — Mas tenho que rir toda vez que penso neste pobre velho esnobe que dirige a Etude, e de como ele é condescendente deixando-nos vender sua lista seleta de clássicos! Se ele soubesse! Ele deveria ver a montanha de devoluções que recebemos!

— O que fez com as últimas devoluções?

— Seguimos suas instruções e demos todos os LPs não vendidos da Etude, centenas deles, gostaria de acrescentar, a escolas e hospitais e centros musicais do mundo inteiro. Não se preocupe, mantemos uma contabilidade completa de todas essas doações e...

— Bom — disse Osten. — O que mais?

— Você poderia querer verificar os relatórios de seus direitos, e como eu disse, existem formulários de impostos para assinar. Precisamos de você para aprovar o material de divulgação para a imprensa, e depois tem toda a correspondência dos fãs. Olhe, na última formada há até uma carta da Casa Branca. Um envelope oficial marcado "Pessoal". — Ele riu entre dentes. — Nada mal! Nada mal mesmo! Como você se sente tendo uma fã lá no topo?

— Qual a demora para eu receber todo esse material? — perguntou Osten, ansioso para terminar a chamada.

— É coisa rápida.

— Quem fará a entrega?

— Estou saindo agora para almoçar, posso entregar pessoalmente. Diga-me onde.

— Pare seu táxi na esquina sudoeste de Broadway e rua 47. Um sujeito com um *sombrero* mexicano e óculos espelhados estará parado lá, esperando. Entregue pela janela do carro. Num envelope pardo simples.

— Tem que ser num táxi? Não posso usar o carro da companhia?

— Um táxi — disse Osten com firmeza. — Fará bem a você entrar no mundo real só para variar.

— Falando em mundo real — disse Blaystone —, quando este poderá esperar outro disco seu?

— O mundo real? Ou Nokturn? Você está ficando voraz — disse Osten.

— Talvez — disse Blaystone —, mas os fãs também estão. Pode me dar alguma idéia?

— Estou trabalhando em algo — disse Osten — e lhe direi quando estiver pronto.

— Espero que sim — disse Blaystone. — Afinal, somos sua gravadora.

— Vocês são — concordou Osten. — Agora ande logo, tome um táxi para encontrar o meu Zapata!

— Sim, senhor! — exclamou Blaystone, brincando. — Alguma coisa mais?

— Sim. Siga minhas instruções habituais. Não diga a ninguém para onde leva todos esses papéis. Lembre-se: uma quebra do nosso pequeno pacto, e nada de música!

— Já falhei alguma vez? — perguntou Blaystone solenemente. — Acredite em mim, sei que a Nokturn tem uma boa coisa em você. Por que iria querer estragar tudo? Certamente não iríamos querer que os competidores saibam quem você é para persegui-lo com ofertas melhores! Agora, diga a seu homem, Zappa, para aguardar uma entrega de correspondência em vinte minutos!

— Zappa não, Zapata — repetiu Osten. — É só isso por ora?

— Acho que sim — disse Blaystone. — Não, espere! Da próxima vez que telefonar, que nome vai usar?

— Que tal Zapata? — disse Osten e desligou.

Quando saía do hotel, Osten parou na portaria. O porteiro estava dormitando outra vez.

Osten acordou-o e disse:

— Pode me emprestar seu chapéu e os óculos por uma hora? — Passou algumas notas por cima do balcão sem esperar pela resposta.

— Para quê, cara? — resmungou o porteiro, ainda meio dormindo. Depois, viu o dinheiro e rapidamente entregou o chapéu e os óculos.

— Para uma trepada rápida — disse Osten. — Essa garota, o nome dela é Sunshine, só fica excitada se eu estiver usando um chapéu grande, óculos escuros e nada mais.

— Não brinca — disse o porteiro, intrigado, mas Osten já tinha saído porta afora.

O táxi acabara de parar na calçada quando Osten se aproximou dele por trás e tamborilou no vidro. Blaystone desceu o vidro da janela, e Osten, mantendo seu rosto escondido sob a aba do *sombrero*, sem dizer uma palavra, tirou das mãos de Blaystone um grande envelope pardo. Depois, deu duas batidas no teto do táxi, Blaystone fechou o vidro e o táxi foi embora.

Osten jogou o chapéu e os óculos no colo do porteiro que dormia serenamente e subiu para seu quarto. Abriu o grande envelope e espalhou seu conteúdo sobre a cama. Olhou rapidamente os relatórios dos direitos autorais, assinou os documentos do imposto de renda e a autorização de transferência dos direitos e cuidadosamente examinou os termos do contrato entre Nokturn Records e Etude Classics no qual, durante os próximos dois anos, a Nokturn concordava em distribuir os discos da Etude por uma quantia especificada de dinheiro e garantindo uma venda mínima de cada etiqueta da Etude. Depois, examinou vagarosamente o contrato entre Goddard e Nokturn, assinou-o e colocou-o bem, como aos outros documentos, em vários envelopes já selados; estes seriam colocados no correio diretamente para Blaystone, aos cuidados de uma caixa postal especial mantida pela Nokturn unicamente para receber comunicações de Goddard.

Terminado esse trabalho, esticou-se na cama, apoiado sobre o cotovelo, e rapidamente percorreu as variadas cartas de fãs selecionadas pela Nokturn. Estas sempre pareciam estar restritas a categorias regulares: questões técnicas de especialistas e críticos de música — às quais, receando que pudessem descobri-lo, nunca respondia; apelos para esclarecer disputas sobre sua música que haviam sido levantadas por críticos conflitantes — às quais ele nunca respondia também; e algumas cartas sérias de apreciação de alguns de seus fãs mais cultos — que, apesar de ser lidas até o fim, não tinham nenhum interesse para ele, pois aprendera há muito que existiam poucas coisas no mundo menos imaginativas do que tentativas esmeradas de fãs de música para comunicar-se emocionalmente.

Havia um envelope que a Nokturn não se atrevera a abrir. Tinha "Casa Branca, Washington", gravada em azul e "Pessoal — enviar sob registro" datilografado ao lado do endereço: Sr. Goddard, A/C Nokturn Records, Centro Hemisférico, Nova York. Rasgou o lado do envelope e retirou várias folhas densamente datilografadas de papel de carta oficial da Casa Branca, a marca-d'água claramente visível quando segurou o papel contra a luz. Antes de começar a ler, olhou o fim da carta para ver a assinatura, mas a carta não estava assinada.

Desapontado, voltou ao princípio e instantaneamente ficou absorvido pela primeira frase: "Você está, querido Goddard, provavelmente lendo esta carta na reclusão de um quarto de hotel ordinário." Ele sorriu, engoliu e continuou a ler: "Provavelmente está também apreensivo de que eu seja mais uma dessas fêmeas astutas que o invejam pela paz de seu exílio auto-imposto e que fariam tudo para partilhá-lo com você por qualquer que fosse o tempo que permitisse. Não se preocupe, não tenho tais planos. Amo você pela riqueza de sua música; não pela pobreza de sua existência. Não sou, e nem serei, uma garota que apanhou simplesmente porque gostava de sua música e nunca poderia imaginar quem era você. Sou como nenhuma outra mulher que jamais terá. E se for paciente o bastante para ler esta carta com o mesmo cuidado que dedico a ouvir sua música, você saberá por quê."

Uma estranha sensação de pânico, de que essas palavras tivessem vindo de alguém que o conhecia, ou estava a ponto de conhecê-lo, percorreu seu corpo.

Terminou a carta. Então, meio temeroso de ter topado com alguma revelação importante sem notar, leu tudo outra vez. Uma passagem perto do final prendeu sua atenção. "Ainda que esta carta o faça lembrar que o terrível isolamento que escolheu o afasta de uma vida plena, onde poderia ser você mesmo com alguém como eu, provavelmente você a odiará porque ameaça a segurança da prisão na qual Goddard está trancado. Sei como sua vida real deve ser previsível e monótona quando você não é Goddard — particularmente quando está compondo música que não tem coragem bastante para reconhecer como sua."

O pânico de Osten deu lugar à raiva. As duas expressões "pobreza da existência" e "monotonia" foram como chicotadas sobre seu coração e sentiu seu fabuloso mistério transformar-se numa prisão sem qualquer saída. Que direito essa mulher — provavelmente apenas alguma secretária esperta da Casa Branca — tinha para dizer-lhe quem elc era? E como ousava pretender que só por ouvir sua música poderia saber tudo sobre ele?

Correu para a banheira, entrou nela e ficou ouvindo uma estação de música popular no rádio. No espaço de vinte minutos escutou duas de suas músicas. Gostava do clima anônimo do hotel, com seu papel de parede descascado, azulejos rachados e amarelados nos banheiros e toalhas superengomadas com as bordas rasgadas. Sentia-se seguro. Contudo, a carta da Casa Branca fê-lo recordar um hotel, só a três quarteirões de distância, no qual ele também se sentira seguro — na companhia de uma garota que apanhara simplesmente porque havia gostado de sua música.

Isso fora há um ano e então, como agora, estava quente e úmido. A Grande Via Branca da Broadway estava repleta dos incansáveis transeuntes da noite de sábado, e ele havia parado diante de uma loja de discos, uma das maiores da cidade, e olhara para a vitrine, que estava cheia de lado a lado e de alto a baixo com as capas do último álbum de Goddard. Entrou na loja onde uma multidão de compradores, na maioria adolescentes, estava enfileirada esperando para ouvir os seus discos através de fones estereofônicos acoplados a vários toca-discos. Na parede no alto, estava escrito GODDARD em grandes letras fluorescentes. Já ia sair quando notou uma suave e atraente garota ouvindo um de seus discos num dos aparelhos. Não foi a sua beleza jovem, parcialmente escondida sob os fones de ouvido, que o fizera querer conhecê-la, mas a expressão serena, quase sobrenatural do seu rosto. Seus olhos estavam fechados. O corpo oscilava suavemente ao som que estava escutando.

A máquina parou e ela despertou de sua meditação. Exatamente quando ia tocar o disco outra vez, um vendedor entrou e tirou-o do toca-discos.

— Vamos — disse ele —, dê uma oportunidade às outras pessoas. Já ouviu esse disco quatro vezes. Vai comprar ou não vai?

A garota olhou-o amavelmente, como se estivesse sob encantamento.

— Acho que não, hoje não — disse.

Osten aproximou-se dela.

— Você gosta de Goddard? — perguntou, apontando o disco.

— Eu adoro — disse quando fitou Osten. — Poderia ouvi-lo por muitos dias.

— Então por que não compra o disco e o escuta em casa? — perguntou o vendedor.

— Não tenho grana — replicou ela docemente, enquanto se aprontava para ir embora.

— Espere — disse Osten. Entregando o dinheiro ao vendedor, ele pegou um álbum de uma pilha e entregou à garota. — Um presente.

— Obrigada — disse ela. — Mas você nem me conhece.

— De certa forma, sim — replicou Osten. — Nós dois gostamos de Goddard. — Ele começou a sair da loja.

Disco na mão, a garota caminhou ao lado dele.

— Qual é o seu nome? — perguntou.

— Jimmy.

— Sou Debbie. De onde você é?

— De fora.

— Eu também. Estou aqui só por hoje.

— Quando vai embora?

— O último ônibus sai meia-noite.

— Quer jantar? — perguntou ele, tentando parecer casual. — Podíamos comprar alguma coisa e levar para o meu hotel.

— Fica muito longe daqui? — perguntou ela inocentemente.

— Dois quarteirões.

— Está bem — disse ela com total indiferença.

Compraram sanduíches e salada de batata e comeram assistindo televisão. Quando Osten abriu uma cerveja, a garota tirou da bolsa uma seringa, uma agulha e um pequeno papelote de pó branco.

— Quer um pouco? — perguntou a caminho do banheiro.

— Não, obrigado — replicou ele, acrescentando: — Você devia ter cuidado com isso.

— Só preciso ter cuidado sem isso — respondeu e deu um risinho forçado.

Através da porta ele a ouviu colocar as coisas na pia de depois puxar a descarga do vaso sanitário. Depois de um pequeno silêncio, ela voltou e estendeu-se na cama. Ele sentou ao lado dela e observou seus cabelos sedosos, o delicado contorno do pescoço, o delineado dos pequenos seios infantis sob a blusa.

— Você é bonzinho — disse ela. — Muito bonzinho. Até sua voz é boazinha. O que há de errado com isso? — Olhou para ele, as pupilas de seus olhos brilhantes e dilatadas.

— Alguns anos atrás, tive pequenos depósitos calcificados em minha garganta. Rasparam e tiraram fora e, como resultado, fiquei com esse arrulho.

— Soa bem, desde que não precise cantar. — Ela riu suavemente.

Ele então, com sua voz natural, disse:

— Mas quando quero, eu canto, com minha própria voz. Sabe, sou Goddard. Cantei todas essas canções — apontou para o álbum sobre a mesa.

— Acredito em você — disse a garota docemente. — Já conheci cinco Goddards. Acreditei em cada um deles.

As faces dela estavam enrubescidas; olhou-o fixamente, seu olhar instável. Depois, estendeu os braços para ele.

Fez amor com ela sabendo que poderia feri-la e que em seu transe narcótico ela poderia nada sentir. Mas a passividade dela o excitava; sentiu-se livre para fazer o que desejasse. Todos os seus esforços de levá-la ao orgasmo falharam e ela parecia apenas vagamente consciente do ato amoroso. Posteriormente, tomaram banho juntos e se vestiram. Quando Osten virou-se para desligar a luz do quarto ao saírem, escutou-a cair no chão com um baque surdo. Pensando que havia desmaiado, levantou-a e encostou-a na parede, jogou-lhe água fria no pescoço e no rosto, mas ela não se moveu; e quando se inclinou e, de perto, fitou-a dentro dos olhos, ela olhou de volta sem piscar. Estava morta.

Osten entrou em pânico. Como podia a morte entrar no meio deles desse modo, sem avisar, cortando a vida da garota como se não tivesse nenhuma importância, como se fosse um sintetizador subitamente desligado da fonte de sua energia!

Ficou aterrorizado com a idéia de chamar a polícia e ser arrastado a uma delegacia repleta de assaltantes, rufiões e prostitutas. Não havia maneira alguma de poder explicar a morte da garota, dizia para si mesmo. Não sabia onde ela tinha conseguido a droga e quanto injetara em si mesma. E o que diria quando a polícia perguntasse quem ele era, como ganhava a vida, por que estava naquele hotel, onde encontrara a garota, se haviam tido relações sexuais? O esperma dele ainda estava nela; a polícia poderia dizer que ela morrera durante o ato sexual, ou até mesmo que ele a havia matado.

Gelou ao pensar no que sua presença ali, e seu papel confuso na morte da garota, poderiam significar para seu pai, e no horror de seu pai ao ver as manchetes sensacionais e o impacto sobre a imagem da Etude Classics, o negócio da família que o seu pai tanto amava. Ainda pior, como explicar aos meios de comunicação, ao mundo, quem era realmente James Norbert Osten? O que isso causaria a ele? O que causaria à sua música?

Cuidadosamente, pegou uma toalha e limpou as impressões digitais de todas as superfícies que havia tocado na sala. Quando terminou, sua boca estava seca de medo e seu coração batia com força. Deixando o corpo da garota jogado contra a parede, ao sair, apagou a luz e trancou a porta à chave. Com o disco de Goddard debaixo do braço, desceu para o saguão do hotel e caminhou lentamente para a rua, onde se sentiu novamente a salvo.

Se a carta da Casa Branca despertou a lembrança da garota morta, foi porque sentiu-se tentado agora, como havia sido antes, a desfrutar alguém que pudesse ser atraída tanto por ele mesmo como por sua música. Sentado na banheira, continuou a pensar na missivista anônima. Na Universidade da Califórnia, em Davis, onde estudava e onde ainda estava registrado como estudante de pós-graduação, alguém que escrevesse tão bem e tão analiticamente teria sido graduado em literatura ou em psicologia. Seria jovem ou velha? Seria a esposa, filha ou secretária de alguém importante? E se quisesse — ou tivesse que — esconder quem era, por que escrevera a carta com papel da Casa Branca e enviado para ele num envelope oficial?

A carta insinuava que ela sabia a razão dele escolher "Goddard" para seu nome. Isso o deixou aturdido. Poderia ela ter mesmo qualquer idéia da razão? Se fosse escrever de novo, ela havia dito, iria "escrever mais sobre este e outros assuntos parecidos". Que pistas ela encontrara, em suas canções mexicanas, sobre as quais sua carta fizera apenas vagas alusões? E por que esperara até agora para escrever-lhe? Obviamente, estivera pesquisando-o por longo tempo. Acima de tudo, em vista do fato de que despendera tanto tempo analisando-o, por que não pedira para conhecê-lo?

Talvez tivesse importantes ligações na Casa Branca. Mesmo que tivesse, não ficou impressionado. A política e o poder, em si mesmos, nunca tinham significado muito para ele; uma era como a arte de soprar vidro, o outro como o ato do vândalo que o esmaga. Seu pai, de quem aceitara muitos valores como seus próprios, via os políticos como a fonte da maior parte dos males da humanidade e orgulhosamente sustentava que de todas as artes, a música era a menos influenciada pelos políticos.

Osten olhou para o envelope da Casa Branca. Ocorreu-lhe que, em música, o termo "envelope" tinha a ver com ataque e declínio — o começo de uma nota, seu crescimento, sua duração, sua diminuição e término. Era bastante diferente da reverberação e eco, que estavam muito mais em uso na nova tecnologia musical, a qual sintetizadores invadiram e mudaram o espaço do "envelope" natural do som. O quanto essa missivista seria inteligente?, conjecturou. Seria o envelope da Casa Branca, bem como a carta dentro dele, uma sutil declaração de guerra ao "envelope" da voz de Goddard, uma tentativa para agitá-lo e criar ecos e reverberações? Era o que ela queria? E se fosse, o que teria a ganhar com isso?

Percebeu que o envelope continha uma peça extraordinária de informação: o carimbo não era de Washington, D. C., como ele julgara, mas da cidade de Nova York, algum lugar no lado oeste, julgando pelo código postal. Teria ela desejado que ele notasse isto?

Quanto mais pensava nela, mais ficava aborrecido por não saber quem era, pois assim não poderia fantasiar que a estava descobrindo e vencendo no jogo que ela inventara. A imagem da garota morta retornou. Ela nunca teria escrito a carta da Casa Branca; ela fora muito mais simples.

Vestiu-se, pegou os envelopes que tinha que mandar pelo correio para a Nokturn, enfiou no bolso a carta da Casa Branca e atirou todas as outras cartas e jornais pelo tubo do incinerador na parede, no fim do corredor. Saindo do hotel, pela quarta vez neste dia, encontrou o porteiro dormindo.

Como ficaria no Leste por algum tempo, decidiu visitar seu pai. Telefonou para dizer quando achava que poderia chegar e alugou um carro, escolhendo, para se divertir, como sempre fazia, um modelo que nunca dirigira. Desde que se tornara Goddard, Osten alugava quase tudo que usava, exceto o equipamento de música, que sempre comprava à vista e sempre guardava num mesmo lugar. Alugar se tornara praticamente uma arte para ele, algo que apreciava e procurava aperfeiçoar.

Para evitar papéis comprometedores à sua volta, ele sempre fazia todos os seus negócios em quartos de hotéis baratos, e quando estava em Nova York freqüentemente sublocava apartamentos por temporadas curtas, tornando impossível acumular bens que pudessem guiar as pessoas até ele. Neste país, cuja grandeza certa vez repousou na habilidade de seu povo para comprar, às vezes descuidadamente, o que produzia, o melhor que se poderia dizer agora, em sua face inflacionária, era que o que antes era comprado agora estava sendo liquidado ou alugado.

De carro, Osten passou pelo Goddard Beat, a discoteca do West Side, que recebeu o nome por causa dele. Estivera lá só uma vez, pouco mais de dois anos atrás, e lembrava-se da noite vivamente. Estava, de certa forma, curioso para saber como ele, Goddard, se sentiria estando lá, sozinho entre estranhos, ninguém o conhecendo, porém conhecido de todos. A discoteca era freqüentada então por uma mistura de pessoas — estudantes da Universidade Colúmbia, estudantes da Juilliard e muitos músicos negros e suas tietes do vizinho Harlem.

O local estava reverberando de ritmo, e Osten entrou hesitante. Dois grupos de *rock* se exibiam no Goddard Beat, alternando-se a cada hora, tocando principalmente os maiores e mais novos sucessos de Goddard. Enquanto andava pelas salas repletas, Ostem virou-se para ver a banda que no palco começara a tocar o seu último compacto. Ao se virar, esbarrou em um casal de dançarinos que, perdendo o equilíbrio, caiu sobre uma mesa lateral, quebrando dois copos e uma garrafa de champanhe e fazendo com que os ocupantes da mesa, um negro de grande estatura e uma garota negra esguia e graciosa, derrubassem suas cadeiras ao se levantarem num pulo para não se molharem.

— Ei, seu filho da puta, olha o que você fez — trovejou o homem, suas calças de camurça encharcadas de champanhe.

— Não foi culpa dele — disse a garota, limpando as gotinhas de seu macacão de veludo e calmamente colocando a garrafa vazia no balde de gelo ao lado da mesa.

— Ah, é? — disse o homem, ainda furioso, empurrando Osten. — Então que merda...

— Pare com isso, Paul — disse a garota rispidamente enquanto se colocava entre eles. — Não está vendo que o sujeito não teve culpa?

Quando outros clientes, ignorando o que acontecera, viraram-se para olhar, esperançosos de assistir a uma briga, Osten estendeu a mão para o negro.

— Sinto muito — disse. — Gostaria de pagar outra garrafa.

O homem parecia a ponto de bater na mão de Osten quando a garota interveio de novo. Rapidamente, apertou a mão de Osten, depois sentou-se como se nada houvesse acontecido.

— Está tudo bem — disse —, isso poderia acontecer a qualquer pessoa. — Olhou para ele e sorriu educadamente e Osten reparou como seus olhos eram expressivos.

— Agora desapareça — disse seu acompanhante a Osten. — Ouviu?

— Lamento realmente — insistiu Osten, mas dessa vez o homem o ignorou. Quando o garçom chegou com uma toalha de mesa seca, discretamente Osten deu-lhe várias notas de vinte dólares. — Sirva-lhes outra garrafa, sim? — disse e afastou-se sem dar mais atenção ao casal.

Perturbado, furioso consigo mesmo e humilhado, foi em direção ao palco e observou os integrantes da banda se exibindo em turnos para as tietes amontoadas ao redor. Mas em poucos minutos, sem ânimo, decidiu que já agüentara o bastante do Goddard Beat. Já ia sair quando alguém tocou no seu ombro. Era a garota negra, seu macacão colado no corpo como se fosse outra pele.

— Obrigada pelo champanhe — disse com um sorriso.

Ele resmungou que estava feliz por terem apreciado seu gesto, e ela viu o olhar dele procurando seu acompanhante.

— Paul foi embora — disse. — Foi para casa salvar suas preciosas calças de camurça.

— Sinto muito — disse Osten devagar, enquanto observava os seios dela, parcialmente expostos pelo zíper aberto. Quando ergueu os olhos, viu que ela se divertia com sua curiosidade.

— Não se desculpe — ela disse. — Eles são para isso mesmo. Mulheres também olham. — Estava sorrindo abertamente agora, mostrando duas fileiras de dentes muito brancos e iguais. — E apesar dos homens pensarem que estamos procurando coisas que são grandes e compridas, não é isso que nos excita.

A segurança dela o desconcertou.

— É mesmo? O que então? — perguntou ele.

— Uma bunda engraçadinha. — Ela lançou-lhe um olhar de cima para baixo. — E um corpo alto e magro e de pernas longas.

— Não está falando de você mesma? — gracejou ele.

— Talvez esteja — riu ela. — Mas também sobre você. — Parou, depois deu-lhe outro olhar avaliador. — O que faz quando não está caindo sobre as mesas, garoto? — perguntou, brincando, com a entonação de um capataz sulista.

— Viajo um bocado — ele disse. — E você, madame?

— Eu só brinco, doçura — ela respondeu.

Nesse ponto ele ficou convencido de que ela era uma prostituta. Nunca estivera com uma puta, e o pensamento de abaixar o zíper do macacão dela até embaixo e vê-la descer de seus saltos altos direto para os braços dele o excitaram enormemente. Recuperando a compostura, ele disse: — Meu nome é Jimmy. — Depois olhando abertamente para os seios dela, perguntou: — Você está livre?

— Livre? — Ela riu. — Claro que estou livre. A escravidão acabou há muito tempo, você sabe.

— Quero dizer — gaguejou —, livre para sair. Comigo. — Hesitou, depois deixou escapar: — Por dinheiro, quero dizer.

— Sair com você, por dinheiro? — ela repetiu, como que decifrando um enigma. — Oh... eu... sei — disse, espaçando as palavras e depois jogou a cabeça para trás e riu. Aproximou-se dele e esfregou seus quadris contra os dele, deslizando a mão sobre as nádegas de Osten. — Sou Donna — murmurou. — Diga a Donna exatamente o que você tem em mente, doçura.

— Comer o seu mel — murmurou ele. — Pelo resto da noite.

— Em qual comedor? — perguntou ela.

— Um hotel — ele disse. — Qualquer hotel. Não sou desta cidade.

— Não gosto de hotéis — respondeu ela. — E depois da meia-noite, hotéis também não gostam de garotas como eu. — Deu-lhe um longo olhar. — O que faz para ganhar dinheiro, garoto? — perguntou com sotaque sulista.

— Estudo literatura — ele disse —, na Califórnia. — Depois, por medo que ela pudesse deixá-lo por causa dessa notícia, acrescentou: — Mas tenho dinheiro suficiente — e enfiou a mão no bolso.

Ela parou a mão dele.

— Sei que tem. Você já comprou para mim e Paul uma garrafa de champanhe esta noite. Lembra? — Comovida pela sinceridade dele, fitou-o por um momento com um sorriso suave nos lábios.

— Que tal ir brincar em minha casa?

— Onde fica? — perguntou ele, temendo que ela pudesse dizer Harlem.

— Carnegie Hall — sussurrou ela.

— Carnegie Hall? *O* Carnegie Hall? — Ele pensou que ela estivesse brincando.

— Você me escutou. — As mãos dela brincavam agora com as coxas dele.

— Eles deixam você ficar na porta do Carnegie Hall? — perguntou, olhando-a intensamente.

— Prefiro trabalhar lá dentro. Uso um estúdio de artista lá — explicou ela. — Não sabia, garoto? Há mais de uma centena deles vivendo lá.

— Quem é o artista? — perguntou ele, receando que pudesse estar sendo preparada uma armadilha.

— Um pianista. Da Juilliard.

— E onde está o pianista agora?

— Num encontro com um estranho. É por isso que você e eu podemos brincar lá. Não se preocupe. — Ela convenceu-o de que não havia riscos e, de braços dados, os dois saíram do Goddard Beat.

Num táxi, descendo a Broadway, tentou beijá-la, mas ela não deixou.

— Mais tarde — sussurrou. — Nos dê tempo, garoto! — No Carnegie Hall, seguiu-a para a entrada lateral. Um porteiro olhou-os enquanto tomavam o elevador.

Ela abriu a porta do estúdio, acendeu as luzes, depois diminuiu-as instantaneamente. Um grande piano dominava a sala. O resto da mobília consistia numa grande cama de casal, uma escrivaninha coberta com partituras musicais, uma estante de livros, uma radiovitrola, e vários objetos de arte africana — máscaras tribais, fetiches e bolsas de contas.

— Que tipo de música seu amigo toca? — perguntou Osten, divertido por estar passando por sua primeira experiência com uma puta num modesto estúdio do Carnegie Hall de um estudante de música da Julliard.

— Adivinhe.

— Seu amigo é... negro?

— Sim — ela assentiu com a cabeça.

— Então é pianista de *jazz*? — perguntou.

— *Jazz*? Mas o que faz você pensar assim? — ela disse, provocando-o. — Não, meu amigo negro não toca *jazz*! Tente outra vez.

— Desisto! — respondeu ele com o rosto sério.

— E que tal você? Você toca alguma outra coisa além disso? — perguntou ela, pondo a mão entre as pernas de Osten.

— Um pouco — ele disse e sentou-se ao piano. Este estava aberto e, quase involuntariamente, suas mãos caíram sobre as teclas. Não querendo distraí-la com uma melodia *rock*, que ela devia conhecer, tocou alguns acordes, depois, para impressioná-la, desajeitadamente tocou um curto trecho.

Ela ficou de pé ao lado dele e, quando terminou, ele colocou os braços ao redor da coxas dela e puxou-a para seu colo. Excitado pela proximidade, começou a beijá-la.

— Quarteto número 14 de Schubert. Correto? — perguntou ela. — Também conhecido como *A morte e a donzela*.

Perplexo, Osten lentamente deixou cair os braços.

— Não acredito! Como você conhece isto? — perguntou.

Ela se levantou e endireitou o macacão.

— Magia negra. O que mais? — disse, apontando para os fetiches.

Ocorreu a Osten que ela poderia ter ouvido o trecho tocado pelo estudante da Juilliard. Começou a tocar outra peça.

— Debussy. *L'Après midi d'un faune* — disse ela e ele parou. — Você toca isso bem, garoto!

Ele levantou e fechou o piano, subitamente satisfeito de que durante toda a noite só falara com sua voz alterada, pois o ouvido musical dela poderia tê-lo desmascarado.

— Onde você aprendeu música? — perguntou ele.

Falando outra vez num sotaque sulista, ela replicou:

— Por quê? Não é direito uma velha garota negra conhecer o que os brancos tocam?

— Você me disse que era...

— Contei a você que o pianista que mora aqui está fora num encontro com um estranho — disse numa voz firme. — Bem, você é um estranho. E aqui é onde toco. — Ela sentou-se ao piano e começou a tocar, depois parou tão subitamente quanto começara.

— *Barcarola* de Chopin — disse ele, recitando como um estudante de música diante de seu professor. — Um delicado noturno com duas frases principais que traduzem a peça como um diálogo de amantes. A modulação para dó sustenido evoca beijos, carícias, e atos amorosos. O ritmo gentilmente ondulante do solo do baixo sugere que eles podem estar fazendo isso num barco, uma gôndola, talvez. — Sorriu. — Você deveria ter tocado pelo menos até a barra 78, quando eles atingem o clímax...

Ela olhou-o com indisfarçável surpresa.

— Como é que você sabe tudo isto, garoto?

— Como é que você pode tocar como toca, boneca? — replicou ele, imitando-a.

— Aprendi na Juilliard.

— E eu li sobre isso em casa.

Ela aproximou-se e, pressionando seus seios contra o peito dele, guiou-o vagarosamente para a cama. Quando ele sentiu suas pernas encostarem na borda da cama, tentou fazê-la deitar-se, mas ela resistiu.

— O que um garoto que conhece Schubert, Debussy e Chopin estava fazendo no Goddard Beat?

— Procurando por sua barcarola — ele disse. — O que uma pianista clássica estava fazendo lá?

— Encontrando um fauno — ela disse. — Paul, o sujeito com quem você me viu, é um agente musical, e suponho que sou um prelúdio que ele poderia levar para sair alguma tarde para encontrar alguns editores de música e conseguir uma gravadora.

— Não desperdice mais suas tardes de fauno — disse Osten. — Meu pai é o dono da Etude Classics.

Música foi portanto o trampolim do namoro de Osten e Donna. Ele a via como sua redentora, a primeira pessoa com quem podia ser ele mesmo, sem se sentir cortado do outro lado de seu ser, onde, como Goddard, ele existia sozinho, escondido.

Ela era também a primeira pessoa negra que conhecera intimamente. Tudo sobre ela — do formato e cor de seu corpo à sua origem de classe média do South Bronx até seu espontâneo amor pela música — parecia-lhe exótico.

Logo depois do primeiro encontro, levou Donna a uma recepção de traje a rigor no apartamento de seu pai em Manhattan. Era um acontecimento anual e neste ano celebrava-se o trigésimo aniversário da Etude Classics.

Cerca de oitenta pessoas, incluindo os executivos da Etude, muitos dos compositores e instrumentistas gravados pela etiqueta Etude, e vários críticos musicais. A aparição de Donna num vestido decotadíssimo de lamê dourado com uma saia fendida deixou a distinta companhia sem ar.

Como esse evento era tão importante para seu pai, Osten comparecia todos os anos, desde sua infância, e como filho único do fundador e presidente da companhia, era conhecido pela maioria dos presentes. Foi numa dessas festas que, como adolescente, conhecera, pela primeira vez, Goddard Lieberson e Boris Pregel, os dois homens cujos pontos de vista sobre a vida e a arte deveriam influenciá-lo muito tempo depois, quando os dois já tinham morrido. Como regra, contudo, a maioria dos convidados era enfadonha, duplamente, visto que comportavam-se cuidadosamente. Osten teve um prazer especial em passar por entre eles com Donna — a única mulher negra na festa — de braço dado.

Apresentando Donna a seu pai, ficou encantado ao verificar a óbvia consternação do velho ao ver os seios dela descobertos, quase até os mamilos, pelo vestido decotado. Depois levou-a para dar uma volta entre os convidados, reparando, com prazer, as tentativas malsucedidas que faziam para ocultar o choque que sentiam.

Quando ele e Donna passeavam por entre a multidão, Osten viu Patrick Domostroy, um homem que encontrara várias vezes nas festas do pai. A música de Domostroy, bem como seus concertos, já haviam tido grande sucesso, mas alguns anos atrás o homem parara de compor e agora vivia na obscuridade, aparecendo só de vez em quando.

De meia-idade, magro, enrugado e calvo, Domostroy andava pelo salão como um abutre faminto. Sua voz tinha um traço de sotaque estrangeiro e tudo mais sobre ele parecia estrangeiro também — seus gestos, seus olhares rápidos, o modo frenético de falar, as roupas forçadamente esportivas, suas maneiras exageradamente à vontade. Estava acompanhado por uma loura de olhos azuis, muito mais nova que ele. Quando Domostroy viu Donna, fitou-a com curiosidade tão intensa que Osten, espontaneamente, passou à frente dela, como que para protegê-la da visão do homem.

Domostroy havia encontrado Jimmy Osten em duas ou três ocasiões — sempre na presença de Gerhard Osten e seus convidados e associados —, e apesar dos dois nunca terem trocado mais de duas palavras, Domostroy achara os comentários de Osten sobre a empresa de seu pai e sobre a música em geral invariavelmente ingênuos. Achou também o olhar fixo do rapaz importuno e suas maneiras inconvenientes. Mentalmente chamou-o de Bobalhão. Certamente Domostroy o teria evitado agora, se não fosse pela jovem que o acompanhava. A mulher negra era extraordinariamente bonita e bem-feita de corpo; era também controlada, graciosa e seu ar aristocrático fez Domostroy conjecturar se não teria julgado mal Jimmy Osten, ou pelo menos o apelidado incorretamente.

Quando Osten e Donna passaram por perto, Domostroy aproveitou a oportunidade para conhecê-la. Osten fez a apresentação relutantemente, e quando Donna reconheceu o nome de Domostroy e agradeceu ao compositor pelo prazer que sua música lhe proporcionara, Osten se sentiu mais arrependido ainda do encontro.

Domostroy não fez esforço para esconder a impressão causada por Donna. Ignorando Osten, fitou-a nos olhos e disse:

— Se tivesse sabido que iria gostar de minha música, teria escrito o dobro.

— Você ainda pode — disse ela, flertando.

— Estou envaidecido — replicou Domostroy — e surpreso. Não esperava que gostasse de minha música.

— Porque sou negra? — perguntou Donna.

— Sim, e eu sou branco — disse Domostroy, olhando francamente para ela. — Isso é uma questão de intensidade rítmica diferente.

Osten sentiu o sangue subir ao rosto.

— Isto é uma idiotice — disse, virando-se para Domostroy e baixando a voz com raiva. — Você vai também falar com Donna sobre ritmo natural negróide? — Ele mal podia se controlar. — Vamos, Donna, vamos embora. — Pegou o braço dela, mas Donna resistiu.

— Espere um momento, Jimmy — disse, soltando o braço do aperto dele. — O Sr. Domostroy está certo. Para mim, ritmo não é um exercício musical, inibido pelos travessões da pauta, mas um impulso... a percussão natural do meu próprio corpo. Meus ancestrais eram escravos africanos que se comunicavam de um barco de escravos com outro pela linguagem de tambores Atumpan e Ashanti. E mesmo que meu pai tenha sido um pianista de *jazz*, o primeiro instrumento que me ensinou a tocar, quando eu ainda era uma criança, foi uma ambira, uma espécie de piano com hastes de metal e um ressonador de cabaça...

— Descoberto na África do Sul pelos portugueses no século XVI — interveio Domostroy —, e erradamente denominado por eles de Kaffir. — Parou. — Você poderia, por acaso, ser a filha de Henry Lee Downes? — perguntou.

— Sim, sou — ela replicou. — Sou uma filha temporã. Meu pai morreu quando eu tinha 14 anos. Você o conheceu?

— Ouvi seu pai tocar — disse Domostroy. — Era um grande virtuoso do *jazz*. Podia fazer o piano soar como um sino ou uma buzina.

Donna olhou-o com um olhar divertido.

— É bem típico de você dizer isto, Sr. Domostroy, mas o que para você é provavelmente apenas história negra, para mim é um ritmo vivo, uma música como nenhuma outra. — Virou-se para Osten e disse, brincando: — Quando o Sr. Domostroy escuta seu passado, posso apostar que ouve madrigais elisabetanos. Estou segura de que um Steinway foi o primeiro instrumento musical que ele viu em casa quando criança.

— Realmente foi — concordou Domostroy. — O piano de cauda de minha mãe. Ela era concertista. — Os olhos dele encontraram os de Donna. — Você é tão articulada quanto bonita. É dançarina?

— Basta, Domostroy! — chiou Osten.

— Não sou dançarina, Sr. Domostroy — disse Donna calmamente. — Embora goste de dançar. — Apontou para o piano de cauda atrás deles. — Agora esse é o meu Kaffir.

— O que estamos esperando? — disse Domostroy, ignorando Osten propositalmente. — Toque!

— Donna, vamos! — disse Osten. — Ele não pode ficar lhe dando ordens — acrescentou, quase rosnando.

— Contanto que aquilo que me ordenou seja *tocar*, não me importo — disse Donna, seus olhos devolvendo o desafio de Domostroy e sentando-se ao piano.

Houve um silêncio, e os convidados abriram um círculo em volta dela. Gerhard Osten, de braço dado com a mulher loura que Domostroy deixara aos cuidados dele, encaminhou-se para o filho.

— Essa não é definitivamente a hora de dançar — disse em voz baixa.

A mulher loura inclinou-se e apertando o braço do velho disse:

— Mas, Sr. Osten, deve ser divertido!

— Não se preocupe, pai — disse Osten. — A maior parte dos convidados não saberia dançar!

O pai limpou a garganta e sorriu nervosamente.

— Jimmy, quero que conheça a Srta. Vala Stavrova.

Osten e a mulher apertaram-se as mãos.

Domostroy, parado ao lado do pai de Osten, declarou.

— A Srta. Stavrova é oriunda da Rússia, o país dos clássicos!

— Sim. Mas adoro dançar *rock and roll* — disse Stavrova em voz muito aguda. — Ela é uma cantora de *rock*? — perguntou, apontando para Donna.

Donna começou a tocar, e o som do *Scherzo* em Dó Sustenido Menor de Chopin encheu a sala.

— Notável — disse seu pai, vendo Donna tocar. — Incrível, realmente. Quem é ela?

— Donna Downes, pai — disse Osten, falando baixo. — Eu a apresentei a você.

— Claro que apresentou. De onde ela é?

— De Nova York — atalhou Domostroy.

— Onde ela aprendeu a tocar assim? — perguntou Gerhard Osten.

— Donna é estudante da Juilliard — disse Osten, esperando encerrar a conversa.

— Nunca esperaria que ela tocasse Chopin! — continuou seu pai.

— Por que não? — perguntou Domostroy. — Esqueceu-se, Gerhard, que Chopin e Liszt eram os compositores favoritos dos pianistas negros em Nova Orleans e Sedalia no final do último século?

— Não me esqueci — disse Gerhard Osten —, porque nunca soube. — Interessante. O que acha dela?

— Acho que é uma beleza — respondeu Domostroy, seu olhar ainda sobre a pianista.

— Refiro-me a sua interpretação.

— Até certo ponto, muito competente — disse Domostroy —, mas ela ainda não chegou à parte mais difícil, a mudança de acordes. Quando Chopin escreveu essa peça, sabia que a maioria dos pianistas nunca faria a mudança a tempo, por isso pediu que improvisassem.

Eles ouviram. Quando Donna chegou à passagem difícil do *scherzo*, sua mão esquerda deslizou brilhantemente quatro oitavas, depois suavemente se ergueram. Executou uma parada que durou menos de um segundo entre um toque e o seguinte, começou uma avalanche de trinados, hesitou, depois voltou descendo as quatro oitavas, separando cada nota com precisão metronômica.

— Ela é uma chopiniana bem-dotada — disse Domostroy. — Você nunca imaginaria isso pela aparência dela, não é?

No carro de Osten, no caminho de volta ao Carnegie Hall, depois da festa, Donna perguntou:

— Gostou da maneira como toquei?

— Não sou tão bom ao julgar os amigos — disse. — Mas todos pareceram gostar. Meu pai...

— Seu pai contou-me como ficou surpreendido ao me ver tocar Chopin — disse ela. — Você não o ouviu? De fato, todos me disseram o quanto ficaram surpresos com isso, significando que negro e Chopin não combinam exatamente! Só Patrick Domostroy me disse que toquei a peça como uma profissional, inclusive aquela passagem que Chopin marcou na partitura com um X.

— É melhor tomar cuidado — disse Osten. — Domostroy parecia ter vontade de marcar um X em você. — Pisou forte no acelerador. — Não gostei da maneira como ele falou com você.

— Ele disse que usei o pedal macio exatamente da maneira que Chopin indicava.

— Como? — perguntou Osten, um pouco aborrecido com o entusiasmo dela.

— Minha própria maneira! — disse ela e riu. — Para encorajar interpretações livres, Chopin nunca marcava o uso do pedal macio. Dizia que os dedos, não um pedal, criavam o toque do pianista. Chopin foi o primeiro pianista que compreendeu os diferentes atributos físicos de cada um dos dedos. Domostroy disse também que consegui evocar o Zal de Chopin.

— O que é Zal?

— Um enigma espiritual... dor e raiva suavizados pela melancolia, uma marca registrada emocional dos poloneses, ou qualquer povo oprimido por longos períodos de tempo. Zal permeia toda a obra de Chopin. Domostroy disse que porque sou negra, Zal provavelmente impregnará minha arte também. — Ela hesitou. — Que tipo de homem é Domostroy? Obviamente você não gosta dele.

Osten encolheu os ombros.

— Acho que ele está um pouco por fora, como Chopin.

— Chopin foi um grande compositor e um virtuoso — disse Donna. — Sua música é tudo que importa.

— Digamos que Domostroy leva uma vida dupla — replicou Osten. — Vive sozinho num cabaré que deixou de funcionar no South Bronx; à noite toca em uma espelunca dirigida pela Máfia; e de madrugada, quando todo mundo está na cama, vagueia pelas ruas naquele velho calhambeque dele.

— Por quê? — ela interrompeu.

— Por que o quê?

— Por que ele tem de fazer isso? Talvez tenha uma razão.

— Ele é obcecado, essa é a razão — disse Osten.

— Berlioz também era, do contrário não teria escrito sua *Sinfonia fantástica*. E também Liszt, Tchaikovsky e Wagner. E também uma porção de outros homens de talento.

— Domostroy é maníaco sexual — disse Osten desdenhosamente. — Li numa antiga revista o perfil que fizeram dele.

Disseram que era o Jekyll e Hyde da cena musical. À noite sai para dar voltas em seu carro, disfarçado, você sabe, bigodes falsos, cavanhaques, chapéus largos, e vai a todos os tipos de lugares estranhos: festas de casais do baixo mundo, sociedades secretas, clubes de encontros sexuais. Certa vez foi seguido durante horas por detetives da polícia de Nova York que, após ele ter feito umas quinze paradas em tais lugares estranhos, o tomaram como traficante de drogas e deram uma busca completa nele e em seu carro, mas nada descobriram além de algumas de suas velhas partituras musicais! Ficaram furiosos pelo tempo que perderam! Ele é como uma espécie de sátiro, num perpétuo ritual de feitiçarias. — Parou para deixar que ela reagisse ao que dissera, mas Donna se manteve teimosamente calada. — Mesmo durante seus tempos áureos, Domostroy costumava freqüentar o mundo dos excêntricos, dos birutas, das prostitutas, dos transexuais. Acho que até fotografa, como um passatempo. Odeio pensar quem ele procura, e quem ele consegue!, agora que não é ninguém. Nenhum piano-bar ou clube noturno se interessa mais por ele.

Novamente, Donna não reagiu.

— Você viu Vala, a prostituta loura que trouxe para a festa. É este o tipo que procura — disse com mau humor.

— Seu pai certamente pareceu gostar dela — afirmou Donna.

— Meu pai não sabe absolutamente nada sobre mulheres — disse Osten. — Minha mãe foi seu primeiro e único amor. Casou-se depois de dançar um tango com ela. E ele nem conseguia dançar! Depois da morte dela, tudo que lhe importa é a música. Para meu pai, cada disco da Etude é um luminoso meteoro, iluminando o firmamento da música e depois, fulgurante, desaparecendo no futuro. Ele se considera como o grandioso guardião da verdadeira arte. E quem sabe? Talvez o seja.

Olhando para fora de sua janela, falando tão intimamente como se estivesse falando consigo mesma, Donna disse:

— Você deve amar seu pai um bocado, Jimmy.

Sem tirar os olhos da estrada, Osten disse:

— Eu o amo mais do que um bocado. Farei qualquer coisa para mantê-lo feliz.

De certa forma, era fácil passar longos períodos de tempo sem visitar a casa de sua família em Long Island. Agora, quando saía da cidade em seu carro alugado, percebeu que dois anos haviam transcorrido desde a última vez e dois anos desde que conhecera Donna. Um novo caminho da auto-estrada encurtou sua viagem em quase uma hora e, assim, chegou a Wainscott muito mais cedo do que esperava. Subiu de carro por uma estrada particular ladeada de bétulas, seus troncos escuros na base e cheios de veios em cima, como colunas de mármore, e parou na casa, uma mansão branca com janelas altas, envidraçadas em sua fachada. Parou o carro alugado entre dois automóveis novos, reparando em suas placas de licenciamento personalizadas: ETUDE para seu pai e VALA para sua madrasta. Eles haviam se casado há menos de dois anos.

A porta principal estava aberta, mas Osten hesitou e tocou a campainha antes de entrar na casa. No vestíbulo esbarrou em Bruno, o valete e motorista de seu pai, que trabalhava na casa desde a morte de Leonore Osten, a mãe de Jimmy.

— *Herr* Jimmy, como está? — resmungou Bruno, forçando um sorriso que revelou seus dentes irregulares manchados de fumo. Os raros momentos de genuíno entusiasmo de Bruno eram reservados para Gerhard Osten e sua jovem segunda esposa. — Seu pai e madame estão na varanda lateral — concluiu formalmente.

Antes de reponder, Osten tossiu para fazer voltar sua voz alterada.

— Obrigado, Bruno — falou.

Quando atravessou o *hall*, que era dominado por uma estátua de mármore de tamanho natural de Bach, tomou coragem para enfrentar a tensão que inevitavelmente sentiria na presença de sua madrasta. Nunca pôde pensar em Vala como parente, e estar com ela era sempre desconfortável.

A varanda estava inundada de sol e pelo som de *Israel in Egypt* de Haendel, tocado no gravador. Seu pai e Vala estavam lendo e quando o viram, como que sob comando, os dois largaram seus jornais. Alisando seus cabelos brancos lisos e apoiando as mãos nas costas, seu pai levantou para saudá-lo. Vala apressadamente abotoou a frente de seu robe.

— Alô, pai. Como vai, Vala? — disse Osten, dando um passo à frente e abraçando fortemente o pai. Embaraçado, Gerhard Osten deu um passo para o lado, livrando-se do abraço, e depois, desajeitadamente, deu tapinhas no ombro do filho. Vala levantou a mão, como se a oferecesse para ser beijada. Osten inclinou-se, apertando-lhe a mão.

— Como tem estado, Jimmy? — perguntou o pai, sentando e indicando um lugar a seu lado. Depois de examinar os *jeans* remendados do filho, a camisa azul ordinária e a jaqueta de camurça desbotada, disse a Vala: — Ele parece um *cowboy*, não parece?

Vala sorriu.

— Mas, queridinho, Jimmy é um *cowboy* — disse com sua voz dengosa.

Apesar de ela ter vindo para os Estados Unidos com dezesseis anos, alguns dez anos antes de se tornar a Sra. Osten — durante esse tempo havia se casado e divorciado em algum lugar do Colorado —, Vala não perdera seu sotaque russo. Um tanto rechonchuda, era, não obstante, bastante bonita. Suas pupilas ligeiramente alargadas, emolduradas por sobrancelhas escuras e espessos cílios, davam a seus olhos azuis-claros aquosos uma expressão pensativa.

— Bem, diga-nos: o que o traz aqui, Jimmy — perguntou o pai, enquanto Bruno servia o café.

— Senti vontade de ver vocês dois, só isso — disse Osten, bebericando seu café. — Donna ficou muito sentida por não ter podido vir comigo, mas algo surgiu na Juilliard à última hora, e ela teve que ficar na cidade. Mandou um abraço para ambos. — O café queimou seus lábios, mas ele sorriu e forçou uma atitude descansada. — Você está com ótima aparência, pai. Você também, Vala. — Seguiu-se uma incômoda pausa. — Quais são as novidades?

— Tudo vai como de costume — disse Vala, esticando-se na cadeira. — Jogamos um golfezinho...

— Ela está se tornando uma grande jogadora de golfe — disse seu pai. — Você devia aparecer para vê-la jogar.

— Gostaria muito — disse Osten. Tentou fazer um elogio. — Estou certo de que Vala é uma golfista nata.

— Você não iria gostar — disse Vala. — Você não gosta de golfe. — Para seu marido, ela disse: — Jimmy não gosta de golfe. — Depois para Osten: — Você disse certa vez que golfe é como pescar ao contrário: em vez de esperar um peixe emergir, você espera por uma bola afundar.

— Jimmy não gosta de várias coisas — disse o pai com certa frieza. — Trabalhar, é uma delas. Música é outra.

— Meus estudos são trabalho, pai — disse Osten. — E eu gosto de música clássica.

— Não, você não gosta — declarou o pai com algum ressentimento. Para Vala, explicou: — Jimmy não tem inclinação para música. Goddard Lieberson costumava dividir todos os músicos em duas categorias: aqueles que arranham e aqueles que tocam. Bem, desde criança Jimmy não conseguia tocar piano, apenas o arranhava, e só. — Para o filho, acrescentou: — Você havia dito que prefere línguas, ou o que quer que esteja estudando na Califórnia todos esses anos, à música.

— Literatura, pai — disse Osten delicadamente. — Lembre-se que H. L. Mencken disse: "Depois da música, a prosa é a melhor de todas as artes". Meu pai esquece que tanto o piano quanto a máquina de escrever têm teclado — disse a Vala com uma risada fraca.

— Lembro-me muito bem de você ter dito que a música é fria, que não expressa nada — disse o pai.

— Eu só estava citando Stravinsky.

— Sem entendê-lo — disse o pai. — Stravinsky estava obviamente parafraseando Goethe, que via a arquitetura como música congelada no tempo, enquanto Stravinsky via a música como arquitetura do tempo.

— Outro dia ouvi no rádio alguns dos recentes lançamentos da Etude, a série Novos Clássicos — disse Osten num esforço para mudar o assunto. — Bastante magnificente, devo acrescentar.

— Que nova série é essa? — interrompeu Vala, fingindo interesse.

— São obras que foram escritas para um tipo de instrumento e agora estão sendo gravadas com outro — explicou o pai, mais calmo.

— E são fiéis aos originais? — perguntou Osten.

Seu pai ficou radiante.

— Até os puristas concordam que harmônica e melodicamente são iguais. É a mais sofisticada transformação musical e muitas vezes, libertada da postura mental ligada ao solo do instrumento original, a música emerge ainda mais pura do que antes.

— Isso não é algo como traduzir? — indagou Vala.

— Sim, é — disse Gerhard Osten entusiasmado, acrescentando para o filho: — Vala está certa. — Olhou para ela como um professor orgulhoso exibindo sua aluna. — É quase a mesma coisa, Vala, como traduzir Pushkin para o inglês atual. A coisa importante em tal caso seria assegurar que Pushkin não fosse danificado. Nossa primeira preocupação é preservar as grandes obras. Essa nova série representa nossa única experiência em mais de trinta anos, mas até certo ponto tem sido enormemente promissora. Parece, de certo modo, tornar as grandes obras ainda maiores.

— Então, a Etude está realmente indo bem? — perguntou Osten, bebericando seu café.

— Não poderia estar melhor — disse o pai. — A Nokturn Records acabou de renovar seu acordo de distribuição mundial conosco. A Nokturn conhece as boas coisas. Nós continuamos no topo do mercado de música clássica.

— Seu pai negociou o contrato pessoalmente — disse Vala.

— E negociei mesmo — disse o pai. — Nos últimos anos, nossas vendas subiram vertiginosamente, e a taxa de devolução de nossos álbuns permanece a mais baixa da indústria. É por isso que fui capaz de negociar com a Nokturn numa posição de força. E Oscar Blaystone, o presidente da Nokturn, tem a reputação de ser um dos homens mais duros no negócio. Mas eu sabia, e ele sabia, que teria que chegar aos meus termos.

— Seu pai ficou tão excitado com essa negociação — disse Vala — que fiquei enciumada. Fiz com que me provasse que poderia ficar igualmente excitado comigo. — Virou seu rosto para eles, com uma expressão de boneca, e sorriu como uma menininha. — E ele provou isso, também — ronronou. — Não provou, queridinho?

Gerhard Osten olhou-a com adoração.

— Ora, ora — disse, viril. — Você não pode ter ciúmes da Etude. Fundei-a muitos antes de você nascer.

— Eu sei — disse ela com um bonito amuo. — A música tem sido seu amor, muito mais antigo do que eu.

— Ora, Vala, isso não é justo — repreendeu o velho. Assumiu a postura de um ator no palco e começou a recitar, seu forte sotaque germânico exagerado pela emoção: — "Não deixe que a tristeza o domine; apesar de todos os seus cabelos brancos, você ainda pode ser um amante." Isto é Goethe — anunciou. — "Ele salta agilmente no quarto de uma dama para o lascivo prazer de uma luta", e isto é Shakespeare — exclamou, orgulhoso de sua memória, olhando para Vala com tão profundo amor que Osten teve de se virar para esconder seu embaraço e raiva. Como podia seu pai, o fundador da Etude Classics e uma das autoridades musicais mais notáveis do mundo, adorar tão cegamente essa massa informe de carne sem cérebro? Era simplesmente porque ele era velho e ressecado e ela jovem, macia e forte? Era por causa de Vala que seu pai estava admirando tanto Goethe, que aos 71 anos propôs casamento a uma garota de dezessete? Quando Santayana comentou que a música, embora a mais abstrata das artes, também estava a serviço da mais tola emoção, devia estar se referindo aos homens engajados naquela arte, Osten pensou, tanto quanto à arte propriamente dita.

Viu que seu pai o olhava severamente e conjecturou se o velho podia ler seus pensamentos.

— Entendo muito bem os sentimentos de Vala sobre música — disse Jimmy com súbita animação. — Experimento a mesma coisa com Donna o tempo todo. Para ela, também, música é tudo que importa.

Vala assentiu com a cabeça.

— Se de fato é assim, então isso é culpa sua, Jimmy — disse. — Preste atenção. Branca ou preta, jovem ou velha, feia ou bonita, no fundo, toda mulher quer uma coisa, e uma única coisa. — Parou dramaticamente, quase dizendo a eles o que era essa coisa, quando o pai atalhou.

— Donna é uma garota surpreendente — ele disse. — Ninguém jamais imaginaria que pudesse ter um conhecimento tão grande dos clássicos. Ela tocou magnificamente em minha festa. — Refletiu, depois continuou: — Se ela se colocar no primeiro, segundo ou mesmo terceiro lugar no próximo Concurso Internacional de Piano de Chopin em Varsóvia, certamente eu a contratarei para a Etude.

— Donna ainda não se decidiu se vai entrar ou não no concurso — disse Jimmy. — Diz que seu interesse está na música, não nos prêmios.

— Ela em breve perceberá que no mundo de hoje, na música, como em tudo mais, é o sucesso, infelizmente, que determina o valor — disse seu pai tristemente.

— Ela já percebeu — disse Osten. — É isto que a assusta, creio.

— Tão *sexy* como ela é, duvido que tenha medo de alguma coisa — disse Vala. — Olhe para ela: grande busto, a cintura de uma vespa, os quadris de uma menina, e aqueles olhos verdes! Aposto que em qualquer discoteca sua Donna é uma rainha africana! — Fez uma pausa. — E como especialista em Chopin, ela é verdadeiramente excepcional, para uma negra, quero dizer!

— Bem, se Donna é excepcional, para uma negra — replicou Osten, determinado a não deixar Vala perceber o quanto achara desagradáveis os seus comentários —, da mesma forma você também é, para uma russa, adorando dança de discoteca dessa maneira. Não são os russos pretensamente apaixonados apenas pela música clássica e pelo balé?

Vala lançou um olhar furioso para Jimmy.

— Russa ou não, sou apaixonada só por uma coisa: Gerhard! — rebateu a veemência tornando seu sotaque ainda mais pronunciado.

— E isso já é suficientemente bom para mim — disse o pai com um grande sorriso, ansioso para dissipar a tensão. — Diga-me, Jimmy, aquele negócio — falou, apontando para a garganta de Osten — deu-lhe mais algum problema?

— Não, estou bem — disse Osten.

— Ainda está fazendo *checkups* regulares?

— Sim — disse Osten. — O médico diz que está tudo bem.

— O que está errado com Jimmy? — perguntou Vala.

— Nada de mais — disse o pai. — Alguns anos atrás, logo depois de ter se matriculado naquela universidade da Califórnia, Jimmy teve um tumor removido da garganta. Mas a voz dele nunca mais foi a mesma desde então!

— O tumor estava entre a laringe e a faringe — disse Osten, dirigindo-se a Vala. — Junto com o nariz e a boca, essas são as partes da garganta que determinam como soa a voz.

Seu pai lançou um olhar para o relógio.

— Vala e eu vamos jantar no clube esta noite. Não quer ir conosco?

— Obrigado, mas não posso — disse Osten. — Vou encontrar Donna. — Ele se levantou. Sob o olhar vigilante do pai, beijou Vala nas duas faces, com cuidado para não encostar seu corpo no dela.

O pai pegou-o pelo braço, dizendo:

— Vou acompanhá-lo até a porta. — E no *hall* disse: — O banco tem enviado regularmente o dinheiro da herança de sua mãe?

— Sim, como sempre — disse Osten.

— E isso é... — o pai hesitou — suficiente?

Estavam fora de casa agora.

— Eu me viro bem — disse Osten.

O pai abriu a porta do carro para ele.

— Você deve saber muito bem que quase tudo que ganho é para sustentar Vala e a mim. — O pai hesitou novamente. — Recentemente ela redecorou o dúplex da cidade... Você não acreditaria o que isso me custou: nova forração de tapetes, papel de parede, estéreo, e tudo mais. E na Etude temos sido golpeados pela novas tabelas de aumentos do sindicato e por direitos autorais mais altos. Falava rapidamente, como que para preencher qualquer tempo destinado a perguntas.

Enquanto Osten esperava que o pai terminasse, percebeu como o velho parecia doente. Sua pele, coberta por uma rede de veias, estava amarela; seus lábios tinham um tom azulado; a parte branca de seus olhos estava injetada de vermelho. Osten sentiu uma súbita urgência de tomar seu pai nos braços e beijá-lo na testa, aconchegar-se a ele, como costumava fazer quando era criança.

Como que pressentindo isto, o pai deu um passo atrás.

— Vala tem sido muito boa para mim — disse. — Muito meiga. Ninguém mais poderia ter substituído Leonore. — Baixou a voz. — E é por isso que você deveria saber — parou, os olhos caídos — que quando eu... for, pretendo deixar tudo para ela. Tudo — repetiu, olhando para cima, esperançoso de conseguir o assentimento do filho.

— Compreendo — disse Osten, dominando a onda de amargura surgida dentro dele. — Compreendo. — Entrou no carro e ligou o motor. — Cuide-se bem, pai — disse através da janela quando se afastou.

Assim que chegou à estrada, Osten recordou a conversa telefônica que tivera com o pai no dia que ele lhe contou como estava feliz por Vala ter aceito o anel de noivado e que planejavam casar dentro de um mês. Osten respondera com forçado entusiasmo. Estava certo disse, que jovem como era, Vala daria uma esposa maravilhosa.

— Você ficaria espantado se lhe contasse como eu e Vala nos damos bem — disse o pai, baixando a voz. — Creia-me, aqueles que dizem que idade faz diferença deviam ver Vala e eu... quando estamos sozinhos.

— Estou certo de que Vala é doce e compreensiva — disse Osten.

— Não estou falando sobre doçura e compreensão — interrompeu seu pai. — Estou falando sobre amor. Tenho até testado o amor dela por mim — continuou ele, como um adolescente vangloriando-se de suas façanhas.

— Você testou o amor de Vala?

— Testei — disse o pai. — E quimicamente, para ser exato! — Parou, depois anunciou orgulhosamente: — Descobri um interessante aparelho! Mood Undies.

— E o que é Mood Undies? — perguntou Osten pacientemente.

— Calcinhas. Calcinhas de mulher.

— O que fazem?

— Não fazem, testam. — Seu pai riu por entre os dentes. — Testam a sexualidade. Cada uma tem um pequeno coração costurado na frente, você sabe onde! — deu novas risadinhas. — O coração é tratado quimicamente, e quando você... — hesitou, procurando por palavras — está na intimidade com sua dama e a disposição dela muda, também a cor do coração muda! Uma escala ao lado do coração mostra exatamente quanta excitação ela sente por você! Se o coração fica azul, isso significa que ela está realmente excitada;

se fica verde, está apenas brincando; marrom, está só medianamente interessada; e preto, bem, ela está fria a respeito da coisa toda, fisicamente fria, quero dizer. Você entende?

— Sim, pai — disse Osten. Por um momento foi tocado pela ingenuidade do pai, sua incansável crença nas coisas americanas, mesmo quando eram tão patentemente absurdas. Mas depois sofreu ao imaginar seu pai na cama com Vala. Viu-os se beijando e se acariciando no escuro; depois viu o pai subitamente acender a luz, colocar os óculos, e inclinar-se, grisalho, enrugado, e flácido, sobre o corpo curvilíneo de Vala para ver a cor do coração e ler a escala.

— Bem — continuou o pai —, até agora usamos pelo menos uma dúzia dessas Mood Undies e toda vez, adivinhe que cor o coração mostrou?

— Azul — arriscou Osten.

— Certo! Todas as vezes. — O pai soltou um pequeno e alto riso forçado. — E isso é científico. Nada dessa coisa de Goethe e Erika, amantes encontrando o verdadeiro amor nas cartas um do outro. Enquanto Vala mantiver o coração azul, tudo estará azul para mim. Você deveria testar a Mood Undies na Donna — sussurrou. — Talvez seja engraçado!

— Estou tremendamente feliz por você, pai — disse Osten. — E por Vala. Já gosto um bocado dela — acrescentou rapidamente, sabendo que isso iria agradá-lo.

— Ela também gosta de você — respondeu o pai. — Diz que quanto mais o conhece, mais gosta de imaginá-lo como Lensky, o romântico poeta em *Eugene Onegin.*

— Agradeça a ela por mim — disse Osten —, apesar de Lensky ter sido morto por Onegin, seu melhor amigo, num duelo.

— Apareça para ver-nos em breve, filho! — disse o pai expansivamente e depois desligou.

Escutando seu pai ao telefone aquele dia, Osten havia se sentido esmagado de vergonha. Sabedoria e reserva não eram tidas como os prêmios da idade madura? O que havia acontecido, conjecturou, ao homem que fora o responsável pela gravação de parte da melhor música do mundo? O homem que fora glorificado em incontáveis depoimentos dos membros da Academia Nacional de Artes e Ciências Fonográficas e da Associação da Indústria Fonográfica como impecável aristocrata do mundo dos negócios da música? O homem cujos amigos íntimos haviam sido homens como Goddard Lieberson e Boris Pregel? Na idade madura, seu pai não era diferente de alguns dos rapazes que Osten conhecera no ginásio, que em certo momento não pensavam em nada além do sexo. Pensando em Mood Undies, Osten recordou como o grupo falava sem parar sobre um tipo especial de preservativo chamado Morte da Virgem, anunciado como "uma invasão de êxtase, irresistivelmente impelindo a mulher a entregar-se". Como todos os preservativos, Morte da Virgem pretendia fazer o homem sentir como se nada estivesse usando e a mulher a experimentar ânsias e sensações que nunca sentira anteriormente. Mas sua principal fonte de excitação era visual. Morte da Virgem vinha numa variedade de cores sedutoras: azul-mergulho, branco-nuvem, verde-golpe, amarelo-Midas, negro-núbio — cada qual garantida para tornar a mulher frenética de desejo. Assim como as vulvas pintadas em cores luxuriantes pelas cortesãs de antigas civilizações excitavam os amantes masculinos, os pênis tão brilhantemente enrolados tencionavam reverter o processo nos tempos modernos.

Aqueles amantes colegiais, que baseavam suas esperanças no Morte da Virgem para ajudá-los em suas conquistas sexuais, compravam o preservativo em tais quantidades que o farmacêutico da cidade chegara a vendê-los com desconto. Em pouco tempo, contudo, começou a diminuir a tumescência. Apesar da idéia dos preservativos coloridos excitarem os rapazes, um obstáculo tornou o Morte da Virgem quase totalmente inútil: a maioria das garotas insistia na total escuridão — possivelmente porque ficavam embaraçadas de assistir seus namorados lutando para enrolarem-se em seus brilhantes "invasores do prazer".

Osten conjecturou se o comportamento de seu pai era o resultado de rejuvenescimento emocional ou de algum tipo de esclerose moral e física. Seria possível, perguntou a si mesmo, que homens realmente nunca amadurecessem com a idade, mas apenas endurecessem em certas áreas e piorassem em outras?

Mas, Osten lembrou a si mesmo, seu pai era um incurável idealista e romântico. Recordava-se do esporádico entusiasmo infantil de seu pai pelos resultados de vários experimentos paracientíficos, particularmente um que alegava que por afetar os mais altos centros cerebrais do homem, bem como o sistema nervoso simpático, a música poderia auxiliar as funções digestivas, nutritivas e respiratórias do corpo humano. Toda vez que seu pai tomava conhecimento de que um de seus amigos ou conhecidos estava doente, prontamente despachava uma coleção de discos da Etude Classics, cada um dos quais, estava convencido, gerariam no doente uma disposição específica, ajudando-o a combater a doença mais rápido e melhor do que todos os médicos e remédios poderiam fazer.

Enquanto dirigia, Osten lembrou que seu primeiro impulso, depois de saber de seu pai que iria se casar com Vala, fora telefonar para Blaystone e ordenar que retirasse o apoio secreto de Goddard à Etude, mesmo que isso significasse um dispendioso processo de quebra de contrato. Se Gerhard Osten fosse defrontado com a perda de seu amado empreendimento, raciocinou Osten, poderia muito bem reconsiderar o casamento. Mais importante, como Osten tinha pouca dúvida de quem na realidade estava perseguindo quem, talvez, nessas circunstâncias, Vala desistisse do noivado; o que ela ia querer com um homem sem dinheiro, incapaz de lhe dar alguma coisa além de sua velhice?

Mas, refletiu Osten, ele jamais se perdoaria caso seu pai, confrontado pela falência, tivesse um ataque do coração e morresse. Então Osten decidira tentar trazer seu pai à razão, invocando a imagem de sua esposa morta e tornando a despertar sua antiga devoção por ela. Decidira também falar com ele francamente sobre a juventude de Vala e a avançada idade dele.

— Só porque ele parece velho a você, por que deveria parecer velho para si mesmo? — reclamara Donna. — Não há nada errado com ser velho. Por que não poderia ele ter prazer com Vala? Veja Liszt e Wagner, ambos viveram com mulheres que eram jovens suficientemente para ser suas filhas!

Entrando com cuidado na corrente de tráfego que levava à cidade, Osten começou a pensar em Donna. Uns cinco ou seis meses depois de conhecê-la, quando a novidade do relacionamento se desgastara, uma inconfortável dúvida começara a se instalar em seu coração, do momento em que abria seus olhos todas as manhãs até quando ia dormir à noite.

Para que suas duas existências permanecessem válidas, ele tinha que se sentir seguro de sua aspiração. Tinha que se sentir pleno de uma necessidade de escrever e executar música, uma necessidade tão poderosa que tudo mais deveria guiá-lo para ela. Acreditava que se começasse a se sentir musicalmente estéril por um momento sequer, estaria perdido. E Donna fracassara em despertar nele a necessidade de criar.

Estava cada vez mais pronto a voar, em impulsos do momento, da Califórnia para Nova York, pois apesar da louca paixão física por Donna ainda ser forte, sofria toda vez em que ela demonstrava seu desdém pela música *rock* — e pela música de Goddard em particular.

Dissera a ela, por exemplo, que se ele fosse um instrumentista, iria investigar pianos eletrônicos, as modernas alternativas para o piano de cauda, que — com a ajuda de osciladores, atenuadores e amplificadores — poderia criar tons sintéticos de ampla variedade e freqüência e intensidade precisas. Lembrou-a do uso cada vez maior dos pianos elétricos pelos cantores e grupos populares, acrescentando que pelo menos um famoso fabricante de piano tinha até começado a desenvolver um piano de cauda eletrônico.

Mas, em suas conversas com Donna, tinha que ser cuidadoso para não parecer bem-informado. Lembrando-se de que aos olhos dela era um estudante de literatura, no máximo um escritor em potencial, apenas com um interesse menor na música, forçado pelo pai, tentava tirá-la do seu rígido puritanismo apenas em termos inespecíficos. Defendia o sintetizador como sendo não apenas outro instrumento musical especializado, mas um aparelho criativo de uso múltiplo, e citava Stravinsky, que certa vez dissera que a máquina musical mais perto da perfeição era um Stradivarius ou um sintetizador eletrônico. Osten, então, especulara que o instrumento seria um benefício para compositores e intérpretes; ao menor toque de um botão, podiam ouvir arranjos completos, bem como uma infindável variação de um tema isolado; poderiam condensar ou aumentar uma frase, torná-la lenta ou apressá-la. Tudo isso parecia-lhe um incalculável enriquecimento da tradição musical — bem como uma forma de transcendê-la.

— Com todos os seus efeitos especiais, ritmo computadorizado e seqüências programadas, um sintetizador não é nada mais do que um híbrido de vitrola automática e fliper — dissera Donna durante um dos desentendimentos deles. — Isso torna o compositor e o intérprete num tipo de autômato criativo de grosseiras seleções mecânicas.

— Mas o piano não é, em certo grau, também mecanicamente primário? — aventurou Osten. — Tão primário que simplesmente trocando seus martelos por colheres de chá você pode convertê-lo num cravo? E suas imperfeições não se tornam mais evidentes nas intermináveis tentativas de melhorar sua caixa de som, cordas, martelos e a ação do seu teclado?

— Não certamente — replicou Donna. — O piano é o descendente de uma linha inteira de instrumentos de corda, começando pelo saltério, uma cabaça com cordas esticadas que o tocador tangia chegando até ao monocórdio de Pitágoras, o clavicórdio, a espineta, o cravo... ao contrário de toda a engenhoca musical do sintetizador, com mudanças de semana para semana, o teclado disto — ela desferiu um ressonante acorde no seu piano — já estava completamente desenvolvido no século XV e nenhum outro instrumento jamais conseguiu igualar a variedade e riqueza de seus tons.

— Li em algum lugar — disse Osten cautelosamente — que, numa recente experiência musical, especialistas de acústica imitaram, ou deveria dizer duplicaram, notas de piano, sintonizando uma série de osciladores de audiofreqüências para a freqüência e intensidade das pancadas das cordas do piano. Um grupo de músicos não pôde distinguir entre as gravações de tons verdadeiros de piano e os tons sintéticos feitos pelos osciladores. De fato, as gravações dos tons reais e sintéticos eram tão parecidas que os músicos do grupo foram incapazes, tanto quanto os não-músicos de outro grupo, de identificar apenas cinqüenta por cento dos tons corretamente.

— Isso não prova nada — disse Donna, elevando a voz. — Todo artista verdadeiro sabe que os sons sintéticos carecem de riqueza harmônica e calor. — Depois acrescentou: — De qualquer modo, Jimmy, você não é um músico, portanto está falando sobre coisas que realmente não conhece. Creia-me, não existem pianos ruins, só maus pianistas. E fazer música é muito mais do que sintetizar uma corda vibradora!

Ele sentiu-se cansado e com raiva. Afinal, como pianista Donna era apenas uma executante, no máximo uma talentosa imitadora que nada sabia sobre os processos de composição, de escrever música original e vibrante. Ele, por outro lado, era tanto executor como compositor, e o valor de sua música em volume de vendas era maior do que o de qualquer outro artista, clássico ou de *rock*. O que diria ela, pensou, se lhe dissesse isso? Incapaz de defender-se, usou o recurso de atacá-la.

— A música é mais do que um som vibrando — disse —, mas realmente o piano é mais do que isso? — Tentou parar, mas não conseguiu. — Afinal, no momento em que você atinge uma tecla do piano, expulsa um martelo que então já não está mais conectado à tecla, mas está voando livremente, como uma bola atirada pelos ares, além do alcance do pianista. Correto? No entanto, para qualquer velocidade dada ao martelo, o som é exatamente o mesmo se a tecla foi inicialmente pressionada pelo dedo da grande concertista de piano Donna Downes ou pela pata de um macaco do zoológico do Bronx!

Podia ver que ela estava furiosa. Fechou a tampa do piano com força e virou-se para encará-lo.

— Esta é a maior besteira que jamais ouvi, especialmente vindo de você. Você toca piano um pouquinho, Jimmy. Será que não pode ver que existe muito mais nisso do que bater teclas e ativar pequenos martelos? O que diz sobre a arte total de criar sons do piano? — Sem dar-lhe chance de responder, disse: — Oh, esqueça isso. De que adianta falar?

Novamente, a paz entre eles foi quebrada. Em tais momentos, tudo que desejava era ficar sozinho.

Às vezes, quando deitava ao lado de Donna, Osten sentia-se distante dela e acreditava que ela, percebendo isso, devia também sentir o mesmo. Parecia-lhe, em tais ocasiões, que não eram amantes, mas meramente pessoas capazes de agradar um ao outro.

Depois de longas horas praticando escalas e fazendo exercícios para fortalecer braços e pulsos e aumentar o alargamento entre os dedos, Donna freqüentemente ficava inquieta e nervosa. Suas necessidades sexuais vinham repentinamente e em impulsos, os olhos então brilhavam, suas faces queimavam, e, como se estivesse faminta e o sexo fosse um ato de nutrição, ela dizia o tipo de ato sexual que queria. Em tais momentos ele não conseguia preencher os desejos dela; o que ela tomava como sendo sua espontaneidade e improvisação, para ele nada era além de cálculo e repetição. Isso o tornava tenso e cada vez mais passivo, e desesperado por não ser para ela mais do que uma mera diversão física, quando muito um instrumento para afastá-la momentaneamente do piano — que era e sempre seria a principal razão das emoções da sua vida.

Algumas vezes, depois de estudar piano diante dele, Donna subitamente jogava-se sobre Osten e tentava se empalar nele, excitá-lo e fazê-lo ter uma ereção e, se ele não correspondia imediatamente, ela o forçava a acariciá-la com a boca e a língua até que um orgasmo sacudisse o corpo dela e a torrente de urgentes incitações morresse nos seus lábios. Era como se, por ter permissão de ouvir a interpretação dela ao piano, ele tivesse que tornar-se o servo de suas necessidades.

Mas existiam outros momentos, tão freqüentes e persuasivos, em que Donna fazia amor tão ardentemente, tão abnegadamente, que ele se sentia a única fonte e objetivo de toda a paixão dela, momentos em que ela implorava que a guiasse para responder aos impulsos e fantasias dele. Mas, mesmo então, depois de responder aos seus pedidos e usar-lhe o corpo como um instrumento do seu próprio prazer, ele não se sentia mais próximo dela, como se em algum lugar ao longo do caminho Donna tivesse fracassado como fonte de excitação para ele.

Uma noite no estúdio dela, esperando que chegasse em casa de volta da Juilliard, tirou um álbum de fotografias da estante de livros e olhou-o. Entre as muitas fotos de Donna com a família e amigos, estava uma que o perturbou grandemente. Mostrava Donna em traje de banho com os seios à mostra, sendo ajudada a sair de uma pequena piscina por um jovem e simpático rapaz branco, cujo calção molhado revelava o membro extraordinariamente comprido e grosso. A visão desse homem, os seios fartos e nus de Donna apanhados pela câmera quando se empinavam no movimento do corpo, e o ânimo do fotógrafo, atingiram Osten como sendo obscenos. Era um instantâneo para uma revista pornográfica, não para um álbum pessoal. Ao lado da fotografia, ligeiramente apagada, Donna havia colado um quadrado de papel com um poema de W.H. Auden datilografado:

Não se deve estar em termos amigáveis
Com sujeitos de firmas de propaganda,
Nem falar com tais pessoas

Como ler a Bíblia pela sua prosa,
Nem, acima de tudo, fazer amor com aqueles
Que se lavam demais.

Quem era o homem no retrato e quais eram os sentimentos dele para com Donna? Há quanto tempo — e por quem — havia sido tirado o retrato? Osten sentiu-se mortificado por sua ignorância. Estava invejoso do lugar do outro homem na vida de Donna e sentiu-se fisicamente inferior a ele. Estava também mordido de vergonha por ver o indisfarçável prazer de Donna em estar fazendo parte desta exibição sexual. Seria possível que ela fosse tão desenfreada sexualmente quanto Devon Wilson, a malfadada namorada de Jimi Hendrix?

Depois de hesitar durante dias, Osten finalmente resolveu perguntar a Donna sobre o homem da fotografia, e Donna lhe contou que ele era um ator que ela namorara tempos atrás. Fingindo desinteresse, Osten perguntou se ele poderia ter visto o homem numa peça ou num filme. Visivelmente aborrecida, Donna disse que duvidava: o sujeito era um ator menor que representava pequenos papéis em filmes de classe B. Finalmente, quando Osten perguntou-lhe quem tirou o retrato, Donna respondeu rispidamente que havia sido tirado por um amigo dela, um estudante da Juilliard na piscina da família do amigo, em Tuxedo Park. Ainda cheio de dúvidas, Osten conjecturou sobre o que teria aborrecido tanto Donna — a pergunta sobre seu passado, ou a lembrança do homem que representava um papel nele.

Parte dele também rebelava-se contra o gosto estético de Donna. Mesmo sendo uma pianista versátil, talentosa e à vontade com a obra de muitos compositores, ela se considerava principalmente uma intérprete de Chopin, um compositor que considerava tão ousado quanto Bach e inigualável em suas harmonias.

Osten não conseguia partilhar desse entusiasmo. Primeiro havia, até para ele, algo incongruente a respeito da escolha dessa encantadora garota negra em expressar-se no campo da música clássica. Tivesse ela escolhido representar em filmes em vez de tocar piano, poderia ter sido uma estrela da noite para o dia, apenas com a força de seu rosto e do seu corpo extraordinários. Mas, de perfil, inclinada sobre o teclado, era ligeiramente grotesca, quase vulgar: sua cabeça africana parecia pequena demais, o pescoço estendido demais, o busto desproporcional, suas nádegas muito redondas, suas pernas longas demais. Sabia que isso era o homem dentro dele — e o homem branco — que reagia desse modo. Sabia que poderia ser feliz ao olhar tal beldade num palco burlesco ou numa cama, mas ficava sempre surpreso e um pouco perturbado ao encontrar alguém todo vestido atrás de um piano de cauda, e descobriu que não conseguia controlar suas reações.

Depois, também, era a música que ela escolhia para tocar. Osten não gostava de Chopin, que lhe parecia um talentoso amador, um menino prodígio do século XIX que nunca se desenvolvera num compositor clássico. A música evanescente e frágil de Chopin simplesmente não era universal, jamais poderia inspirar as massas; pertencia aos aposentos aveludados, às salas elitistas de concertos, às escolas de música. Havia também, em Chopin, uma qualidade efêmera, quase *ragtime*, de que Osten não gostava — a mesma qualidade que fazia Chopin, um polonês transplantado para a França, tão popular um século mais tarde entre os pianistas negros de Nova Orleans — que provavelmente tomaram conhecimento dele através do círculo social francófilo.

A fim de compreender Donna melhor, Osten lera alguns livros sobre Chopin, e ficara perturbado pelo que soube a respeito da tumultuosa vida do compositor. Embora vários biógrafos explicassem que o estado de tuberculose febril de Chopin era a causa de sua constante obsessão sexual, Osten todavia achava difícil desculpar as desvairadas escapadas amorosas de Chopin. Para Osten, o relacionamento de Chopin com a romancista francesa George Sand era particularmente nojento, pois desde o início o compositor devia ter sabido que a romancista não era simplesmente bissexual, mas uma lésbica por temperamento e por inclinação. Ainda assim, Chopin permitiu que ela o usasse inúmeras vezes como um títere em jogos sadomasoquistas com seus amantes masculinos e femininos, entre os quais algumas das mais pervertidas mentes do século. Escutando a maneira passional, às vezes frenética, de Donna tocar as baladas, noturnos e *scherzos* de Chopin, Osten não conseguia deixar de fazer associações entre a música, a vida doentia do compositor e Donna.

Osten ficou contente ao descobrir que para H. L. Mencken, o mais ferrenho dos críticos americanos, Chopin era "outro compositor que é melhor de escutar depois de se falar com um contrabandista de bebidas. Sua música", escreveu Mencken, "é excelente em tardes chuvosas do inverno, com o fogo crepitando, o misturador de bebida cheio, e uma garota boba".

Mas Donna era tudo menos tola. Inúmeras vezes Osten perguntou a si mesmo o que essa talentosa negra americana da classe média achara tão excitante em Chopin. Teria ela, como seus antepassados, do *ragtime* no Missouri e na Louisiana, percebido na música de Chopin, ou em sua vida, algum forte significado oculto essencial mas que, pelo menos até agora, iludira seu amante branco completamente?

No princípio ele esperara que Donna fosse a única a tirá-lo para fora de sua auto-imposta esterilidade e envolvê-lo na música e na vida dela. Esperara, também, que o ajudasse a apagar a lembrança da única mulher que realmente sempre amara — Leila Salem —, que entrara na sua vida tão inesperadamente quanto a mulher da Casa Branca, mas de um modo bem diferente. Donna, porém, nada fizera.

Ele não sentira nenhum drama naquele dia tranqüilo, exatamente dois anos e meio atrás, quando saiu de seu pequeno rancho e dirigiu pelo deserto Anza Borrego em direção a San Diego. Não tinha nenhum objetivo especial em mente além de permanecer um dia ou dois num bom hotel e visitar algumas livrarias. Em San Diego, dirigiu sem rumo certo durante algum tempo. Depois atravessou a Ponte Coronado, olhando para o porto abaixo e as silhuetas pesadas dos navios da Frota do Pacífico. Em pouco tempo estava na via de entrada do Hotel Coronado, onde não aparecia desde seu tempo de colegial.

Estacionou o jipe e vagueou em volta do hotel, fitando maravilhado seus excessos vitorianos — os terraços, balcões e varandas empilhados um em cima do outro, o telhado e torrinhas de telhas de madeira, o esplendor da entrada.

Passou pelo jardim interno, perscrutou o Crown Room, onde um grande banquete para dignitários árabes estava sendo realizado, depois caminhou pelo Corredor Histórico olhando para fotografias do hotel nas várias mudanças que sofrera durante cem anos.

Na arcada, parou diante de uma banca de discos para olhar uma exposição de discos de Goddard, e uma mulher surgiu de trás da banca com uma pilha de álbuns nos braços. Devia ter uns trinta e poucos anos, alta e delgada, com um vestido justo. No momento em que a viu, Osten foi incapaz de desviar os olhos dela. Era diferente: cabelos cor de milho em pesadas ondas, uma testa alta, maçãs do rosto salientes, nariz escultural. Inconscientemente, aproximou-se dela, que julgando-o um vendedor, entregou-lhe os discos que estava segurando.

— Posso debitar esses em minha conta do hotel? — perguntou num desmaiado sotaque estrangeiro.

— Tenho certeza de que pode, madame — disse ele, pegando, os discos. Sentiu o olhar dela, seus olhos cinza-claro e translúcidos, e com medo de perdê-la, não se moveu.

Ele olhou os álbuns, todos *rocks* americanos, cerca de duas dúzias, incluindo três exemplares do último disco de Goddard.

— São três iguais — disse.

— Eu sei — respondeu ela, os olhos ainda sobre ele. — Há alguma coisa errada? — Ela sorriu agradavelmente.

— São todos iguais — repetiu ele.

— Devo ser sua melhor compradora — ela disse, apontando para o desenho abstrato de um cantor de *rock* na capa do álbum. — Compro seus discos para todos os meus amigos.

— Amigos de sorte — disse Osten com um sorriso. — Mas somente Goddard? Existem outros astros do *rock*.

Ela refletiu.

— Não como ele. Eu o ouvi pela primeira vez em circunstâncias muito estranhas. Foi durante a guerra no Líbano pela rádio das Nações Unidas. Fiquei cativada sem nada saber sobre ele.

— Ninguém sabe nada sobre ele — disse Osten. — O povo diz que ele é maluco, ou aleijado, ou...

— Mas, sabe, eu o descobri à minha maneira; nem sequer sabia que era um astro. A música dele parecia alguma coisa dentro de mim, que trazia ordem aos meus sentimentos e dava sentimento ao que era apenas ordem. — Os olhos dela não se despregavam dele enquanto falava. — Não posso realmente explicar o que quero dizer. — Pegou um dos álbuns de Osten e, olhando para o desenho sem rosto de Goddard, disse: — Ele é original porque faz a gente também se sentir original. Tal sentimento é a maior dádiva que um artista pode oferecer, e só um grande artista está em condições de fazer isso. — Virou-se para Osten e novamente ele encontrou o olhar dela. — E você, de que música gosta? — perguntou.

— Ele é o meu favorito também — disse depois de um intervalo. — E, como você, também o descobri em mim mesmo. Ouvi seu primeiro disco no rádio em Nova York. Agora conheço toda sua música. — Os olhos dos dois ainda estavam ligados e, para prendê-la, decidiu arriscar mais.

— Eu também toco um pouquinho — ele disse.

— Verdade? O quê?

— Tudo que Goddard toca, também consigo tocar! — Ele riu.

— Você também canta? — perguntou ela.

— Um pouquinho. — Estava a ponto de contar que a cirurgia o deixara com um defeito permanente na garganta, a história que contara aos outros durante anos, mas decidiu nada revelar sobre isso.

Ela olhou em volta.

— Você tem outros clientes. Não quero monopolizá-lo.

Ele sorriu francamente.

— Não trabalho aqui. Eu é que estou monopolizando você.

— Oh, desculpe! Eu... — ela estendeu as mãos para pegar os discos, mas ele riu e afastou-se.

— Posso, pelo menos, carregá-los para você?

Ela sorriu.

— É muita gentileza sua. — Estendeu a mão. — Sou Leila Salem.

Ele apertou a mão dela, estreita e fria, consciente de que era a primeira vez que a tocara.

— Sou James Osten — disse. — Você tem um ligeiro sotaque, de onde é?

— Nasci no Líbano, de pais sírios — disse.

— Mas você tem a pele e os olhos tão claros! Jamais teria pensado que fosse árabe.

— Talvez não. — Ela parou. — Certamente você perceberá que o meu marido é. Ele parece árabe.

Sentiu-se confuso, depois traído. Já perdera para outro homem.

— Seu marido?

— Meu marido é o embaixador libanês no México. Estamos apenas visitando San Diego.

Olharam-se em silêncio e ela o viu passar de perturbado para resignado. — E você? É casado, Sr. Osten? — perguntou.

Ele sacudiu a cabeça, negando.

— É músico profissional? — perguntou polidamente, como que para distraí-lo de seus pensamentos.

— Profissional não — suspirou. — Sou estudante na Universidade da Califórnia, em Davis.

— Estudando música?

— Literatura. Música é apenas um *hobby*.

— Estudei arte, primeiro no Líbano, depois em Madri. — Ela parou novamente. — Ahmed, meu marido, é economista. — Ela viu Osten baixar o olhar. — Em que está pensando? — perguntou em voz quase conspiradora.

Sem levantar a cabeça, ele murmurou:

— Eu... — parou — em você. Gostaria de vê-la outra vez.

Ela chegou mais perto, até que seus quadris pararam de encontro aos discos que ele estava segurando.

Hesitou antes de falar.

— Amanhã meu marido e eu vamos levar as crianças à praia Rosarito, um lugar perto de Tijuana, por duas semanas. Depois voltaremos para o México. — Ela hesitou. — Enquanto estivermos em Rosarito, Ahmed será tratado pelos médicos de uma clínica chamada Centro Rejuvenescedor.

— Ouvi falar deles. Tiveram permissão para conduzir alguns testes médicos com Gerovital na Universidade da Califórnia: injeções de embrião de animais, das quais se espera um efeito rejuvenescedor.

Ela acenou com a cabeça e baixou os olhos.

— Os tratamentos com Gerovital são encontrados apenas no México. Ainda não foram permitidos nos Estados Unidos.

Vendo a aflição dela, Osten mudou de assunto.

— Já estive na praia de Rosarito — disse. — É um lindo recanto. Onde vai ficar lá?

— No Sherazade. Uma pequena vila com vista para o mar.

— Que idade têm seus filhos?

— Meu filho tem onze, minha filha nove anos. — O rosto dela iluminou-se. — Eles amam a música. Você devia vê-los dançar *rock* ao som de Goddard.

— Estarei em Tijuana na próxima semana — disse Osten num impulso. — Quero testar minha voz e meu desempenho diante de pessoas.

— Você quer dizer, em público? — Ela pareceu surpresa.

— Por que não?

— Mas por que o México? Por que Tijuana?

— Bem, dizem que mais de vinte mil pessoas estão lá, a cada dia! — replicou ele. — Com tanta gente você não precisa ser Goddard para levantar e cantar — riu ele.

Ela sorriu.

— Onde você irá cantar?

— Aonde me deixarem. Alguma praça, ou um café talvez. Qualquer lugar para onde eu ou a platéia possamos dar uma rápida escapada!

— Vai cantar em espanhol?

— Só em inglês. Ainda não sei bastante espanhol.

— Isto é uma vergonha — exclamou ela. — Amo *música ranchera*, a verdadeira canção folclórica mexicana.

Osten refletiu.

— Realmente? Você tem alguma favorita? Talvez eu possa tentá-la.

— Minhas favoritas agora são *Volver, volver, volver* e *El rey* — ela disse sem hesitação. — Você pode encontrá-las em qualquer loja mexicana de discos.

— Vou comprá-las esta noite — disse Osten.

Ela olhou para seu relógio quando caminhavam em direção à saída.

— Preciso ir — disse.

O caixa, um velho grisalho, registrou imponentemente as compras dela na caixa e pediu que assinasse o nome e o número do quarto na nota de venda.

Ao sair, Leila Salem foi delicadamente abordada por dois homens de pele cor de oliva, vestidos formalmente. Um deles disse alguma coisa a ela em árabe e Leila virou-se para Osten com uma expressão de desculpa.

— Meus onipresentes protetores — explicou com um suspiro. — Um discutível estorvo para os inimigos; um incômodo certo para os amigos. — Ela parou, depois gentilmente tocou o braço de Osten. — Espero que não se incomode se eles me acompanharem quando eu for ouvir você.

Ele ficou receoso de demonstrar sua alegria.

— Seu marido irá também? — perguntou.

— Duvido. Ahmed não está se sentindo bem. Precisa descansar. Mas meu filhos certamente irão. Portanto, por favor, não se esqueça de telefonar para o Sherazade e dizer onde devo ir. — Ela pegou um cartão de visita de sua bolsa e entregou-o a Osten. — Este é o nome a chamar — disse. — Não se esqueça!

Sua decisão estava tomada; já antevira o que ia fazer, e conquanto pudesse imaginar o resultado como se fosse uma melodia, ainda sentiu-se disposto a correr o risco e levar adiante seu objetivo. A mente, refletiu, era como um instrumento musical ideal — invisível, portátil, capaz de sintetizar todos os sons —, porém impotente em si mesmo; era também imperfeito porque exigia ouvintes para exercer a ação de alavanca sobre a matéria. Essa necessária transferência da força da mente para o corpo era para ele um dos mais profundos mistérios da vida. Sempre tivera curiosidade de saber por que Deus, criando a mente à Sua própria imagem e a realidade física à imagem do homem, em Sua sabedoria se recusara solucionar a eterna antinomia entre a mente do homem e a necessidade humana de uma substância física.

Depois de encontrar Leila Salem, Osten foi de carro para Tijuana, e na maior loja de discos de lá comprou todas as versões disponíveis das duas canções folclóricas que Leila gostava, gravações feitas na Espanha, México e outros países de língua espanhola. Depois investigou a cidade e suas infindáveis torrentes de pedestres — os morenos da cidade, os óbvios turistas americanos, e a massa de camponeses de pele marrom, vindos das províncias atraídos pela cidade moderna e pela promessa de trabalho na construção civil. A meio caminho entre os centros comerciais afluentes da cidade, na Avenida de la Revolución, e as favelas próximas da arena de touradas, Osten encontrou aquilo que procurava: um café-restaurante ao ar livre meio escondido, que poderia conter cerca de sessenta pessoas; estava localizado num modesto hotelzinho chamado La Apasionada.

Entrou e conversou com o gerente, um pequeno e gorducho mexicano de meia-idade que falava inglês fluente. Em mau espanhol, para praticar a língua, Osten disse ao homem que trabalhava para uma companhia americana de instrumentos musicais e gostaria de usar o terraço do café durante duas semanas para testar uma nova mesa de som, a mais recente do ramo de diversões, diante de uma platéia. Sabia, disse Osten, que cantando e tocando poderia constituir uma mudança na rotina do Apasionada, e portanto estava preparado para pagar ao hotel pelo uso do terraço, bem como por um quarto para ele próprio.

Percebendo que estava fazendo um bom negócio, o mexicano disse a Osten que raramente permitia cantores em seu estabelecimento, pois gostando de garotas como gostava, acreditava no velho ditado: como os toureadores, os cantores conseguem sempre as melhores garotas. Depois, deu uma gargalhada e mencionou uma soma que, apesar de exorbitante para os padrões locais, Osten achou bastante razoável. Prontamente deu ao gerente um depósito — um terço da quantia total — e prometeu voltar e começar sua apresentação em uma semana.

Depois voltou para San Diego, estacionou diante da melhor loja de instrumentos musicais da cidade, e entrou. Uma moça eurasiana, com os modos de uma dócil massagista, saudou-o na porta. Quando disse que estava interessado em música eletrônica, ela o conduziu para a escrivaninha de um jovem vendedor de óculos que, com sua velha camisa branca, gravata preta e um terno de algodão ordinário, poderia facilmente ter passado por um cientista do Instituto Salk.

O vendedor se apresentou, e Osten sentou-se. Sobre a escrivaninha Osten viu vários folhetos apresentando as mais modernas mesas eletrônicas de som.

O vendedor percebeu o olhar de Osten.

— Paganini. A mais recente criação em som eletrônico — disse. — Versatilidade fenomenal em sons elaborados. Seu próprio SSMS, o sistema sintetizador de manufatura de som, reproduz, com imbatível autenticidade, flauta, clarinete, trombone, trompete, trompa, saxofone, acordeom, tuba, oboé, violino, piano, cravo, guitarra havaiana, banjo, viola, violão, harpa, diapasão, bombos, marimba, xilofone, vibrafone, pratos, entre outros. — Parou para respirar, depois continuou. — O Paganini inclui efeitos especiais de sons tais como ruído de potes e panelas, estalo e batida de dedos — parou novamente —, tinir de talheres, celofane amassado...

— Gosto de potes e panelas e de sementes secas numa jarra de vidro — disse Osten.

O vendedor ficou animado.

— Os japoneses não omitiram nada nesse aparelho — disse, entregando a Osten vários dos folhetos de informação. — Em sua seção de ritmo automático, o Paganini contém — leu no livrinho para confirmação — trinta e seis auto-ritmos autênticos: marcha, *swing*, *rock*, tango, rumba, bossa nova, valsa, balada, bolero, beguine, mambo, samba, bem como vários ritmos latinos menos comuns...

— Ritmos latinos? — interrompeu Osten.

— Sim. Uma sábia escolha, dada a nossa proximidade com o México e o hemisfério sul. Você sabe o que é realmente interessante? Com as centenas de combinações musicais possíveis no Paganini, você praticamente inventa um novo instrumento cada vez que toca!

— Eu gostaria de inventar um novo eu — disse Osten.

— Você quase pode com o Paganini — disse o vendedor, dando uma olhada nos vários livrinhos. — E o Paganini é construído tão compactamente que você pode levá-lo consigo para quase todo lugar que for.

Pegou um dos folhetos de Osten, escreveu um preço nele, e devolveu-o como uma carta num cassino.

— Até o preço é compacto — disse sorrindo. — É por isso que vendemos uma porção desses modelos para clubes noturnos e músicos de *rock* em excursão, bem como para compositores e letristas de músicas. Sabia que algumas dessas mesas têm até sido instaladas nos setores de bar de alguns dos grandes jatos de carreira? — Ele estava dando o argumento final de venda.

Osten olhou de relance para a quantia escrita no cartão.

O vendedor começou a se preocupar.

— Que tipo de música você toca? — perguntou.

— Todos os tipos — disse Osten. — Improviso um bocado.

— Então o Paganini é sem dúvida sua melhor compra — disse o vendedor. — Por suas entradas especiais, pode alimentá-lo com qualquer som, qualquer coisa gravada ou apanhada ao vivo, ou de qualquer outro instrumento eletrônico, rádio, TV, seu gravador, até sua própria voz cantando...

— Terá que ser a voz de alguma outra pessoa, não a minha — riu Osten.

— Não seja tão rigoroso consigo mesmo! — repreendeu o vendedor. — Pode ser um pouquinho rouco, mas e daí? Hoje em dia, uma porção de cantores e músicos costuma usar microfones especiais. O Paganini permite que você modifique qualquer som externo, inclusive sua própria voz. Por que não me acompanha à nossa sala de música e experimenta o Paganini?

Sorridente, levantou-se sob o olhar indiferente dos outros vendedores e conduziu Osten através de um labirinto de escrivaninhas para a sala de música.

Com o Paganini guardado na parte de trás do jipe, Osten foi para casa através de um desfiladeiro entre Cuyamaca e as montanhas Volcán. Parou para abastecer o carro em Julian, que outrora havia sido o centro de mineração de ouro da região, onde os duzentos habitantes de agora se orgulhavam dos seus pomares de maçãs e das densas florestas de carvalho e pinho.

O sol estava quase se pondo quando passou pelos portões de seu rancho, ao qual dera o nome de New Atlantis por causa de um livro que o impressionara muito. Neste, em 1624, o filósofo Francis Bacon descrevera a música do futuro como sendo criada em

> "Casas de Som, onde praticamos e demonstramos todos os Sons... de diversos instrumentos de Música também para você desconhecidos, alguns mais graciosos do que os existentes; junto com Sinos e Campainhas que são delicados e agradáveis... também temos Estranhos e Artificiais Ecos, refletindo a Voz muitas vezes, e como se a estivessem Arremessando; e alguns que devolvem A Voz mais alta, alguns mais Aguda, alguns mais Profunda; Sim, alguns reproduzindo a Voz, Diferindo nas letras ou Som Articulado, daquela que recebem".

Situado a mil e duzentos metros de altura nas montanhas Laguna, o New Atlantis cobria 120 hectares com vista para todo o vale embaixo. Além da casa de dois andares que Osten ocupava, havia uma pequena casa dos empregados. Eram três índios shoshone de meia-idade e irmãos, que trabalhavam lá desde que ele adquirira o rancho.

Os índios correram para ajudá-lo a descarregar o Paganini. Apesar de passarem muito tempo sentados diante da televisão, eles não falavam inglês, e para se comunicarem com Osten, freqüentemente tinham que recorrer a gestos e sons balbuciados.

Ajudaram a carregar a mesa de som para a casa-grande, que, com exceção de um quarto, banheiro e cozinha, era uma elaborada instalação para gravação à prova de som. No andar térreo, o Paganini juntou-se a uma série impressionante de instrumentos musicais e equipamentos de gravação — órgãos eletrônicos, amplificadores, sintetizadores, violões, guitarras, tambores e caixas de efeito —, todos dominados pelo Gershwin, a mesa de dezesseis faixas e 26 canais que dava a Osten completa flexibilidade em gravação digital computadorizada e técnicas de *playback*.

Quando os índios saíram para preparar o jantar, Osten entrou no estúdio para ouvir as canções mexicanas favoritas de Leila Salem.

Logo que as escutou, soube como queria tocar, cantar e possivelmente gravá-las. Soube isso imediatamente porque era desse modo que sua mente trabalhava, mas também porque já estava preparado para se ver — com Leila — em Tijuana.

Aqui, em sua própria Casa de Som, sentia-se seguro e protegido. Havia projetado cada centímetro dela, selecionando cada instrumento. Não havia ali um único objeto que não conhecesse tão intimamente como conhecia seu próprio corpo; nenhum teclado, botão, chave, fio, tomada, oscilador, potenciômetro, gerador ou amplificador que lhe fosse desconhecido. Esse era seu esconderijo, onde podia parar de distinguir entre memória e fantasia, os dois mananciais de sua imaginação — uma do passado, outra do futuro. Aqui, inteiramente só, podia instigar e controlar o processo criativo inteiro, da fonte inicial — sua própria voz e canções — até seus arranjos para qualquer dos instrumentos eletrônicos e não-eletrônicos que usava para produzir o som Goddard.

Às vezes, incerto da direção que sua música deveria tomar, pensava no enorme potencial para música moderna no campo da experimentação eletrônica. Estudou a música daqueles compositores que ligaram em suas cabeças amplificadores neurológicos, a fim de transformarem os sinais cerebrais em ressonâncias harmoniosas numa combinação de instrumentos musicais. Apesar de ficar intrigado com a virtuosidade tecnológica dessas obras, sempre achou-as carentes de inspiração. Estava igualmente familiarizado, e igualmente desencantado, com os experimentos de *laser* e de escultura de som, bem como com todos os esforços contemporâneos para criar música multidimensional. Em última análise, como compositor e executor, sabia que tinha que confiar unicamente em suas próprias idéias e emoções e buscar dentro de si mesmo os sons e palavras que as expressariam, tanto para si como para todas aquelas pessoas para quem sua música servia como eco de seus sentimentos.

Também prestava atenção ao silêncio. Admirava o que John Cage dissera: "A música que prefiro, para mim mesmo ou para qualquer outra pessoa, é a que ouvimos quando ficamos em silêncio."

Muitas vezes, de madrugada, quando os shoshones ainda estavam dormindo na pequena casa, ele saía de carro e ia para um dos leitos secos de rio do deserto Anza Borego. Saía do jipe e caminhava sobre as pedras e moitas que se abriam diante dele como um calabouço de calor e areia. A distância, a névoa se elevando revelava os imponentes cumes das ásperas montanhas, uma linha avermelhada contra o azul do céu, e abaixo, como ossos secos despidos de carne, os pequenos morros do Borrego Badlands.

Lá, onde nenhum som quebrava o silêncio, imaginava que um dia a fonte de sua música poderia se tornar tão seca e árida quanto esse deserto.

Osten amava seu anonimato porque ele garantia sua liberdade, e amava sua liberdade porque essa lhe permitia ser anônimo. Apesar de suas raízes estarem em Nova York, somente quando estava isolado em New Atlantis sentia-se realmente em casa — um espírito desincorporado flutuando num misterioso *continuum*, um místico possuído pela melodia, tão afastado do mundo natural quanto da própria música. Podia escrever sua música da maneira que gostava e gravá-la para agradar a si mesmo. Regozijava-se toda vez que uma matriz era terminada e podia tocá-la no estúdio uma última vez antes de enviá-la para Blaystone. Tais fitas reproduziam o som perfeito, livre de qualquer distorção. Deleitava-se com o som puro de sua voz, suas palavras, seus instrumentos fluindo dos alto-falantes quadrafônicos e convergindo para ele, solitário ali, afundado numa poltrona no centro da sala. Como um artesão em sua oficina, ouvia o que havia feito, seus olhos ocasionalmente fixados sobre a antiga máxima que pendurara como seu lema sobre a branca parede à prova de som: *Ognun 'suoi il segreti* — Todos têm seus segredos.

Tão logo o disco era feito e divulgado pela Nokturn, sua música voltava como um bumerangue para sua vida, onde, como Jimmy Osten, ele a ouvia como qualquer outra pessoa. Então percebia novamente que apenas o seu anonimato impedia que o público invadisse sua intimidade, aquilo que dava vida à sua música, e então apreciava ainda mais sua liberdade de criar.

Havia outra vantagem para sua situação. Se, por qualquer razão, resolvesse não gravar nunca mais, ninguém lhe perguntaria por quê; nenhum repórter viria à sua porta ou o seguiria tentando descobrir a causa de seu bloqueio criativo; e nenhuma explicação, verdadeira ou falsa, seria esperada dos membros de sua família, de amantes passadas e futuras, de amigos e associados, de seu agente, de seu produtor, ou dos executivos de sua gravadora.

A fim de obter sucesso, os astros do *rock* — não importava quão talentosos fossem — necessitavam da visibilidade fornecida pelos meios de comunicação, exatamente como os artistas da Renascença em seu tempo haviam necessitado de patrocinadores ricos e principescos. Osten sabia que tivera sucesso sozinho — e o fizera a despeito de sua auto-imposta invisibilidade.

E, principalmente, as vendas dos discos que produzia em reclusão asseguravam o futuro da Etude Classics. Graças a ele, seu pai poderia viver sua vida como um homem feliz, convencido de que fora bem-sucedido, dando a seu país de adoção um duradouro legado de músicas clássicas — a melhor expressão de espiritualidade da humanidade. Ele nunca precisaria saber que seu legado fora financiado pelo sucesso de seu filho na música *rock*, gênero que Gerhard Osten desprezava.

O compromisso de Jimmy Osten com seu público, conseqüentemente, terminava onde começava, em New Atlantis. Logo que sua música era publicada, tornava-se propriedade pública, e o povo podia então reagir a ele de acordo com suas próprias necessidades e meios. Ele não era exceção; nesse ponto tornava-se mais um ouvinte anônimo, e seu julgamento crítico — quer ele a estivesse ouvindo num carro, numa loja de música, numa discoteca, ou em casa, quer sozinho ou no meio de outros — não era melhor, nem pior, nem mais astuto e mais valioso do que o julgamento de qualquer outro ouvinte.

Sua recusa em ter um eu público era, conseqüentemente, a derradeira afirmação de seu eu privado. Liberto de Goddard, Osten acolhia novas experiências, permitia que seus sentimentos emanassem honestamente, era legitimamente criterioso, e tirava das ilimitadas possibilidades da vida seu verdadeiro destino emocional.

Se alguma vez duvidara da sabedoria de sua escolha de permanecer anônimo, essa dúvida desaparecera quando John Lennon fora assassinado. Osten estivera em Nova York na ocasião, e permanecera de pé com as milhares de pessoas angustiadas que velaram do lado de fora do edifício onde Lennon morava.

Ele compreendeu que Lennon, ao andar com tanta facilidade e tão freqüentemente no meio de seus fãs — quer para cantar para eles, apertar as mãos, ou autografar seus álbuns —, havia inconscientemente prejudicado seu distanciamento das pessoas comuns, que era a essência de seu carisma.

Tendo uma fácil oportunidade de estar perto do homem famoso, o assassino — antes um fã da música de Lennon — aproveitara a oportunidade para matá-lo, como se, fazendo isso, pudesse usurpar a própria grandeza que Lennon havia sacrificado ao descer até a multidão para tentar provar que era um homem comum.

Parado no meio da multidão que chorava, Osten ficara feliz de ser James Osten e não Goddard.

New Atlantis devia sua existência a fatos da vida de Osten ocorridos numa época em que ele sabia o que queria ser mas não como concretizar essa aspiração. Uma causa importante desta indecisão fora seu pai.

Gerhard Osten viera da Alemanha para os Estados Unidos escapando da perseguição nazista. Um classicista por treinamento, Gerhard havia se especializado nos antigos gregos, começando por

Pitágoras, particularmente com suas investigações relacionando a matemática com a música. Mas não estava inclinado a dedicar sua vida à pesquisa acadêmica ou a ensinar os clássicos em uma universidade americana, e tinha dúvidas quanto à sua capacidade para ser um artista criativo. Acreditava que um indivíduo se arriscava a ser considerado um totalitário se era original o bastante para produzir arte, pois o verdadeiro ato de impor uma imagem do mundo sobre os outros exigia a aprovação ou desaprovação desses; isso polarizava as pessoas em amigos e inimigos, levando-as a ver a arte não em termos de seu mérito intrínseco, mas como uma imagem do artista. Tal como um herói militar era produto de uma guerra, um artista era também produto de sua arte, capaz de dizer, parafraseando Alexander Pope:

> *"Sim, eu me orgulho; devo me orgulhar ao ver*
> *Que os homens não temem a Deus, temem a mim."*

Assim, vida e arte necessariamente tornavam-se confusas aos olhos do público, e qualquer sucesso que o artista pudesse alcançar teria de ser pago com sua felicidade e com a felicidade daqueles que lhe eram caros.

O verdadeiro amor de Gerhard Osten era a música clássica, que para ele — como para os antigos gregos — era tão pura e desligada da realidade cotidiana quanto a matemática. Cada vez mais começou a sentir que somente através da música clássica poderia, e outros como ele, ser elevado acima da recordação de todos os horríveis acontecimentos de sua juventude e a terrível destruição de sua família ao Holocausto. Conseqüentemente, com o encorajamento e ajuda financeira de dois amigos, Goddard Lieberson e Boris Pregel, que eram músicos por vocação e empresários por ocupação, fundara a Etude Classics. Daí por diante, a música foi a pátria de Gerhard Osten, e como os cidadãos de *Os pássaros* de Aristófanes, ficou livre para se tornar anônimo e feliz nesta "terra de lazer, onde um homem pode repousar, brincar, vadiar".

Mas, sob o vidro da escrivaninha do escritório, Gerhard Osten guardava uma carta escrita por um colega judeu do campo de concentração, pouco antes de sua morte na câmara de gás:

> Estamos na companhia da morte. Eles tatuam os recém-chegados. Todos conseguem seu número. Desse momento em diante você perde seu "eu" e se transforma num número. Você já não é o que foi antes, mas sim um inútil número que se move... Estamos nos aproximando de nossas sepulturas... disciplina de ferro reina aqui no campo da morte. Nossos cérebros se tornaram embrutecidos, os pensamentos são numerados: não é possível assimilar essa nova linguagem.

Para Gerhard Osten, só a música clássica oferecia ao homem moderno os meios para reparar a parte dele que havia sido brutalizada por essa nova linguagem de ódio e desespero.

Apesar de Gerhard Osten raramente falar sobre os eventos da Segunda Guerra Mundial, Jimmy sabia que a vida dele sob o jugo nazista fora de constante medo, fuga e fome. Sendo forçado diariamente a procurar novos esconderijos, tendo que fingir não ser judeu, vivendo entre estranhos, ele deve ter sentido uma infindável sensação de terror. Havia feito extensas anotações numa série de pequenos cadernos durante aquele tempo, notas sobre sua vida bem como sobre música, mas não querendo aborrecer seu filho, transmitindo-lhe a história de horror da sua vida passada, Gerhard Osten sempre guardara esses caderninhos de anotações trancados a chave. Somente uma vez Jimmy conseguira dar uma olhada neles, e então vira claramente que essas anotações haviam sido a maneira de seu pai superar os horrendos eventos que o haviam cercado diariamente. O que leu nos caderninhos de anotações afetaram para sempre seu relacionamento com o pai. Na maioridade, o filho se fizera o guardião de seu pai.

Leonore Osten, a mãe de Jimmy, morrera quando ele tinha quinze anos, e Jimmy recordava-se dela como uma mulher frágil e elegante. Pianista promissora quando jovem, ela desistira de todas suas esperanças de uma carreira quando se casou com Gerhard Osten, que a convenceu de que os esforços titânicos exigidos para adquirir o sucesso artístico iriam destruir a chance dos dois terem uma família. Uma inválida confinada em seu quarto durante os últimos anos de sua vida, só via Jimmy duas vezes por ano, quando ele estava de férias do internato que freqüentava na Nova Inglaterra.

Desse modo, da adolescência em diante, Jimmy só tivera seu pai como família, e adorava tudo que se relacionasse a ele — sua timidez, sua maneira de falar macio, seu refinamento, sua constante preocupação com o recato e o isolamento — e por todos os meios que podia, o menino tentava igualar-se ao homem adulto.

De todos os modos, exceto um: Gerhard Osten detestava *rock*. Para ele o *rock* representava a vitória da obsessão sobre a razão, da emoção sobre a lógica, do caos sobre a ordem. Por se impor cruelmente sobre a platéia de massa, o *rock* era, para ele, totalitário por natureza.

Desde a primeira vez em que Jimmy ouviu *rock*, quando aluno do colégio interno — nunca o escutara em casa, pois seu pai não permitiria —, foi atingido por um irresistível desejo de criar esse tipo de música, falar com os outros através dela com uma rica e forte voz que ele, o filho de Gerhard Osten, para quem a reclusão e a circunspeção eram princípios de vida, dificilmente poderia sonhar em possuir ou mostrar.

Devido à sua crescente necessidade de ouvir esse tipo de música e seu medo de que pudesse ferir seu pai, preferiu ir para a faculdade na Califórnia, distante de casa, mas perto de São Francisco, onde a cultura *rock* havia explodido e ainda florescia.

Matriculou-se na Universidade da Califórnia em Davis, onde Karlheinz Stockhausen, o maior compositor de música eletrônica, fora professor. Osten esteve particularmente impressionado pelo *Counterpoint n.º 1* de Stockhausen, uma obra em um movimento para dez instrumentos, no qual fundiam-se seis diferentes timbres, de sopro bem como de cordas, num único timbre do piano. Osten ficou também fascinado pelos experimentos de Stockhausen com composições sintéticas de som e música aleatória — música composta e executada, em grande parte, ao acaso. Em tal música — visando a inseparável participação de compositor e instrumental — o compositor escolhia chaves e tempos ao acaso ou pelo computador, e o intérprete podia decidir a ordem de tocar as partes principais.

Mas o seu amor maior era o *rock*. Colecionou todos os discos e fitas de *rock* que conseguiu encontrar, e quando já não tinha espaço para tudo passou-os para fitas cassete. Mas seu dormitório ainda era muito pequeno para conter os cassetes e o equipamento para tocá-los. Quando sua paixão — e sua coleção — cresceram, ficou cada vez mais temeroso de que seu pai pudesse surpreendê-lo com uma visita e ficar sabendo de sua obsessão. Por isso, com algum dinheiro que recebeu da herança de sua mãe, alugou o sótão de uma viúva idosa que vivia perto da universidade e mudou suas fitas e equipamento estereofônico para lá.

Durante seu período de calouro e segundanista foi assistir concertos de *rock* e festivais por toda a Califórnia e, ao mesmo tempo, devorou tudo sobre a literatura e a história do *rock*. Transformou-se numa enciclopédia sobre o assunto. Conhecia toda canção e todo grupo de *rock*, do Jefferson Airplane ao Rolling Stones, de Elvis Presley e Otis Redding a David Bowie, e podia descrever todo acontecimento musical em Berkeley ou Height Ashbury ou Los Angeles nos vinte anos passados, até os espetáculos de *slides* psicodélicos e luzes estroboscópicas. Viu os filmes dos Beatles e o filme do Monterey Pop Festival, observando os milhares de espectadores dançarem com a música de Janis Joplin e Jimi Hendrix; e cada vez que os via compreendia mais fortemente algo que seu pai nunca poderia aceitar: que o *rock* era muito mais do que uma parcela do comércio de discos, era democrático por natureza, uma parte necessária da ampla cultura popular de uma sociedade livre, um modo de vida em si mesmo — algo que a música clássica nunca fora ou aspirara ser.

Por mais de duas décadas, o *rock*, a nova música, havia amadurecido. Cada vez mais a platéia de *rock* aprendia a ouvi-lo como uma forma séria de expressão musical, alguma coisa que valia a pena escutar e também dançar, e os novos cantores e grupos musicais responderam a isso, criando música tão boa a seu modo quanto a música clássica que seu pai amava tanto, música que era sutil, complexa, e intelectualmente exigente.

Devido ao seu conhecimento de música eletrônica, Osten estudou com especial cuidado a eletrônica do *rock*, especialmente as improvisações de guitarra de Jimi Hendrix. Reparou que alguns grupos, tais como o Velvet Underground, inicialmente haviam usado técnicas eletrônicas para o efeito psíquico da droga como na canção *Heroin* — ou para reproduzir o novo som espesso, pesado, de *Sister Ray*. Na canção *What's become of the baby* do seu álbum *Aoxomoxoa*, o Grateful Dead modificou o teclado e os sons de percussão, misturando e modulando eletronicamente a voz humana e construindo um conjunto vocal inteiro com o som de um único cantor gravando sua voz e depois colocando-a por cima dela própria a intervalos específicos. Quando Osten ouviu os trabalhos de outros músicos que usavam efeitos eletrônicos — Frank Zappa e os Mothers of Invention, Pink Floyd, Brian Eno do Roxy Music, Rick Wakeman do Yes e Keith Emerson do Emerson, Lake and Palmer —, tomou conhecimento da tecnologia deles, a mixagem de várias interpretações gravadas separadamente, freqüentemente com adaptações de temas da música clássica. Estudou também artistas como Tangerine Dream — o grupo alemão de tecladistas que usava sintetizadores e outros instrumentos eletrônicos para criar uma música *avant-garde* singularmente rica e inovadora.

Sistematicamente, Osten aprendeu sozinho a tocar os instrumentos preferidos pelos astros do *rock* — guitarra acústica, harmônica, órgão eletrônico. Imaginou que se dominasse esses instrumentos, bem como os sintetizadores que podiam gerar seus próprios sons, assim como modificar outras vozes e instrumentos, e se aprendesse as técnicas de entrelaçar várias fontes de sons num aparelho de gravação, desse modo criando montagens musicais, poderia realmente conseguir tornar-se um acontecimento musical.

Com o passar do tempo, após examinar dúzias de manuais de músicos para produção independente de discos, pareceu-lhe lógico transformar o sótão alugado num estúdio. Lá ele cantava, tocava e gravava, esperando que, um dia, pudesse até fabricar suas próprias matrizes e criar sua própria tradição musical. A velha viúva nunca o perturbou, nem ele a ela, que sofria de distrofia muscular e passava a maior parte de sua vida diante de um aparelho de televisão ligado na sala de estar da espaçosa casa.

Sempre estivera vagamente consciente de que possuía uma voz agradável, mas quando sua natural reticência permitiu-lhe admitir isso até para si mesmo, aprendera, pelo que lera e ouvira, que para alcançar o sucesso um cantor profissional necessita mais do que uma boa voz. Teria que produzir um forte impacto sobre os ouvintes. Somente um cantor bem treinado produz sons controlados com uma nítida qualidade individual.

Começou avidamente a estudar a acústica do aparelho vocal humano e a experimentar todas as recomendações para desenvolver a voz. Aprendeu que a maioria dos cantores populares não conseguia nem espessar seus sons nem abrir suas gargantas totalmente, e desse modo tinham de depender inteiramente de um amplificador eletrônico. A fim de aumentar a própria voz, pacientemente treinou para soar como se estivesse bocejando e falando ao mesmo tempo; e para tornar mais profundo o seu tom e dar-lhe uma qualidade ligeiramente lírica, fez exercícios para expandir sua faringe e abaixar a posição da laringe.

Durante muitos meses perseverou nessa direção e posteriormente dominou todos os conhecimentos disponíveis aplicados à sua própria situação. Familiarizou-se inteiramente com sua emissão de vogais, com seus instintos musicais, e com as ilimitadas variações na gravação de som tornadas possíveis pela tecnologia eletrônica. Quando terminou a faculdade, não tinha dúvidas sobre seu talento; até estava pronto para apostar sua vida nisso.

Uma coisa que o preocupava tremendamente e continuaria a preocupá-lo: era o lado sombrio e violento do *rock*. Assistiu *Gimme Shelter* — o filme do famoso concerto dos Rolling Stones em Altamont, Califórnia — toda vez que foi reprisado, e viu com horror quando os Hell's Angels, contratados pelos promotores para policiar o evento, o transformaram numa demonstração de brutalidade e terror que deixou morto um jovem negro e grande número de feridos. Odiava o fato de dois de seus ídolos, Janis Joplin e Jimi Hendrix, terem morrido pelo abuso de drogas no auge de sua criatividade e popularidade. Osten lera que depois da morte de Hendrix, todos os seus cadernos de anotações, cartas e fitas particulares, juntamente com todos os seus pertences pessoais, haviam sido roubados e que, em seguida ao roubo, os fatos mais íntimos de sua vida vieram à tona. Devon Wilson, a namorada de Hendrix, para quem ele escrevera muitas de suas melhores canções, era viciada em heroína, conhecida por ser notoriamente promíscua com homens e mulheres; mais tarde foi morta numa inexplicável queda do último andar do Chelsea Hotel em Nova York. Michael Jeffrey, o sócio mais chegado de Hendrix, morreu na misteriosa explosão de um avião comercial. Muitos outros do grupo mais chegado de Hendrix também haviam morrido ou sido mortos, ou enlouqueceram. Houve outras tragédias ainda. Mama Cass, do Mamas and Papas; Brian Jones, integrante do Rolling Stones; Jim Morrison, o principal cantor do The Doors; Keith Moon do The Who — todos morreram jovens, e em todos os casos as circunstâncias dessas mortes foram misteriosas e assustadoras. Seria o *rock* uma força política, subversiva por natureza? Platão estaria certo quando escreveu na sua *República*: "Uma revolução na música põe em risco a estrutura das mais importantes convenções sociais." Emocionante como era, a cultura do *rock* foi marcada com um excesso de trauma humano, e em Altamont ela até havia perdido a dignidade que ganhara em Woodstock. Em Altamont também sua cultura revelara a loucura que poderia inspirar. Drogas pesadas, adoração ritualística e a insana e sufocante falta de recato tornaram-se perigos presentes no mundo *rock* — perigos que a Osten pareceram quase inescapáveis quando pretendeu fazer do *rock* uma carreira. A cada dia ele deparava com dezenas de manchetes de jornal cheias de alegações absurdas, exageradas e hostis e insinuações maldosas acerca de astros do *rock*, suas vidas, seus amores, suas famílias, seus agentes, empresários e contas bancárias. Qualquer uma dessas manchetes podia destroçar a vida de alguém. Como a fama e notoriedade de um astro do *rock* o transforma numa pessoa pública, os estatutos constitucionais que sob a Primeira Emenda garantiam a liberdade de imprensa garantiam que fazer reportagens sobre uma pessoa pública não dependia da veracidade dos fatos. Portanto, mesmo sendo falsa, a reportagem difamatória e factualmente inverídica estava protegida pela constituição, desde que o repórter a escrevesse em boa fé e alegasse acreditar honestamente que sua matéria era autêntica.

E como poderia um astro do *rock* difamado sequer provar com sucesso que o repórter que o difamara não acreditava na veracidade do seu próprio relato? Um dia, contudo, quando se debatia com o inescrutável *Ulisses* de James Joyce, em um de seus cursos de literatura, descobriu uma pequena canção na qual o personagem Stephen Dedalus relembra:

Sou um menino
Que pode desfrutar
A invisibilidade

Se ao menos, pensou Osten, descobrisse um meio de escrever e cantar música *rock* e também permanecer invisível — melhor ainda, desconhecido — de uma platéia, esta seria a solução perfeita.

Sabendo o que significaria se dissesse a seu pai que estava pensando em fazer carreira no *rock*, Osten manteve seus pensamentos abafados e, ao mesmo tempo, foi ficando cada vez mais frustrado. O que aumentava sua preocupação era saber que a Etude Classics estava lentamente caminhando para a falência. Expulsando dos estúdios de gravação os grandes cantores de clube noturnos, o *rock* também causara danos ao comércio da música clássica e essa era a razão principal por que Osten não poderia abordar o pai. Finalmente, quase em desespero, decidiu pedir conselho aos melhores amigos de seu pai: Goddard Lieberson e Boris Pregel.

Ambos eram homens extraordinários. Quando Jimmy Osten os conheceu, Lieberson já era presidente da Columbia Records e Pregel presidente da Academia de Ciências de Nova York. Além disso, os dois participavam das diretorias de pelo menos uma dúzia de grandes corporações, fundações e instituições. Juntos, tinham grande influência. Nada existia na música, seu comércio, compositores, intérpretes, que Lieberson — que era, ao mesmo tempo, compositor, autor, inovador técnico e empresário — não soubesse; e tudo que sabia era com o conhecimento profundo daqueles abençoados pelo talento. Mais velho do que Lieberson, Pregel era um talentoso compositor, pianista, inventor e empresário e um grande acionista de companhias de urânio na África, Europa e América do Norte.

Os dois tinham uma série de características em comum: amor à música clássica, vivo talento para compor e executar, sagacidade para negócios, e rara habilidade executiva. Ambos eram simpáticos, com personalidades encantadoras, em geral acessíveis, embora suficientemente imponentes quando necessário. Ambos fizeram de Nova York a sua residência, mas a fim de quebrar o ritmo frenético da cidade, ambos mantinham pacíficos refúgios para os quais podiam escapar — Lieberson para as montanhas do Novo México, Pregel para um lago da Suíça. Ambos consideravam Gerhard Osten um amigo muito precioso, e protegiam Jimmy Osten.

Embora Lieberson e Pregel fossem falantes, afáveis e confiantes, tanto numa conversação íntima como num pódio diante de mil pessoas, o amigo deles, Gerhard Osten, em contraste, parecia encolher-se em público. Quase qualquer pessoa podia intimidar aquela figura acanhada — desde sua própria secretária a um carteiro rotineiramente pedindo sua assinatura numa carta registrada. E enquanto que, num sentido mais amplo, Lieberson e Pregel haviam ambos sacrificado sua arte e outros interesses particulares por aquilo que consideravam assuntos de importância pública, Gerhard Osten, que nunca demonstrara talento musical, continuava na melhor das hipóteses a ser o patrocinador de alguns poucos compositores talentosos, de certa forma constrangido em sua posição de presidente da modesta firma Etude Classics. No decorrer da amizade desses três homens os empreendimentos liderados por Lieberson e Pregel cresceram e floresceram, mas com o tempo ficou claro que a Etude Classics seria levada ao desastre. Lieberson e Pregel tinham ações da Etude e, para salvar a companhia e o amigo, ofereceram-lhe empréstimos a longo prazo, mas que ele recusou por orgulho, declarando que a firma futuramente se aprumaria.

Exatamente nessa ocasião, Jimmy Osten telefonou a Goddard Lieberson para pedir-lhe conselho.

Encontrou-o na suíte presidencial da CBS, onde Lieberson mandou servir almoço para os dois, e enquanto comiam sem falar, Osten tocou suas fitas. Lieberson, no auge de sua longa carreira, soube reconhecer um incontestável talento. Percebeu imediatamente que Jimmy tinha a habilidade de tornar algo incapturável numa realidade artística e também comercial, e então falou-lhe séria e ternamente sobre as conseqüências do sucesso repentino — como isso mudaria sua vida, bem como a de seu pai. Enquanto Jimmy Osten escutava, o conceito da New Atlantis tomou corpo.

Jimmy Osten depois visitou Boris Pregel, em seu escritório no edifício da RCA. Observou, nas estantes ao longo de uma parede, uma exposição de produtos fluorescentes que sabia ser o resultado de uma longa pesquisa de Pregel no campo da radioatividade. Na calma intimidade da sala sombria, Pregel sentou-se com os olhos fechados e escutou primeiro o que Osten tinha a dizer, depois a música dele.

O crepúsculo caiu. O rosto de Pregel estava obscuramente iluminado pela luz que emanava dos objetos nas estantes. Compositor transformado em cientista da era atômica, Boris Pregel agora parecia um alquimista de eras passadas, pronto a transmutar experiências em conselho.

— O sucesso aliena — disse calmamente, afinal. Depois acrescentou: — E o grande sucesso expatria. Esteja preparado para isso.

No longo silêncio que se seguiu, Goddard nasceu.

La Apasionada não era um hotel popular e, mesmo durante as quentes noites do fim da primavera, seu restaurante e terraço-café estavam só com a metade da lotação. Os proprietários davam pouca ou nenhuma atenção à mesa de som Paganini sobre uma plataforma ligeiramente elevada no centro do terraço e Osten, do seu quarto do segundo andar do hotel, podia ver o terraço e decidir quando este estivesse cheio o suficiente para descer e começar seu espetáculo.

Anunciado no quadro do hotel como "Paganini Eletrônico", seu *show* consistia em cerca de doze números tocados na mesa de som, todos presumivelmente para demonstrar a versatilidade do instrumento. Iniciaria com peças americanas padronizadas, a maioria música *rock, country* e *pop*, bem conhecidas de sua platéia por serem tocadas no rádio e televisão. Ele as ensaiara longamente na New Atlantis e programara várias versões no sistema de memória computadorizada do Paganini. Isso permitia-lhe tocar arranjos já gravados com o toque de um dedo, ou tocar os arranjos de fundo enquanto cantava; podia até improvisar outra vez, sobre suas próprias improvisações já gravadas, e gravar enquanto prosseguia. Além disso, podia acrescentar ou subtrair à vontade, as vozes gravadas, outros instrumentos, e reações da platéia no caso de querer recombinar esses sons em qualquer uma das mil maneiras possíveis. Achou a mesa de som particularmente tranqüilizadora para essas primeiras apresentações públicas, pois ainda estava inseguro sobre sua voz ao vivo! Podia, se necessário, desligar os microfones e sincronizar o movimento dos seus lábios para sua própria voz gravada sem que a platéia soubesse.

Tão logo houvesse vinte ou trinta pessoas no terraço, Osten começava a se preparar. Desde que estivesse inteiramente convencido de que ninguém jamais identificaria sua voz como sendo a de Goddard, sentia sempre um arrepio de apreensão. Sempre que descia para começar seu *show*, mesmo sendo para uma tão pequena e indiscriminada platéia, ainda assim ela representava um desafio: abertamente, cara a cara, ia julgar seu desempenho como ele nunca fora julgado antes.

Durante seus primeiros dias na Apasionada, achou difícil permanecer desligado da platéia. Ele se distraía se os assistentes se mexiam ou falavam alto enquanto tocava, se os garçons serviam bebidas ou faziam ruído ao apresentar as contas, ou se alguém se levantava e saía sem olhar para ele. Em tais momentos, sua autoconfiança, na melhor das hipóteses, afrouxava e ele mudava o Paganini para música pré-gravada e só contribuía com um ligeiro toque de improvisação para a estrutura musical. Mas a cada apresentação, à medida que sentia maior liberdade dentro de si mesmo e menos medo, sentia a platéia aumentar sua atenção e também expressar mais livremente suas reações.

Todo dia ficava tentado a telefonar para Leila, mas aguardava, desejando encontrá-la apenas quando já estivesse instalada e um pouco cansada do mar, da praia e dos filhos. Também, ele se conhecia bastante bem para saber que precisava ter mais prática, mais autocontrole e mais convicção de que tinha algo a oferecer-lhe antes que pudesse suportar a idéia de ela estar na platéia.

Toda noite depois do seu *show*, caminhava pelas ruas apinhadas de Tijuana e depois mudava de direção e caminhava sozinho nas áreas malcheirosas e deterioradas das favelas, onde crianças imploravam-lhe por dinheiro e meninas pubescentes o fitavam convidativamente até que ele baixasse seu olhar; onde homens, mulheres e crianças eram meras partículas de um vulcão humano de fome e privação na iminência da erupção. Caminhando no meio deles, já não era um turista rico, ao contrário, era um viajante exilado por algum tempo de seu passado. Pensava então em New Atlantis, sua ilha particular de criatividade e invenção que o protegia da maior parte da miséria humana; e percebia com tristeza que, três séculos depois de Francis Bacon e sua idílica Casa de Sons, o mundo para muitos ainda era um chiqueiro, e que toda a música do mundo, passado, presente e futuro, não poderia proteger, por uma hora sequer, a mais fraca criança daquela favela em Tijuana.

Conjecturou se a música — *rock*, pelo menos — poderia nutrir suas emoções, fazer aquelas pessoas se sentirem melhor e mais fortes, e maiores. E se o *rock* fosse uma pretensão, um grito coletivo das crianças mimadas das ricas nações industriais: "uma ponte sobre águas conturbadas" para Paul Simon, "uma forma segura de inebriamento" para Jimi Hendrix? E se toda a cultura *rock* nada fosse além de impostura perpetrada pelas gravadoras e os próprios astros do *rock* — "um bando de comunistas dirigidos por uma companhia capitalista", como Ray Thomas a denominara? "Tenho idéias americanas. Amo o dinheiro", Alice Cooper dissera. "Tenho uma motivação que eles não podem derrotar: ganância", Frank Zappa afirmara. E Charles Pride acrescentara: "Acredito que a música é exatamente igual a comprar e vender secos e molhados. Ou seguros ou qualquer outra coisa." Existiria para o *rock* algo além de fazer dinheiro — e uma grande quantidade de barulho —, através de uma histeria de grupo induzida pelas drogas?

Certa manhã, Osten acordou de madrugada e tomou seu desjejum como de costume, sozinho no terraço do hotel. Depois saiu de carro, passando pelas ruas que lentamente se enchiam de tráfego, atingiu a auto-estrada e acelerou a marcha pela árida costa da Baja até chegar a um desvio para a praia de Rosarito. A pequena cidade estava ainda adormecida quando lá chegou.

O Rosarito Beach Hotel era o maior da cidade. Quando Osten parou em seu portão, o guarda noturno estava soprando gotículas de orvalho da pala de seu boné. Bocejou quando Osten perguntou-lhe a direção para a Villa Sherazade, e bocejou muitas vezes mais enquanto dava a informação.

Enquanto Osten dirigia-se para a Villa, pôde ver os terraços de mármore e os viçosos jardins no alto dos penhascos vermelhos e a silhueta de um empregado limpando uma grande piscina. Quando se aproximou, viu três *federales* guardando a casa, seus carros e motocicletas discretamente estacionados nas moitas. Eles também o viram, e quando passou pelo portão sem diminuir a velocidade e continuou pela estrada, dois cães que seguravam forçaram suas guias e latiram. Enquanto dois dos *federales* o observavam através de binóculos, o terceiro falou por um *walkie-talkie*.

Osten parou na parte mais distante da estrada, saiu do carro, e inspecionou a casa. A brisa aumentara, e viu a bandeira libanesa ondulando na torre mais alta da casa. Dois homens carregando bandejas cruzaram um dos terraços, e num aposento do canto alguém abriu a janela.

Osten continuou observando em vão. Em algum lugar dentro dessa construção de paredes de estuque estava Leila, ainda dormindo, ou acordando e tomando um banho. Pensou em sua nudez; a natureza em seu mais perfeito estado.

Considerou também sua situação precária. Mesmo que Leila parecesse inabordável havia porém se rendido à música dele. Não podia negar que sua música já possuíra aquilo que desejava possuir.

Voltou a Tijuana e decidiu dar a si mesmo mais dois dias para melhorar seu desempenho. Depois telefonaria para Leila e a convidaria para vir ouvi-lo.

Hesitava em telefonar com medo de que ela pudesse reconsiderar sua promessa, mas quando finalmente decidiu-se, ela soou agradecida e entusiasmada, quase exaltada, e disse que tentaria ir naquela noite. Iria sozinha, disse, mas poderia voltar outra noite com os filhos e o marido.

Calmamente, ele deu-lhe o nome do hotel e as indicações para encontrá-lo, e só depois que ela desligou foi tomado pela noção de que em poucas horas a veria de novo. Instantaneamente, foi assaltado pela dúvida. E se ela achasse sua apresentação inepta e sem originalidade — ou simplesmente má? E se alguns mexicanos na platéia rissem de suas versões das duas canções mexicanas? Mesmo se Leila estivesse atraída por ele, sua atração poderia não sobreviver à exibição de uma arte medíocre ou ridícula, talvez até ridicularizada. Outro dilema lutou dentro dele; se soasse demasiado igual a Goddard, ela poderia reconhecê-lo ou tomá-lo como um imitador barato; se não soasse tão bom quanto Goddard, ela poderia não ficar comovida.

Precisava se controlar antes de começar sua apresentação, pois o conhecimento de que Leila estaria na platéia disparara nele uma nova onda de dúvida: qual a razão, perguntava-se, que o fazia sentir a necessidade de seduzir uma mulher através de sua apresentação quando até agora, por uma questão de princípio, havia afastado de sua vida o impacto de uma apresentação como Goddard? Era o homem ou o artista que necessitava uma garantia de sucesso?

Devido à posição de Leila na vida, não poderia esperar ter uma relação comprometedora com ela. Qual era, então, a natureza de sua necessidade? O que esperava de Leila? Um rápido encontro sexual que reduziria a mulher, que o afetara como nenhuma outra, ao nível de uma estúpida tiete? Uma ligação prolongada disfarçada em amizade? Mas por que iria ela — linda, jovem, legalmente casada — querer ser amiga de um estudante americano comum? Como explicaria isso ao marido, à família e aos amigos? A menos, hesitou ao pensar, a menos que ela tivesse chegado a nutrir alguma idéia de que ele pudesse ser Goddard. Porém, se o fizesse e se o confrontasse com isso, estaria ele preparado para admitir sua outra identidade? Até agora, sempre se descobrira através de suas reações viscerais — e suas reações freqüentemente o surpreendiam. Agora, pela primeira vez, estava preocupado em extrair uma verdade moral de si mesmo: estaria pronto, devido ao amor de uma mulher que era a esposa de outro homem, a pôr fim à separação entre sua arte, a criação da qual fora uma arte em si mesma, tão original e excitante em seu projeto e execução quanto sua música?

O terraço estava quase cheio e, escutando os aplausos da platéia quando se dirigiu para a mesa de som, sentiu-se desorientado, sem saber onde procurar por Leila. Somente quando se sentou e começou a girar os interruptores para ativar o microfone e amplificadores ele a viu, sentada sozinha numa mesa perto da saída. Seus guarda-costas deviam estar do lado de fora. Osten notou o olhar dela, e um fluxo quente subiu ao seu rosto. Sorriu. Ela sorriu de volta e acenou-lhe como uma colegial. Ele estava tenso e sua boca seca, mas começou a se envolver com o teclado, verificando o volume e o balanço enquanto seus dedos deslizavam de uma nota para outra, até conseguir toda a atenção da platéia.

Ainda tenso, mas controlado, Osten anunciou no microfone — primeiro em espanhol, depois em inglês — o que ia cantar, propositalmente omitindo as duas canções mexicanas. Enquanto falava, viu Leila inclinar-se para a frente para ouvi-lo melhor, um sorriso e um olhar de máxima concentração em seu rosto.

A platéia aplaudiu novamente, e enquanto isso ele aproveitou para inserir na cabeça do microfone um modificador de voz, que evitaria que soasse demasiado semelhante a Goddard. Então, começou a cantar. Acompanhando a si mesmo, usou todas as possibilidades oferecidas pelo Paganini, evitando o repertório de Goddard.

Acostumados com os cantores amadores do lugar e os medíocres conjuntos musicais, e despreparados para uma voz forte e o rico som de um moderno órgão eletrônico tocado por mãos talentosas, os mexicanos enlouqueceram naquela noite com as extraordinárias versões de uma dúzia de canções bem conhecidas. Batiam palmas, gritavam, assobiavam e batiam nas mesas; levantaram-se, sentaram-se, e de novo se levantaram, acariciando-se e apertando-se uns aos outros, dando vivas a Osten como se ele fosse um ídolo do *rock*. Cedo silenciaram para ouvi-lo e até um grupo de turistas americanos, embora convencido de que nenhum bom cantor jamais se apresentaria numa baiúca como a La Apasionada, ao menos sentou-se calado pelo resto da apresentação.

Durante os aplausos Osten ativou o Paganini e ligou-o para uma gravação das duas canções mexicanas, pois temia que pudesse ficar nervoso demais para cantá-las na presença de Leila. Quando a platéia terminou de aplaudir, sua boca já não estava seca. Agora seu sangue estava galopando, e começou a cantar a primeira canção, preparado para a qualquer momento desligar o microfone, ligar a fita e sincronizar os lábios.

Quando a delicada música e a letra triste de *Volver, volver, volver* encheu a sala, os garçons pararam de servir e a maior parte da platéia sentou congelada, vários homens e mulheres cantando a melodia familiar em surdina, junto com o cantor. Osten olhou de relance para Leila, e o olhar com que ela correspondeu refletiu um estado de espírito tão triste e terno quanto o da canção. Ela o inspirou, e logo toda a rigidez desapareceu de seus ombros e a tensão em sua respiração acabou. Cantou sem esforço, sua voz cingindo um espectro inteiro de som e sentindo e exprimindo isso amorosamente para os mais distantes recantos do terraço. A platéia ficou subjugada; os olhos de Leila brilharam com lágrimas. Quando chegou ao refrão, os mexicanos, que conheciam a letra tão bem como sabiam o alfabeto, perceberam que ele havia escrito suas próprias palavras em espanhol, e uma nova onda de aplausos frenéticos varreu a sala.

Ele parou brevemente, seu olhar nunca deixando o rosto de Leila, depois iniciou *El rey*, que a platéia conhecia tão bem quanto a primeira canção. Uma vez mais cantaram o refrão, prestando atenção, como já haviam feito, para sua letra alterada, e no final entraram num grande delírio.

Enquanto a platéia dava vivas e algumas das pessoas jovens se aglomeravam em volta para dar uma olhada na mesa de som, ele desligou-a e ficou de pé. Suado e encalorado, abriu caminho até Leila através da multidão.

Ela parecia atraentemente jovem em seu vestido de renda branca de camponesa mexicana e enrubescida e excitada, quase jubilosa, estendeu a mão para ele, e seu corpo inteiro inclinou-se com o gesto.

— Obrigada — disse. — Experimentei a pura música. Ouvindo você tocar e cantar, quase senti como se a vida pudesse ser igualmente espontânea e consciente.

Ele segurou a mão dela firmemente, ao mesmo tempo protegendo-a das pessoas que o pressionavam e ficavam cumprimentando-o pelo espetáculo. Então moveu-se detrás da mesa e conduziu-a para uma parte do café que estava fechada para reparos. Apanhou uma cadeira para ela, ao lado de uma banca de carpinteiro. Entreolharam-se, um pesado silêncio entre eles. Sentia a presença dela dentro dele tão seguramente como se estivessem estado juntos por um longo tempo.

— Estou alegre por você ter vindo — disse afinal.

— Eu também — respondeu ela, olhando para ele como que num sonho, sua voz profunda de emoção.

Contendo-se, aproximou-se mais dela. Ela sentiu o estado de espírito dele, percebeu seu avanço, mas não se moveu. Novamente, ele chegou mais perto. E outra vez ela tomou conhecimento desse movimento com os olhos.

— Os guarda-costas? — A voz dele estava rouca.

Com um movimento de cabeça, ela indicou que estavam lá fora no saguão. Delicadamente, tomou as mãos dela. Estavam frias. Ela ergueu-se e ele viu seus lábios tremerem. Moveu as mãos para trás dos ombros dela e puxou-a para bem junto, até que apenas uma estreita faixa de espaço os separava.

— Eu amo, eu amei sua voz — sussurrou, seus olhos sobre os lábios dele.

— Eu amo você — disse Osten, enterrando o rosto nos cabelos dela. Sentindo o corpo dela tenso, temendo que ela pudesse afastar-se, murmurou palavras para mantê-la onde estava. — Diga-me o que está pensando.

— Sobre o quê? — ela perguntou, suas mãos leves sobre o pescoço dele, ainda relutando em abraçá-lo.

— Qualquer coisa. — O rosto dele próximo ao pescoço, Leila disparou um arrepio através dela.

— Minhas canções favoritas — ela começou. — Obrigada por cantá-las para mim. Você me fez chorar.

As mãos dele desceram pelas costas dela e pousaram sobre os quadris.

— Você esteve tão... inspirado — disse, passando suas mãos como um pente sobre os cabelos dele. — Na melhor tradição.

— Tradição? — Com as pontas dos dedos tocou os lábios dela.

— Sim — ela suspirou quando ele beijou o lóbulo de sua orelha e apertou-a mais fortemente. Ela roçou o nariz contra o dele, e com suas mãos sobre as costas dele aproximou seu corpo.

— Quais tradições? Suas, ou minhas? — sussurrou Osten enquanto movia suas coxas contra as dela, introduzindo o joelho entre as pernas de Leila. Ela gemeu e afastou-se dele. Suavemente, puxou-a de volta.

— A tradição do melhor — sussurrou ela. — Você é um mestre. Tão bom quanto qualquer outro famoso. Eu acho — hesitou — que você é até melhor do que Goddard. — Ela estava espaçando suas palavras com beijos e movendo-se para trás e para a frente, encostando-se nas coxas dele. Beijou a cabeça dele, as faces, mas ainda evitava a boca. Depois suspirou e empurrou o osso de sua pelve sobre ele com toda a força, virando de lado, torturada entre a necessidade de senti-lo profundamente e o medo de se entregar.

— Já me disseram uma vez que eu o imito muito bem — ele sussurrou.

— Acho que você é mais forte do que ele — ela disse. Naquele momento ela não se dividiu mais, pegou a cabeça dele entre as mãos e puxou-o contra ela. Seus olhos se fecharam, seu corpo sacudido pelo orgasmo, seus lábios frios, sua língua procurando, ela o beijou na boca, e ele correspondeu ansiosamente, tenso no princípio a ponto de estourar, depois não mais rígido assim que sua emoção se abriu como uma fonte num deserto, súbita, fresca e tumultuosa.

Tivera vários casos amorosos com mulheres mais velhas, antes de encontrar Leila. Como tinham suas próprias vidas com que se preocupar e não iriam se intrometer na dele, ele as preferia às jovens independentes que eram livres para segui-lo para qualquer lugar. A maioria dessas mulheres mais velhas eram donas-de-casa, de Nova York, do Meio-Oeste, da Califórnia — algumas delas confortavelmente casadas, algumas separadas dos maridos, outras divorciadas e em busca do próximo marido. O que sempre o preocupou com relação a essas ligações era que invariavelmente as mulheres o viam simplesmente como um jovem correto — uma encarnação do típico adolescente de novela de TV com um pouco de malandro de praia, ou possivelmente a imagem que elas faziam de um simpático astronauta. Para aqueles versados em teorias de liberação das mulheres, um caso amoroso com um homem mais novo era meramente uma das muitas opções recentemente disponíveis para elas, como envolver-se em política municipal ou possivelmente até concorrer para um posto político. Algumas delas estavam seguindo o conselho de uma renomada autora que aconselhava: "Quando em dúvida, arranje um amante ou redecore sua casa."

Jovens garotas solteiras eram quase tão difíceis. Embora pudessem oferecer possibilidades mais plenas para um relacionamento duradouro, a maior parte o via unicamente como um marido em potencial. Todas pareciam seguir o mesmo cenário: a delicada armadilha do Sr. Certo. Começava com elas espreitando a vida dele — o que julgavam como uma necessária condição para a abertura e aproximação. Queriam ter certeza de que ainda era solteiro; que não tinha uma namorada com quem morasse; que pretendia num tempo não-muito-distante se fixar com uma mulher, e não, digamos, juntar-se com um bando de depravados; que seus projetos financeiros — ou, como ele ainda era estudante, os projetos financeiros de sua família — eram bons; que poderia facilmente ser domesticado e tornar-se um pai também; que sua personalidade era suficientemente flexível para dividir tudo com uma esposa; e que nunca estivera apaixonado — real e verdadeiramente apaixonado — antes.

O cenário sempre ficava mais complicado ao fim da primeira semana do relacionamento. Depois de levar a garota para jantar, recebia prontamente um banal cartão de agradecimento com um espero-vê-lo-novamente, um telefonema significando "e a próxima?" ou um convite para jantar no apartamento dela. Esse último quase sempre era seguido por uma noite de relações sexuais, café da manhã na cama, e a sugestão de marcarem um fim de semana para visitar bons amigos dela no campo ou ir com outros amigos dela para a praia.

Em termos de sexo, a suave armadilha passava por sucessivos estágios: drinques exóticos junto com linguagem descuidada, discussões de secretas fantasias sexuais, longos banhos juntos, uma inesperada exibição de *strip tease*, ofertas para partilhar leituras de matéria pornográfica e experimentar algumas das mais acrobáticas posições retratadas ali, e banquetes de sexo oral.

Há muito tempo abominava a uniformidade da postura social e a artificialidade das manobras sexuais; sem exceção, todas aquelas jovens mulheres solteiras haviam tocado as notas de sua vida demasiado levemente para fazer soar um acorde.

Tendo falhado em encontrar com amantes um duradouro consolo dentro dos estreitos limites que sua vida secreta permitia, Osten passou a regozijar-se cada vez mais com as ilimitadas possibilidades oferecidas a ele no reino da música. De todas as artes, decidiu, a música imitava mais fielmente o fluxo da vida do homem, até o ponto de ser inseparável dela; ritmo e melodia pareciam sustentar e ajustar-se ao homem como sua própria pele e osso. Tão poderosa quanto a religião, a música dava ritual à vida. Ela transformava os sentimentos do homem, clarificava suas emoções e cadenciava seus pensamentos.

Até Osten encontrar Leila, a música havia sido sua única paixão.

O que surpreendia Osten a respeito de Leila, era o quanto ela era natural, livre de restrições. Não havia nela traço algum de astúcia, coqueteria ou pretensão; realmente, a coisa mais sedutora nela era sua sincera admissão do desejo que sentia por ele.

Em contraste com suas conquistas americanas, a honestidade passional de Leila quanto ao seu amor por ele combinava com uma hesitação sexual que sugeria inexperiência. Apesar de nunca terem liberdade de ir para o quarto dele e fechar a porta, poderiam na área fechada ao público do café da Apasionada ter feito amor estendidos num sofá ou encostados contra o peitoril da janela, bem escondidos atrás das tapeçarias. Mas não o fizeram, simplesmente porque Leila parecia não saber como. Ele achou essa faceta de sua natureza tão terna que se arriscou a aborrecê-la falando-lhe sobre isso. Enrubescendo, ela explicou que na tradição árabe, na qual fora criada, as punições para envolvimento em sexo ilícito eram tão grandes que era bastante comum mulheres e homens serem totalmente inexperientes em matéria de sexo quando se casavam. Casada muito jovem, disse, sempre permanecera a fiel esposa de Ahmed.

Também contou a Osten que, apesar de seus pais serem cristãos, sendo árabe e esposa de um árabe, estava obrigada até a morte ao *ird*, a honra especificamente feminina que dependia do código de conduta sexual islâmico, rigidamente aplicado. Como oposto ao *sharaf*, o código de honra masculino, que era flexível porque incluía todo o comportamento, o *ird* era tão absoluto quanto à virgindade que o único propósito da vida da mulher era preservá-lo até sua morte. Uma vez que uma mulher perdia seu *ird* como resultado de ter mantido relações ilícitas com um homem que não fosse seu marido, nunca mais poderia recuperá-lo. Nos círculos conservadores aos quais a família do marido de Leila pertencia, a perda da honra de uma mulher só poderia resultar em punição. De acordo com o Islã, o *sharaf* de todos os homens numa família era afetado pela obediência de suas mulheres ao *ird* e assim a perda da honra por uma mulher afetava várias famílias: a da própria mulher, bem como das famílias de seus irmãos e de seu marido. E no caso de tal perda, o único meio de restaurar a honra da família era pela punição da mulher culpada.

Assim, os guarda-costas de Leila se tornaram um símbolo do relacionamento de Osten com ela. Cada vez que voltava para ouvi-lo, eles estavam com ela, seus rostos impassíveis, em pé no fundo do restaurante ou atrás da porta do bar ou pacientemente seguindo Leila e Osten se caminhassem pelo pequeno jardim do hotel. Por causa dos guarda-costas, ela nunca pôde ir com ele para seu quarto ou sair com ele de carro. Sempre tinha que fingir — para eles e para os outros do hotel — que ajudava o jovem americano que tocava no Paganini unicamente porque estava impressionada pelas suas composições e também porque se interessava muito por instrumentação eletrônica, algo muito distante da tradição árabe. No decorrer de três ou quatro visitas, o padrão da relação amorosa deles emergiu com dolorosa clareza. A intimidade deles estava confinada a cuidadosos olhares, beijos roubados atrás de uma parede, mãos seguradas nervosamente sob a mesa, súbitos toques de coxas ou ombros, o mais leve dos quais sacudia a ambos.

Para impedir qualquer possível suspeita da parte de seu marido, Leila ansiosamente convidou-o e aos filhos para ouvirem o jovem americano tocar. A chegada deles à Apasionada — a família, governantas e guardas em três limusines escoltadas por *federales* em carros e motocicletas — causou considerável confusão entre a clientela do hotel.

Observando a comoção do seu quarto e sabendo que a chegada dos árabes atrairia alguns fotógrafos da imprensa local, Osten colocou óculos escuros e um grande chapéu de *cowboy* antes de descer para o café que, pela primeira vez desde que começara a fazer seu *show*, estava lotado.

Os Salem estavam esperando para cumprimentá-lo. Mais velho do que sua esposa uns vinte anos e ligeiramente mais baixo, o embaixador Ahmed Salem parecia um beduíno em uma pintura árabe. Com bigodes e barba negras, pele cor de oliva, e um longo nariz aquilino, fazia o maior contraste possível com Leila. Assim que ela os apresentou, Ahmed se transformou no cordial cavalheiro educado em Oxford, conseguindo colocar Osten à vontade de maneira surpreendente. Os filhos, que tinham os cabelos negros e a pele cor de oliva do pai, apertaram as mãos de Osten educadamente e de todas as maneiras demonstraram a melhor educação britânica. O comportamento de Leila era espantoso; nada em seus modos traíam a mais leve apreensão ou embaraço. Faltando quinze minutos para seu *show*, Osten convidou os Salem para um drinque no bar do hotel, e o proprietário, impressionado com os convidados, prontamente fechou o bar para outros fregueses. Osten pediu bebidas para eles e refrigerantes para as crianças e todos se sentaram, as crianças silenciosamente olhando seus pais e Osten.

A conversa passou a ser sobre música. Ahmed, que conhecia Osten por informações de Leila, indagou polidamente sobre a Etude Classics e depois falou brevemente sobre sua preocupação com a rápida ocidentalização do gosto musical árabe, particularmente entre os *muthaqqafin*, a classe mais culta. Leila sorriu e explicou que para um árabe de ouvido treinado, a maior parte da música ocidental parecia grosseira, pois, apesar de existirem apenas duas ordens de sons na escala diatônica da música ocidental — maior e menor —, existiam dez na música árabe, e um árabe culto tradicionalista sentia a maior parte da harmonia ocidental como dissonante. Osten, que por causa de Leila comprara e ouvira uma boa quantidade de discos árabes, aventurou sugerir, como um motivo para isso, ser a música árabe principalmente monofônica, com a melodia conduzida por uma só voz ou por duas vozes uma oitava separadas, enquanto a música ocidental era quase inteiramente polifônica, consistindo de progressões de acordes e de melodias harmônicas.

Enquanto conversavam, Osten notou a afeição e o respeito que Leila e Ahmed tinham um pelo outro. Várias vezes Ahmed disse com orgulho que não tomava decisões, diplomáticas ou quaisquer outras, sem primeiro consultar Leila, e ela salientou que Ahmed sempre fora sua maior fonte de sabedoria. Ahmed disse que Leila estava tremendamente excitada com a música de Osten, particularmente suas técnicas de improvisação. Perguntou se Osten sabia que um árabe julgava um cantor pela virtuosidade de suas improvisações. Era verdade, disse Leila, com exceção de Goddard, cujas improvisações o aproximavam de vez em quando do ideal árabe, dos ocidentais que ela ouvira só Osten parecia ter uma sensibilidade musical igual à dos músicos árabes.

Enquanto Osten a escutava e a observava com seu marido e filhos, foi dominado por um terrível sentimento de culpa. E se seus poucos momentos de paixão com ela tivessem danificado irremediavelmente o *ird* de Leila? E se a música que ele estava a ponto de tocar, as palavras que estava a ponto de cantar fossem revelar seu amor por ela? E, se ouvindo-o, ela fosse trair suas emoções, inadvertidamente expondo seu amor por ele?

Estava na hora de começar. Enquanto a platéia aplaudia, Osten sentou-se ao Paganini e seus olhos pousaram sobre Ahmed, que estava inclinado para Leila, segredando ao ouvido dela. Osten ficou apreensivo. E se Ahmed soubesse que sua esposa estava apaixonada por outro homem? E se suspeitava que ela já transgredira o *ird* e como resultado tivesse privado o marido do *sharaf*, o que só poderia significar a pior de todas as perdas para qualquer árabe, a perda de seu auto-respeito?

Ahmed afastou-se de Leila, viu Osten fitando-os e acenou. Tinha um sorriso em seu rosto. Seria esse o sorriso de um homem que sentia que estava perdendo sua honra, ou já a perdera, e em obediência à antiga lei beduína de retaliação estava planejando a vingança?

Osten começou a tocar e depois cantou, e quando os fregueses na sala passaram a aplaudir cada número com entusiasmo, viu os filhos de Leila perderem sua rigidez e moverem-se felizes no ritmo da música. Ahmed continuou a sorrir, mas Leila, sabendo que ela, o marido e os filhos estavam sob o permanente olhar dos guarda-costas, os *federales*, e dos fregueses das mesas vizinhas, permaneceu impassível; apenas seus olhos seguiam cada movimento de Osten.

Quando cantou a primeira das duas canções mexicanas, pôde ver os lábios dela moverem-se levemente, formando as palavras que escrevera para ela. Ouvindo intensamente, Ahmed olhava diretamente à frente. E se ele conhecesse as canções tão bem quanto Leila e tivesse notado que Osten mudara as letras? E se, apesar do espanhol de Ahmed estar longe de ser pefeito, ele entendesse o significado das letras de Osten?

Como antes, houve uma grande vibração da platéia. Para acalmá-la, Osten começou a entoar as frases iniciais de outra canção mexicana. Para fazer uma surpresa a Leila, havia colocado no seu arranjo um terno *leitmotiv* árabe, de um dos discos que estudara. Tocou-o primeiro ao som de um único instrumento, repetindo-o várias vezes sem variações conforme a escala árabe; depois cantou-a várias vezes, voltando outra vez ao instrumento solitário. Observando-a cuidadosamente, viu que a melodia árabe a pegara desprevenida, tornando as palavras tristes ainda mais tristes para ela. Viu lágrimas brotando em seus olhos que fitavam amorosamente os dele. Viu também que estava inconsciente do olhar de Ahmed pousado sobre ela. Desviando rapidamente seus olhos de Leila para Ahmed, Osten viu no rosto do homem uma expressão que o encheu de pavor.

No fim do espetáculo, Osten foi falar com os Salem. Agradeceu-lhes terem ido e Leila agradeceu de volta, baixando os olhos. As crianças apertaram sua mão. O sorriso afetuoso de Ahmed havia voltado ao rosto dele quando agradeceu a Osten por tê-los convidado e disse que esperava que Osten os visitasse em breve na Cidade do México. Quando Osten sugeriu que podiam encontrar-se novamente em Tijuana ou Rosarito, Ahmed, seu sorriso ainda aberto e generoso, disse que infelizmente isso não seria possível, pois ele e sua família estariam partindo para a capital no dia seguinte. Quando ouviu o que seu marido dissera, Leila ergueu seus olhos para o rosto dele: obviamente, ela mal podia conter seus sentimentos, mas nada disse. O coração de Osten disparou; apenas um dia antes ela lhe assegurara que permaneceria com a família em Sherazade por mais uma semana.

Uma onda de fúria infantil, de ciúme adolescente, cresceu dentro de Osten. Em um instante Ahmed reduzira-o à posição de espectador, impotente diante de seu próprio drama; um mero assistente incapaz de seguir e ficar próximo de Leila, a mulher que amava. Se algum dia, pensou Osten, tivesse que se apresentar em público, uma vez sequer, como Goddard, em qualquer parte do mundo, fosse em Tijuana, Cidade do México, ou até no Líbano, destruído pela guerra, ele comandaria multidões que Ahmed jamais imaginara. Então seria Goddard quem teria escoltas policiais e o séquito de empregados e bandos de mulheres maravilhosas, Leila entre elas.

A boca de Osten ficou seca, e ele sorriu . Numa voz tão firme quanto seu aperto de mão, agradeceu Ahmed pelo convite, dizendo que, pelo menos por enquanto, seus estudos o prendiam na Califórnia. Docemente, beijou o rosto da menina e deu um tapinha no braço do menino, e depois, como se sua vida inteira estivesse contida nos dedos da mão direita, estendeu-a para Leila. Com lábios trêmulos, ela agradeceu pela música e pela companhia dele. Os guarda-costas abriram as portas da limusine, e os Salem entraram, acenando enquanto os *federales* corriam para seus carros e motocicletas. No meio do barulho de sirenes, sob o olhar admirado da multidão, a limusine e as motocicletas afastaram-se, uma a uma. No momento seguinte os espectadores se dispersaram, e Osten permaneceu sozinho na entrada do Apasionada. Sentia-se vazio, privado de emoção. Acreditava que nunca mais veria Leila.

Em pouco mais de dois anos desde a partida deles Osten não fizera esforço para entrar em contato com Leila, receando arruinar sua vida. E apesar dela ter seu endereço, aos cuidados de seu pai na Etude Classics, Nova York, ele não tivera notícias. Pouco depois do encontro com ela, conhecera Donna, que por algum tempo o distraíra da lembrança de Leila. Agora, sentado sozinho num apartamento alugado de Nova York, ficou imaginando onde estaria Leila naquele momento e se ela ouvira o último álbum de Goddard — o único com as canções mexicanas. Teria ficado curiosa de saber como aquelas canções haviam despertado a atenção de Goddard e por que ele as escolhera para gravar? Como uma estrangeira vivendo no México, conhecia o suficiente sobre o comércio americano de discos para saber que a companhia que publicava os discos de Goddard também distribuía Etude Classics? Se tinha, poderia ela supor que, graças às ligações de seu pai, ele conseguira submeter as duas canções favoritas de Leila diretamente a Goddard — também o favorito dela —, que então as havia incluído no seu álbum?

Um angustiante pensamento de que nunca mais encontraria alguém como ela impeliu-o a telefonar para a Nokturn. Foi a um telefone público na rua e chamou Blaystone, dizendo-lhe para instruir as secretárias que liam as cartas dos fãs de Goddard para ficar de sobreaviso para outra carta da Casa Branca.

Quase antes de Osten terminar sua frase, Blaystone disse que duas dessas cartas já haviam chegado, e pediu instruções para entregá-las. Excitado mas tentando parecer calmo, Osten disse-lhe para enviar toda a correspondência pela limusine da companhia para a entrada da Biblioteca Pública na Rua 42, onde um mensageiro estaria esperando. Instruiu Blaystone para tomar as costumeiras precauções com respeito ao sigilo da entrega. Depois telefonou para Donna para dizer que chegaria atrasado, entrou no carro alugado e se dirigiu para a biblioteca.

"Você foi esperto em ter abandonado o pianista que havia em você", havia escrito a mulher da Casa Branca em sua primeira carta. "Em vez de meramente transpor do piano para outros instrumentos, como os velhos mestres transpuseram do violino para as vozes humanas, você compôs tendo em mente toda a orquestra. Exatamente como Chopin revolucionou as técnicas do piano, você tem revolucionado o uso do sintetizador. Você faz isso para poder compor e gravar sem ajuda de outra pessoa?"

Ela estava certa. Abandonara o piano, o instrumento que sua mãe lhe ensinara a tocar, quando descobriu que ele o restringia.

Estava certa também sobre seu uso do sintetizador. Mas as palavras "assim você pode compor, executar e gravar sem a ajuda de qualquer pessoa" o perturbaram. Apesar de ser do conhecimento público que muitos grandes astros do *rock* nos Estados Unidos e Inglaterra gravavam suas músicas em equipamentos particulares — vários deles tinham estúdios completos de som em suas casas —, nenhum crítico de música jamais sugerira que Goddard compunha e gravava sozinho. A maioria dos críticos parecia concordar que ele devia ter trabalhado com alguns artistas cuidadosamente selecionados, mas que estes valorizavam demasiado o que ganhavam com Goddard para revelar tal fato. Um dos críticos alegou ter sabido de fonte conceituada, embora anônima, que enquanto gravava suas canções Goddard ficava sentado no seu estúdio de gravação atrás de um espelho que permitia que visse sua banda sem ser visto por ela.

Fazendo-se passar por um mensageiro, Osten passou pela limusine da Nokturn e recolheu as cartas. Depois voltou para seu carro, dirigiu alguns quarteirões e parou na esquina. Abriu a nova carta da Casa Branca e começou a lê-la rapidamente.

"Ouvi seu último álbum inúmeras vezes", ela escreveu, "e as canções em língua espanhola parecem ter sido inspiradas por circunstâncias atuais. É possível que as tenha cantado primeiro em público, para alguém em particular na platéia, alguém que você amou, ou alguém que pode ainda amar? Uma mulher casada, talvez? Você pode ter cantado quase em qualquer lugar, acho, sem ser reconhecido, embora eu pense em Tijuana como um local adequado... ou foi em San Diego, algum lugar perto do Hotel Del Coronado? Ou esses lugares representam um papel em sua vida? E o *arabesco* entremeado em um dos refrões é um sonho tirado das mil e uma noites que você e seu amor passaram juntos?"

Aflito, ele parou. Seu coração começou a bater rapidamente. E se a mulher que escrevera essas cartas fosse Leila? Porém, se Leila achasse que Jimmy Osten era Goddard, não teria ela respeitado o segredo de seu amigo e, temendo que qualquer comunicação sua pudesse cair em mãos erradas, fingido que não sabia quem ele era? E se Leila tivesse falado com alguém sobre a música de Jimmy Osten, alguém em quem ela confiasse, e esta pessoa agora, suspeitando de quem Goddard era, estivesse determinada a excitar sua imaginação a tal ponto que ele se revelaria por si mesmo?

Mas se Leila tivesse suspeitado de que ele era Goddard — e nada em seu comportamento jamais indicara isso — teria ela dividido suas suspeitas com outra pessoa antes de primeiro escrever ou falar com ele? Por outro lado, como poderia outra pessoa — um estranho que só conhecia a música de Goddard — chegar tão perto da verdade? Retomou a leitura, aterrorizado porém tentado a saber mais.

"Cheguei à conclusão de que Goddard Lieberson e Boris Pregel foram igualmente importantes em sua vida, tão importantes que você adotou o nome de um e fez ocasionais referências a composições dos dois como uma espécie de homenagem. Como ambos estão mortos, suponho que é inútil para mim especular se eles conheciam sua vida secreta e se o ajudaram a planejar sua invisibilidade. Estou me familiarizando extensivamente sobre a vida desses dois homens, e me encontro no processo de aprender mais, muito mais, esperando em algum lugar ao longo de minha pesquisa descobrir sobre eles algo que me leve a saber mais sobre você, no caso de você e eu algum dia nos encontrarmos."

Essa não poderia ser Leila, pensou, e uma sensação de enredamento caiu sobre ele. Apressadamente leu a segunda carta. Esta analisava sua música ainda em maiores detalhes, com duas páginas inteiras dedicadas às canções mexicanas e à mudança das letras feitas por ele e uma terceira página citando frases em sua música inspiradas pela música de Pregel e Lieberson. A análise era quase irrepreensível. Devia ter sido escrita por alguém com profundo conhecimento musical, extensa cultura em música moderna e — muito mais importante — fantástica intuição.

Estava fascinado e com medo dessa mulher da Casa Branca. Se algum dia a encontrasse, conjecturou, como poderia proteger-se de tal sensibilidade e evitar ser desmascarado por ela?

Se tivesse uma idéia de quem ela era, disse para si mesmo, telefonaria fingindo ser o agente de Goddard ou um colaborador. Não que ela fosse acreditar, necessariamente, pois ele sabia pela leitura das fofocas dos colunistas que muitas pessoas inventavam ser Goddard, ou sua amante, ou seu agente, ou mesmo seu fornecedor de cocaína.

Três semanas mais tarde, quando perdera a esperança de que ela escrevesse outra vez, Osten telefonou para Blaystone sobre outro assunto.

— O presidente está procurando você de novo — anunciou Blaystone jocosamente. — Outra carta da Casa Branca.

Osten deu instruções para a entrega, e quando teve a carta em mãos disparou para o seu apartamento para lê-la. Quando desdobrava as páginas datilografadas cuidadosamente, várias fotos coloridas caíram. As mãos tremendo, apanhou as fotografias uma de cada vez, como se estivessem vivas. A mulher nos retratos estava deitada nua numa cama larga, e as poses não deixavam dúvida quanto ao que estava fazendo quando a foto fora batida. Viu, em dois instantâneos, uma câmera Polaroid com disparador automático de tempo, refletida num espelho. Procurando por um instantâneo nítido de seu rosto, olhou avidamente todas as fotos uma segunda vez só para perceber que nem uma única foto revelava o rosto da mulher.

Antes de ler a carta, examinou as fotos uma terceira vez. Ela parecia ter vinte e poucos anos — muito mais jovem do que calculara pelas cartas — e seu corpo era tão perfeito que parecia ter adquirido, por seus méritos, o direito de estar nu. Parecia palpitar e enrubescer; era firme mas não duro, brilhante de suor porém fresco em virtude de sua forma perfeita, tão tentadora em sua pureza quanto em sua autoprofanação.

Sentiu-se excitado, e seu desejo parecia emanar não dele, nem de seu cérebro, mas — como um som de um instrumento cujo timbre não reconhecia — dos retratos. Prometeu a si mesmo que iria procurá-la e fazê-la entregar-se a ele tão prontamente, tão abertamente, tão suadamente quanto ela entregara seu corpo às suas próprias mãos diante de uma câmera.

Ansioso para saber o nome dela e seu paradeiro, virou a última página da carta e viu para seu desalento que estava, como as anteriores, sem assinatura. Então, desencantado e furioso, começou a lê-la do princípio.

Ainda sem conhecer a identidade da mulher da Casa Branca, sentiu-se abandonado por ela, tal como havia anteriormente sido abandonado por Leila Salem. Ironicamente, as duas eram as únicas mulheres em sua vida que o haviam compreendido e aceitado como era — embora Leila só conhecesse Jimmy Osten, e a mulher da Casa Branca conhecesse só Goddard. Todavia, ele não podia estar ao lado de nenhuma delas.

Tentara muitas vezes trazer Donna para mais perto e envolvê-la em sua vida e pensamento — quase como se estivesse preparando-a espiritualmente para conhecer Goddard. Mas para Donna, a maioria dos artistas de *rock*, com a exceção de alguns poucos cantores de clubes noturnos talentosos, soavam falsos, como se fossem produtos dos equipamentos de estúdio e da publicidade. Possivelmente porque ela e Osten haviam se conhecido no Goddard Beat, o lugar mais *in* para tal música, ela invariavelmente selecionava Goddard — o homem e sua música — como um exemplo de *rock* comercial. Tudo sobre Goddard, afirmava ela, era mantido deliberadamente vago, da sua voz à sua sinceridade, de suas letras paliativas à sua intensidade rítmica simplista.

Acima de tudo, para Donna, Goddard buscava significação musical na espontaneidade niilista e dependia para seu efeito da improvisação que era feita pensando na sua platéia, cuja disposição era tão inconstante quanto um fortuito arremesso de dados. Ele era também um puxa-saco ordinário, querendo agradar a massa; e quanto ao seu ato de invisibilidade, era tão pouco interessante ou original para ela quanto a exagerada visibilidade dos outros astros do *rock*. Os dois extremos, concluiu, nada eram além de artifícios manipuladores usados pelas grandes companhias de discos para dominar o mercado musical, para enganar e persuadir a massa de ignorantes brancos e negros carentes a aceitar música de discoteca, *rock* e *punk*, como sua única expressão emocional e o antídoto para o seu empobrecimento espiritual.

Como as percepções de Donna eram diferentes, pensou, daquelas da mulher da Casa Branca, que escrevera na última carta: "Pelo constante aproveitamento e desenvolvimento de novos ritmos e valores melódicos, você se tornou um descendente dos maiores virtuoses: Bach, Liszt, Beethoven, que sabiam que, em música, improvisação é sinônimo da procura de significado. Durante séculos a música tem sido essencialmente uma separação física, bem como simbólica, entre compositor e intérprete, e entre intérprete e platéia. Você será lembrado como o primeiro artista a cativar a platéia ao fundir o intérprete e o compositor, deixando os ouvintes hipnotizados numa pura experiência musical."

De acordo com Donna, *rock* e discoteca não haviam conseguido produzir qualquer música de qualidade duradoura. Haviam meramente reduzido a música popular ao seu mais baixo denominador, ritmo grosseiro, pantomimas sexuais, letras idiotas do tipo "beija, beija, me deixa". Enfaticamente, ela concordava com Ralph Ellison, para quem música *rock* comercial era "uma brutalização de uma corrente da música religiosa contemporânea... a obscena pilhagem de uma expressão cultural". Sentia que quanto maior o comércio da música *rock* se tornava, tanto mais conduzia à supressão de música melhor — o melhor em *jazz*, por exemplo —, pois as gananciosas companhias de disco eliminavam a música clássica e parte da melhor música popular dos seus catálogos para investir mais em publicidade e promoção da indústria *rock* e discoteca.

— Como resultado, que probabilidade tem um instrumentista negro clássico de ser gravado? — ela perguntara-lhe furiosamente. — Apenas veja o que aconteceu à série de discos da CBS destacando os compositores negros do século XVIII até o presente. Depois de dez ou doze discos serem publicados, a série tinha acabado, foi isto! A Etude Classics, por exemplo, já gravou um compositor negro? Ou mesmo um instrumentista negro? Gravou, Jimmy?

Aludindo ao fato de que a Etude Classics era agora distribuída pela Nokturn Records, que era, para ela, uma produtora de lixo musical, Donna salientou também que Osten e sua família pertenciam à classe capitalista, aquele um por cento da população americana que controlava toda a riqueza do país — enquanto ela e sua família pertenciam às classes exploradas, à metade inferior da população, que possuía menos de cinco por cento desses bens.

Ciente dos extravagantes hábitos consumidores de Osten e do modo como ele esbanjava dinheiro em freqüentes viagens entre Nova York e Califórnia, que ela considerava completamente desnecessárias, Donna concluiu que ele era uma criança mimada, sustentada totalmente por seu rico pai. Abertamente desaprovava tanto sua dependência como a origem da fortuna do pai. Conquanto ela e Osten tivessem muito em comum, acrescentou, eram separados por um abismo econômico tão grande que nada — nem sequer a música — poderia superar.

Muitas vezes ela mencionava *Minha vida em escravidão*, as memórias do ex-escravo Frederick Douglass, que disse que os escravos adoravam os *spirituals*, forma precursora do *blues*, somente porque refletiam o medo, o desespero e a dor sentidas por aquelas pessoas cujas raízes haviam sido cortadas. O que os *spirituals* haviam sido antes para os escravos, Donna disse, o *rock* se tornara para os artistas e as platéias negras: enquanto ajudava a desatar suas repressões protestantes, igualmente enfatizava suas ansiedades por parecer reconciliar o que eles, os descendentes dos escravos, sabiam que nunca poderia ser reconciliado: a ordem do homem branco com o caos do homem negro, a riqueza do homem branco com a pobreza do homem negro. Embora letras de *rock* freqüentemente lembrassem os *spirituals* e parecessem adoráveis na superfície, eram sexualmente anti-sépticas, exploradoras, e tão carentes espiritualmente e sem amor quanto a existência do homem negro na cultura do homem branco.

Ao ouvir Donna, Osten sentiu suas mais íntimas convicções sendo distorcidas, uma após outra. As palavras dela o forçaram a reprimir — mesmo durante o ato de amor — seu sonho, embora débil, de algum dia partilhar-se inteiramente com ela. Através de todos os momentos de maior abandono deles, um único pensamento trabalhava em Osten como uma frase musical isolada: se Donna algum dia descobrir a verdade sobre Goddard, ela teria de rejeitá-lo inteiramente, e nenhuma quantidade de ato sexual, terno ou violento, espontâneo ou calculado, poderia vir dela com o fervor que sentia por ele agora.

Enquanto isso, o que ela sentia por ele agora era realmente inválido, devendo-se ao que ela não sabia — e poderia nunca adivinhar — acerca da vida dele.

Quando estavam no estúdio do Carnegie Hall, Donna freqüentemente tocava os discos de Domostroy, muitas vezes quando ela e Osten faziam amor. Estes a colocavam desperta, ela disse, e descartou a antipatia de Osten pelo compositor como um simples caso de ciúme masculino.

Relutante em discutir o homem Domostroy, Osten discutia a música dele, sempre tendo cuidado para não mostrar todos os seus conhecimentos. Não negava que a música de Domostroy era difícil de ser classificada e que algumas delas podiam até ser consideradas originais, mas havia algo estranho com elas. Então contou a Donna uma história sobre Domostroy que circulava no meio das gravadoras.

Um músico desconhecido de Los Angeles plagiara a obra mais conhecida de Domostroy, *Octaves*, que ao ser publicada ganhara o Prêmio Nacional de Música, a mais alta honraria musical da nação. Por brincadeira, o plagiário submeteu-a, sob nome fictício, a todos os maiores editores de música dos Estados Unidos — inclusive a Etude Classics, que dez anos antes lançara *Octaves*. Tal como o plagiário esperava, todos os editores — inclusive Etude — rejeitaram a obra, qualificando-a de fria, episódica, incompleta. Para a humilhação — e fúria — de Gerhard Osten e o divertimento de todo o meio musical, os próprios editores da Etude não apenas deixaram de reconhecer o trabalho como sendo *Octaves*, mas o rejeitaram de imediato, como impublicável, comentando na carta que enviaram ao plagiário que certos elementos na obra lembravam a música de Patrick Domostroy! O episódio não mostrava, Osten perguntou a Donna, que *Octaves* era o que Wagner denominara "música sem alma" — uma obra medíocre, ou mesmo inferior, desde o começo, e que conseguira ser publicada e premiada mais por sorte do que por mérito?

E quanto às alegações da imprensa de que, a pretexto da necessidade dos editores por vários esboços e provas de galé de seus manuscritos musicais, Domostroy secretamente empregou dezenas de jovens músicos, muitos dos quais também seus acompanhantes sexuais, mas que, ocasionalmente escreviam suas notas musicais por ele?

Donna discordou com veemência. Para ela, a brincadeira mostrava que mesmo dez anos depois de sua publicação, *Octaves* ainda estava adiante do seu tempo, original demais para ser avaliada objetivamente. Lembrou Osten da sugestão da revista *Time*, de que para provar esse ponto o próprio Domostroy teria perpetrado a brincadeira. Para ela, o incidente também provara muita coisa sobre a percepção das pessoas no mundo da música, que haviam deixado de reconhecer uma instigante obra da música americana, ao mesmo tempo em que alegavam saber sobre o mercado musical.

A preocupação de Donna com Domostroy continuava a afligir Osten. Desde o encontro com o compositor na festa de Gerhard Osten, Donna nunca escondera seu interesse pela sua música, que achava fascinante em suas invenções temáticas e técnicas, e agora Osten se culpava sempre por ter deixado que ela o tivesse conhecido. Cumprimentando Donna tão inteligentemente por sua interpretação, Domostroy conseguira assegurar para si mesmo um lugar na mente dela e Osten ficou preocupado quando ela contou-lhe que ficara impressionada com a franqueza e inteligência do compositor e que gostaria de convidá-lo para um drinque. Preocupando-se tanto com a música de Domostroy a ponto de ignorar o sinistro caráter dele, não estaria Donna rebaixando o papel de Jimmy Osten na vida dela? Para ela, Osten era um homem sem talento criativo de cujas preferências musicais não compartilhava, e cuja música — embora não soubesse que era dele — detestava. Porém ela ainda partilhava seu corpo com ele, talvez só por falta de qualquer outro elo significativo.

Depois de cada revés emocional com Donna, cada nova desavença, Osten voltava às cartas da Casa Branca. Lia-as vezes sem conta, e elas sempre o deixavam mais intrigado e incerto do que antes.

Estava num desses inseguros estados de espírito, no dia que recebeu a quinta e última das cartas.

"Certamente, a esta altura, já convenci você de que não só respeito sua existência dupla, mas também considero-a absolutamente essencial à sua criatividade. Está certo em proteger-se de todos aqueles que, se soubessem quem você era, procurariam alterar as condições de sua vida bem como a forma de sua arte. Provavelmente isso inclui quase todo mundo.

"Recentemente passei algum tempo estudando as cartas de Chopin e aprendi que ele via sua obra como a emanação de uma alma à parte, inviolável às influências do mundo exterior. Ele escreveu o que se segue a um de seus amigos mais íntimos: 'Não é culpa minha se sou como um cogumelo que parece comestível mas que o envenenará se por engano o apanhar e provar. Sei que não tenho sido de utilidade para pessoa alguma — nem para mim mesmo, na verdade.'

"Em outra ocasião, em outra carta, ele se compara a um 'velho monge que abafara e extinguira o fogo em sua alma'. E pouco antes de sua morte escreveu: 'Nós somos a obra de algum famoso criador, uma espécie de Stradivarius, que já não existe para nos consertar. Em mãos desajeitadas não podemos fazer novos sons e sufocamos dentro de nós mesmos aquelas coisas que ninguém jamais irá extrair de nós — e tudo por falta de alguém para nos consertar.'

"É assim que você pensa? Se é, não o faça mais. Deixe-me assegurá-lo de que amo Goddard por sua música, em outras palavras, sua alma, e que se por acaso nós nos encontrarmos, irei infalivelmente sentir a sua alma sem uma nota de música para ajudar-me, e irei amá-lo mesmo se você revelar-se como outro cogumelo envenenado, ou um velho monge, ou um homem quebrado sem ninguém para remendá-lo.

"Estou certa de que necessita permanecer quem é. Espero que também esteja tentado a querer me conhecer. Sou estudante de música e teatro, e embora deseje conhecê-lo, para poder provar a sinceridade de meus sentimentos por você, decidi pelo bem de sua música, pelo bem de Goddard, fazer desta a minha última carta. Adeus Goddard. Adeus, meu amor."

Então ela não era funcionária da Casa Branca, mas, se é que podia confiar no carimbo postal, uma estudante de teatro e de música em Nova York que possivelmente usara amizades para obter papel de carta da Casa Branca. Mas por que, conjecturou Osten, teria lhe enviado cinco intrigantes cartas íntimas, bem como aquelas sensuais fotografias, se nunca pretendera tornar-se conhecida dele?

Estudou as fotografias várias vezes, procurando pistas que pudessem levá-lo a ela. Seus olhos investigaram as esquisitas linhas do corpo dela, procurando em vão algo que o levasse a descobrir sua identidade. Percebeu que alguma coisa, em uma das fotografias, evocava nele a curiosa sensação de que já a havia visto antes. Perscrutando intensamente o retrato e deixando suas associações flutuarem livremente, descobriu afinal que sua sensação de *déjà vu* se originava da composição do retrato. Em algum lugar do seu passado vira a fotografia de uma mulher — uma mulher que não conseguia identificar — tirada do mesmo ângulo incomum, mas não conseguia lembrar onde a vira. Não era um retrato de Donna, sabia, ou de qualquer das mulheres que namorara na Califórnia, ou das petulantes garçonetes mexicanas do Hotel Apasionada, que haviam tentado seduzi-lo enquanto serviam seu café da manhã mostrando-lhe fotografias delas próprias nuas. Era possível, claro, que a mulher da Casa Branca tivesse preparado a câmera e se colocado de tal modo que o retrato pareceria composto, mas era improvável. Osten sabia o bastante sobre fotografia para perceber que para um instantâneo como esse a câmera tinha que estar tão perto do chão que mesmo um modelo experiente não poderia dizer, sem olhar através do visor, que parte do seu corpo seria enquadrado pelas lentes. E se a Polaroid no tripé refletida no espelho fosse para enganá-lo? E se fosse um fotógrafo habilidoso que tivesse preparado aquelas poses, buscando chamar a máxima atenção para as lindas pernas e nádegas da moça e depois se escondido do alcance da câmera? Era para esse fotógrafo — e não Goddard — que a garota posara tão intimamente?

Embora Osten não soubesse ainda quem era o fotógrafo, tinha um pressentimento de que era alguém que conhecia.

Quanto mais se tornava convencido de que vira um retrato similar, mais incapaz ficava de localizá-lo em sua memória. Então, exatamente quando ia desistir, a memória funcionou e, num relâmpago, visualizou a fotografia que se assemelhava àquela que segurava em suas mãos. Era um retrato de Vala Stavrova!

Mais ainda, era a fotografia preferida por seu pai. Em uma de suas pouco freqüentes visitas ao apartamento do pai, ele a vira sobre a mesa-de-cabeceira, no lugar anteriormente ocupado pelo retrato de sua mãe, Leonore.

A fotografia, tirada antes dela conhecer seu pai, retratava Vala vestida numa roupa justa negra de mangas compridas, desesperada para parecer uma atriz do cinema mudo ou uma bailarina soviética, reclinando-se voluptuosamente sobre uma antiquada cadeira. A fim de atrair atenção e tornar atraente a forma de suas pernas e coxas, o fotógrafo havia tirado o retrato de um ângulo extraordinariamente baixo e manipulara a composição para exagerar o efeito ainda mais.

O ângulo, composição e produção do retrato de Vala e do retrato da mulher diante dele eram idênticos. Seria possível, Osten conjecturou, que ambas as fotografias tivessem sido tiradas pelo mesmo homem? Era um palpite, mas Osten nada tinha a perder seguindo-o. Perguntaria a Vala o nome do fotógrafo, depois o descobriria, e de algum modo saberia a identidade da nua sem rosto.

Com receio de levantar as suspeitas de Vala, Osten decidiu não lhe telefonar a respeito do retrato, mas, ao contrário, esperar aparecer uma melhor oportunidade. Entrementes, tinha outra pista forte. Se sua correspondente da Casa Branca era, como disse, uma estudante de música e teatro, suas várias referências musicais, seu conhecimento da música de Lieberson e Pregel e, particularmente, suas digressões sobre a vida de Chopin, poderiam ser investigadas sem muita dificuldade nos cursos de história da música que ela pudesse ter feito recentemente. Como todas as cartas dela para Goddard haviam sido postadas em Nova York, parecia lógico investigar primeiro a Escola Juilliard e começar seu inquérito com Donna, que estudava lá, mas que também de vez em quando freqüentava, como ouvinte, cursos de música em outras escolas de Nova York.

Osten pediu a Donna para descobrir se a música de Goddard Lieberson e Boris Pregel era ensinada na Juilliard. Os dois homens, explicou, haviam sido grandes amigos de sua família, e gostaria de poder contar a seu pai que a música deles não fora esquecida. Depois de procurar nos catálogos recentes e fazer algumas indagações por telefone, Donna disse a Osten que, conforme suas pesquisas, Lieberson e Pregel não estavam incluídos em qualquer currículo importante em Nova York, embora a música deles talvez fosse estudada em seminários especiais de graduação. Então, ele perguntou-lhe se sabia de qualquer curso sobre Chopin que incluísse o estudo de suas cartas. Seu pai, explicou, adorava discutir todos os aspectos da vida de Chopin, e Osten sempre se sentia uma nulidade quando o assunto surgia; havia uma carta em particular a que seu pai se referia várias vezes, na qual Chopin se comparava a um cogumelo. Donna tinha alguma idéia de onde ele poderia descobrir essas coisas?

Divertida, Donna contou-lhe que, por coincidência, exatamente algumas semanas atrás, um professor de história lera essa mesma carta num seminário de literatura do piano.

Quase incapaz de esconder sua excitação, ele perguntou se poderia ir às aulas com ela de vez em quando, para se informar e impressionar seu pai. Surpresa e contente pelo inesperado interesse pelo seu mundo, que até então ele evitara, Donna ofereceu-se para levá-lo ao próximo seminário.

No dia seguinte, na esperança de extrair de Vala o nome e paradeiro do homem que havia tirado o provocativo retrato dela, Osten parou no apartamento do pai em Manhattan a pretexto de procurar alguma coisa na biblioteca de Gerhard Osten para seus exames finais na universidade. Escolheu uma hora em que sabia que seu pai estaria no escritório da Etude Classics.

A empregada entrou para anunciá-lo e, voltando um minuto depois, conduziu-o para a sala de exercícios que continha aparelhos para afinar o corpo e fortalecer os músculos, bem como duas saunas individuais de vapor. A sala fora um presente do seu pai para Vala. Enrolada apenas num robe fino, através do qual Osten podia ver os seios e a parte escura das virilhas, Vala lentamente pedalava uma bicicleta ergométrica, enquanto uma série de medidores à frente registrava sua velocidade, sua pressão sangüínea, seu pulso, a distância que pedalava e a quantidade de calorias que queimava.

Embaraçado pelo seu estado de seminudez e ainda aborrecido pela lembrança do Mood Undies, Osten disse-lhe que esperaria na biblioteca e começou a sair, mas Vala, interessada e encantada com o constrangimento dele, insistiu que lhe fizesse companhia até que completasse a quilometragem exigida. Furioso consigo mesmo por achar a presença física dela perturbadora, Osten sentou-se no banco e fez um esforço para parecer amigável.

Vala tinha perdido peso. Notou o quanto seu abdômen estava esbelto e proporcional, como sua pele levemente bronzeada estava macia. Ela deixara crescer os cabelos, que caíam em fartas ondas sobre seu ombros até os seios. Mesmo sem um toque de maquilagem, suas negras sobrancelhas e cílios destacavam os olhos azuis e o delicado rosado dos lábios.

Depois de perguntar-lhe pelo estudos, ela falou nos progressos que fizera como patinadora. Era uma instintiva, disse. Sempre que andava de patins no Rockefeller Center, juntava uma porção de gente que tirava fotografias dela. Recebera várias ofertas para aparecer em filmes de produtores que a tinham visto lá. Mas, acrescentou com um langoroso suspiro, toda essa atenção enfurecia Gerhard e o tornava ciumento e suspeitoso. Quando deslizou fora de seu robe e entrou na sauna, pediu a Osten para não repetir o que ela lhe contara. Ele prometeu não fazê-lo, e alguns minutos depois, educadamente virou o rosto quando ela emergiu da sauna e — Osten sabia que estava nua — deu vários passos até o *closet* para pegar um robe limpo. Disse para ele esperar enquanto tomava um banho de chuveiro. Quando ela fechou a porta do banheiro, ele foi ao quarto do pai, sentou-se na beira da cama e pegou na mesa-de-cabeceira a fotografia que o trouxera ali.

No instante em que a olhou, soube que estava certo: a semelhança entre a pose de Vala e aquele nu da Casa Branca era fantástica.

— O que você acha? — perguntou Vala. Ele virou-se e viu-a parada ali, vestida num penhoar fino.

— Acho que é muito bonita — respondeu, olhando para a fotografia em suas mãos.

— Não me refiro à fotografia, bobo, me refiro a isso — disse, indicando o penhoar. — Seu pai comprou para mim na nossa lua-de-mel, em Paris.

— É adorável, Vala. Faz você parecer com Olga, em *Eugene Onegin*.

— Olga! Não gostei nada, Jimmy! — Vala fez um som de censura, e depois recitou a descrição de Olga por Pushkin:

"Um rosto redondo sem vida
De uma bonita Madona de Van Dyck
Igual ao dessa estúpida lua
Nesse estúpido céu!"

Osten sentiu-se enrubescer.

— Não quis dizer isso, Vala — replicou. — Quis dizer... apenas a madona, só isso! Mas me conta, quem tirou esse retrato? Está simplesmente magnífico!

— Você realmente não quer saber — disse Vala. — Como um menino, você está embaraçado. — Fingindo que queria refrescar sua memória sobre o retrato, sentou-se ao lado dele, e quando se inclinou sobre o ombro dele para olhar para a fotografia, encostou os seios nas costas dele e deixou seu cabelo cair de encontro ao rosto de Osten.

Osten perguntou novamente em seu tom casual quem era o fotógrafo, e Vala, ainda brincando, perguntou, sussurrando roucamente no ouvido dele, por que estava tão curioso em saber. Até Gerhard Osten, disse, que era ciumento por natureza, nunca lhe perguntara isso. Estaria Jimmy, por acaso, com ciúmes do fotógrafo dela?

Temendo que, se persistisse no assunto, poderia nunca fazê-la contar-lhe a verdade, não perguntou novamente, mas sorriu afavelmente e pôs o retrato de volta no seu lugar, sobre a mesa-de-cabeceira. Sentindo que ele estava a ponto de levantar e sair, Vala esticou-se, inclinando-se sobre ele para recuperar a foto e estudá-la de novo, rememorando que era assim que ela era quando chegou à América, da Rússia. No entanto, seu penteado pode ter parecido provinciano aos nova-iorquinos, disse defensivamente, e o melhor cabeleireiro de Leningrado havia feito o corte antes dela viajar.

Osten permaneceu calado e continuou o olhar apreciativamente para o retrato até que afinal Vala deixou escapar coquetemente que o homem que tirara a fotografia estivera apaixonado por ela. O amor deles terminara muito antes dela conhecer Gerhard, mas ainda eram bons amigos. Chegou mais perto, encostando-se nas costas e nas coxas dele, e Osten percebeu que se a desagradasse naquele momento ela nunca lhe diria quem era o homem. Enquanto esperava que falasse, inalando o perfume e sentindo a excitação dela, sua proximidade começou a excitá-lo também. Virou-se para ela, colocou uma das mãos sobre seu ombro e delicadamente puxou-a para mais perto, até sua cabeça pousar sobre o ombro dele e os cabelos fazerem cócegas no seu rosto. Um rubor apareceu no rosto de Vala, sua respiração acelerou. Ela ainda estava segurando o retrato entre eles, mas se conteve o bastante para colocá-lo de volta sobre a mesa antes de emoldurar o rosto de Osten com as mãos e puxá-lo para perto do dela. Depois, seus lábios se abriram e ela fitou-o nos olhos. Osten viu como eles eram bonitos e inocentes. Se algum dia a detestara, pensou, não era agora.

Exatamente quando estava a ponto de se render ao momento, Osten pensou em seu pai, cujos lábios, azulados pela idade, haviam beijado aquela mulher, apenas horas antes, e cujas mãos, salpicadas de pintas marrons, haviam segurado as dela como Osten as segurava agora. Um vago medo passou por ele e, delicadamente, separou-se de Vala e levantou-se. Sem uma palavra, ela também levantou-se e embrulhou o seu corpo no penhoar.

Indecisa sobre o que o havia impelido a deixá-la, seguiu-o até a biblioteca e observou-o enquanto ele procurava vários livros, recolocando um por um nas estantes. Para detê-lo, Vala perguntou-lhe se ainda queria saber quem tirara o retrato dela, e antes que ele pudesse responder, disse que o retrato havia sido tirado por Patrick Domostroy — seu velho amigo — que a apresentara a Gerhard Osten na mesma noite que ela conheceu Jimmy e Donna.

Osten ficou realmente perplexo. Que ligação Domostroy tinha com as cartas da Casa Branca? Poderia ele ter fotografado a mulher nua?

Quando Osten examinou as fotografias da Casa Branca com uma lente de aumento e um equipamento de datiloscopia, ficou assombrado ao descobrir que as únicas impressões digitais nelas eram as suas próprias. Seria a ausência de impressões digitais acidental? Ou estava a escritora das cartas tão determinada a manter secreta sua identidade que limpara todas as suas impressões das fotos?

Em seguida, levou as fotos para um laboratório fotográfico e mandou ampliar cada foto para o tamanho de um jornal aberto. As ampliações revelaram mais do que nunca a beleza das proporções naturais da garota, e quanto mais tempo olhava para ela, mais extasiado ficava pela encantadora pureza de seu abandono. Seus longos e bastos cabelos, que obscureciam seu rosto em todas as fotos, também pareciam, em muitas delas, ter sido artisticamente arranjados de modo a esconder o contorno dos ombros. O pensamento de que ela poderia permanecer para sempre sem rosto e anônima o enlouqueceu e começou a examinar, metódica e obsessivamente, o pescoço, os seios, a linha da barriga, o formato das coxas, esperando descobrir na mulher um sinal de nascença, uma mancha, qualquer coisa que pudesse um dia comparar em um corpo de carne e osso. Mas nada existia.

Notou as aréolas dos seios extraordinariamente largas. Só havia visto aréolas assim uma vez antes, numa antiga amante, uma dona-de-casa que na ocasião estava grávida de seis meses. Mas não havia na conformação nua da mulher da Casa Branca nada que sugerisse gravidez.

Numa visita de surpresa ao pai, Osten conseguiu ficar um minuto sozinho no quarto de dormir, e rapidamente tirou uma foto do retrato de Vala. No dia seguinte, revelou e ampliou a fotografia e comparou-a com as outras ampliações. Embora Vala estivesse vestida e a mulher da Casa Branca estivesse nua, e apesar das duas mulheres terem sido fotografadas em cenários inteiramente diferentes, quando colocou os retratos um ao lado do outro a similaridade dos ângulos da câmera e da pose eram inconfundíveis. Contudo, era improvável que dois fotógrafos se propusessem a captar seus modelos exatamente do mesmo bizarro e quase pervertido ângulo, mas não impossível.

Enquanto considerava esses tópicos, Osten tinha algo mais com que se preocupar. Donna dissera que estava esperando reunir a coragem necessária para contactar Domostroy. Queria pedir-lhe para ouvi-la tocar e analisar sua técnica. Isso a ajudaria na sua decisão sobre se iria ou não competir em Varsóvia. O Concurso Internacional de Piano Chopin era realizado apenas de quatro em quatro anos, por isso, caso ela não tentasse naquele ano, poderia não ter outra oportunidade.

Osten estava convencido de que Domostroy aceitaria qualquer oportunidade para namorar Donna, pois na festa onde o haviam encontrado ele demonstrara atração por ela. Também ocorreu a Osten que Donna poderia inadvertidamente fornecer informações a Domostroy que pudessem trair a identidade de Goddard. Porém, ele não tinha boas razões para dizer a Donna que não procurasse Domostroy. E, afinal de contas, a menos que ela tivesse adivinhado sobre ele mais do que jamais revelara, o que poderia Donna dizer a Domostroy que expusesse seu segredo? Ele não tinha conhecimento de que falasse enquanto dormia.

Enquanto isso, foi à Leitmotiv, Inc., a loja mais bem equipada de Nova York em material de vigilância, segurança, salvamento e equipamento de detecção. Comprou um gravador microminiaturizado, ativado pela voz, que gravava sem parar durante doze horas consecutivas e um microfone parabólico destinado a captar, ampliar e gravar sons a uma distância de mais de quinhentos metros.

Na esperança de encontrar a mulher da Casa Branca antes que ela o descobrisse, Osten tornou-se um freqüente visitante da Juilliard e cuidadosamente observou todas as mulheres no seminário de literatura do piano, no qual haviam sido discutidas as cartas de Chopin.

Usando as fotografias da Casa Branca como um parâmetro, rapidamente eliminou todas aquelas figuras que estavam patentemente em desacordo com os retratos, e depois reduziu as candidatas a cerca de seis. Desse ponto em diante, as fotografias foram de pouca ajuda. Elas diziam-lhe que a missivista da Casa Branca era branca, porém nada mais. Tudo sobre ela — peso, altura, tamanho, sinais particulares — fora obscurecido pela maneira como havia posado, pela colocação da luz e sombra sobre o corpo e pelo ângulo da câmera, que encurtava ou aumentava o comprimento de seus membros. No entanto observando melhor, pelo menos três das seis prováveis candidatas pareciam ser muitos próximas, em tipo físico, da mulher das fotografias. O único meio de ter certeza de que uma delas era a mulher que estava procurando seria examiná-la intimamente — não meramente seu corpo, que poderia parecer com vários outros, mas também sua ambientação mental, seu conhecimento de música, seu gosto, seus pensamentos e associações. Mesmo então, o sucesso não seria fácil, porque todas suas suspeitas eram, na melhor das hipóteses, tênues. E se a semelhança entre as duas fotografias fosse puramente acidental? E se a mulher que escolhesse para interrogar não tivesse nenhuma conexão com a Casa Branca ou com ninguém trabalhando lá?

Então percebeu o maior problema de todos: se uma dessas mulheres da Juilliard era a pessoa que escrevera para ele, inquirindo tão obviamente sobre coisas que ela dissera em suas cartas, não estaria caindo numa armadilha que ela, ou alguém por trás dela, armava para ele? Estaria deixando-a saber que era Goddard, antes que pudesse ter certeza de que ela era sua correspondente da Casa Branca? Estaria preparado para assumir tal risco — logo na Juilliard, uma verdadeira colméia de mexericos do mundo musical? Pior ainda, se convidasse qualquer das mulheres para sair a fim de conversar com elas, como poderia justificar para Donna esse súbito interesse em suas colegas? Estaria preparado para se arriscar a perder Donna a fim de descobrir a mulher da Casa Branca?

O fato de Patrick Domostroy ter possivelmente tirado o retrato da mulher complicava ainda mais a coisa. Mesmo que Domostroy tivesse tirado os retratos, ele poderia ainda não saber que uso a mulher teria feito deles. E, se interrogado, por que iria Domostroy revelar a identidade dela para Osten? Por outro lado, se Domostroy tivesse tirado os retratos e soubesse por que os estava tirando, então ou a mulher era um instrumento nas mãos dele, ou ele era um instrumento nas mãos dela, e qualquer tentativa de Osten para interrogálo automaticamente despertaria suspeitas. Se ele fosse a Domostroy e começasse a perguntar-lhe coisas que apenas Goddard poderia saber pelas cartas, não estaria se denunciando como Goddard? Estaria preparado para arriscar-se dessa maneira com Patrick Domostroy, um homem moralmente falido, e expor-se à chantagem?

Durante suas visitas ao seminário da Juilliard, Osten achou uma das três mulheres da sua lista particularmente interessante. Seu nome era Andrea Gwynplaine. Era colega de Donna, por isso só precisou de uma sutil sugestão para levar Donna a apresentá-lo um dia na cantina da escola, o local favorito de Osten para observar as aparências de suas candidatas ao nu da Casa Branca.

A princípio, Andrea pareceu a Osten ser um pouco mais alta e talvez mais magra do que o nu da Casa Branca; por outro lado, sabia que o estranho ângulo da câmera teria distorcido sua figura. Osten achou que poderia ver a ligeira linha angular das coxas do nu das fotos no corpo de Andrea, apesar do cabelo naturalmente ondulado de Andrea não combinar com o cabelo do nu. Quanto mais pensava que poderia ter identificado a mulher que procurava, mais excitado ficava pela possibilidade de explorar a mente de Andrea, pois se ela escrevera as cartas a Goddard, sua mente era infinitamente mais excitante do que o corpo.

Como Andrea era diferente de Donna, pensou. Donna era escultural e vistosa; Andrea era feminina e elegantemente madura. A cor escura de Donna, como se desafiasse a luz, parecia sair dela e acabar nela, mas a carne de Andrea, como a luz que caía sobre ela, era radiante. As maneiras de Donna eram altivas; Andrea era simplesmente vivaz. Donna demandava atenção; Andrea atraía. E, finalmente, a remota chance de que Andrea pudesse ser a mulher da Casa Branca encheu Osten de desejo por ela. Ele já não desejava Donna.

Em sua imaginação, passara a ver a escritora das cartas como a mulher que sempre quisera ter, a mulher que quase descobrira — e perdera — em Leila. Seria possível que a reencontrasse em Andrea?

Tinha que lembrar a si mesmo para agir cautelosamente. Se Andrea era o seu nu sem rosto, sob nenhuma condição deveria informá-la sobre quem ele era, pois se ela escrevera as cartas, obviamente estava esperando a qualquer momento ser abordada por Goddard, e qualquer interesse súbito a poria de sobreaviso.

Porém ele queria conhecê-la. Estava atraído não só porque ela poderia ter escrito as extraordinárias cartas, mas também porque Andrea era muito sedutora. Contudo, havia um pensamento que o fazia recuar: Patrick Domostroy.

Se Domostroy havia tirado as fotografias do nu da Casa Branca, e se o nu era Andrea, então Osten tinha de enfrentar a possibilidade de que um homem que detestava intensamente era amigo dessa linda mulher, possivelmente até seu amante, íntimo o bastante para ter tirado fotografias altamente comprometedoras dela num estado de frenesi sexual. O próprio Osten desejava Andrea com tanto ardor que, para abrir um caminho emocional até ela, decidiu que teria de assumir riscos de forma a descobrir se ela *era* ou não a escritora sem rosto das cartas e, caso afirmativo, se Domostroy era o homem que a fotografara.

PARTE III

LOGO que todas as cartas foram enviadas, tudo estava nas mãos de Goddard. Confiando nos instintos de Domostroy sobre músicos e suas afirmativas de que as cartas continham pistas suficientes para guiar Goddard até ela, Andrea desejou que Goddard não perdesse tempo e, para preparar terreno para ele, Domostroy saiu do apartamento conforme combinaram e voltou para seu quarto no Old Glory.

Foi recebido pelo cheiro de couro velho e por camadas de poeira, e gastou todo o primeiro dia de volta limpando suas acomodações, verificando todos os fusíveis e alarmes e recolocando os vários aparelhos eletrônicos anti-ratos, cujos sons de alta freqüência mantinham os desagradáveis roedores a uma distância segura. Em sua segunda noite em casa, retirou a capa do piano de cauda do salão de baile e, improvisando arranjos das canções espanholas de Goddard, tocou até sentir sonolência.

Havia esperado sentir-se vazio e abandonado longe do conforto do apartamento de Andrea, mas, para sua surpresa, à medida que os dias passavam realmente se sentia estimulado, como se por estar sozinho de novo estivesse subitamente livre para embarcar noutra viagem de qualquer tipo que quisesse escolher.

Enquanto isso, Andrea esperava que Goddard, ou algum seu preposto, aparecesse. Examinava o comportamento de todos a sua volta, e telefonava para Domostroy em horas inusitadas, pedindo-lhe para encontrá-la em saguões de hotéis, lanchonetes, ou museus, a fim de discutir suas descobertas e suspeitas, sempre fazendo grandes esforços para assegurar-se de que ninguém a teria seguido.

Domostroy não conseguia saber se ela fazia isso porque estava aborrecida, agora sem um amante para lhe fazer companhia, ou porque queria manter-se ligada a ele. Apesar de estar contente por estar só, vivendo para si mesmo, tocando quatro vezes por semana no Kreutzer e procurando outro emprego nos intervalos, prometeu ajudá-la sempre que precisasse. Em retribuição, ela propôs passar a noite com ele, de vez em quando.

Logo depois que mudou, eles se encontraram uma vez nas salas de música do Metropolitan Museum. Quando passavam por entre as vitrines cheias de instrumentos musicais, Domostroy descobriu-se desejando-a novamente. Com sua blusa frouxa, *jeans* justos e sandálias de saltos altos, ela era a imagem de uma estudante sensual. Preso entre o desejo por ela e seu desprezo pela própria dependência sexual, ele percebeu que ainda não estava livre dela.

— Como está a vida no Old Glory? — perguntou Andrea.

— Boa, mas sinto sua falta — disse secamente.

Ela não prestou atenção às palavras dele e parou ao lado de uma coleção de liras antigas.

— Agora tenho algo para você — disse ela apontando para um dos instrumentos estranhamente modelados e lendo a etiqueta: — O *kissar*, uma lira africana. Na África Central, os corpos das liras eram feitos de cabaças, conchas de coco, ou, como nestas que você vê aqui, crânios humanos; algumas vezes, as hastes eram chifres de uma gazela.

Domostroy recuou ao ver a face de esqueleto do *kissar*. O alto do crânio estava mutilado, e a pele fora esticada sobre ele; mechas de cabelo humano estavam fixadas ao redor da cabeça como decoração, e para ressoar, o fundo do crânio era enrolado apertadamente em fina pele ressecada.

Andrea seguiu a linha do olhar dele.

— Julgando pela cor do cabelo, o dono do crânio era branco. Pior para ele. A propósito, falando de homens brancos e gazelas africanas, descobri que você tem outra admiradora no Juilliard: Donna Downes, a pianista negra. Você nunca mencionou que a conhecia.

— Só a encontrei uma vez, e muito rapidamente, em uma festa da Etude — ele disse. Lembrava-se de Donna muito bem, e sempre lastimara ter deixado que o tempo e os acontecimentos neutralizassem sua lembrança dela, ainda que ligeiramente. Desejou ter seguido seus anseios iniciais de ir atrás dela. — Como sabe que ela é minha admiradora? — perguntou.

— Donna sentou atrás de mim na lanchonete ontem, e surpresa, surpresa! Tinha um dos seus Etude Classics em suas mãozinhas negras!

— As mãos dela podem ser pequenas e negras — disse Domostroy —, mas certamente são grandes sobre o piano.

— Não tão grandes como seus peitos — disse Andrea. — De qualquer forma, perguntei à nossa gazela o que achava de você.

— Espero que não tenha lhe contado que nos conhecemos — falou, ríspido. — Lembre-se de nosso plano. Até termos notícias de Goddard, ninguém, mas ninguém, precisa saber.

— É claro que não contei — disse Andrea. — Mas não havia nada errado em falar sobre sua música. Muitos estudantes da Juilliard estão familiarizados com ela.

— E o que a Srta. Downes teve a dizer sobre minha música? — perguntou.

— Ela não teve chance para dizer coisa alguma, porque Jimmy Osten, o namorado dela, veio apanhá-la e ela parou de conversar.

— Ah, sim — disse Domostroy —, o pequeno Jimmy Osten!

— Você o conhece? — perguntou Andrea.

— Não muito. Mas seu pai tem sido meu editor há anos e, visitando-o, ocasionalmente encontrei Jimmy. Ele era tão calado e retraído em criança que ninguém prestava atenção nele. Agora está crescido, e as pessoas continuam não prestando atenção a ele.

— Alguém presta — disse Andrea. — Donna.

— O que você acha? Ela está a ponto de se tornar uma concertista de piano e pode estar com necessidade de um editor musical. Lembre-se, o pai de Jimmy é dono da Etude. Esse garoto me parece um peixe morto, sem sentimentos.

As palavras dele aborreceram Andrea.

— Como sabe que ele não tem sentimentos? Donna contou isso a você na festa?

— Ela não precisava contar — disse Domostroy. — Na noite em que a conheci, Jimmy e eu tivemos uma pequena discussão sobre música e, apesar de ele ficar furioso comigo, ou com ela por ter concordado comigo, não conseguiu ter coragem para dizer isso. Um frangote tão reprimido! — ele riu. — Ou ele é um cuco?

— Isso não é justo — ela disse. — Por que fazer troça dele, só porque tem um defeito na voz?

— Quem liga para a voz dele? Estou falando sobre *ele*.

Oh, Cuco! Podemos chamar-te Pássaro,
ou apenas uma voz errante?
Pássaro não, mas uma coisa invisível,
Uma voz, um mistério!

— ele recitou. — Isto é Wordsworth.

— Você me diverte com suas trivialidades. Além disso, Jimmy dificilmente é uma coisa invisível! Ele tem boa aparência — disse ela. — Sorriso lindo. Olhos suaves. Cabelos louros sedosos. Parece sentimental. — Hesitou, depois disse, perfidamente: — Mas deixe-me contar-lhe uma pequena história sobre Donna. Dois anos atrás, um sujeito chamado Marcello costumava freqüentar a Juilliard. Marcello era branco, parecia um garotão de praia: alto e esbelto, educado, sempre sorrindo, e nunca fez um movimento para namorar ninguém. Porém ficou indo lá como se estivesse esperando por alguém que ainda não encontrara, e não conseguíamos descobrir quem podia ser.

"Algumas das garotas, eu entre elas, foram atraídas pela aparência e pelas maneiras dele. Criávamos fantasias sobre a inocência de Marcello, esperando que ainda estivesse esperando por seu amor ideal chegar e conduzi-lo delicadamente para a cama. Mas ele mantinha-se distante. Finalmente, depois de termos desistido, ele encontrou seu amor: Donna Downes! Um verdadeiro tapa em nossos rostos brancos. Donna era uma bolsista, vencedora de todos os prêmios de piano, inclusive o Prêmio de Piano Elizabeth Weinreich-Levinkopt. Em pouco tempo, Donna e Marcello começaram a namorar firme, e posteriormente nosso ciúme acabou quando voltamos aos nossos próprios estudos, amores e trens suburbanos.

"Então aconteceu algo inesperado. Um amigo meu disse que estava convencido de que nosso Marcello era o astro pornô conhecido como Dick Longo, que representara em centenas de filmes pornô que estavam sendo exibidos nos cinemas.

"No dia seguinte, meu amigo levou-me a uma dessas lojas do Times Square onde, na privacidade da cabine, nós examinamos todas as credenciais de Dick Longo em um de seus filmes mais perversos. Não havia dúvida: Longo era Marcello. Rapidamente comprei uma cópia do filme, e no dia seguinte convidei todas as garotas que haviam gostado dele para assistir minha aquisição. Imagine a excitação delas ao vê-lo em todo o esplendor de suas bem-dotadas partes.

Andrea parou.

— O que Donna Downes tem a ver com isso? — perguntou Domostroy. — Ela sabia quem ele era?

Andrea ergueu as mãos num sinal de dúvida.

— Tudo que sei é que Donna veio assistir ao filme e, como o resto de nós, viu as prolongadas excentricidades de Dick Longo e de sua muito visível coisa. Também ficamos de olho nela, vigiando-a. Bem, posso dizer a favor dela: nem uma contração de seu rosto indicou que estava surpresa pelo que via, e nenhuma de nós ousou perguntar se ela sabia, antes desse dia, que estava sendo fodida pelo mais superexposto garanhão pornô do país. De qualquer forma, depois disso, ela continuou namorando Marcello por vários meses. Obviamente foi para nos magoar — sorriu maldosamente.

— Ou então estava apaixonada por ele — disse Domostroy.

— Apaixonada? Por um garanhão pornô? — Andrea riu. — Não poderia estar, não se ela se importa com o tipo sentimental de Jimmy Osten. Ninguém poderia ser mais diferente de Dick Longo do que ele.

— Não esteja tão certa — disse Domostroy. — Pornografia e sentimentalismo andam de mãos dadas. Ambos dependem do sexo. Mas fale mais sobre Jimmy e Donna.

— Não há muito a contar — disse Andrea. — Para uma *barcarola* birracial, eles parecem estar indo bem. Nós todos conjecturamos, porém, se a Rainha Banto não continua desejando o Dick Longo dos tempos passados. — Ela sorriu malvadamente.

— Isto é injusto — disse Domostroy, imitando o tom anterior dela —, fazendo caçoada de Jimmy só porque ele não pode se comparar com o Sr. Longo.

— Talvez possa — riu Andrea. — Talvez Jimmy tenha mulheres por toda parte. Ele está sempre viajando, eu sei. Aparentemente, não consegue permanecer perto da jovem madrasta por muito tempo e acho que o ódio é mútuo. Realmente, ele acabou de chegar à cidade.

— Mas, diga, Donna parece feliz com Jimmy? — perguntou Domostroy.

— Não sei dizer. Exatamente agora ela está nervosa, na dúvida se entra ou não no concurso Chopin em Varsóvia. Obviamente, está tentada. E todos nós sabemos o que ganhar em Moscou fez por aquele graduado da Juilliard, Van Cliburn!

A imagem de Donna Downes num vestido de noite, inclinando-se diante da formal platéia européia, atiçou a fantasia de Domostroy. Como gostaria de estar ao lado dela em Varsóvia, uma cidade onde ele estudara, o mestre com a aprendiz, o amante com sua amada, acalmando-a na ida para o concerto, ouvindo criticamente quando ela tocava uma última vez numa sala de treinamento antes de entrar no palco, verificando se seu piano favorito estava adequadamente posicionado no palco, escutando sem fôlego a sua interpretação, depois envolvendo-a em seus braços no momento seguinte ao seu triunfo.

— Você gosta dela? — perguntou Andrea.

— Donna Downes?

— Sim, Donna Downes. — Não havia malícia na voz de Andrea.

— Gosto da aparência dela. Aponte um homem que não goste! — disse, fingindo que já expulsara Donna de seu pensamento.

Andrea estudou-o atrevidamente.

— Você acha que Donna faria uma aprendiz submissa em um dos seus clubes de sexo? — perguntou.

— Pelo que tenho visto, Donna Downes é tudo menos submissa — replicou. — Pergunte a Jimmy.

— Estou perguntando a você — disse, e como ele não respondesse continuou: — E se ela fosse entregar-se a você? — Andrea falava em batidas compassadas. — Afinal de contas, Donna já é uma escrava da música do homem branco. Como um antigo mestre dessa música, você já não é um mestre em potencial dela? — Parou e olhou firme para ele. — Pense que sensação sua escrava negra seria na Polônia, tocando a *Grande Polonaise*, no Concurso de Piano Chopin! — Deixou suas palavras serem absorvidas. — Por que não telefona para ela? — O som da sua voz parecia o de uma gatinha *sexy*.

— Com prazer — disse Domostroy, num tom propositadamente brincalhão. — Mas, se o fizer, posso contar com você para manter Jimmy afastado?

— Isso não deve ser difícil — disse ela maldosamente. — Pelo modo como ele me olhou na cantina, eu não ficaria nem um pouco surpresa se me convidasse para sair com ele.

— Se você sair com ele — disse Domostroy — só tenha cuidado com o que diz! Lembre-se que a Nokturn, a companhia que publica Goddard, é também distribuidora da Etude. O comércio da música é como uma pequena companhia do interior: todas aquelas pessoas são interligadas, e algumas delas podem conhecer Goddard.

— Você ainda não disse se planeja ou não telefonar para Donna — disse Andrea.

— Isso realmente importa?

Ela acenou sua mão.

— Até que sim. O que diria se eu mesma fosse atrás dela?

— Ora, ora. Eu não teria suspeitado de você gostar de mulheres — disse.

— Sexualmente gosto de tudo, a qualquer hora — disse Andrea desagradavelmente. — Mas é melhor que ela fique fora do meu caminho.

— Fora do seu caminho? — Domostroy estava irritado. — Se Jimmy gosta de você, dificilmente Donna é um obstáculo. E se ele não...

— Quem disse Jimmy? Olhe, posso afirmar que você gosta dela, e não quero vê-la andando atrás de você, está claro? — disse. — Até que eu saiba quem é Goddard, você e eu não podemos perder contato, podemos, parceiro? — Um fino sorriso de zombaria surgiu em seus lábios. — Apesar de você ter voltado para o Old Glory, gosto de saber que está sempre à disposição.

— Para uma trepadinha?

— O que você acha?

— Eu acho — disse, fingindo que pensava que ela estava brincando — que se eu fosse Donna, não cairia por você.

Andrea sentiu o humor dele.

— Mas você não é Donna — disse. — Já basta ela ser negra, pobre e mulher. Mas é também insegura como artista. E assim nossa dama fuliginosa é um desafio sexual e bastante ardente. Faz qualquer coisa para ser amada. Sentir-se necessária. Se tornar uma igual, mesmo que apenas aos olhos de seu amante. — Andrea o estava atormentando com palavras cruéis. — Como mulher, sei mais sobre ela do que você jamais saberá. Aposto com você qualquer coisa como poderia ter a pérola negra na minha cama num minuto.

— Como homem, porém, sei mais sobre Goddard do que você — replicou ele, refreando sua raiva —, e até se ele fosse um xeque árabe coberto com um véu, duvido que iria se interessar por um sapatão.

O que Andrea dissera sobre Donna despertou em Domostroy a lembrança de uma mulher que ele conhecera alguns anos antes. Estava no auge de sua popularidade como compositor e intérprete, e provavelmente porque seu nome e imagem eram parte da permanente dieta dos meios de comunicação, uma companhia cinematográfica convidara-o para representar o papel de um compositor russo num filme épico hollywoodiano. Convencido de que tal experiência só poderia estimular sua imaginação e ser útil à sua arte, Domostroy havia aceitado.

Partes do filme foram rodadas na Espanha. Ao mesmo tempo em que Domostroy e os outros atores chegavam a Sevilha, um festival de música contemporânea estava para começar lá, no Hotel Alfonso XIII, uma espetacular relíquia do passado arquitetônico espanhol. Alguns artistas e compositores bem conhecidos estariam participando do festival, e Domostroy percebeu com tristeza que seu esquema de filmagem — das oito da manhã até à noite — o faria perder muitas das principais apresentações.

Um dia, quando estava no *trailer* se vestindo para a cena seguinte, sob o olhar vigilante de seu barbeiro, seu dublê, seu maquilador e o supervisor de vestuário, Domostroy reparou numa jovem mulher do lado de fora. Reconheceu-a como alguém da produção e percebeu que estava absorvida na leitura de um programa do festival de música.

Ele a vira várias vezes antes — era bonita, com pele clara e feições delicadas — e percebera a timidez dela, seu medo de encontrar os olhos dele. Essa modéstia desconcertou-o e a mulher, tomando o afastamento dele como rejeição, evitava-o. Mas ele gostou do jeito dela e era particularmente atraído pelo modo dela se vestir: cada dia usava um vestido diferente, e cada vestido parecia mudar sua aparência, quase ao ponto de alterar sua personalidade.

Mais tarde, quando a viu comendo sozinha na cantina, Domostroy sentou-se diante dela e perguntou-lhe quais dos eventos do festival pretendia assistir. Encantada pelo interesse dele, a mulher respondeu e depois continuou, dizendo-lhe que o que a fascinava mais no festival era não só a música, mas a presença de tantos compositores. Para ela, uma pessoa tímida, compor parecia distante da vida real, e ela sempre tivera curiosidade de saber se compositores podiam ser tímidos como ela. Tinham eles ciúmes dos intérpretes, dos arranjadores, que eram sempre mais aclamados e mais bem pagos do que os próprios compositores? Ela acabara de ler um artigo no qual psicólogos franceses afirmavam que os músicos, por natureza absorvidos pela música e perdidos nela, eram também mais capazes do que outras pessoas de fusão emocional e espiritual com seus parceiros sexuais. Ela disse que sempre quisera saber exatamente que tipos de acontecimentos ou estados mentais inspiravam um compositor a escrever música.

A despeito da preocupação, ou obsessão, com os mistérios da criação musical, ela nunca conhecera um compositor, nem sequer encontrara um socialmente. Esperava que o festival de música de Sevilha, tão bem servido de compositores, pudesse dar-lhe a chance de encontrar pelo menos um deles.

— Você já encontrou um — disse Domostroy, tentando colocá-la à vontade. — Eu. A menos que você ache que tenho futuro como artista de cinema! — brincou.

Ela olhou para ele.

— É claro que sei que você é um compositor, Sr. Domostroy. E conheço sua música. Mas é que o conheci sob circunstâncias tão comuns!

— Comuns?

— Ora, sim. Não há mistério em nosso encontro.

Ele ficou pasmo com a franqueza dela.

— Você quer dizer que não há mistério para você em nosso encontro agora porque me encontrou antes? Porque você tem me visto no cenário desse filme?

— Oh, não, nada disso — protestou ela, seu rosto enrubescido. — É porque você já sabia quem eu era, o que faço e — hesitou — até como pareço, sob circunstâncias tão comuns.

— Você ainda é um mistério. Não sei nada sobre você. Mas gosto um bocado de sua aparência. Diga-me, você realmente parece diferente, sob outras circunstâncias?

Ela hesitou antes de responder.

— Pareço — disse timidamente. — Gosto de roupas. Adoro me arrumar toda, mudar a mim mesma um pouco.

Aproveitando a oportunidade, ele perguntou o que já suspeitava: se a preocupação dela com roupas — tão evidenciada no modo de se vestir a cada dia — era o motivo de ter escolhido trabalhar no setor de guarda-roupa da companhia de cinema. Ao ouvir isso, ela retraiu-se e enrubesceu até a base do pescoço, e ele rapidamente prosseguiu, perguntando se ela nunca havia experimentado trajes históricos. Ela olhou em volta, como receando que alguém pudesse tê-lo escutado. Depois, respirando rapidamente e ainda enrubescida, começou a levantar-se como que para ir embora, mas ele impediu-a delicadamente, colocando a mão sobre o ombro dela. Disse-lhe que gostava dela e não desejara ofendê-la ou desagradá-la. Desde a primeira vez em que a vira, sempre a imaginava — era isso o compositor nele? — disfarçada, em diferentes trajes. A mulher ficou novamente calma e perguntou-lhe em que tipos de trajes ele a visualizara e Domostroy disse que isso dependia da imaginação dele; em diferentes vezes podia vê-la como uma violinista, uma dançarina, ou uma debutante da sociedade.

Disse que, se ela quisesse, ele a apresentaria a alguns dos compositores no festival; para cada apresentação, ela devia usar diferentes perucas, vestidos e maquilagem. Isso lhe permitiria parecer diferentes mulheres, com novos mistérios e uma fonte fresca de fascinação emocional, para cada compositor que conhecesse.

Cada uma dessas metamorfoses, ele disse, seria também um ato de composição, não diferente de compor música, e isso reforçaria seu entendimento de si mesma. Mesmo se não ganhasse um lugar duradouro na imaginação de algum desses homens criativos, ela sentiria seu momentâneo efeito sobre todos e, no processo, também expandiria a própria realidade de Domostroy. Ele admitia francamente que, apesar de ter sido improvisado naquele momento, o projeto o excitava e esperava que ela tomasse parte nele. Confessou que já tinha uma idéia para captar isso em música: iria chamar sua peça de *Octaves*, seria uma série de metamorfoses de uma única melodia quebrada e pontuada, passo a passo, por freqüentes pausas, vozes em solo, e silêncios.

Obviamente lisonjeada, a mulher não pareceu desconcertada pelo plano, e admitiu humildemente que sempre usara perucas e trajes especiais em casa, mas não era corajosa o bastante para sair para encontros usando-as. Para ela, por natureza tímida, isso seria a coisa mais próxima de tornar-se uma atriz, representar um novo e excitante papel a cada dia, ou mesmo toda noite. Sabia que alguns dos homens da produção e cabeleireiros e maquiladores ocasionalmente pediam emprestadas perucas e roupas e até saíam vestidos como mulheres. Haviam lhe contado sobre suas escapadas, e mais de uma vez ela sentira inveja da coragem deles.

Na primeira noite do festival, Domostroy convidou a jovem para ir a um café freqüentado pelos músicos locais. Muitos dos artistas visitantes também estavam lá, e vários reconheceram Domostroy e acenaram-lhe ou vieram conversar. Alguns falavam entusiasticamente sobre composições de Domostroy que haviam tocado, e Domostroy percebeu que a mulher ficara impressionada por esses tributos.

No dia seguinte, disse a Domostroy que se ele ainda achava boa a idéia de apresentá-la disfarçada, estava preparada para dar andamento a isso. Escolhera três roupas e seus acessórios — perucas, casacos, echarpes, sapatos, bolsas e bijuterias.

Domostroy disse-lhe que estava encantado, e nessa noite examinou a lista de participantes e selecionou três compositores que conhecera em várias reuniões do passado. Imediatamente, telefonou-lhes e combinou encontrá-los em diferentes horas.

O primeiro era um americano, conhecido principalmente como compositor de peças sérias, mas também como um escritor de canções. Tinha pouco mais de cinqüenta anos e vivera a maior parte de sua vida em Minneápolis, onde sua esposa morrera recentemente. Encontraram-se no bar do hotel, e o homem parecia genuinamente feliz de ver Domostroy. Quando pediram um drinque e começaram a conversar, Domostroy viu a garota da produção entrar no bar.

Se não soubesse em detalhes o que ela estaria usando, nunca a teria reconhecido. A peruca de cabelos louros anelados servia impecavelmente; um bom trabalho na maquilagem alterara discretamente seus lábios e olhos; o vestido de seda preta, emprestado, delineava elegantemente sua cintura de menina, e um sutiã com enchimento fizera seus pequenos e firmes seios parecerem substancialmente mais cheios. Luvas longas, uma bolsa de crocodilo, e sapatos de saltos altos completavam sua imagem elegante. Representado bem seu papel, ela olhou em volta como que à procura de alguém, registrou ligeiro desapontamento, virou-se para ir embora, então subitamente fingiu surpresa ao notar os dois homens. Aproximou-se da mesa deles e falou a Domostroy com espantosa segurança e pose, lembrando-lhe que certa vez tivera o prazer de encontrá-lo num concerto beneficente em Londres. Atordoado por sua maneira natural de conduzir a impostura, Domostroy murmurou algumas palavras de desculpa por não tê-la reconhecido imediatamente, e depois apresentou-a pelo nome simulado ao americano e convidou-a a acompanhá-los num drinque. Educadamente, ela aceitou e mostrou-se tão perfeita em sua conversação quanto em seu disfarce. Falou com conhecimento e extensamente, graças à leitura do material que Domostroy lhe dera, sobre música, o assunto que ela disse fasciná-la acima de todos.

No que pareceu o momento certo, Domostroy desculpou-se e saiu. No dia seguinte, quando lhe perguntou se tivera sucesso em deixar sua marca sobre o compositor, ela replicou vagamente que o compositor pedira para revê-la.

Mais intrigado do que nunca, Domostroy prosseguiu com as outras apresentações. O seguinte foi um compositor-maestro soviético que estava por sua conta fazendo viagem de turismo pela Europa Ocidental, tendo deixado esposa e três filhos em Kiev. Para esse encontro a mulher veio disfarçada como uma falante ruiva, uma estudante universitária em férias na Espanha. Outra vez ela falou convincentemente sobre seu principal interesse — a história da forma musical — e em uma hora havia cativado o russo. Domostroy alegou um compromisso anterior e logo deixou os dois sozinhos.

O último candidato que Domostroy escolheu era um alemão de meia-idade recém-divorciado, um eminente compositor de música de câmera e autor de um extenso estudo sobre as leis físicas e o desenvolvimento da família inteira dos instrumentos de corda. A jovem havia se transformado numa crítica de música do Meio-Oeste, que estava cobrindo o festival — uma asseada, deliciosa morena de busto grande que usava blusas de seda e *tweed* — e o alemão demonstrou ser sua conquista mais fácil.

Em breve, todos os três compositores a estavam perseguindo e Domostroy ficara maravilhado com o esquema hábil que ela usava para manter todos os três relacionamentos e disfarces em andamento. Vários outros compositores haviam cumprimentado Domostroy pela beleza das mulheres que viam continuadamente em sua companhia: um dos homens veio ao local de filmagem procurando por elas, e ficou desapontado de não encontrar nenhuma.

Enquanto isso, à noite, a caminho de um encontro amoroso ou outro, ela às vezes parava no quarto de Domostroy e deixava-o verificar seu traje e maquilagem e treiná-la num diálogo apropriado. Quanto ao seu progresso amoroso com os três homens, ela estava relutante em ser específica. Dizia apenas que todos pareciam estar intensamente interessados nela e que estava contente com o sucesso de seus disfarces.

Durante todo o tempo das aventuras, Domostroy conjecturava sobre o quanto a mulher estaria sendo verdadeira com cada um dos homens. Teria contado a algum deles o seu jogo de disfarce? Teria admitido estar usando uma peruca, por exemplo?

Consciente da curiosidade de Domostroy, como que para provocá-lo, a mulher começou a insinuar que havia ido para a cama com os três. Em tais momentos, seus modos eram também um disfarce, e isso o intimidava. Controlada, sem um traço de sua personalidade tímida, ela o olhava nos olhos e observava o mais leve movimento dele, como se esperasse alguma dissimulação na voz, no olhar, nos modos.

Sob seu exame, ele mudou repentinamente, admitindo que queria muito saber mais sobre suas conquistas. Quando respondeu, ela já não estava mais enigmática. Numa voz calma, vazia de emoção, descreveu em mínimos detalhes como deixou cada homem fazer amor com ela sem nunca permitir que algum deles a despisse inteiramente. Também contou a Domostroy que durante esses simultâneos casos amorosos, sentiu ser uma mulher inteiramente diferente com cada homem, mas que os três agora pareciam-lhe um e o mesmo homem. Com o americano, disse, foi inventiva e exigente e montava sobre ele para levá-lo ao orgasmo; com o russo, era dócil submissa, quase em transe, e deixou-o excitar-se esfregando-se nela; com o alemão foi fresca e inocente, e o provocou até que ele implorou-lhe para deixá-lo arrancar seu vestido. Muitas vezes ia de um amante para o seguinte, exatamente no mesmo hotel, durante a mesma tarde ou noite. Porque sexo, tal como a música, era sensual e direto, tinha a sensação de que ela era o compositor e eles meros executores de sua música sensual.

Quando o festival terminou, a maioria dos artistas, inclusive o americano e o russo, imediatamente partiram de Sevilha. O alemão, contudo, decidiu permanecer um pouco mais, e Domostroy conjecturou se o homem tomara essa decisão a pedido da mulher.

Na semana seguinte, o alemão também partiu e Domostroy esperou ansioso ver a mulher abandonar seu último disfarce. Mas ela não o fez. Uma noite, foi ao quarto dele tão bem disfarçada que poderia ter passado por ela na rua sem reconhecê-la.

— E para quem você está usando esses trajes? — perguntou ele.

Ela aproximou-se dele.

— Isso é para você — disse. — Não está a ponto de compor sua *Octaves*?

Anos mais tarde, reencontrou a mulher, e foi então que o nome dela foi ligado ao dele num artigo de uma revista ordinária, sobre um fim de semana que passaram juntos num clube de casais.

Por que não telefona para ela? — As palavras de Andrea reverberavam na mente de Domostroy o dia todo. Quando chegou em casa naquela noite, escreveu um bilhete para Donna Downes, aos cuidados da Juilliard, perguntando se podia vê-la. Mas quando vários dias se passaram e não recebeu resposta, concluiu que ela não queria o encontro, e uma vez mais resignou-se à sua rotina. Mas pensava nela com freqüência.

Donna era jovem, bonita, inteligente. E agora sabia que estava atraída apenas pela arte dele; recordou perfeitamente bem tudo que Andrea dissera — que Donna estava carregando um dos álbuns dele. Se gostava da sua música, então ele havia ganho acesso a Donna como artista. Mas ele a desejava, e o que queria, como homem, era ganhar acesso a Donna como mulher.

De vez em quando Domostroy saía atrás de anúncios de emprego para suplementar sua renda e quebrar a rotina de sua existência solitária. Sair pelo mundo de certa forma o recarregava. Fazia fotocópias de suas biografias reduzidas do *Quem é Quem na América* e *Quem é Quem no Mundo* e as enviava com notas breves, dizendo que estava disponível para compromissos especiais. Essas notas iam apenas para gerentes de clubes noturnos, de hotéis, de salas de dança e agentes menores que saberiam pouco e provavelmente se importariam ainda menos com seu fracasso na última década.

Através de um dos garçons cubanos do Kreutzer, Domostroy também fizera contato com alguns membros dos Combatentes da Livre Cuba, um grupo de patriotas cubanos vagamente organizado, vivendo na América, que incluía desde prósperos homens de negócios até veteranos da invasão da baía dos Porcos. Profissionais diligentes, de inteligência rápida e fantástica garra comercial, esses cubanos orgulhosamente se declaravam os "Judeus da América Latina", uma alegação que comprovavam com seus vigorosos hábitos de trabalho. Embora freqüentemente convidassem Domostroy para tocar em casamentos e pequenas festas, ficou surpreso quando um deles telefonou e ofereceu-lhe uma quantia incomum de dinheiro para tocar na festa anual deles, que era realizada no Harmony, um dos mais novos e elegantes hotéis de Manhattan.

Vestido com seu *smoking*, Domostroy chegou ao hotel na noite combinada e deixou seu carro numa longa fila de limusines dirigidas por motoristas paradas em fila dupla, aos cuidados de um dos empregados uniformizados. Depois, abriu caminho através do vasto saguão de mármore, sentindo-se um pouquinho intimidado pela multidão de homens vestidos com roupas caras e mulheres ostensivamente cobertas de jóias.

Após se apresentar ao gerente, foi prontamente conduzido pelo guarda de segurança para uma suíte de um dos andares mais altos do hotel. Teve que se identificar na porta e depois que dois enormes cubanos de *smoking* o revistaram inteiramente, permitiram-lhe entrar na magnífica suíte onde os Combatentes da Livre Cuba estavam reunidos para uma noite de divertimento. Um salão espetacular levava a outro, e como as portas entre todos eles estivessem abertas, teve liberdade para passear de sala em sala, embora percebesse que os guardas de segurança estavam parados por toda parte a intervalos regulares.

No centro da sala maior, Domostroy viu um cercado de fibra de vidro, de seis metros de diâmetro, seus lados com cerca de um metro de altura, com um piso de borracha esponjosa. Ao lado, uma balança portátil numa caixa de madeira, e os cantos do fundo da sala estavam cheios de caixas portáteis de papelão vazias. No fundo da sala estava um Paganini, que Domostroy entendeu estar ali para ele. Tocara tal instrumento somente uma vez antes, na Feira de Música do ano anterior, quando, então, a versatilidade do instrumento e a fidelidade de seu som o haviam surpreendido.

Cada vez chegavam mais Combatentes da Livre Cuba, os homens de *smoking* e as mulheres em ondeantes vestidos de noite. Grande quantidade dos homens carregava grandes maletas, feitas de vime ou madeira polida e equipadas com fechaduras de segredo. Domostroy observou cuidadosamente cada homem abrir a mala que trouxera e transferir seu conteúdo para uma das caixas portáteis maiores agrupadas nos cantos da sala. Os conteúdos eram todos iguais — galos de briga —, os únicos combatentes sérios da noite, suas penas irizadas de vermelho, laranja, preto, amarelo e bege com colares coloridos de penas encrespadas ao redor de seus pescoços, suas pernas e bicos atados para impedi-los de machucarem a si mesmos.

Ajudantes cuidavam das aves, afixando cuidadosamente esporões e anéis de identificação nas pernas de cada galo. Um homem ao lado de Domostroy encarregou-se de explicar que aqueles esporões eram de diferentes tipos, dependendo da espécie de luta para a qual fora criado e treinado. Alguns esporões eram tirados das pernas de galos mortos, afiados e curtidos, destinados a furar e sair do corpo do oponente. Alguns eram feitos de metal; desses, uns pareciam com baionetas, enquanto outros tinham a forma de uma pequena foice.

Numa mesa perto da rinha, outros ajudantes cuidadosamente arranjavam a parafernália variada das brigas de galo; gaze para limpeza e curativo, fios de náilon encerados, anéis de perna, bainha de couro para as puas metálicas, fitas de pele de toupeira, capachos de borracha extras, esponjas, sacos plásticos de lixo para os galos mortos, bem como suprimento de dextrose para injetar força nas aves feridas e antibióticos para protegê-los contra infecção.

Garçons com jaqueta branca circulavam com bandejas de bebidas. Domostroy serviu-se de um cuba-libre, e enquanto observava as atividades na sala recordou-se de lhe terem dito, certa vez, que com os apostadores berrando e espectadores aplaudindo, briga de galos era um esporte barulhento. Agora a razão dele ter sido contratado para a noite tornou-se clara: com a ajuda do Paganini, que podia soar como uma banda completa, esperavam que ele abafasse os sons da luta de galos e desse a entender aos convidados dos pisos de baixo e de cima que patriotas cubanos estavam dançando e cantando ao som da música de um conjunto nativo.

Enquanto as aves eram preparadas para a batalha, seus proprietários discutiam os prós e contras de usar os esporões metálicos. Dois homens perto de Domostroy falavam sobre o extraordinário instinto dos galos de briga de lutar com outros galos — sempre, em qualquer parte, sem qualquer motivo aparente. Era um instinto tão profundo, constante e dominante que nenhum ser humano, embora selvagem ou motivado, poderia compreendê-lo. Um dos homens descreveu um acidente que ocorrera na fazenda de criação de galos de seu primo na Flórida. Durante um violento temporal de granizo, fortes ventos derrubaram a maior parte dos galinheiros e gaiolas, libertando as aves, e quando a tempestade terminou, a maioria delas estava morta. Libertadas de suas prisões, elas haviam lutado umas com as outras até morrer.

Domostroy andou em volta, ouvindo, enquanto as mulheres na sala conversavam sobre jóias e moda, aulas de ginástica e cosméticos rejuvenescedores, e os homens falavam atentamente sobre briga de galos.

A maioria dos homens na festa era de meia-idade, alguns já grisalhos ou calvos, geralmente de altura mediana e ligeiramente gordos em torno dos quadris, com feições firmemente masculinas, enérgicas, maneirismos vistosos. As mulheres, mais baixas do que os homens, de amplas figuras redondas exageradas pelos vestidos justos, eram vivazes e femininas, com penteados elaborados, maquilagem pesada e batom vermelho vivo. A excitação dos homens sobre a próxima briga de galos logo se espalhou pela maioria das mulheres, particularmente quando as apostas iniciais começaram a ser feitas. Várias mulheres mais jovens fitavam o Paganini, antecipando a hora que as lutas terminariam e os homens voltariam suas atenções para as mulheres, a música e a dança.

O homem que iria atuar como árbitro adiantou-se e chamou os dois primeiros seguradores, e dois homens com aventais sobre seus *smokings* e galos de briga nas mãos entraram na tenda de fibra de vidro, os galos contorcendo-se, preparando-se para lutar. Uma excitação dominou a sala e, nesse momento, o juiz deu a Domostroy o sinal de que era hora de começar a música.

Quando Domostroy tocou o primeiro acorde, os seguradores apresentaram seus galos ao juiz, que os examinou e declarou-os qualificados de acordo com os regulamentos. De sua posição atrás da mesa de som, Domostroy depois viu os galos se esforçando para bicar um ao outro, enquanto os convidados gritavam e berravam e faziam as últimas apostas aglomerados em volta da rinha. Os seguradores colocaram os galos separados sobre o piso forrado de esponja e saíram depressa do cercado; instantaneamente, rabos firmemente eretos, penas encrespadas em fúria, as aves avançaram uma para a outra, circulando, fitando raivosamente. Depois atacaram. Selvagemente rasgando e trocando golpes com seus bicos e esporas, batiam freneticamente as asas, por instantes se elevavam no ar, as pernas estendidas como de águias orgulhosas. Quando desciam, tornavam a atacar afundando suas esporas, uma no corpo da outra, até o sangue escorrer pelas penas de seus pescoços e torsos. Prosseguiram atacando, dando golpes, enganchando as esporas, golpeando, voando, caindo, meio cegas pelo sangue, as penas arrancadas, tombando, colidindo de novo, seus músculos rasgados pendurados, até que subitamente uma ave caiu, mal conseguindo tremer na poça de seu próprio sangue, e a sua oponente, no furor final da vitória, atirou-se sobre ela e com o bico desferiu um golpe perfeito, matando-a. Com a luta terminada, os convidados receberam as apostas, e o proprietário da ave vencedora pegou-a triunfantemente e levou-a para examinar seus ferimentos, enquanto ajudantes jogavam a ave morta num saco de lixo. Em seguida, os seguradores introduziram duas novas aves para a luta seguinte.

Para acalmar o continuado clamor de excitação ao redor da rinha, Domostroy foi solicitado a tocar mais alto, por isso ligou o Paganini para o volume total e começou a improvisar. Logo um som indistinguível de um conjunto de *rock* explodiu através dos seis alto-falantes estéreo da mesa de som. Por meio de seus seletores de melodia pré-ajustadas e auto-ritmos — *rock* latino, *pat-changa*, merengue, bossa nova — Domostroy estava oferecendo aos cubanos todas as canções românticas que conhecia, interpretadas com o sabor latino, numa variedade de sons instrumentais, inclusive flauta e celesta. Apesar do barulho em volta da rinha não ter diminuído, e os *rounds* da luta e as apostas e limpeza prosseguirem, um grupo de mulheres cubanas começou a se juntar ao redor de Domostroy e dançar umas com as outras, aplaudindo o instrumentista por suas ótimas escolhas.

Estavam no meio de uma peça de dança lenta quando duas mãos fortes cobriram seus olhos por trás, um odor de delicado perfume invadiu-o, e uma voz de mulher ameaçadoramente sussurrou-lhe ao ouvido:

— Adivinhe quem é?

Ele pressionou o pedal que automaticamente mantinha a batida pré-ajustada e disse:

— Não consigo! — Mas quando disse isso sabia que havia alguma coisa familiar na voz, embora não conseguisse invocar a imagem da mulher que vinha com ela.

— Ora, tente — disse ela, e isto foi o suficiente.

Um lampejo de excitação irrompeu dentro dele.

— É Donna Downes? — perguntou.

— Acertou! — disse ela, rindo feliz e retirando as mãos. Pediu-lhe que continuasse tocando, e quando ele se virou e a viu em seu total esplendor — os cabelos suspensos no alto da cabeça e presos em pequenos ramos de flores frescas, seu pescoço e ombros nus — usando um vestido roxo comprido que envolvia seu corpo agradavelmente até o meio das longas coxas e depois caía frouxamente sobre seus joelhos e tornozelos. Antes que pudesse pensar o que dizer, outro combate culminou na rinha e um rugido de excitação encheu a sala. Automaticamente, Domostroy aumentou o volume do que estava tocando e acelerou o ritmo. Para seu assombro, Donna sentou-se a seu lado e começou a tocar junto. Improvisando a quatro mãos, fizeram a música explodir na sala.

Logo um intervalo foi anunciado, e todos foram convidados para o jantar *buffet* na sala ao lado. Na rinha os homens removeram o piso de borracha e amarraram os sacos plásticos contendo os corpos ensangüentados dos galos mortos. Ainda incerto do que dizer a Donna e tímido em sua presença, Domostroy ofereceu-se para acompanhá-la à sala onde o *buffet* era servido.

Na outra sala, um cubano grisalho acenou para eles. Sussurrando que aquele era seu acompanhante, Donna, completamente à vontade, apresentou Domostroy a ele e aos seus outros amigos como alguém cuja música ela conhecia há anos. No ruído constante da festa a palavra *música* deve ter sido perdida, pois seus amigos todos pareceram julgar que ela e Domostroy se conheciam há anos.

O cubano era um viúvo aposentado que morava perto dos pais de Donna. Conhecera Donna através deles logo depois que mudou para a América, mas, acrescentou rapidamente, só recentemente pensara em convidá-la para sair. Briga de galo era a grande paixão dele, confessou, e por esse motivo vivia no South Bronx, uma zona onde briga de galo se tornara tão popular que os deputados estaduais, para agradar seus eleitores hispânicos, haviam tentado várias vezes, sem sucesso, introduzir na legislatura do Estado de Nova York uma lei legalizando o esporte.

A conversa foi interrompida pelo aviso de que o segundo *round* de lutas estava para começar, e Domostroy desculpou-se e voltou para seu posto no Paganini. Bem mais tarde, quando Donna e seus amigos estavam saindo, ela voltou para dizer adeus. Disse que recebera seu bilhete e pretendia telefonar-lhe em breve; estava pensando em entrar no próximo concurso de Chopin na Polônia e queria conversar sobre isso, bem como sobre Varsóvia, onde, conforme havia lido, Domostroy havia estudado música, quando rapaz. Apesar de ela ter dito isso com ardor e sentimento, Domostroy sentiu que ela estava simplesmente sendo amável e provavelmente não iria telefonar. Afinal de contas, por que iria corresponder ao desejo dele?

Algumas noites depois, estava tomando um último drinque no Kreutzer quando Donna apareceu procurando por ele.

Com sua figura delineada pelos *jeans* desbotados e pela suéter e seus cabelos caindo livremente sobre os ombros, ela parecia desembaraçada, quase negligente.

Passaram para uma mesa de canto na vazia sala de jantar, e por vários momentos Domostroy permaneceu calado, sentindo-se intimidado pela presença dela. Quando ela disse que freqüentemente ficava tentada a telefonar-lhe, depois daquele encontro inicial na festa da Etude, ele se sentiu mais encorajado a dizer-lhe que sempre havia pensado nela também. Ficara surpreso, disse, em vê-la nas brigas de galo, e perguntou-lhe se freqüentava regularmente tais eventos bizarros. Ela respondeu que, dado o mundo em que vivia, muito pouco lhe parecia bizarro ou extremado. A fúria do galo para matar era sua vida inteira, ela disse, portanto, era mais que natural que a rinha fosse o meio dele morrer. O que era bizarro para ela, disse, era que existissem tantas pessoas negras, nascidas em incontáveis guetos da América, cuja fúria para *viver* nunca seria satisfeita, pelo menos não nas rinhas do Harlem ou do South Bronx.

Como ele não respondesse, ela começou a falar sobre sua vida, como que para se explicar. Contou-lhe que no momento estava vivendo com Jimmy Osten, mas que não estavam sempre juntos. Depois perguntou a Domostroy por que lhe escrevera aquele bilhete e o que queria dela. Respondeu que tinha a sensação de que a sua música estava próxima dela; que, através dela, também poderia chegar a um ponto em que ele não se sentisse tão afastado de sua própria música, ou dele mesmo.

— O que é que você quer aprender de mim? — perguntou ela e ele sentiu que ela esperava que ele lhe perguntasse sobre sua experiência musical, seus estudos, ou seus planos de intérprete, mas por alguma obscura razão, de modo algum malévola, ele foi direto à verdade.

— Fale-me sobre sua vida com aquele ator.

Tomada de surpresa, ela o fitou procurando por um sinal de hostilidade, mas como não encontrou nenhum pareceu infeliz, dominada pelo desgosto.

— Quem lhe contou sobre ele? — perguntou sombriamente, depois se conteve. — Sinto muito, isso não importa, não é? Mas por que pergunta?

— Quero conhecer você, Donna — disse calmamente —, e como posso não ter outra chance, acho que é importante perguntar-lhe sobre alguém que foi importante para você.

Ela procurou no rosto de Domostroy sinais de que poderia confiar nele. Então, começou a falar, a voz calma, os olhos pousados sobre ele, medindo suas reações, resignando-se ao seu próprio passado.

— Por favor, lembre-se, Patrick, de que não posso explicar o que estou para lhe contar — disse, colocando sua mão sobre a dele, inconscientemente acariciando-a com a ponta dos dedos enquanto falava.

— Um dia, folheando algumas revistas na biblioteca da Juilliard, deparei com um artigo científico sobre sexualidade feminina. Dizia que quando uma mulher fica excitada sexualmente, seja pelo contato físico ou por sua imaginação, aumentam tanto a quantidade de sangue quanto o índice da pulsação vaginal. Porém os pesquisadores descobriram que durante o orgasmo, apesar do índice da pulsação vaginal aumentar, a quantidade de sangue diminui, e apesar dessa informação ter sido obtida pelo uso de sofisticadas técnicas de pesquisa, a medicina não tem sido capaz de oferecer uma explicação para isso.

Ela acariciou a mão dele, como que esperando uma resposta, e olhou-o fixamente. Mas ele não respondeu. Observou a mão dela sobre a dele, e o pensamento de que em breve ela iria embora encheu-o de ansiedade.

— Se uma simples coisa física ainda é mistério para a ciência — disse ela —, acho que nunca saberei o que havia em Marcello que me fez amá-lo.

Domostroy sentiu o incompreensível mundo do passado dela se erguer como uma barreira entre eles. Seus olhos verdes o fitaram sem expressão e, encontrando o olhar dela, conjecturou se essa barreira um dia se desintegraria diante do seu tempestuoso sentimento por ela.

Ela se apaixonara pela primeira vez, disse, quando tinha doze anos. Ela e o garoto costumavam fugir de noite e se encontrar num edifício em ruínas perto do apartamento da família dela, no Harlem. O garoto tinha dezesseis anos e era branco, e sempre agia com medo, provavelmente porque tudo a sua volta era negro — a noite, o edifício queimado, a garota que estava abraçando. Eles se encontraram, se beijaram e se acariciaram algumas vezes, até que, uma noite, os pais do garoto mandaram a polícia atrás dele. Ela e o garoto foram encontrados se acariciando nas ruínas, e seu namorado já não estava sozinho na escuridão, porque os policiais também eram brancos. Conduziram Donna para um carro da polícia como se ela fosse um cachorro de rua, levaram-na para o distrito, e a acusaram de incitamento à prostituição. Ficou trancafiada a noite toda numa cela com duas outras prostitutas que a trataram ternamente como se ela fosse filha delas — e depois foi solta e colocada sob a custódia do seu pai, que fê-la prometer nunca mais ver o garoto branco.

O incidente ensinou-lhe que apesar de só ter doze anos e não ser culpada do que a haviam acusado, ainda poderia ser presa por isso. Na ocasião em que sua família mudou-se do Harlem para uma vizinhança mais afluente no South Brox, sabia que era sexualmente precoce. A compreensão disso não a perturbou. Gostava da idéia de que poderia ser tão atraída pelo sexo quanto algumas de suas colegas do colégio eram atraídas pela cocaína e pelo haxixe, e mesmo então, em plena adolescência, decidiu que sempre seria aquela a tomar a iniciativa; só incitaria os amantes que parecessem valer o risco.

Continuou sua vida com essa decisão mais ou menos fixada em sua mente, e um dia, anos mais tarde, notou um homem simpático à volta dela, na Juilliard. Ele parecia estar esperando por alguém, e antes mesmo de ver seu rosto, não pôde deixar de ver o que seu *jeans* revelava. Extrema virilidade, em si mesma, não a interessava muito, porém; foi apenas quando ele olhou para ela que ficou atraída, pois o rosto dele era de um menino e sua expressão tímida e inocente.

Tão logo ele a viu, começou a fitá-la e ela achou as intenções dele tão óbvias e tão cômicas, que caiu na gargalhada. Ele falou com ela então, perguntando-lhe por que estava rindo. Parecia magoado. Imediatamente, ela se desculpou. O caso deles começou com risos e desculpas.

Marcello disse-lhe que depois de ter passado sua primeira infância num orfanato, fora criado por uma série de parentes. Trabalhara em vários empregos de tempo parcial, mais recentemente para uma companhia de videoteipes. Não tendo cursado além do primeiro grau, Marcello era, não obstante, bem-informado e com boa leitura, e apesar de não ser muito musical, parecia responder instintivamente à boa música. Era um ouvinte paciente durante as longas horas em que Donna praticava o piano e, durante todo o relacionamento deles esforçou-se para aprender mais sobre música. Mas mesmo com suas muitas peculiaridades agradáveis, foi principalmente como amante que Donna mais gostou de Marcello.

Da mesma maneira como ocasionalmente ficava surpresa ao encontrar um piano que poderia revelar a ela, devido a sua construção e afinação, uma nova beleza ou a percepção oculta de alguma obra de um compositor, ou então ao descobrir uma sala que, em virtude da ressonância especial, podia alterar sua percepção de tom e de claridade na música, assim ficou ela surpresa de encontrar em Marcello um ser que — pela primeira vez em sua vida — extraiu dela uma reação totalmente sexual.

— Até encontrar Marcello, a maior parte dos homens que encontrei eram muito parecidos — disse, olhando Domostroy pensativamente. — Em geral, meu namorado, negro ou branco, não importa, não supunha que poderia existir mais para mim do que aquilo que ele via. Mas, ao descobrir que havia, para me provar que não estava atrás apenas de uma trepada rápida, me levava para sair um bocado de vezes — clubes noturnos, discotecas, restaurantes —, qualquer lugar menos sua casa. Depois, se eu gostasse dele, terminávamos indo para a casa dele, ou a minha. — Ela tentou um sorriso, que logo se dissolveu, e parecia perturbada.

"Quando finalmente ficávamos sozinhos, livres para tirar nossas roupas e livres dos papéis que elas nos impunham, meu namorado geralmente se ajoelhava e me chupava com aquele olhar humilde, ligeiramente arrependido, igual um cachorrinho ansioso para agradar. Depois, quando eu lhe assegurava que ele estava fazendo tudo correto, continuava fazendo amor comigo, nunca se arriscando, nunca me surpreendendo com algo que ele estivesse ansioso para eu fazer, sempre receando que pudesse começar a me usar para seu prazer. Sempre! E toda vez que eu via aquele olhar ansioso me sentia como se estivesse escondida dele no escuro, assistindo um espetáculo sendo representado por um desconhecido.

Hesitou, e quando falou novamente sua voz parecia monocórdica e sem vida.

— Todo esse tempo senti que devia haver algo em mim... no que eu tinha dito ou feito... alguma invisível partitura que eu escrevera para eles interpretarem, que tornava aqueles homens tão passivos, tão obsequiosos. Porém, apesar de ter ficado farta deles e desgostosa comigo mesma, eu não iria — ou não poderia — fazer nada sobre isso. Você sabe, Patrick, que em assuntos de sexo é sempre mais fácil rejeitar o que você sente do que procurar o que você quer. Esse era o estado de espírito em que eu estava quando conheci Marcello...

Marcello compreendeu tudo muito bem, continuou. Em suas primeiras semanas juntos, quer estivessem sozinhos ou em público, ele constantemente a surpreendia, demonstrava sua vontade de tocar-lhe o corpo, cheirar-lhe os cabelos, aquecer-lhe o pescoço com sua respiração, esfregando-se contra seus seios ou coxas ou nádegas, acariciando suas virilhas com a mão, todo o tempo mostrando que o corpo dela era um refúgio para incontáveis desejos, até que afinal ela passava a esperar que qualquer momento normal fosse transformado por ele num estado de tensão sexual, livre de tudo, exceto sentimento. Nesse ponto, para ela era suficiente apenas segui-lo, não importava onde ele quisesse levá-la.

O lugar em que ele sempre a levava era um bar chamado Dead Heat. Localizado no Soho, no porão de um velho armazém, Dead Heat era uma grande sala com piso de pedra e ásperas paredes negras; tinha um bar circular no centro, uma área de mesas e cadeiras, e uma pequena pista de dança, tudo iluminado por algumas poucas lâmpadas vermelhas penduradas em gaiolas de ferro fino, que lançavam no teto e nas paredes luz e sombra em movimentos circulares. Na parte mais afastada dessa sala, dois corredores que geralmente não eram notados pelos recém-chegados levavam à área mais essencial do Dead Heat, chamada Jam Session, que consistia em uma dúzia de cavernas, cubículos e quartos parecendo catacumbas, todos com paredes e pisos de áspera pedra negra, iluminados por pequenas lâmpadas vermelhas ou azuis, separados, em alguns poucos casos, por um toalete sem porta. Mobiliados com alguns bancos, estrados de madeira, e velhas banheiras de metal, nos quartos maiores do Jam Session cabiam de 15 a 20 pessoas, nas cavernas cerca de 10, e nos cubículos cinco ou seis no máximo.

Aberto depois da meia-noite — e só nos fins de semana —, o escuro e inóspito local atraía pessoas que iam lá para usar seus severos e selvagens espaços para seus severos e selvagens rituais. Era um local de reunião para pessoas que se vestiam de couro ou borracha; para mulheres que usavam pesada maquilagem e saltos altos tipos agulha e eram acompanhadas por amantes que pareciam anêmicos, de camiseta e calções; para homens de calções que gostavam de exibir seus corpos musculosos, bem como a frágil beleza de amantes femininos ou masculinos, seminus; por pessoas buscando parceiros que eram tão desvairados e fugazes quanto o amor que almejavam e cujo único estímulo real para a intimidade era ser encontrado no meio de uma permanente leva de desconhecidos. No Dead Heat o belo se misturava com o deformado, o velho com o jovem, o nu com o vestido.

Donna sentava-se com Marcello no bar ou numa mesa afastada de um dos lados, ou andava pelos corredores com ele, falando pouco, observando os outros clientes. Toda vez que Marcello notava um casal — um homem e uma mulher, duas mulheres, ou dois homens — saindo da sala principal e começando a se encaminhar para o Jam Session, ele, Donna e outros, os seguiam. O casal entrava em um dos quartos vazios do corredor e começava a se esfregar e imediatamente os outros homens e mulheres, tantos quantos coubessem no quarto, se espremiam ao redor deles e assistiam em silêncio, como um enorme abutre do qual os amantes não poderiam escapar, se o quisessem.

A primeira vez em que Marcello levou Donna ao Dead Heat, ela ficou surpresa de ver como muitas das pessoas ali, particularmente os homens, o conheciam. Aproximavam-se e apertavam as mãos dele ou acenavam de longe, ou apontavam para Marcello, cochichando uns com os outros ou com suas companheiras femininas, como se ele fosse uma celebridade. Quando Donna perguntou-lhe o que fizera para ser tão popular, Marcello disse-lhe que era um dos freqüentadores assíduos do Dead Heat e que as pessoas ali eram muito amáveis.

Uma noite, depois de terem bebido um ou dois drinques no bar, Marcello ergueu-se lentamente, pegou-a pela mão, e levou-a por um dos corredores escuros. Enquanto o seguia obedientemente, podia sentir a presença de uma multidão atrás deles, sombras sussurrando, uma floresta móvel de silenciosos troncos masculinos e femininos, uma ansiosa procissão excitada, acompanhando-a para os extremos limites da imaginação.

Empurrando-a gentilmente à sua frente, Marcello levou-a para um quarto grande no final do corredor. Levantou-a pelos quadris como poderia levantar um pequeno barril e colocou-a sobre uma mesa perto da parede. Ela fechou os olhos. Ele suspendeu seu vestido para o busto e pescoço, tirou as calcinhas pelos pés e abriu-lhe as pernas. Esfregando sua virilha contra a dela, ele massageou os seios. Com os olhos ainda fechados, ela uniu-se a ele num longo beijo. Sentiu a multidão no quarto, suspirando mal-humorada a princípio, quase silenciosa, como espuma fumegando, depois se agitando, chegando mais perto, estreitando seus círculos ao redor da mesa. Quando abriu os olhos, viu-os fitando-a na escuridão. Sem qualquer aviso, Marcello penetrou nela, e enquanto fechava as mãos ao redor do pescoço dele, gritou de dor e prazer. A multidão também fez um ruído, um único e longo suspiro. Quando Marcello empurrou, rápida e insistentemente, para dentro dela, e para fora, abrindo-a como uma ferida fresca, todos os rostos na multidão chegaram mais perto, como sentinelas cerrando suas fileiras, até que se encostaram nos dois. Absorta nos sentimentos despertados nela por Marcello, mal sentiu as mãos sobre ela, mãos que ficavam sentindo seus pés, esfregando suas pernas, coxas e seios, esfregando seus ombros, acariciando seus cabelos, seu pescoço e faces. Perdida numa sensação única, seu corpo um só com o corpo do homem enfiado dentro dela, sentiu-se flutuar, uma massa ardendo em seu próprio calor, e sentiu que estava deixando esse enxame de figuras sem vida que só conseguiam olhá-la de longe, das gaiolas das quais elas não podiam sair.

Donna olhou para Domostroy, tentando avaliar como ele a havia julgado.

— Mais tarde, quando tudo terminou — prosseguiu —, Marcello e eu voltamos para o bar. Eu ainda estava excitada. Meu corpo inteiro ainda gotejava sexo, e eu passava de um orgasmo para outro. Como batidas do coração, os orgasmos continuavam enquanto Marcello tocava em mim, enquanto eu quisesse. — Hesitou. — E nem me importava de ter pessoas em volta. Sentia que existia alguma coisa triste em todos aqueles homens e mulheres andando sozinhos, entrando e saindo do Dead Heat, em todos aqueles casais que se davam as mãos mas não conseguiam realmente tocar um no outro, e em todas aquelas mulheres que se vestiam como homens e aqueles homens que talvez devessem ter nascido mulheres. Às vezes eu queria rir deles. Nojentos tão patéticos, eu pensava, uns pobres de espírito, impostores sexuais. Mas quando olhava para eles de novo, sentia que poderia chorar por cada um deles, tão solitários, tão desesperados, condenados a assistir o amor que eles próprios não conseguiam, ou tinham medo de fazer. Era preciso que tivessem coragem para vir a essa horrorosa rinha, pensei, a esses intestinos do sexo, e vindo aqui para confessar a si mesmos e aos outros que assistir Marcello e eu, e outros casais como nós, era o único meio que tinham de participar do amor, o único meio de ouvir essa música, mesmo que não a pudessem tocar eles próprios.

Na vez seguinte em que Marcello a levou ao Dead Heat, novamente conduziu-a para dentro do Jam Session, e novamente os silenciosos passos de desconhecidos os seguiram a uma distância nebulosa. Dessa vez ele entrou numa das maiores cavernas — úmida, retangular, sem bancos — puxando-a atrás dele. Quando as costas dele tocaram a parede, continuou a puxá-la, sem resistência, até que as costas dela ficaram firmemente pressionadas contra o peito e as virilhas dele. Depois, encarando a massa humana que se movia implacavelmente para eles, vindo do corredor, ela sentiu Marcello atrás dela, as mãos sobre sua saia, acariciando-a sempre, enquanto na meia-luz a multidão olhava, calada, extasiada. Então, afinal, ele entrou nela por trás e ela submeteu-se à sensação dele dentro de si, de ser empalada, e inclinou-se para a frente e para trás, ritmicamente. Sua blusa estava desabotoada, a saia trespassada abriu-se atrás, caindo à frente dela, como um avental ou um escudo. A multidão gemeu quando percebeu que ela acompanhava os movimentos dele. Sua carne lacrada na dele, ela balançava para a frente e para trás com ele, retardando o momento, aderindo à carne dele convulsivamente, enquanto a multidão se comprimia desajeitadamente no negro espaço da caverna, até ameaçarem preencher cada centímetro dela. Como uma monstruosa centopéia, homens e mulheres, respirando, suando e fedendo na escuridão, procuravam às apalpadelas pelos seios, barriga e coxas, e pelo seu rosto. Não conseguia afastá-los e as mãos de Marcello a salvaram, empurrando rudemente os intrusos, um após o outro, fechando o acesso a ela, a porta que um momento atrás ele abrira tão desejosamente.

Donna olhou para Domostroy e prosseguiu, como se não quisesse dar-lhe oportunidade de falar. Nas semanas que se seguiram, disse, freqüentemente perguntava a Marcello por que ele continuava querendo voltar ao Dead Heat e fazer amor com ela lá diante de estranhos.

— Marcello me disse que não era como a maioria dos homens, que precisavam de recato para suas intimidades sexuais. Disse que só ficava sexualmente excitado se fizesse amor comigo na presença de estranhos. Para ele, a verdadeira excitação do sexo provinha de atravessar a distância sexual entre amantes, não em casa, onde não havia nem ninguém para desviar a atenção dele, mas em lugares como o Dead Heat, onde a intimidade era constantemente testada, representada, julgada, assediada. O Dead Heat era como uma igreja para ele, abrigando êxtase e ritual, ao mesmo tempo coletivo e pessoal.

"Fazer amor comigo no Dead Heat, ele disse, era como andar na corda bamba sem uma rede. Até a perspectiva de ir lá o excitava. Ele sempre tinha curiosidade de saber como seria sexo numa determinada noite: se haveria muitos 'eunucos' — dóceis homens que se ajoelhariam diante de mim sob seu comando e beijariam meus pés — ou 'canibais' — aqueles maníacos sádicos do Jam Session, sempre prontos para me agarrar e, antes que Marcello me encontrasse, me possuírem totalmente, um após o outro, como freqüentemente faziam com outros homens e mulheres.

"Se continuei com Marcello por tanto tempo, foi porque, com ele, eu começara a pensar em mim mesma como mais viva do que nunca e nele não mais como meu amante, mas um daqueles que me observava da escuridão. Mas Marcello continuava jurando que me amava, dizendo que se eu o amasse também não devia estranhar o que tínhamos feito no Dead Heat. Disse que, apesar de ter feito amor comigo na frente das pessoas, eu devia saber que tudo que elas podiam fazer era assistir. O corpo dele sempre me protegeu, e quanto a elas me tocarem, a areia também não me tocava quando eu deitava na praia? Aquelas pessoas, disse, eram areias humanas. Ele me disse que eu era, sexualmente, a única mulher em sua vida; era mais livre e mais realizado comigo do que jamais fora com qualquer outra mulher.

Donna admitiu que nunca soube muito sobre o paradeiro de Marcello durante o dia. Enquanto estava na Juilliard ou praticando em casa, trabalhos de vídeo o mantinham viajando, e nas poucas ocasiões que tentou lhe telefonar pelo número que ele lhe deu, ninguém jamais atendeu. Posteriormente, concordaram que Marcello devia mudar para a casa dela, e quando o fez ela ficou assombrada pelos poucos pertences que ele levou — um terno, algumas camisas, duas calças, dois pares de sapatos e um estojo de toalete. Era isso tudo que havia?, conjecturou. Então reparou que ele não carregava qualquer cartão de crédito, ou carteira de motorista, ou mesmo um caderno de endereços e que nunca recebeu qualquer telefonema ou correspondência. Quando lhe falou a esse respeito, ele disse que era um *free-lancer*, suficientemente bem-sucedido para ficar livre de tais coisas mundanas como agendas e contas mensais. Insistia em receber à vista, disse ele, e pagava à vista tudo que comprava.

Era um infatigável amante, e Donna achava sua maneira tão espontânea, seus orgasmos tão freqüentes, seu esperma tão pleno, que nunca duvidou que ele lhe fosse fiel. Além disso, nunca detectou nele o mais leve traço de qualquer perfume ou batom ou pó-de-arroz além do seu.

Então um dia, disse Donna, Andrea Gwynplaine, uma colega da Juilliard, convidou-a e a algumas outras estudantes para irem ao apartamento de Chick Mercúrio, o namorado de Andrea, para ver *Organ Playing*, um filme pornô que pretendia ser uma paródia de um musical da Broadway. Quando o filme começou, Marcello — apresentado como Dick Longo nos créditos — apareceu na tela, nu, diante de um espelho no camarim de um teatro, se masturbando com uma das mãos e com a outra masturbando uma loura platinada, grotescamente gorda.

O choque foi tão súbito, tão extremo, que por um momento recusou-se a acreditar na evidência diante de si. Mas continuou assistindo enquanto Dick possuía um grupo de coristas, demonstrando sua proverbial habilidade de produzir um novo orgasmo a cada cena do roteiro idiota do filme. Quando Andrea e seu namorado e as outras estudantes na sala escurecida aplaudiam os momentos mais quentes do filme e faziam piadas grosseiras sobre os órgãos de seus astros, Donna lentamente percebeu que era ela e não Dick Longo o principal astro da exibição.

Quando as luzes foram acesas, nenhum dos presentes demonstrou a Donna de qualquer modo que haviam reconhecido Dick Longo como seu namorado, Marcello. Para divertimento extra, Andrea começou a distribuir cópias xerox de uma entrevista de uma revista pornô feita com Dick Longo, profusamente ilustrada com fotos de seu filme, na qual o artista admitia ter feito centenas de filmes pornô durante os últimos três ou quatro anos, e vangloriava-se de que em nem um só dia de trabalho se passara sem ele ter tido, diante da câmera, pelo menos dois orgasmos. Percebendo que as outras estudantes a olhavam furtivamente, Donna sentiu-se nua diante delas, como se fossem os desconhecidos do Dead Heat que tivessem acabado de estuprá-la.

Donna parou e olhou para Domostroy, esperando alguma reação, mas ele continuou sentado imóvel, esmagado e desarmado. Estava conjecturando se Andrea lhe contara a verdade ao dizer que Donna continuou vivendo com Marcello muito tempo depois dela ter descoberto que ele era Dick Longo. Se isso fosse verdade, que infernal necessidade poderia tê-la feito se punir tanto?

Como que percebendo seus pensamentos, Donna continuou sua história. Disse que foi para casa depois do filme e esperou que Marcello aparecesse. Sabia exatamente o que iria fazer quando ele entrasse, limpo e barba feita, amoroso como sempre. Agarraria uma faca de cozinha, a mais comprida que tinha, e como um viciado num acesso esfaquearia e retalharia o corpo dele enquanto continuasse se mexendo e retorcendo e virando, até que o sangue dele enchesse seus pulmões e garganta e afogasse o último gorgolejo de sua vida.

Mas, quando afinal ele voltou para casa, banho tomado, cheirando a colônia, usando um novo corte de cabelo e querendo beijá-la, exatamente como ela imaginara, tudo que conseguiu fazer foi perguntar-lhe, exatamente assim, por que em todo esse tempo que estavam juntos ele nunca lhe contara que todo dia, quando a deixava, ia foder todas aquelas bocetas brancas e pretas e amarelas na frente e atrás, uma após outra, uma perto da outra, uma em cima da outra, seguindo ordens do diretor, para ser pago à vista por cada orgasmo, tudo durante o tempo que dizia estar apaixonado por ela?

Tudo que ele respondeu foi que, conforme lhe dissera desde o início, só amava a ela. Disse que foder todas aquelas incontáveis bocetas era seu emprego; que quando estava com elas, seu pau não era diferente das mãos de um massagista; e que com Donna ele fora capaz de transpor aquela distância sexual que, até encontrá-la, permanecera aberta como um abismo entre ele próprio e a corrida desordenada de sua vida.

Ela nem gritou nem o expulsou, nem terminou o relacionamento até que vários meses se passassem.

Com súbita clareza, viu que durante os meses que passaram juntos era ela quem, com palpável abandono, o estivera usando a fim de experimentar a si própria através dele, para transpor a expansão sexual que, antes de encontrá-lo, sentira escancarada dentro de si. Agora, por causa do que soubera através dele, essa distância fora transposta, e ela estava inteira. Marcello não havia sido mais do que um espectador durante o processo, mais uma pata lasciva estendida para tocá-la no recesso escuro do Dead Heat.

Domostroy sempre estivera convencido de que, a fim de compor bem, um compositor tinha que escrever para satisfazer a si próprio, não a outros. Devido a ter se recusado, no auge de sua carreira, a se submeter aos críticos e continuar escrevendo como eles queriam que escrevesse, Domostroy fora bombardeado selvagemente cada vez que produzia uma obra original. Isto fizera com que o público, sempre inconstante, principalmente na era da discoteca e da televisão, o abandonasse. Sem a incitação criativa de seus iguais, dos críticos, ou do público, ele finalmente parara completamente de escrever.

Sabia que queria Donna, pois na hora que passara falando da sua vida, ela revelara a Domostroy verdades sobre ele próprio jamais suspeitadas. Enquanto a escutava, chegara a ver que o estado de sua mente e o padrão de sua vida seriam desregrados a partir desse ponto, a menos que pudesse continuar sendo reabastecido por ela. Percebeu que poderia ser capaz de seduzi-la por táticas indiretas, sutis, mas isso parecia covardia, um pouco como escrever música para agradar aos críticos. O outro modo era ir atrás dela diretamente, sem artifícios ou filtros intelectuais, direto das entranhas do seu ser, do mais profundo vórtice da sua psique, da maneira como ele antes escrevia música. Se a desagradasse e depois a perdesse, como certa vez desagradara e perdera seus críticos e seu público, pelo menos não teria mentido para ela ou para si mesmo. Como seu pai costumava dizer, "Quando a chuva cai, troncos apodrecem, mas raízes crescem mais profundas", Domostroy queria transmitir raízes de som em suas relações com Donna.

Finalmente, deixou-a decidir isso. Agradeceu por ter recebido tanto dela, e disse que ficaria feliz em conversar com ela sobre o Congresso Chopin em Varsóvia; que deveria existir alguma coisa tirada de sua longa experiência que ela pudesse usar ao preparar-se para a competição. Ela perguntou se existia um piano onde ele morava, e ele disse que havia um piano de cauda — e que tinha liberdade para usá-lo a qualquer hora, sozinha ou com ele como platéia. Combinaram que ela visitaria o Old Glory uma semana depois, em um dos dias livres de Domostroy.

Quando o dia combinado chegou, descobriu que estava inquieto. Andou pelo Old Glory uma meia dúzia de vezes, tirando o pó do piano, verificando a bebida e gelo na cozinha, rearrumando as cadeiras e mesas. Para o caso de ela poder passar a noite, mudou os lençóis e fronhas da sua cama e colocou toalhas limpas no banheiro.

Antes da hora marcada para ela chegar, Domostroy tomara uma precaução extra para assegurar a segurança dela na área. Dirigiu até o próprio campo de beisebol e procurou o líder da quadrilha local, conhecida como Libertários. Morando sozinho no Old Glory, Domostroy regularmente comprava sua proteção, pois apesar de saber que o proprietário do Old Glory mandava pagamentos mensais de Miami para seus velhos amigos da força policial do South Bronx para que vigiassem a casa, também sabia por experiência própria que os Libertários — conhecidos pelos cidadões locais como Incendiários — dominavam a vizinhança depois que escurecia. Dessa vez, Domostroy estava vários dias adiantado com seu pagamento mensal, mas não queria correr riscos.

Tal arranjo não era muito seguro, porém. Em várias ocasiões, chegando em casa tarde da noite, Domostroy tinha pressentido vultos amontoados observando-o dos recessos dos muros ou de trás de moitas de arbustos. Sabia muitíssimo bem que era um alvo fácil, e nunca tinha certeza se os vultos eram dos Libertários ou intrusos aproveitando-se da ausência do bando.

Escutou um carro passar pelo portão, mas hoje tinha pouca dúvida quanto a quem invadia a ponte levadiça de sua fortaleza. Donna estava no horário certo, e enquanto olhava pela janela observando seu branco carrinho esporte erguer um túnel de poeira ao atravessar o pátio do estacionamento vazio, recordou-se de que o South Bronx era a terra nativa de Donna e que ela provavelmente conhecia o seu caminho através desse labirinto de avenidas e ruas até melhor do que ele.

Ela estava à vontade quando o cumprimentou. Quando apertou sua mão firme e fresca, ela inclinou-se para a frente e beijou-o levemente nas faces. Quando sentiu os lábios dela sobre seu rosto e a ligeira pressão dos seios contra seu peito, foi tomado por um tremor de êxtase que não durou mais do que o beijo, porém o suficiente para atrapalhar sua tranqüilidade cuidadosamente composta. Para esconder sua excitação, fez sinal para que ela o seguisse ao bar, dizendo-lhe que este anteriormente recebia duzentos fregueses por noite. Enquanto lhe mostrava o imenso salão de baile, evitou cuidadosamente o estreito corredor, flanqueado por galerias de armazenamento, que conduzia às suas modestas acomodações.

Mas ela trouxera sua música, e foi o piano de cauda sobre o palco no salão de baile que rapidamente os absorveu. Domostroy ergueu a tampa e perguntou-lhe se sabia como afiná-lo. Donna admitiu que sempre tivera de confiar na ajuda de um afinador profissional.

Domostroy avisou-a que um piano de concerto não era como uma cama desfeita, que qualquer empregada poderia arrumar, e que caso ela se decidisse a ir a Varsóvia, faria bem em aprender a afinar qualquer piano que tocasse, particularmente aquele destinado a ela. Isso poderia ser feito, disse, por meio do pedal macio e um instrumento afinador, e ela devia saber como fazer isso sozinha se precisasse, ou com a ajuda de um afinador.

Afinadores geralmente são teimosos, Domostroy disse. Às vezes afirmam que, assim como não dizem aos pianistas como tocar piano, estes não deveriam dizer-lhes como afiná-lo. Mas ela devia ser firme com eles. Domostroy também disse que uma vez que o tom, o volume e o timbre do piano tivessem sido afinados ao seu gosto, ela deveria postar-se bem longe do instrumento para ouvi-lo novamente. A maior parte dos pianistas considerava a banqueta o melhor lugar para ouvir, mas estavam errados. Não importando onde ela fosse tocar no futuro — se nas melhores salas de concertos do mundo ou em auditórios acusticamente menos perfeitos, sempre devia pedir ao seu afinador para tocar para ela quando estivesse posicionada a uma distância de dezoito metros ou na décima quarta fileira da sala de concerto, pois só assim poderia saber como seu piano soaria para a platéia; e, se não soasse bem, ela deveria fazer o afinador ajustá-lo até o ponto certo.

Um teste desses era absolutamente essencial, disse Domostroy, porque as características físicas de uma sala de concertos — o tamanho e formato do palco, a inclinação das paredes e do teto, bem como o tipo de área de absorção e de reflexão que possui — afetam seriamente a reverberação e difusão do som.

Na preparação para a visita, Domostroy deixara deliberadamente alguns pequenos ajustamentos a serem feitos na afinação, e agora ficara satisfeito por Donna ter verificado o que era preciso e depois, conforme as instruções dele, ter feito as ligeiras mudanças necessárias. Ela estava perto dele, inclinada para olhar dentro do piano, observando como ele segurava o instrumento afinador para conferir a posição de cada martelo e a condição do feltro que o cobria. A visão e proximidade do corpo dela deixaram-no excitado. Sua boca ficou seca, como se o desejo tivesse drenado toda sua saliva, e para se distrair começou uma meticulosa demonstração de afinação.

Domostroy disse que queria fazer um comentário antes dela começar a tocar. Ela concordou com um aceno de cabeça e ele continuou. Quando a ouviu tocar pela primeira vez na casa de Gerhard Osten, notara que seu uso de pedal, embora original, parecia às vezes incerto. Seu próprio ponto de vista do papel dos pedais na música de Chopin poderia ser útil a ela.

Ela se manteve calada e ele continuou sua exposição. Disse que, apesar de Chopin nunca ter marcado o uso do pedal macio, percebeu melhor do que a maioria dos compositores quão importantes eram todos os pedais no colorido do som. Se usados delicada e criativamente, os pedais permitiam ao pianista adquirir ricos e variados efeitos orquestrais. Mas, Domostroy advertiu, pianistas que usassem mal ou usassem demais os pedais num esforço para disfarçar fraqueza em seu dedilhado, só conseguiriam chamar ainda mais a atenção para suas deficiências, pois o menor desequilíbrio na técnica era prolongado e exagerado pelo uso inadequado dos pedais.

Depois pediu que ela tocasse várias peças que demonstravam o uso criativo dos pedais, começando com a *Balada em Fá Menor*.

Depois de fechar seus olhos e escutar durante alguns momentos, interrompeu-a e pediu-lhe para repetir várias vezes os compassos de 169 até 174, que pediam um uso sutil dos pedais. Chopin começava cada um dos três compassos iniciais com um pequeno toque de pedais, seguido por um rápido baixo sem qualquer pedal, seguido por uma sucessão de notas suaves e contínuas, sem interrupção, com a mão direita. Domostroy disse a Donna para não usar qualquer pedal nas notas macias da mão direita, e quando ela admitiu que sempre ficara confusa ao tentar tocá-las em *legato* sem um pedal, Domostroy lhe disse que era porque ela não tinha controle suficiente de seu dedilhado. Em vez de diluir a passagem, deveria soltar o pedal conforme indicado no compasso 169 e depois usar o pedal quase imperceptivelmente numa fração sincopada de segundo; isso lhe permitiria tornar as notas da mão direita macias, enquanto mantinha um efeito geral de som seco.

Depois ele a fez tocar uma série de seleções: o começo do *Noturno em Fá*, para ver se sua pedalada amortecia a melodia da mão direita; o *Noturno em Mi*, que demonstrava o invulgar contraste de Chopin entre som pedalado e não pedalado; o *Prelúdio em Lá Menor*, que, exceto por uma pequena passagem próxima do fim, era todo sem pedal; e o *Prelúdio em Si Menor*, no qual Chopin inicialmente indicara pedalada normal em cada segunda batida nas barras dois e três tocadas com a mão esquerda — mas depois havia feito um X nas marcas, deixando todas três barras em aberto na sua edição autografada, criando uma chocante dúvida sobre o uso dos pedais.

Donna terminou e ficou sentada, olhando para ele como uma estudante esperando nervosamente os comentários do professor.

Cauteloso para não desconcertá-la, ele disse que sentiu no seu desempenho duas forças opostas: um desejo de livrar-se da dinâmica e das notas escritas por Chopin para que pudesse improvisar — um impulso que provavelmente adquirira do seu pai tocador de *jazz* —, e uma necessidade de ser perfeita em todos os detalhes e seguir rigidamente toda marcação das densas partituras de Chopin, o que certamente provinha de sua formação clássica na Juilliard. Com suficiente prática, e com seu talento óbvio, Domostroy continuou, não havia motivo para que ela não aprendesse a fundir esses impulsos e interpretasse as passagens mais difíceis de Chopin com absoluta precisão, e com toda a ingenuidade e energia de quem tem o *jazz* no sangue. Para adquirir isto, sentia que ela devia concentrar-se para desenvolver maior flexibilidade e força nas costas, ombros e braços, bem como nos pulsos e dedos. Também ofereceu-se para ensinar-lhe exercícios especiais para melhorar sua extensão e mobilidade das articulações dos dedos, especialmente da mão esquerda. Falou francamente que ela precisava praticar mais, não só ensaiando e polindo as peças de Chopin, mas fazendo mais exercícios e escalas para refinar toda sua técnica. Recomendou-lhe certos exercícios de Cramer e Clementi, dois homens que influenciaram a técnica de Chopin e sua compreensão do piano, bem como obras de Czerny e Hummel e versões de Chopin por Leopold Godowski editadas pela Etude Classics, particularmente seus vinte e dois estudos para a mão esquerda, que continham uma versão do *Dó Sustenido Menor* do conhecido "Estudo Revolucionário".

Donna escutou-o atentamente, e se ficou surpresa ou ferida por qualquer crítica implícita nos conselhos dele, não o demonstrou. Ao contrário, quis saber sua opinião sobre a chance dela vencer a competição de Varsóvia. Ele respondeu com igual franqueza que, se ela não melhorasse a técnica e aumentasse a força, suas chances, na opinião dele, eram pequenas, mas acrescentou que sentia que ela poderia conseguir muito em poucas semanas, se trabalhasse de verdade.

Então ela levantou-se, e ele acompanhou-a para fora de casa. Estava quente e ensolarado, e os dois passearam lentamente em volta do Old Glory, atravessando o estacionamento e andando até chegar à alta cerca de arame. Do outro lado, até onde a visão podia alcançar, havia um gueto desativado com casas abandonadas, negras ruínas com janelas quebradas e portas remendadas por tábuas, as velhas varandas caídas e os quintais entupidos com altas pilhas de pedras e entulho carbonizado. Passaram por um caminho ao lado da cerca e, ao se aproximarem, um rato saiu da grama alta e correu na direção das ruínas.

De vez em quando Domostroy olhava para ela. Antes só a vira à luz artificial, mas agora, na clara luz do sol, a pele de Donna resplandecia como bronze polido. Sob as delicadas linhas de suas sobrancelhas, os longos arcos ovais de suas pálpebras brilhavam como que iluminadas por dentro, e seus olhos, sombreados por espessos cílios, eram verde-folha. Fitou também o sutil jogo de luz sobre seus lábios, tão cheios e macios que pareciam estar sempre a ponto de se abrir. A beleza dela o oprimia, quase o sufocava; era régia, mas sem afetação; parecia exprimir o interior da alma.

Alguém assobiou estridentemente do telhado de um edifício vazio, e quando Domostroy olhou na direção do som viu três Libertários acenando para ele. Acenou também.

— A escola que freqüentei era perto daqui — disse Donna quando caminhavam de volta, indicando as ruínas. —Aqueles buracos negros sempre estiveram ali. Muitas vezes passei por lá, sozinha ou com outros garotos, brincando de esconde-esconde, brigando, caçando gatos e ratos, e freqüentemente sendo caçada pela gentalha que vinha à procura de garotas. Eu costumava rastejar dentro dessas valas fedorentas, em longas esperas por meu namoradinho.

Andaram num silêncio que só era quebrado pelo chilrear dos pardais que se alimentavam no chão e nas moitas.

— Um dia ouvi meu pai cantando uma velha canção — ela disse e entoou:

Venha ver...
Encontrei esse novo esconderijo!
Estou tão feliz de ter
encontrado esse novo esconderijo!

E eu disse para mim mesma que nunca voltaria para essas covas, por isso decidi procurar "esse novo esconderijo", que sabia ser a música. Desde então, minha vida de escravidão terminou. — Refletiu por um minuto, depois sorriu. — Você sabe, toda vez que tento pensar em mim mesma como uma intérprete séria, sempre recordo um poema de Paul Laurence Dunbar que estava impresso num pano bordado que minha mãe pendurava em nossa cozinha:

Desista e acabe esse barulho, Srta. Lucy...
Largue esse livro de música;
De que adianta continuar tentando?
Se você praticar até ficar grisalha,
Não poderá fazer sons
Como aqueles que estrondeiam e retinem
Da cozinha para os grandes bosques
Quando Malindy canta...

Quando Donna terminou o poema, ele percebeu nela um conflito. Poderia dizer que estava grata a ele por esse dia e que provavelmente sentia que devia demonstrar-lhe isso, ficando mais tempo, possivelmente até deixando que ele lhe desse uma cantada. Mas ele não o fez. Conquanto a desejasse, e sabendo que ela já ia embora, sentiu-se abandonado e não tentou detê-la. Não queria que se tornassem amantes devido a qualquer gratidão que ela sentisse e, mais que isso, não queria dividi-la com Jimmy Osten, o homem da vida dela. Firmemente, para surpresa de Donna, conduziu-a até o carro dela e abriu a porta.

Quando ela sentou-se ao volante, colocou a mão sobre o braço dele.

— Quando o verei novamente, Patrick? — perguntou, um pouco insegura.

— A qualquer hora que você queria — ele disse bruscamente. — Apareça.

— Mas não quero ser intrusa. Você tem seu próprio trabalho a fazer.

— Não, não tenho — disse. — Venha a qualquer hora.

— Posso acreditar nisso? — ela disse, ligando o motor. — Três vezes por semana será demais?

A perspectiva excitou-o, mas não deixou que percebesse.

— É um bom começo. Quando começamos?

— Que tal amanhã? — sugeriu e ele sentiu na sua ânsia que ela apreciara sua oferta de ajudá-la.

— Dê lembranças minhas ao Jimmy — disse.

— Darei. Embora eu duvide que ele o tenha esquecido! — Ela partiu, seus cabelos esvoaçando ao vento.

Com os sentimentos em profunda desordem, Domostroy voltou para o salão de baile. Quando se virou para olhar para trás, o carro havia desaparecido. O estacionamento estava vazio. Até os Libertários já não estavam em seus postos.

Donna não escondeu de Jimmy sua visita a Domostroy. Até falou-lhe de seus planos de trabalhar com o compositor para poder obter toda ajuda e conselho no treinamento para a competição de Varsóvia. Osten não poderia desafiar seu direito ou necessidade de procurar ajuda musical, mas ficou ressentido pelo fato de Domostroy ser a pessoa escolhida por ela para alcançar isso. Conhecia a reputação de Domostroy e agora suspeitava cada vez mais de que Domostroy era o homem que fotografara a mulher da Casa Branca. Finalmente, perturbado pelo interesse de Domostroy em Donna, Osten decidiu investigar os motivos do compositor e uma noite, quando sabia que Donna estava lá, Osten alugou um carro e dirigiu para o Old Glory.

Antes, sempre que dirigira em South Bronx, estivera a caminho de algum outro lugar, mas agora, procurando um determinado lugar, pela primeira vez percebeu o quanto South Bronx se assemelhava aos cortiços de Tijuana. Exceto que em Tijuana, pelo menos, os moradores dos cortiços viviam com a esperança ilusória de que a cidade deles, por estar tão próxima do rico Estados Unidos, pudesse um dia se transformar numa metrópole e que suas vidas se tornassem tão novas e retas quanto os novos edifícios e auto-estradas que surgiam ao redor. E em South Bronx não havia tal esperança.

Osten chegou ao Old Glory e circulou-o, diminuindo a velocidade ao ver o carro de Donna parado perto da entrada ao lado de um velho sedã, quase certamente de Domostroy. Osten sabia que ela ficaria lá a noite inteira, por isso decidiu aguardar que o crepúsculo desse lugar à escuridão.

Dirigiu por algum tempo por áreas desoladas, seu rádio explodindo os últimos *rock blues*, matando tempo até a lua aparecer flutuando e as negras paredes do salão de baile resplandecerem prateadas.

Estacionou seu carro do lado de fora das correntes e caminhou pela grama alta que crescia ao lado, seu microfone parabólico em uma das mãos, uma lanterna acesa na outra. Colocando o microfone sobre um tripé, apontou-o na direção da luz que saía de uma das janelas do imenso salão de baile. Deu uma leve pancada no microfone e, pressionando o botão, ativou o filtro de tântalo da máquina, que eliminaria todos os sons exteriores indesejáveis. Depois ligou o microfone a um pequeno gravador cassete, e quando começou a pegar os primeiros sons de dentro do Old Glory, de Donna ou Domostroy tocando Chopin ao piano, abaixou-se e apoiou um ombro contra a cerca.

Exceto pelo som do piano, havia silêncio em tudo a seu redor. Atrás dele, fileiras de edifícios carbonizados se estendiam em silêncio. Diante dele, o vasto piso cinzento do estacionamento brilhava sinistramente, e o Old Glory, com seus arcos, colunas, superfícies lavradas, sacadas e telhados inclinados, se erguia como um castelo fantasmagórico.

Sentado no chão, ansiosamente aproximou o ouvido do gravador. Então, inesperadamente, alguma coisa dura atingiu-o na nuca, e quando caiu na grama molhada e seus pensamentos se obscureciam, teve consciência de vozes hostis. Mal sabendo que fora atacado por trás, mergulhou na escuridão.

Voltou a si, incerto de onde estava ou quanto tempo estivera inconsciente, sentindo sua cabeça como que apertada num torno. Estava sentado numa velha poltrona ao lado de um piano de cauda, e quando olhou e viu Donna inclinada sobre ele, a princípio julgou que estava no estúdio de Carnegie Hall. Virando a cabeça, viu Patrick Domostroy segurando seu microfone parabólico e o gravador cassete, e perto dele três jovens hispânicos com bonés amarelos com a palavra Libertários.

— Você está bem, Jimmy? — perguntou Donna, batendo gentilmente em seu ombro.

Levou a mão à cabeça e sentiu um hematoma, depois olhou a mão para ver se havia sangue nela. Não havia.

— Estou bem — disse, lembrando-se instintivamente de alterar sua voz.

— Pensei que você fosse um estudante de literatura, não um espião — disse Domostroy, caminhando em sua direção.

Os Libertários sorriram.

Osten olhou para o chão. Sentiu-se como um garoto apanhado roubando uma loja de balas, e o pensamento de que devia estar parecendo ridículo a Donna e Domostroy encheu-o de vergonha.

— Não ligo a mínima pelo que você pensou — disse asperamente. — E não pense que não sei o que está se passando aqui!

— O que quer dizer com isso? — perguntou Donna, afastando-se dele.

— O que acabo de dizer — replicou Osten, aproveitando a chance para representar o amante enganado. — Que você é infiel e mentirosa! Então, não é?

O rosto de Donna ficou rubro.

— Você não sabe o que está dizendo! — gaguejou. — Como pode ser tão injusto comigo, e consigo mesmo? Estou aqui para tocar piano. Não sabe o quanto isso significa para mim? Você não tem o direito, nenhum direito — ela virou-se, escondendo as lágrimas.

— Isso aí é um equipamento de guerrilha que você arranjou para vir espionar a gente — disse um dos Libertários, movendo os ombros quando deu alguns passos para ficar mais perto de Osten.

— Por que não devolve isso para a CIA, cara? — escarneceu outro.

— Está desperdiçando isso aqui, cara. Isso não é El Salvador. Ainda não! — zombou o terceiro.

— Tenham calma! — disse Domostroy para refrear o grupo. — Ele não está trabalhando para a CIA. Só estava espionando ela — gesticulou para Donna. — É namorada dele.

Os Libertários riram em silêncio, e Donna olhou para Domostroy com desaprovação.

— Patrick, por favor.

— Ele está certo, Donna — interrompeu Osten, ansioso por iludir Domostroy. — Está certo — repetiu lentamente, erguendo-se. Esticou os ombros, estremeceu e fitou Donna nos olhos. — Queria descobrir o que estava se passando aqui entre você e seu professor de música. — Olhou para Domostroy e os três Libertários riram, alegres.

— Você é bem abusado, cara — disse um deles. — Estava invadindo sem permissão, tá sabendo? — olhou para os colegas com uma piscadela. — Esse é o território dos Incendiários, é um país estrangeiro, cara; este lugar se separou do Tio Sam há muito tempo, e poderia ter se machucado por andar espreitando por aí. A próxima vez que pegarmos você, garotão, vai se dar muito mal!

— Da próxima vez saberei o que fazer com vocês! — replicou Osten.

A essa altura Donna já recuperara sua compostura. Já não estava triste, apenas com raiva. Controlando a voz, disse:

— Não haverá uma segunda vez, Jimmy. Acho melhor você ir embora agora. — Sua voz tremia de emoção quando acrescentou: — Não quero vê-lo mais.

— Espere, Donna — disse Domostroy —, não seja tão dura com ele. — Pousou o microfone e o gravador sobre a cadeira onde Osten esteve sentado. — Ele só estava tentando protegê-la. Provavelmente estava preocupado por você estar vindo aqui... sozinha... — A voz dele foi diminuindo.

— Isso não significa que ele possa andar me seguindo e me espionando — disse Donna, olhando para Osten, depois rapidamente desviando o olhar e fitando Domostroy e os outros. — Ele não tem o direito, nenhum direito mesmo, de fazer isso. Ninguém tem. — A firmeza pareceu abandoná-la e estava a ponto de chorar novamente, mas logo se compôs e afastando uma cadeira que bloqueava sua passagem, caminhou até o piano e sentou-se. — Vamos trabalhar, Patrick — disse calmamente, quando seus dedos iniciaram um acorde no teclado.

Osten pegou seus objetos.

— Sinto muito, Donna — disse, e depois parou. — Talvez um dia você compreenda como me sinto.

Um dos Libertários riu silenciosamente. Outro, imitando a voz grasnada de Osten, disse:

— Talvez um dia, cara, a gente vai arrancar a merda de seu cuzinho a pontapé.

Uma onda de raiva e humilhação atingiu Osten. Virando-se para Domostroy, disse:

— Diga à sua Legião Estrangeira que vá se foder. — Depois, ainda furioso, virou-se para Donna. — Quanto a você, Donna, merece um amante melhor do que um ator barato de clube noturno!

— Por que não vai embora? — replicou Donna, virando-lhe as costas.

Osten virou-se rapidamente e dirigiu-se à porta, mas um dos Libertários bloqueou sua passagem e abriu um canivete.

— Deixe-o ir — disse Domostroy, mal controlando sua fúria. — Deixe-o pegar seus brinquedos de espionagem e ir meter seu nariz noutro lugar.

Quando Osten foi embora, Domostroy apertou as mãos dos três jovens.

— Obrigado por vigiarem minha casa — disse. — Vocês fizeram um excelente trabalho.

— O prazer foi nosso — disse o mais alto quando colocou seu boné na cabeça. Eles continuaram rindo e conversando no salão de baile e, na porta de saída, o mais alto virou-se e olhou longamente para Donna.

No ar fresco, do lado de fora, Osten tomou consciência de sua dor. Irradiava-se através do crânio e descia até o ombro esquerdo, afetando o movimento do braço. Quando chegou ao carro, descobriu que alguém havia roubado sua jaqueta e sua carteira, que continha mais de mil dólares, seu cartão de identificação da universidade e a carteira de motorista da Califórnia.

Jogou o microfone e o gravador no assento traseiro, entrou e foi em direção a Manhattan. Dirigiu devagar, temendo que com sua má sorte e sua aguda dor de cabeça pudesse causar um acidente no caminho e ser preso por dirigir sem habilitação.

Ao analisar seus pensamentos, Osten descobriu que o motivo principal de seu aborrecimento não fora a perda de Donna, mas seu fracasso na concretização de seu plano. Não duvidava que Donna cumpriria o que dissera e não o veria mais. Contudo, duvidava que ela fosse amante de Domostroy. Frustrado por descobrir que não tinha controle sobre ela, também sentia certo alívio por estar outra vez livre, pois o relacionamento estava lhe causando grande ansiedade. Embora tivesse vacilado por um momento nas tentativas de descobrir se Domostroy tinha algo a ver com as fotografias do nu da Casa Branca, pelo menos agora estava livre para conquistar Andrea, talvez o modelo daquelas fotografias, a quem só pudera imaginar até agora. Mesmo que ela não fosse a mulher da Casa Branca, ainda valia muitíssimo a pena ser procurada.

Em seu apartamento sublocado, Osten pegou duas aspirinas e uma lata de cerveja e colocou cubos de gelo enrolados numa toalha sobre a cabeça. Depois, pregou as fotografias ampliadas do nu, que esperava fossem de Andrea, no alto da parede e estudou-as durante uma hora ou mais. Sonolento e entorpecido de tanto fitá-las, prometeu a si mesmo que a primeira coisa que faria pela manhã seria telefonar para Andrea. Depois adormeceu.

Quando acordou, o hematoma na cabeça estava maior, mas a dor diminuíra. Antes de telefonar para Andrea, ficou na dúvida se deveria ou não contar-lhe o que acontecera na noite anterior, e por fim decidiu que, como havia a chance de ela saber de tudo por Donna, seria melhor ele próprio contar-lhe.

Andrea ficou surpresa ao ouvi-lo. Tentando não deixar transparecer o quanto desejava vê-la, perguntou-lhe casualmente se gostaria de jantar com ele essa noite. Com inocência fingida, Andrea perguntou-lhe se planejava levar Donna. Osten respondeu que seria um jantar a dois, pois Donna e ele haviam terminado, e em circunstâncias bem desagradáveis. Enquanto descrevia seu encontro com Donna e Domostroy, pintando-se como um inocente simplório perdido entre vilões, os risinhos de apreciação de Andrea o levaram a encarar a história com humor e começou a rir junto com ela.

Antes de desligar, marcaram um encontro para aquela noite.

— "Não se case com uma mulher que seja música, pois corre o risco de ser apanhado nas suas ciladas." Isto é do Eclesiastes, o Livro da Sabedoria. — Andrea estava falando com Domostroy pelo telefone. — Jantei com Jimmy Osten ontem à noite — prosseguiu. — Por que mandou seus capangas baterem em Jimmy na frente da crioulinha? Foi porque você está fodendo com ela agora e queria se mostrar?

— "Mulheres, realmente, são a música da vida." Isto é Richard Wagner! — retorquiu ele. — E, além disso, estou ressentido por seu racismo contra Donna.

— É mesmo? — replicou ela. — Deixe-me dizer-lhe quem é o racista aqui. Por que acha que gosta de Donna Downes? Por causa de sua aparência maravilhosa e sua formação clássica da Juilliard? Conversa fiada! Você foi atrás de sua tentação morena, Sr. Franguelo, não porque sua música fizesse seu pau endurecer, nem porque ela fosse sua irmã espiritual, mas porque ela era preta, e para você, e para todos os outros machos brancos, pele negra significa escravidão e boceta preta significa prostituição. Você diz para si mesmo que quer Donna por causa de sua música e seu talento e outras merdas assim, mas de fato você quer foder a boceta de uma escrava negra. Como qualquer outro senhor branco perseguindo uma puta negra de gueto, você está enlevado apenas pelo talento dela para diverti-lo! Bem no fundo você sabe disso! E bem no fundo Donna também sabe!

— Você está estudando teatro ou novela de TV? — ele perguntou.

— Também tenho estudado você, lembra-se?

— Então deveria saber que conheci Donna através do pequeno Jimmy Osten, o outro "senhor branco" dela, como você tão cruelmente colocou a coisa. Ou Jimmy Osten realmente estava apaixonado por ela?

— Duvido que ele já tenha sido apaixonado por ela — disse Andrea. — Ele disse que está de olho em mim há três meses, até antes de Donna nos ter apresentado.

— Espero que não tenha sido você quem comprou para ele aqueles brinquedos de vigilância e o mandou nos espionar, ou foi?

— Não precisei fazer isso. Provavelmente ele estava chateado por saber que ela vive — parou — fodendo por aí enquanto ele está na universidade. A propósito, como amante, Jimmy tem uma vantagem sobre você — interrompeu ela como que para provocá-lo.

— Ele é jovem — aventurou Domostroy.

— Idade não importa — ela disse. — Mas sua vulnerabilidade sim. Não a escondendo, ele faz brotar o instinto maternal, o terreno mais fértil para o dar e receber sexual em uma mulher.

— O campo da maternidade emocional não é exatamente o meu forte — disse Domostroy asperamente.

— Tem toda razão — disse Andrea. — Foi nisso que Jimmy venceu você.

— Não estou numa competição com Jimmy Osten — replicou ele, tentando mudar de assunto. — A mãe que há dentro de você pode apreciar ter relações com ele, mas estou convencido de que isso é ruim para nosso plano. E se Goddard aparecer e encontrar o pequeno Jimmy mamando no seu seio maternal?

— Pare de chamá-lo de *pequeno*! A menos que queira que eu pergunte a Donna como você é, comparado a Dick Longo.

— Faça isso, e eu farei...

— Você fará o quê? — ela desafiou-o.

— Telefonarei a Jimmy e contarei a ele sobre nós.

— Ele não acreditará.

— Acreditará nas fotografias que tirei de você? — perguntou. — Tenho cópias de todas.

— E daí? Elas não têm rosto!

— Algumas têm. Você esteve demasiadamente preocupada em brincar consigo mesma para saber que retratos tirei!

— Se você fizer isso, Patrick, eu farei...

— Fará o quê? — Agora ele a estava desafiando. Abruptamente, percebendo que estavam chegando a nada, tornou-se conciliatório. — Vamos parar com essa bobagem, Andrea. Juro que não dormi com Donna. E não tenho nada a ver com a quadrilha que bateu em Jimmy Osten durante sua infantil missão impossível. Espero que ele saiba disso.

— Ele estava muito curioso sobre você — disse Andrea. — De qualquer modo — disse, mais calma agora —, você está certo quando diz que Jimmy não pode ficar em meu apartamento. Goddard não apreciará isso, se aparecer algum dia. E, obviamente, Jimmy está acostumado a todo aquele espaço na Califórnia.

— Califórnia? Por que Califórnia? — perguntou Domostroy.

— Ele está estudando criação literária na Universidade da Califórnia em Davis. Curso de pós-graduação para seu doutorado. Jimmy é um tipo intelectual, você sabe. Por isso, se sua preciosa Donna o abandonou, eu poderia aproveitar e até ficar com ele por algum tempo.

— Vá em frente e faça isso — disse, tentando soar à vontade. — De fato, seja boa para o menino. Afinal de contas, o que é bom para Osten é bom para a Etude, e o que é bom para a Etude é bom para mim. Ainda estou nas mãos gananciosas deles, lembre-se. — Ele riu. — Mas fique de olho. E me informe se alguma coisa anormal acontecer.

— Como o quê? — perguntou Andrea.

— Como Goddard aparecer. Ele certamente é um peixe maior para fisgar do que Jimmy. — Deu risadinhas. — Gastei um bocado de tempo seduzindo Goddard com minhas cartas brilhantes e seus retratos sujos. Não gostaria de pensar que todos os meus esforços foram desperdiçados porque ele surgiu e encontrou você na cama com — Domostroy gemeu com fingida dor — o pequeno Jimmy Osten!

— Lembre-se de que paguei por seus esforços. Assim, posso desperdiçá-los se quiser. — Sem achar graça, ela desligou.

— Conhece Andrea Gwynplaine? — Donna perguntou a Domostroy depois de uma de suas aulas práticas no Old Glory.

Por um momento, Domostroy ficou tentado a admitir a verdade. Por que deveria mentir a Donna, a única mulher que poderia amar facilmente? Por que deveria deixar seu secreto acordo com Andrea ameaçar seu envolvimento com Donna? Até onde estava preso por esse pacto com Andrea?

— Andrea Gwynplaine? — repetiu. — Não. Quem é?

— Já não lhe falei dela? É uma estudante de teatro da Juilliard que também freqüenta seminários do departamento de música. Acho que Jimmy ficou muito impressionado com ela, e anda atrás dela desde que começou a ir à Julliard comigo para assistir aos seminários.

— Quando foi isso? — perguntou Domostroy casualmente.

— Cerca de um mês atrás.

— Um mês atrás? Tem certeza de que ele não a conheceu antes? — exclamou antes de poder se conter.

— Claro que tenho — disse Donna. — Foi logo depois de Jimmy me pedir para descobrir se na Juilliard ensinavam a música de Goddard Lieberson, que eu conhecia de nome, por causa de sua ligação com a CBS, e de outro compositor cujo nome me escapa... — Ela hesitou. — Já sei, Boris Pregel, um contemporâneo de Lieberson. Você conhece a obra deles?

— Sim, conheço. E até os conheci. — O coração de Domostroy bateu com excitação. — Mas continue com a história — disse, temendo que ela pudesse perder o fio de seus pensamentos.

— Bem, realmente Jimmy queria saber se Lieberson e Pregel eram ensinados em cursos de música em qualquer outro lugar, mas não eram. Não neste semestre.

— É mesmo? — disse Domostroy, encorajando a disposição discursiva de Donna. — Não sabia que Jimmy era tão interessado em música.

— Oh, sim, surpreendentemente é. Também pediu-me para descobrir se alguma escola de música de Nova York oferecia um curso sobre a vida de Chopin. Acho que fez isso por minha causa.

— E você encontrou esse tal curso? — perguntou Domostroy.

— Sim, encontrei. Literatura de Piano, dado na Juilliard. Levei Jimmy nos dois seminários seguintes.

Domostroy se sentiu perdido. Primeiro, de acordo com Andrea, Jimmy Osten estudava na Universidade da Califórnia em Davis. Karlheinz Stockhausen certa vez fora professor-convidado em

Davis e lá exercera considerável influência. Um de seus estudantes tornou-se mais tarde o criativo líder do ELMUS, um conjunto que, com a ajuda de instrumentos eletrônicos, desenvolveu música de um grande nível de energia, particularmente em termos de percussão. Algumas das melodias e arranjos de Goddard, lembrava Domostroy, tinham notáveis semelhanças com a música do ELMUS. E agora aqui estava Osten, que tinha ido para a mesma escola onde o ELMUS se originou, rondando Andrea, a garota que era a isca para Goddard e fazendo perguntas sobre Pregel, Lieberson e as cartas de Chopin. A única razão para Osten querer saber sobre Lieberson e Pregel era seu conhecimento das cartas. A essa altura, Domostroy não tinha dúvida de que existia um elo direto entre Osten e Goddard. Caso contrário, como Osten saberia exatamente o que estava nas cartas para Goddard? Poderia ele conhecer Goddard pessoalmente? Haveria uma conexão entre Goddard e a Etude Classics? Haveria algum meio de Jimmy Osten, com a autorização do pai ou de alguém da Nokturn, poder ler a correspondência de Goddard antes de lhe ser entregue? Então, Domostroy pensou, e se Goddard nunca recebeu as cartas? E se Jimmy Osten as tivesse interceptado e depois saído para procurar a escritora das cartas da Casa Branca por sua conta?

E então outro pensamento começou a preocupá-lo. Por que iria Osten, que estava atrás de Andrea apenas há um mês, alegar agora que a observava há três meses? Seria para que ela não fizesse conexão entre a data do encontro deles com a data em que Domostroy pusera no correio a primeira carta da Casa Branca? E por que iria Andrea acreditar sem questionar essa afirmação dele e repeti-la? Poderia existir uma conspiração entre Andrea e Jimmy Osten? Por outro lado, como seria possível que Osten suspeitasse, se é que suspeitava, que Andrea era a mulher da Casa Branca? Poderia Osten ser um emissário de Goddard? E, se era, quem fora tão inteligente para mandá-lo espionar Domostroy e dizer que, ao contrário, estava espionando Donna? E a menos que Andrea tivesse revelado tudo,

Osten não teria meios de ligá-lo às cartas da Casa Branca. Finalmente, tão improvável quanto tudo isso parecia até agora, poderia Osten ser Goddard?

— Em que está pensando? — perguntou Donna.

— Oh, não sei — disse, hesitando. — Desde os velhos tempos na Etude, sempre pensei em Jimmy Osten como um garoto muito inocente. — Parou. — A propósito, o que há de errado com a voz dele? — perguntou, ainda incerto.

— Alguns anos atrás ele teve que remover um tumor da garganta — disse Donna. — O pai dele me disse que foi uma cirurgia séria. Deixou a laringe de Jimmy com cicatriz e sua voz permanentemente alterada.

— Em todo caso — continuou Domostroy —, nunca pensaria que Jimmy fosse do tipo que espiona as pessoas. — Parou, depois novamente tentou parecer desinteressado. — Terá ele alguma vez falado de Goddard? — perguntou.

— Goddard Lieberson?

— Não, Goddard, o astro do *rock*.

— Muito raramente. E se Jimmy gosta dele, não me disse. Apesar de termos nos conhecido no Goddard Beat, ele sabe o que penso a respeito do *rock*.

Então ocorreu a Domostroy que Osten poderia ter escrito a música e até as letras para Goddard. Afinal de contas, escrever em nome de outro não estava limitado à literatura.

— Devido à formação da família de Jimmy — perguntou —, você sabe se ele escreveu música ou tocou qualquer instrumento?

— Jimmy estuda literatura, não composição musical. Musicalmente, é muito ingênuo — disse Donna. — Quanto à sua execução em piano, bem, sua mãe o ensinou a tocar um pouco, só isso.

Tranqüilizado pelo tom com que lhe contara a verdade e sabendo que ela própria não estava ligada ao que Domostroy começou a perceber como conspiração de Osten, ele então perguntou:

— Você acha que Andrea Gwynplaine incitou Jimmy a nos espionar?

— Poderia ser — disse Donna, pensativa. — Isso não me surpreenderia; ela viceja na intriga.

Domostroy fingiu refletir sobre isso.

— Que tipo de pessoa é Andrea Gwynplaine? — perguntou.

— Bonita — disse Donna. — Brilhante. De uma antiga família mórmon de Tuxedo Park. Já foram muito ricos, mas ela diz que agora não são. Parece que é por isso que ela está estudando teatro. Quer ser produtora da Broadway para um dia poder ganhar seus próprios milhões e colocar a si e à família de volta onde acha que deveriam estar, no topo da sociedade.

— Essa é uma grande ambição — disse Domostroy. — Ela é talentosa?

— Digamos que é diabólica — disse Donna, acrescentando com um sorriso: — e no teatro isso é talento.

— Diabólica? De que maneira?

— De um maneira maldosa — disse Donna e hesitou. — Não sei se devo contar-lhe.

— Não conte, se é um segredo. — Domostroy admirava Donna por sua integridade, que lhe dava a capacidade de ser dissoluta quando queria e reservada quando precisava ser. Ele viu que, no momento, estava dividida entre esses dois lados de sua natureza.

— Isso não é segredo — disse. — Já lhe contei o que ela e seus amigos fizeram comigo quando me convidaram para assistir Marcello num filme pornô. Bem, houve outro incidente, ainda pior. Andrea o engendrou.

— O que foi?

— Bem, por baixo de toda a conversa sobre sua fina e tradicional família Mórmon — disse Donna —, Andrea tem um verdadeiro gosto para o que é doente e depravado. Especialmente, creio, quando se trata de sexo. Ela costumava sair com Chick Mercúrio, o principal integrante dos Atavists, e logo depois que Chick fez a cobertura da revista *Rock Stars*, foi preso por causa de drogas. Então, histórias horríveis sobre a vida dele começaram a sair na imprensa, e nunca mais o convidaram para concertos. Ele estava acabado. Foi da leitura de todas as histórias sobre Chick que começamos a entender que, apesar de Andrea não ter sido mencionada nelas, nossa doce debutante de Tuxedo Park estivera metida em coisas muito estranhas enquanto esteve saindo com ele. E não me refiro a tomar bolinha, beber cerveja com canudinho, pintar as unhas de preto e usar cinta-liga de borracha e jaquetas de couro; quero dizer sexo com correntes e chicotes. — Novamente hesitou. — Parece que Andrea aprecia ferir e humilhar pessoas.

— Nada errado com isso — interpôs Domostroy —, desde que os amantes dela apreciem isso e não sejam prejudicados.

— Creio que alguns foram — disse Donna. — Mais ou menos na época em que Andrea estava saindo com Chick Mercúrio, ela começou a sair com um homem chamado Thomas, um banqueiro jovem, boa aparência, família da Nova Inglaterra, terno listrado com colete e todo o estilo de Wall Street. Bem, Thomas mostrou a Andrea só o melhor... os melhores teatros, restaurantes, festas, mas ela reclamava com seus amigos que ele era muito cansativo, era tão enfadonho e sem imaginação na cama como em qualquer outro lugar. Um dia, ele convidou Andrea e alguns amigos dele para tomar drinques no seu elegante dúplex na Park Avenue e Andrea usou o banheiro privativo de Thomas no andar de cima, em vez do toalete de visitas. Lá, remexendo nas coisas de uma gaveta, encontrou várias revistas pornográficas abertas e marcadas nas páginas de anúncios pessoais. Thomas havia feito um círculo em vários anúncios de mulheres dominadoras, profissionais que anunciavam suas especialidades e serviços sexuais com grandes detalhes. Com letra clara ele havia escrito comentários enigmáticos ao longo das margens! Enquanto Thomas distraía seus amigos na sala de estar, Andrea bisbilhotou seu quarto até que encontrou uma bolsa de golfe cheia de instrumentos que teriam deleitado Sade e Sacher-Maoch. Esta descoberta a deixou estarrecida porque, conforme contara a suas amigas, ao manter relações com ela, Thomas sempre aderira rigidamente à sua fé, digamos assim, à posição clássica. Para dar-lhe uma lição, Andrea maquinou um elaborado plano. Pediu Chick para fotografá-la nua, com uma peruca e botas de cano longo, com seus cabelos lisos sobre os seios e uma máscara de couro sobre o rosto, e colocou a foto em várias das revistas de sexo que Thomas comprava. Incluiu um típico anúncio sensacionalista — "Madame Valkiria: o Balcão das fantasias, fetiches e prazeres. Somente os refinados devem se candidatar" — e deu o número de uma caixa postal. Manteve o anúncio durante várias semanas e esperou, e afinal, entre as muitas respostas que recebeu de clientes interessados, encontrou uma longa e sincera, de Thomas, implorando por um encontro. A brincadeira podia ter terminado ali, mas a carta dele era bastante explícita. Continha descrições de suas fantasias e das atividades sexuais bastante incomuns que disse necessitar para se liberar e satisfazer, e se oferecia para pagar generosamente por elas.

"Andrea decidiu que ele realmente pagaria e, respondendo como Valkiria, disse-lhe que antes que pudessem ter um encontro particular, ele teria que passar num teste de submissão, que, para sua própria segurança profissional, bem como para o prazer de seus clientes, ela exigia de todos seus clientes em potencial. Como isca juntou uma foto Polaroid dela própria — cortada na altura da cabeça, posando num traje típico de couro colado à pele, de dominadora sexual. Ordenou-lhe que vestisse um *smoking* e fosse ao Till Eulenspiegel, um decadente hotel no centro da cidade, à meia-noite do sábado seguinte. Lá informou-lhe, no nível da sobreloja, ele encontraria um nicho vazio atrás de uma pesada cortina verde, onde deveria permanecer com o rosto virado para a parede até a chegada dela. Pediu-lhe que respondesse prometendo que obedeceria as instruções. Thomas respondeu, assegurando-lhe que iria. Nos dias que se seguiram, Andrea continuou saindo com Thomas como sempre, sem deixá-lo suspeitar que havia descoberto qualquer coisa sobre ele.

"No sábado seguinte à meia-noite, Andrea chegou ao Till Eulenspiegel com Chick Mercúrio e um grupo de seus amigos *punk*.

Todos subiram para a sobreloja sem fazer barulho e reuniram-se diante da cortina verde. Enquanto Mercúrio preparava sua câmera, Andrea, vestida com um extravagante traje de couro, colocou uma máscara negra e entrou no nicho, fechando a cortina. Lá estava Thomas, vestido com seu *smoking*, levemente perfumado, seu cabelo cuidadosamente penteado e seu rosto virado para a parede, esperando para encontrar sua nova Dominadora.

"Andrea, essa cadela, contou a todos exatamente o que iria acontecer. Muito alta, como uma amazona com suas botas de saltos altos, ela o acariciou fortemente por trás e meteu as mãos enluvadas no peito dele. Sussurrando epítetos rudes mas sensuais com um leve sotaque alemão, mordiscou o pescoço dele, beijou os lóbulos de suas orelhas, e pressionou seu corpo coberto de couro contra o corpo dele, e imediatamente ele começou a gemer de excitação e implorar-lhe que o deixasse virar-se para vê-la. Mas ela ordenou que continuasse virado para a parede. Lentamente, ela soltou o cinto dele e, acariciando-o por dentro das calças com suas mãos enluvadas, deixou-as cair junto com a cueca até os calcanhares dele. Continuou brincando até ele começar a choramingar e implorar-lhe que o submetesse de qualquer modo que ela quisesse. Assim que ela o excitou e de modo muito visível, Andrea calmamente abriu a cortina e afastou-se, expondo Thomas aos seus amigos.

"Só depois de ouvir os guinchos e gargalhadas de sua platéia real, Thomas se virou e percebeu que estava em exposição e sendo fotografado, mas então era tarde demais para fazer qualquer coisa além de abaixar-se e subir suas calças. Enquanto o fazia, compreendeu que entre os que mais riam estava Andrea, sua arrogante namorada, fantasiada com o traje de couro colado na pele que ele conhecia tão bem pela fotografia que recebera.

Uma ligeira sensação de náusea invadiu Domostroy. Arrependeu-se de ter conhecido Andrea, de ter permitido que ela o levasse de um lado para outro. Como fora estúpido de cooperar com o plano dela e submeter-se à sua manipulação sexual. Por ela fizera todo o possível para deixar Goddard curioso sobre a linda mulher que escreveu cartas tão intrigantes e perceptivas, curioso o suficiente para aceitar o desafio e ir atrás dela e ser apanhado na armadilha. E ele, Domostroy, nunca soubera que Andrea já havia executado sozinha um esquema igual, incluindo até uma fotografia sem rosto, e só por emoções sádicas. O que, conjecturou Domostroy, teria ela reservado para ele agora? E que papel em sua intriga, Osten, seu mais novo escravo, estava representando?

Estremeceu. Sabendo o que agora sabia sobre Andrea, o melhor que poderia fazer seria esquecer o caso todo. Tinha sua própria vida para viver, e não ligava a mínima para saber quem era Goddard.

Quando estava com Donna, Domostroy tinha cuidado para não fazer ou dizer algo que pudesse revelar seus sentimentos por ela e, desse modo, perturbá-la. Sabia que ela precisava concentrar-se totalmente no preparo para a competição de Varsóvia. Várias vezes nas suas sessões de piano com Domostroy, em pânico pelo pensamento de que em Varsóvia estaria competindo com os melhores especialistas de Chopin do mundo, ela ameaçava desistir da competição, mas toda vez Domostroy a acalmava e a convencia de que, ainda que fosse pela experiência, deveria ir a Varsóvia e tocar com toda sua capacidade artística.

À medida que a data da partida se aproximava, Donna começou a praticar todas as manhãs e Domostroy sempre comportou-se como se fosse seu professor, preocupado apenas em aguçar o talento da aluna, e em desenvolver sua confiança para exibi-la em público. Sempre que captava no olhar dela a menor necessidade dele como homem sofria para não revelar-lhe o quanto a desejava.

Mas depois reparou que seu fingido afastamento a incomodava, e até poderia dizer que ela esperava que os sentimentos dele mudassem; isso era particularmente visível depois da inesperada invasão de Jimmy Osten no Old Glory. Um dia não muito depois desse evento, ela deu a Domostroy duas fotos suas. Em uma escrevera: "Caro Patrick, saiba que sempre estarei com você"; nas costas da outra escrevera palavras que ele certa vez lhe dissera: "Desde que a conheci, penso na beleza como sendo você, não de você como uma beleza."

Sob sua tutela ela tocava cada vez melhor, fazendo o salão de baile reverberar com sons mágicos. Às vezes, sua imensa virtuosidade e segurança faziam Domostroy pensar num comentário de Schumann: "Um bom músico compreende a música sem a partitura, e a partitura sem a música. O ouvido não deve precisar do olho, o olho não deve precisar do ouvido." Quanto mais a escutava, mais se convencia de que ela poderia ter sucesso em Varsóvia, e devido à feliz seleção de peças para as finais, poderia até se colocar no segundo, terceiro ou quarto lugares.

Se duvidava das chances dela ganhar o primeiro lugar era porque suspeitava que a maioria dos juízes teriam preconceito inverso, teriam medo de, ao dar o prêmio a uma negra, ser acusados de agir com desejo de retificar um sistema de injustiça social secular, não sendo imparciais no seu julgamento.

Mas duvidava também que outro jovem pianista pudesse igualar-se a Donna em energia e bravura quando tocasse Chopin. Quando se sentava para ouvi-la tocar, tinha a misteriosa impressão de que, naquelas poucas semanas, ela estivera inconscientemente lutando contra as restrições históricas de sua raça e estava determinada agora a derrotá-las, sozinha, através da força de sua arte. Poderia haver, conjecturou ele, outro pianista competindo em Varsóvia cuja ambição igualasse um tal sentido de finalidade, ou uma tal desesperada necessidade de realização?

Desde que Donna começara a trabalhar com ele, seu dedilhado havia melhorado consideravelmente. Às vezes, os dedos dela pareciam flutuar sobre o teclado como delicadas algas timidamente oscilando na maré montante; outras vezes caíam sobre as teclas tão ásperos como o coral. Reparou que agora, quando ela tocava o Estudo em Lá Menor de Chopin, realmente retrocedera a uma técnica usada pelo próprio Chopin — deslocando o longo terceiro dedo sobre o quarto e o quinto, particularmente quando o polegar estava em outro lugar e o terceiro dedo podia tocar uma tecla preta. Sob a cuidadosa vigilância de Domostroy, ela estava também se esforçando para evitar qualquer movimento de mão desnecessário; nas frases sustentadas, agora ela tocava tantas notas quanto podia sem mudar a mão, e quando as mudanças eram necessárias, as efetuava com a máxima facilidade e sempre as fazia coincidir perfeitamente com paradas nas frases. Estava assombrado com a intuição musical dela e com a liberdade com que, como se fosse uma pianista de *ragtime*, alterava dedilhados-padrão quando era necessário. Maravilhava-se com sua precisão quando, a fim de contrabalançar a difícil angularidade inerente às mazurcas de uma era musical rígida, ela usava ao máximo todas as exóticas modulações rítmicas fornecidas pelas urdiduras laterais das sétimas dominantes, e ficava impressionado por ver como se tornara livre para a quarta sustenido, a modulação rítmica do baixo, os inesperados tercilhos, e os continuadamente repetidos *leitmotivs* de um compasso.

Para ilustrar que a velocidade não era o único meio de adquirir compasso, Domostroy fê-la ouvir várias gravações do final da *Sonata em Si Bemol*, uma das mais difíceis passagens de Chopin. Apesar de Rachmaninoff e Vladimir Horowitz terem levado precisamente um minuto e dez segundos para tocá-la, Donna concordou com Domostroy que a versão de Rachmaninoff parecia mais rápida e mais dinâmica. Domostroy concluiu a lição dizendo que, se conforme observou Beethoven, ritmo era a parte principal da interpretação, então a tradição musical do *ragtime*, do *boogie* e *blues* dos pianistas do Harlem, de Duke Ellington, Luckey Robert, Fats Waller e, muito depois, do pai dela, Henry Lee Downes, deviam ter-lhe dado consciência de que o ritmo nunca poderia ser medido por um cronômetro. No final, disse, essa seria a interpretação dela da dinâmica de Chopin, seu fraseado e seu pedalar, que se uniriam para criar a impressão do compasso. Enquanto falava, compreendeu para seu próprio espanto que, assim como o gênio musical de Chopin o deslocara para um período muito à frente de seu tempo, o talento musical de Donna a deslocara, guiando-a instintivamente para trás no tempo, até que ela harmonizou-se com o gênio do polonês.

Domostroy começou a tomar consciência do tempo apenas em termos das horas que passava esperando por ela, quando se sentia dominado por um sombrio anseio de estar com ela.

Acordava toda manhã ansioso para não perder o primeiro ruído do carro dela. Enquanto permanecia, ela, como sua música, dominava seu ser. Sabendo que à noite ela o deixaria, começou a sentir angústia ao pensamento dela fechar o piano. Toda tarde ele a acompanhava através da empoeirada pista de dança até a porta, tendo cuidado de não encostar no corpo dela, e depois até o carro.

No intervalo entre a saída dela do Old Glory e a sua ida para o Kreutzer, à noite, sempre se sentia sem objetivo, tomado por uma pesada fadiga, uma espécie de profundo entorpecimento interior, no qual toda esperança de que sua vida pudesse mudar parecia desaparecer. Sozinho, andava de um lado para outro no estacionamento, estudando cada uma das placas de cimento como se fossem um jogo de dominó; ou voltava para seu quarto, e quando um fulgurante crepúsculo envolvia o estacionamento, os campos adjacentes e, ao fundo, os edifícios carbonizados, ficava na janela vendo o nascer da noite.

Mesmo quando estava trabalhando, a lembrança de Donna não o deixava, e as horas que passava no Kreutzer eram simplesmente um túnel através do tempo, separando-o da chegada de Donna na manhã seguinte. O pensamento de que alguém pudesse surgir e afastá-la dele era seu medo constante, apesar de saber — e dizer isso a si mesmo uma centena de vezes toda noite — que não havia a possibilidade de ele pedir a Donna para dividir sua vida com ele. O que poderia ela, jovem, bonita e talentosa, esperar de Patrick Domostroy, muito mais velho, sem perspectiva de fazer reverter, ou mesmo de adiar, o óbvio resultado de sua vida?

E, contudo, ele a queria. Porque ela era jovem e talentosa e ele não; ele queria que ela precisasse dele, e através do desejo dela, ainda que fosse apenas um momento, ver-se uma vez mais como um homem que merecesse o amor. Seu desejo era também sexual, pois só pela sua posse física, sentindo-a render-se, e, ao mesmo tempo, por sua rendição, poderia esperar ganhar — mesmo com o risco da humilhação e rejeição — um sentimento de novamente ser ele.

Toda noite depois do trabalho dirigia através da ponte para Manhattan e ia de um bar da madrugada para outro, de um clube fechado para outro, como um gato de rua, alerta a todo som, matando o tempo que o separava de Donna.

De manhã, sua busca por ela disfarçada atrás de um sorriso convencional, ele a cumprimentava com um simples aperto de mãos e um amigável beijo no rosto, depois ia diretamente às peças que iriam trabalhar naquele dia. Nenhuma vez deixou que seu tom traísse o quanto lhe custava manter essa fria indiferença.

À medida que se aproximava a hora da partida para Varsóvia, Donna se tornava confusa. Em poucos dias estaria competindo num país estranho diante de uma platéia de desconhecidos e juízes, cuja fria e descomprometida avaliação iria influenciar toda sua vida futura.

Sua confortável existência na Juilliard, onde sempre tivera o sentimento de merecer atenção, estava agora ameaçada. No mundo real, ela poderia lutar contra o fracasso, até mesmo a desgraça, e parecia-lhe que nem sua família nem seus poucos amigos poderiam entender o emaranhado em que estava, muito menos dar-lhe conforto e conselho. Ela sabia que Domostroy poderia dar-lhe isso, contudo, como que para feri-la, exatamente quando necessitava conhecer seus sentimentos a respeito de suas chances em Varsóvia, ele escolhera uma auto-imposta frieza para comunicar-se com ela.

Certa manhã, preocupada com esses pensamentos, sentou-se ao piano e, preparando-se para um dia de trabalho extenuante, desabotoou a parte de cima da blusa e o cinto da saia. Sem olhar para Domostroy, começou a tocar a grandiosa *Polonaise em Lá Bemol*, lembrando-se de reprimir qualquer exuberância desnecessária na frase de abertura, mas depois explodindo de vibração nas quatro colcheias seguintes com tal força e paixão que os sons pareciam irradiar sob seus dedos, transmitindo vibrações aos mais distantes cantos do vasto salão.

Parou na metade da peça, pensou um pouco, e depois começou a tocar o *Etude em Terças*. Domostroy vigiava sua mão esquerda e recordou-se de uma das primeiras lições que lhe dera. Dissera-lhe que como as principais linhas melódicas na maioria das músicas escritas para piano eram de registro alto, significando que deviam ser tocadas pela mão direita, muitos pianistas, até os mais consumados, involuntariamente só davam importância à mão esquerda quando esta efetuava a melodia; a tendência deles era retardar o impulso da mão esquerda quando executavam notas lentas, enquanto ao mesmo tempo, com a mão direita, tocavam as notas com velocidade dupla ou tripla. Executando agora essa passagem, Donna demonstrou que levara a lição a sério.

Parando abruptamente, ela mudou para *O desejo*, a alegre e sutil mazurca, cujas palavras, "Se eu fosse o sol no céu, só brilharia para você...", muitas vezes ouvira Domostroy cantando com os lábios fechados.

Novamente, ela parou no meio da peça e passou, dessa vez, para a *Valsa em Lá Maior*, a qual, devido às suas felinas mudanças nos três primeiros compassos do tema principal de oito colcheias, fora apelidada de *A valsa do gato*.

Uma vez mais, ela parou e depois fechou o piano. Sem uma palavra, cruzou os braços e deitou sua cabeça sobre eles, escondendo o rosto de Domostroy. Ela escutou o som dos saltos dos sapatos dele ecoando sobre o piso de tacos de madeira quando se levantou e veio em sua direção.

Domostroy conteve o impulso de sentar-se ao lado dela, negou a si mesmo o luxo de inalar o odor do seu corpo. Ao contrário, permaneceu em pé e inclinado sobre o piano.

— Por que o gato parou de valsar? — perguntou.

— Não estou com vontade de tocar — ela disse.

— Por que não?

— Para quê? — murmurou numa voz resignada, seu rosto ainda escondido nos braços.

— Para quê? Para tocar bem — respondeu suavemente.

— Para quem? — ela falou sem erguer o rosto.

— Para os outros. Para aqueles que, como eu, querem ouvi-la e para dar-lhes prazer. Para fazê-los sentir algo que, sem você, nunca seríamos capazes de sentir.

Ela endireitou-se, e quando olhou-o, ele viu que havia lágrimas nos seus olhos.

— Não me importo com os outros — disse ela através das lágrimas. — Não podem viver minha vida por mim, pensar meus pensamentos, temer meus temores. — Os lábios dela tremiam, e as lágrimas rolavam por seu rosto e caíam em sua blusa. — Por quê, Patrick? Por quê? — perguntou em tons sufocados.

Ele aproximou-se até ficar parado ao lado dela. Sob o brilhante facho de luz que caía sobre ela de um ponto acima, parecia uma estátua feita de bronze líquido.

— Por que, o quê? — perguntou ele.

— Você costumava se importar comigo — disse numa voz fraca —, mas já não liga. Por quê?

Ele deu-lhe uma suave pancadinha no ombro, nada diferente de um beijo na face.

— Eu me importo com você, mais do que me importo com qualquer outra pessoa, ou qualquer coisa — disse muito lentamente, ainda dominando seus sentimentos.

Ela ergueu a cabeça e virou-a na direção dele. Banhada de luz e lágrimas, seus olhos eram puro verde. Mordeu os lábios e disse, quase num sussurro.

— Você se importa, sim. Mas quando vim aqui pela primeira vez, achei que estava apaixonado por mim.

— E ainda estou — disse ele, retirando a mão do ombro dela.

Domostroy virou-se e afastou-se dela alguns passos, parando na sombra, com medo que ela pudesse ver a emoção em seu rosto.

— Amo-a, Donna. Mais a cada instante em que estamos juntos.

— Então... por que você não... não teve — ela procurou por palavras — nunca pediu para eu ficar com você? Deve saber o que sinto por você! — exclamou.

Ele caminhou de volta para o piano e permaneceu de pé, olhando-a.

— Se não o fiz, Donna — disse —, é porque tive receio que um dia, quando você estiver forte e segura, possa olhar para trás e pensar que a usei quando você estava amedrontada, fraca e dependente de minha ajuda.

Hesitou, depois entregou-se à sua própria verdade.

— Como não sou seu amante, você sabe que a amo por algo mais além da sua beleza.

Donna ergueu-se, olhou em volta e, silenciosa e calmamente, tirou o grampo que prendia seus cabelos e deixou-os cair espessos e brilhantes sobre seus ombros. Depois, de costas para ele, sem pressa, como se estivesse executando uma longa e suave passagem musical, desabotoou a blusa, desceu o fecho da saia, tirou-as e colocou-as sobre o banco do piano. Descalçou os sapatos, depois tirou a calcinha e então virou-se para ele.

Domostroy pensou que ela se aproximaria dele, mas ela não o fez. Nua, o facho de luz descendo em cascata sobre seus ombros, seios e coxas, ela retirou suas roupas da banqueta, sentou-se ao piano, abriu-o e começou a tocar. O som doloroso, loucamente lírico do *Scherzo em Si Menor*, foi crescendo até inundar o imenso salão de baile com Zal, aquele estado de espírito eslavo de desesperado rancor.

Olhando-a e ouvindo-a tocar, Domostroy entendeu que aquilo que ele estivera esperando finalmente iria acontecer. O momento agora parecia sujeito apenas à sua vontade, contudo sentiu-se fazendo um esforço para adiá-lo, temendo que quando este chegasse, pudesse ficar impotente, ou, como os homens de sua vida sobre os quais ela falara, também ficasse passivo, ansioso para agradar, incapaz de se impor ou receber. Ao contrário, depois de deixar seu olhar vagar sobre o corpo de Donna, fixou-o sobre as finas mãos dela e seus pulsos flexíveis, e observou seus dedos, subitamente prendendo as dez notas com facilidade, expandindo-se para pôr em movimento um terço do teclado, tão fortes, rápidos e móveis que davam a impressão de estar livres dos braços, movidos afinal pelo mesmo espírito que a fazia respirar.

Domostroy sabia que para transpor a distância entre o piano e o corpo dele, para dominar sua natureza interna e adquirir a singularidade e lucidez necessárias para produzir som harmonioso, o pianista necessitava estar perfeitamente à vontade, coordenando seu próprio ritmo físico com o fluxo de sua música. A menor tensão ou trepidação afetavam mãos, os pulsos e os ombros do pianista e dificultavam seu desempenho, diminuindo a qualidade do som, harmonia, ritmo e melodia. Agora podia perceber, quanto mais Donna tocava, mais tensa e incerta de si mesma ela se tornava.

Sexualmente tenso e impaciente, Domostroy obrigou-se a concentrar-se inteiramente na execução de Donna, reparando que tudo nela, seus ombros curvados, seu pescoço rígido, o movimento duro de suas pernas, seus suspiros mudos, até mesmo a maneira de erguer as mãos do colo para as teclas, indicavam ansiedade, um sentimento de condenação, derrota, rendição. Em poucos minutos, sua música estava tão sem fôlego quanto ela própria. A energia parecia ter desaparecido de sua interpretação; o som interior que estivera fluindo através dela perdera sua força ascencional e parecia provir apenas da folha de papel acima do teclado, tão separada da pianista quanto esta do instrumento que tocava.

Se Donna tivesse que partir para Varsóvia agora, ele pensou, a desordem interior em que estava destruiria todas as suas chances de ganhar ou sequer se colocar bem no concurso. Ele sabia que nenhum treinamento, nenhum exercício físico ou mental por si só poderiam remover essa inquietação tão profundamente implantada ou libertá-la do medo de apresentar-se em público durante o tempo suficiente para ela vencer.

Domostroy encaminhou-se para ela, em total expectativa daquilo que estava a ponto de fazer e desejando fazê-lo, mas cheio de medo de que seu toque pudesse sair errado e estragar a verdadeira primeira nota, da qual a peça inteira teria que fluir. Ele devia tentar fazer agora o que todo pianista tenta fazer no início de um concerto, deixar-se levar por um impulso vindo não mais de suas mãos ou pulsos ou braços ou ombros, mas, ao contrário, vindo do lugar mais profundo de si, sua alma.

Parou apenas uns centímetros atrás dela, mas Donna continuou tocando como se não tivesse conhecimento do quanto ele estava perto. E apesar dele permanecer tão próximo que podia sentir a tepidez do corpo dela e sentir seu perfume, pareceu-lhe que estava afastado de si mesmo, e que tocando-a poderia ele próprio retornar à sua realidade, que por tanto tempo tivera medo de confrontar.

Estendendo as mãos, tocou-lhe a nuca e pressionou as pontas dos dedos delicadamente contra sua pele. Um arrepio a percorreu, mas ela continuou tocando. Sua carne era firme ao toque dele, mas quando pressionou-a mais forte, pareceu amaciar, e ele conjecturou se aquela resistência inicial viera dela ou de alguma fraqueza em seu sentido táctil, alguma falha para julgar quanta força precisava das suas próprias mãos e ombros, a fim de acariciá-la. Deslizou as mãos sobre as omoplatas, ombros e torso dela mudados de posição sutilmente, em resposta. Enquanto ela continuava tocando, ele aumentou sua familiaridade a cada gesto, e foi ficando mais seguro nos movimentos, até que sentiu a tensão dentro de si dissolvendo-se, sua inibição dissipando-se, e entendeu que apenas as roupas restavam como obstáculo para sua total liberdade com ela. Agora que seu sentimento próprio já não era uma coisa obscura, prazerosamente acariciou o pescoço, os ombros e a coluna dela com as pontas dos dedos de uma das mãos, enquanto se despia com a outra.

Nu, esfregou seu peito e barriga contra as costas dela. Donna estremeceu e inclinou-se para trás para ir de encontro à pressão dele, e então suas mãos já não estavam firmes sobre o teclado. Ela parou de tocar, e incerta do que fazer com as mãos, virou-se e ficou de frente para ele. Pegou-a pelos ombros e segurou-a firme, como se temesse que ela pudesse cair, e uma poderosíssima sensação de necessidade e angústia surgiu dentro dele. Tudo que lhe importava agora era inflamá-la com a sua presença e seu ser fundir-se com o dela.

Delicadamente, virou-a de frente para o piano, e ela colocou as mãos sobre as teclas e recomeçou a tocar *Spells*, uma suave e triste canção de Chopin. A frase de dez compassos, da melodia estrófica, trouxe de volta algumas palavras que ele cantara em criança ouvindo sua mãe preparar-se para seu próprio concerto de Chopin em Varsóvia.

Quando canto com ela, fico maravilhado;
Quando ela vai embora, tristeza sem fim;

Quero estar alegre
E não posso!
Sem dúvida,
Estes são encantamentos!

Inclinado sobre o ombro dela, cauteloso para não pressionar muito pesadamente, deixou que a ponta de seu membro duro e protuberante tocasse as costas de Donna, prova adicional de sua proximidade, enquanto beijava-lhe o pescoço, queixo, orelha, e roçava o rosto no seu cabelo.

À medida que se inclinava sobre ela, cotovelos tocando-lhe os ombros e os cabelos, deixou que as mãos tocassem levemente os seios, as pontas dos dedos mal deslizando sobre os mamilos, deixando-os erguidos, duros, depois sobre a aréola, depois embaixo dos seios, nas costelas, descendo para o umbigo, depois para cima e para baixo novamente. Seus dedos desceram hesitantes pelos dois lados da barriga e se moveram entre suas coxas para a virilha, a mão dele pressionou agora firmemente, até que a palma de uma de suas mãos se apoiou na virilha e as pontas dos dedos desceram esfregando, abrindo os lábios vaginais, entrando na carne dela.

Com o peito pressionado sobre as costas dela, seu rosto próximo ao dela, as mãos entre suas coxas, Donna continuava tocando, seu corpo sacudindo pelas carícias dele, langoroso, quase dominado pelo desejo.

Quando seu torso pareceu já não mais suportar os braços, e suas mãos pareciam resistir aos movimentos como que separadas por um invisível fole que ela já não conseguia abrir e fechar, começou a tocar *Longe dos meus olhos*, uma das mais expressivas canções de duas estrofes de Chopin, feito em poema por Adam Mickievicz, que ela e Domostroy amavam. Ela a cantava freqüentemente para Domostroy enquanto a tocava no piano de cauda:

Em todo lugar, durante todo
dia e toda noite,
Onde com você eu chorei, onde com
você eu brinquei
Em qualquer parte e para sempre devo
estar ao seu lado,
Pois lá deixei um pedaço de
Minha alma.

Não permitindo que ela interrompesse a execução, sentou-se a seu lado na banqueta do piano. Erguendo-a delicadamente, ficou por baixo dela e lentamente baixou-a sobre suas coxas, penetrando-a, enchendo com sua carne a carne dela, firmando o dócil corpo com seu peito, balançando ritmicamente com o dela, deslizando para dentro e para fora de Donna, puxando-a até ela começar a estremecer e tremer e gemer febrilmente. Os dedos dela perderam então seus movimentos fluidos, e as mãos caíam nas teclas, não mais descendo suavemente, não mais livres para se mover por si mesmos.

Ele ergueu-a novamente, afastou a banqueta, e colocou-a no chão. Fazendo das suas roupas uma almofada e tendo as cadeiras vazias do salão como uma platéia muda, ela agarrou-se a ele como uma menininha ao mesmo tempo terna e generosa, brutal e egoísta.

Foram para o aeroporto no carro de Domostroy, levando as duas grandes malas de Donna, uma só com vestidos longos para suas atuações na competição e jantares oficiais em Varsóvia, que ocupavam a maior parte do banco traseiro. Donna sentou-se perto dele, e ele dirigiu com uma só mão, mantendo o outro braço em volta dos ombros dela e ocasionalmente afagando o cabelo dela ou tocando seu pescoço. Sem dizer nada, ela tirou o braço dos seus ombros e colocou a mão dele entre suas coxas. Com o peito subindo e descendo e sua respiração se acelerando, ela aproximou-se mais, levando a mão dele para mais fundo dentro dela, aquecendo-a com o calor de sua carne. Agarrada a ele, deitou a cabeça sobre seu ombro, ergueu os olhos para o rosto dele, e emitiu um gemido baixo através de seus lábios secos e entreabertos.

Apesar dela ter-lhe pedido que fosse com ela para Varsóvia, e apesar dele poder ter feito a viagem com o dinheiro que guardava dos pagamentos de Andrea, decidira que era importante para Donna estar sozinha em Varsóvia, sem seu olho e ouvido censuradores, apenas com a platéia que ainda teria de conquistar.

A mãe e quatro irmãs mais novas estariam esperando por ela na sala de embarque, ela disse-lhe, e fora informada de que a imprensa também estaria lá para entrevistá-la. Domostroy convenceu-a de que deveria receber os jornalistas sozinha. No aeroporto, parou o carro no meio-fio, desceu e abriu a porta para Donna, entregou sua bagagem a um carregador, depois afastou-se e entrou no carro quando os parentes, os repórteres e fotógrafos começaram a correr para ela. Sempre ansiosa por novidades, a mídia encontrara em Donna Downes a pessoa perfeita para, através dela, fazer a cobertura do falado Concurso Chopin.

Quando Domostroy entrou no aeroporto, depois de ter estacionado o carro, Donna estava cercada por uma sólida muralha de repórteres e fotógrafos, que tinham conseguido pôr de lado a família dela. Ele mal pôde vê-la com tantos ombros e cotovelos na frente, mas sempre que captava seu olhar, ela parecia forte e radiante, e respondia às infindáveis perguntas com pose e segurança. Viu-a olhando em volta, procurando por ele, mas cada vez que o fazia ele se escondia, tendo decidido que aquele momento pertencia somente a ela.

A entrevista terminou quando o pessoal da imprensa desapareceu para assistir à chegada de um avião trazendo de volta os corpos dos soldados americanos mortos em algum lugar da América Latina.

Acompanhada por sua família e alguns amigos da Juilliard, Donna passou lentamente pelo portão de embarque, ainda procurando por ele. Domostroy seguiu-a, escondido por um grupo de gordos burocratas da Europa Oriental que marchavam em bloco na direção do portão. Quando ela já havia perdido a esperança de ele chegar a tempo de vê-la partir, despediu-se de todos e, relutantemente, passou pela porta de segurança. Então ele acelerou os passos e acenou, e como uma criança surpresa com um presente, a expressão dela mudou. Correu para ele e abraçou-o, e enquanto sua mãe observava com embaraçada surpresa, brandamente desaprovadora, e suas irmãs menores davam risadinhas e arregalavam os olhos, Donna beijou-o demoradamente no pescoço, nos olhos, na boca, e ele, agora esquecido dos olhares da família dela e de outros espectadores, permitiu-se beijá-la também, abraçando-a e beijando-a na boca.

Então chegou a hora de partir. Ela afastou-se, e olhando só para ele, enquanto acenava para a família, passou pelo portão e pelo longo corredor. Ele ficou olhando-a até sua alta silhueta sumir no corredor que conduzia ao avião. Sorrindo e dando um modesto aceno aos parentes dela, ele virou-se e dirigiu-se para a saída, mas depois de alguns passos foi abordado por uma mulher baixa de óculos, com sandálias de sola grossa e um chapéu de abas largas com flores de palha.

— Desculpe, cavalheiro — ela solicitou, seus claros olhos aguados aumentados por suas lentes grossas. — Essa linda jovem dama que você acabou de beijar não era alguém famosa?

— Ainda não — replicou Domostroy pacientemente —, mas será quando voltar.

— Foi o que pensei — a mulher gritou triunfantemente, mostrando sua dentadura. — Foi isso que pensei — repetiu. — Sempre descubro as pessoas famosas!

PARTE IV

ANDREA havia concordado em encontrar Osten novamente aquela noite para jantar. De tarde, ele foi a seu banco para descontar um cheque, e enquanto estava lá, encaminhou-se para o local dos cofres particulares, achando que poderia mais uma vez examinar as cartas da Casa Branca procurando pensamentos e frases nelas contidos que pudessem revelar alguma coisa. Mas mudou de idéia, decidindo que seria melhor levar consigo o gravador minissensor automático.

Encontrou Andrea no Stage Fright, um restaurante aconchegante perto do Lincoln Center, conhecido por sua boa comida e simpáticos garçons, todos atores e atrizes que trabalhavam lá quando não estavam atuando em alguma peça. Com blusa de organza e saia de seda justa que delineava seu corpo, os cabelos caindo em longas ondas sobre os ombros, Andrea estava deslumbrante e uma vez mais ele achou que ela era muito mais alta e mais bem proporcionada do que a nua das fotografias.

Conversaram sobre a partida de Donna para Varsóvia, que ambos haviam visto na TV. Depois, como que para distanciá-lo mais da lembrança de Donna, Andrea contou-lhe o caso de Donna com o conhecido ator pornográfico, e a história fez Osten rir apesar de sentir uma pontada de dor por descobrir a identidade do bem-dotado rapaz da foto no álbum de Donna.

Dominado pela necessidade de ficar perto dela, Osten contou a Andrea que depois de encontrá-la pela primeira vez na lanchonete da Juilliard tivera curiosidade de saber se ela estava namorando alguém. E agora que a conhecia um pouco melhor, admitia conjecturar se havia alguém tão importante em sua vida quanto Donna havia sido para ele até recentemente.

Por um momento Andrea pareceu triste. Depois, disse que não tinha nenhum namorado. A maior parte do seu tempo era tomado pelos estudos, e muitos dos seus fins de semana passava com os pais em Tuxedo Park, o lugar onde fora criada, e que só continha recordações agradáveis para ela. Talvez um dia, disse, ele pudesse ir até lá com ela para nadar no lago sob alguns dos mais velhos carvalhos e cedros do estado.

Quanto mais os dois se sentiam à vontade um com o outro, mais feliz Osten ficava por não ter lido novamente as cartas da Casa Branca para estudar suas palavras e frases. Desse modo podia ouvir Andrea sem outro motivo, absorto na apreciação das claras e articuladas idéias dela e o som agradável de sua voz, tão diferente da voz de Donna, que, devido à sua educação, ele achava um tanto afetada.

— Por que não perguntou a Donna sobre mim? — Andrea perguntou diretamente. — Estou certa de que ela teria contado alguma velha fofoca de colégio — acrescentou como numa reflexão tardia.

— Tendo gostado tanto de sua aparência — disse ele —, a essa altura eu não iria me arriscar a tornar Donna ciumenta.

Olharam-se em silêncio.

— Entretanto, depois que nós nos falamos brevemente na lanchonete, comecei a pensar em você com freqüência. — Depois, uma recordação estimulou-o e, calmamente, de olhos baixos, Osten continuou: — Comecei a vê-la diante de mim, mesmo quando não devia.

— Quando? — perguntou ela em voz baixa.

— Quando estava fazendo amor com Donna — revelou, encontrando de novo o olhar dela. — Eu fechava meus olhos e sentia que estava com você. Não conseguia evitar. Ali estava você, como uma premonição.

— Uma premonição... de quê? — ela perguntou, impressionada por sua franqueza.

— De estar apaixonado — disse, e só depois de ouvir suas próprias palavras percebeu como seu desejo era simples e direto. — Por você — acrescentou, estendendo as mãos e gentilmente colocando-as sobre as mãos dela, mas sentiu-a afastar-se. — Essa foi a primeira vez que toquei em você — disse suavemente, quase se desculpando.

— Gosto de você, Jimmy Osten — replicou ela vagarosamente, pesando cada sílaba. — Um bocado. Gostei de você mesmo quando estava com Donna. Tive um pouco de ciúme dela. Sentia e esperava que não houvesse nada muito forte entre vocês. Que estivessem juntos mas não um com o outro, tão distantes quanto o preto do branco. Estou contente que isso tenha terminado. Contente por você e... por que não dizer?... por mim mesma, por nós.

Logo não tinham mais nada a dizer sobre como se sentiam um a respeito do outro. Então, ele pediu que ela falasse sobre sua vida. Ouviu-a extasiado falar sobre suas aulas de vôo, mergulhos submarinos, sua experiência como crítica de música para *Soho Sounds*, o jornal de música *rock avant-garde* e, acima de tudo, suas esperanças de se tornar uma produtora de peças e musicais da Broadway.

A noite passou voando. Levando Andrea para casa em seu carro, reparou que ela se sentou o mais longe dele possível. Tomou isso como um sinal de que ela ainda não estava preparada para maiores intimidades, embora durante todo o jantar ele tivesse lhe dado todas as indicações do seu desejo.

Respeitou e até admirou seu recato. Aceitando sua insinuação, ao sair do carro para acompanhá-la até a porta do edifício, deixou o motor ligado.

— Não vai subir? — perguntou ela, sua voz outra vez perfeitamente casual.

— Não é muito tarde para você, quero dizer? — ele gaguejou, apanhado de surpresa.

— De modo algum — ela disse. — Não tenho aula amanhã. E além do mais, não estou com sono! "Macbeth assassinou o sono" — ela citou.

Enquanto Osten parava o carro do outro lado da rua, ela esperou por ele na porta de entrada do edifício. No carro, o olhar dele caiu sobre a sacola contendo o gravador. Hesitou. Seu instinto disse-lhe para esquecê-lo. Desde a época de Leila não se sentia tão ansioso para estar com uma mulher, e rechaçou a idéia de tratar Andrea como se ela fosse cúmplice de alguém tão perverso quanto Patrick Domostroy. Além disso, Osten notou que nada do que ela lhe dissera até então soava remotamente parecido com qualquer dos pensamentos ou frases das cartas da Casa Branca.

Contudo, naquela fração de segundo antes de fechar a porta do carro, pensou que se existisse a mínima chance de Andrea ser a escritora das cartas, ele precisava saber disso. Rapidamente retirou o gravador da sacola e enfiou-o no bolso de dentro do casaco. Depois voltou para junto de Andrea.

Quando subia as escadas, sentindo-se agudamente consciente da proximidade dela, arrependeu-se de não ter podido ser honesto e simplesmente ter contado quem ele era e por que tinha de ocultar sua identidade.

Gostou da ordem do apartamento de Andrea, da bem escolhida mobília antiga, dos cadernos de anotações cuidadosamente arrumados, das fotografias de família em molduras de prata, das estantes de livros e discos sem poeira. Ela pegou uma caixa de prata que continha um saco plástico de maconha, um pacote de papéis e um pequeno aparelho de enrolar cigarros. Quando estava mostrando-lhe sua coleção de vidros de perfume antigos, ele aproximou-se e ficou atrás dela; depois, com um passo à frente, pegou-a pelos ombros de modo que seus corpos se tocaram. Virou-a de frente para ele. Ela abraçou-o delicadamente, olhando-o dentro dos olhos por um momento, e depois afastou-se para abrir uma garrafa de vinho, falando sem se virar o tempo todo, dizendo que embora necessitasse de mais sono do que a maioria das pessoas, tinha grande dificuldade para conseguir dormir o suficiente. Depois perguntou-lhe se gostaria de colocar um disco na vitrola, acrescentando, de brincadeira, que tinha alguns discos de Domostroy na estante se ele tivesse interesse em avivar sua lembrança desse compositor. Quando ele se abaixou para olhar a coleção de discos, rapidamente escondeu o gravador atrás de uma pilha de álbuns. O marcador de tempo automático do gravador seria ativado na manhã seguinte.

Ele deu uma olhada nos discos, notando com prazer sua completa coleção de Goddard. Ficou tentado a tocar um, mas decidiu-se contra isso e, ao contrário, ligou o rádio.

Ela trouxe os "baseados" e o vinho, arranjou uma bandeja e um pegador de prata e sentou-se na cama ao lado dele, afundando num monte de travesseiros e enfiando as pernas por baixo dele.

Começaram a fumar, e a fumaça pairou lentamente pelo quarto.

— Falando do diabo, você conhece Patrick Domostroy? — perguntou ele, vigiando-a atentamente.

— Não, não conheço — ela disse —, mas sei algumas poucas coisas sobre ele. — Ela pareceu tão natural que Osten sentiu que estava dizendo a verdade. Andrea bebericou seu vinho e passou-lhe o baseado. — Meus pais o conheceram muitos anos atrás em Tuxedo Park. Ele costumava sair com uma escritora que morava perto de nossa casa. Ele é uma pessoa interessante? — perguntou, depois riu. — Não que eu espere que você seja objetivo nesse assunto!

— Não sou — ele riu também. — Até meu pai, que nunca fala mal de ninguém, não preza muito a maneira de viver de Domostroy.

— E quanto à sua música?

— Meu pai a considera visceral — disse Osten —, isto é, rudimentar. Atribui isso à preocupação anormal de Domostroy com o sexo.

Ela parecia genuinamente interessada.

— Que tipo de sexo?

— Realmente não sei — disse Osten —, mas lembro que alguns anos atrás, quando eu havia terminado o primeiro grau, Domostroy horrorizou todos os convidados de uma das festas de meu pai, com uma história obscena sobre Chopin.

— Gostaria de saber se ele contou tais histórias a Donna — disse Andrea, rindo.

— Ela não gostaria disso. Idolatra Chopin.

— Como eram as histórias? — perguntou Andrea.

— Todo mundo sabe como Chopin foi em matéria de sexo. George Sand e todas as outras, correto? Mas, como sofria de tuberculose, muitos dos seus admiradores contemporâneos disseram que ele não conseguia se controlar. Puseram-no num pedestal e usaram sua doença para desculpar seus pecadilhos. De acordo com Domostroy, para preservar o bom nome de Chopin, ou o que dele restou, seus fãs guardaram uma porção de cartas, memórias, evitando que fossem publicadas. Mas os contemporâneos mais objetivos de Chopin escreveram sobre as suas profanas relações, e esses documentos foram preservados em arquivos e bibliotecas. Eles foram consultados por críticos e historiadores, inclusive pelo próprio Domostroy.

— Por que iria Domostroy fazer toda essa pesquisa? — disse Andrea.

— Creio que para escrever um livro, agora que não pode compor mais, e possivelmente para provar sua própria opinião, a qual, suponho, é a de que gênio e caos somente podem ser harmonizados através do sexo, e que a promiscuidade sexual, por combater o isolamento, a timidez, e a rotina emocional, pode realmente favorecer a criatividade. Quando conheci Donna, eu próprio li alguns livros sobre Chopin, e descobri algumas coisas sobre ele, coisas estranhas. Chopin envolveu-se com um certo Marquês de Custine, o último descendente de uma velha família aristocrata, e com seu círculo de amigos.

— Custine era tão mau quanto aquele outro marquês?

— O marquês de Sade? Difícil dizer. Sade inventou a maioria de suas excentricidades sexuais, mas Custine não precisou; ele e seus amigos, Chopin entre eles, realizavam as deles. Custine transformara sua espetacular vila num cenário de perversidades para o qual convidava artistas, músicos, estudantes e atores. Conforme várias fontes, Chopin era freqüentemente a *pièce de résistance* desses eventos, embora não resistisse muito bem.

"Domostroy alegou, com toda seriedade, que sexo em excesso prolongou a vida artística de Chopin. De acordo com ele, a doença mantinha a temperatura de Chopin tão alta que ele vivia num constante estado de ardor sexual, e qualquer atividade sexual elevava sua temperatura corporal ainda mais, o suficiente para matar alguns bacilos da tuberculose, de modo que a resistência de seu corpo aos bacilos restantes era fortalecida! Provavelmente depois de uma orgia, Chopin realmente se sentia melhor e era conseqüentemente capaz de continuar compondo e tocando música e, evidentemente, fodendo quem estava em volta. Tudo isso ele fez, sem qualquer consideração por suas parceiras sexuais, muitas das quais, sem dúvida, contaminou com tuberculose, que era a mais infecciosa doença da época. Muito doente, não?

— Fodendo todo mundo? Ou sofrendo de tuberculose — perguntou Andrea alegremente. — Você obviamente adora todos esses aspectos literários. Você deve ser muito bom em seu campo.

Tinham terminado de fumar o segundo baseado. Como se seus movimentos tivessem sido cronometrados, moveram-se na direção um do outro. As mãos dele deslizaram sob os cabelos dela enlaçando-lhe o pescoço; as mãos dela rodearam os ombros dele. Delicadamente, ele deitou-a a seu lado e, inclinado sobre um cotovelo, olhou seu rosto. A *marijuana* fazia seus olhos brilharem tanto que ela parecia estar num devaneio. O seu desejo por ela voltou e ternamente afastou os cabelos do rosto e do pescoço, beijou-a na testa, na face, no pescoço e nos ombros, mas não nos lábios, deixando-lhe a chance de beijá-lo primeiro e iniciá-lo numa cadeia de eventos, os quais, uma vez começados, não poderia haver saída.

Ela o beijou nos lábios, primeiro lentamente, depois mais rápido, sua língua tocando a dele, as mãos segurando-lhe a cabeça, trazendo-o para mais perto enquanto deslizava uma coxa sobre a sua. Agora estava engolfado nela, com uma das mãos sobre os seios e a outra acariciando as coxas, erguendo sua saia, os dedos sob a calcinha, sentindo o calor das virilhas, a umidade vaginal.

Ainda se beijando, começaram a se despir, contorcendo e entrelaçando os corpos. Ela tirou a blusa e deixou-o puxar sua saia e calcinha. Com os pés descalços, ela desceu as calças dele até os calcanhares, de modo que com seus próprios pés ele pôde tirá-las sozinho.

Estava nua agora, aberta para ele. Quando ele olhou para baixo, para a extensão do corpo dela, a droga tomou conta de Osten e a imagem do nu sem rosto da Casa Branca se interpôs entre ele e Andrea como uma cortina transparente. Obscuramente, antes de possuí-la, compreendeu que, parecidas como eram as duas mulheres, não havia provas nas fotografias de que a mulher fosse ou não fosse Andrea. Mas tudo que importava agora era o relacionamento que estava a ponto de iniciar ao penetrar, com a sua a carne dela.

Osten acordou por volta do meio-dia. Andrea ainda dormia. Saiu da cama e foi rapidamente para o banheiro, tendo o cuidado de não acordá-la. Sentia-se nauseado e tinha uma horrível dor de cabeça; a dor em suas têmporas começou a latejar com o brilho da luz do banheiro. A maconha não lhe fizera bem, ou porque não estivesse acostumado a fumar tanto ou porque era mais forte do que aquela que ocasionalmente fumava na Califórnia.

Vestiu-se silenciosamente e ficou pronto para ir embora. O rosto de Andrea estava virado para o outro lado. Iria deixá-la dormir. Abaixou-se diante das estantes e procurou atrás dos discos, mas em vez de remover o gravador, como pretendia, colocou-o de volta.

A despeito da dor de cabeça, sentia-se feliz. Apesar de se lembrar apenas vagamente do que acontecera durante a noite, sabia que fora espontâneo e bem-sucedido no seu ato amoroso com Andrea. Recordava-se dela ter dito que ele a fazia sentir-se livre e dissoluta, e mais tarde, quando a maconha levou-os a frenéticas e passionais alturas, ele sabia que havia ido muito além do que jamais ousara ir com outra mulher.

Osten foi para seu apartamento e tomou um longo banho, e enquanto estava de molho relembrou depois de algum esforço que Andrea havia falado muito sobre sua fascinação pelo oculto. Recordou também algo sobre escrita automática. Com os dois estonteados pela maconha e o ato sexual, em meio a uma nuvem de incenso, e apenas uma pequena vela iluminando-os, ela o fizera escrever alguma coisa com os olhos fechados. Quase num transe, num estado de espírito tolo, abandonado, ele escrevera o quê? Não conseguia se lembrar. Teria sido seu nome? Uma frase do *Macbeth*? Recordava de Andrea dizendo que sua letra iria lhe dizer mais sobre seus pensamentos do que ele jamais poderia dizer.

Achara Andrea tão natural quanto Leila, e uma companhia divertida, cheia de deliciosas contradições: uma séria estudante de teatro, brilhante e bem-informada sobre música; ao mesmo tempo acreditava em magia e signos astrológicos, ingenuamente.

Ela tocara para ele seus discos favoritos — a maioria de Chick Mercúrio. Isso o divertira, pois fê-lo recordar que quando o primeiro disco de Goddard foi tocado no rádio e chegou às lojas de discos, sua venda espetacular superara as vendas de Chick Mercúrio e dos Atavists, o grupo de *rock* mais popular na ocasião, tirando-os da primeira posição em todas as listas. Algumas semanas depois disso, Osten lera nos jornais que Chick Mercúrio fora preso. A polícia de Nova York o apanhara com heroína suficiente para abastecer um pelotão de viciados. Ele estava hospitalizado, e histórias sobre sua sórdida vida sexual encheram as colunas da imprensa sensacionalista durante várias semanas. Como resultado, Chick Mercúrio e seu grupo desapareceram tão rapidamente quanto haviam surgido.

Isto acontecera uns seis anos atrás, e se Andrea ainda tocava os Atavists, obviamente não gastava muito tempo atualizando-se com as mudanças de gostos do país. Pelo menos também escutava Goddard, disse para si mesmo, algo que Donna nunca fizera.

Apesar de Andrea ser principalmente estudante de teatro, com música como seu interesse secundário, Osten estava impressionado tanto por seus pensamentos sobre música quanto por sua beleza física. Ela acreditava firmemente na inovação musical, pois sentia que a música instrumental ocidental estava empobrecida. Acreditava que somente o novo equipamento eletrônico de som poderia conduzir à verdadeira liberdade de ritmo e, talvez, à redescoberta de novos valores de modulação.

Osten queria telefonar para ela, mas Andrea dissera que estaria ocupada por uns dois dias. Enquanto isso, toda vez que lembrava do gravador, ficava confuso e apreensivo. Prometeu a si mesmo que iria removê-lo na primeira oportunidade que tivesse. Andrea não era menos orgulhosa do que Donna, e se descobrisse que ele a estava espionando, isso desmoronaria quaisquer chances de estar com ela outra vez.

Osten fitou intensamente as ampliações do nu da Casa Branca, tentando decidir se alguma coisa na forma e textura desse corpo combinava com a imagem de Andrea — nua, inspiradora, incansável em seu ato sexual —, uma imagem que ele relutava deixar que se apagasse.

Sentia vontade de estar com ela novamente. Havia algo muito tranqüilizador em sua fácil aceitação dele. Ela não havia se intrometido no seu passado, não questionara seus valores sociais e estéticos, ou descobrira defeitos em sua família, tudo aquilo que Donna fizera. E ao contrário de Donna, que focalizara seu talento e energia criativa no piano excluindo virtualmente tudo o mais, Andrea tinha muitos outros interesses e muitos atrativos e talentos culturais. Ela mostrara suas poesias a Osten, e ele as achara tão profundas quanto eram engraçados os versinhos sexuais que ela também escrevia; suas caricaturas, desenhos e esboços eram bem criativos e impecavelmente executados; e suas tentativas de escrever peças e roteiros cinematográficos, ela lhe dissera, eram consideradas promissoras na Juilliard. Apesar de estar apenas começando a conhecer Andrea, já descobrira notáveis diferenças entre ela e Donna. O estado de espírito de Donna era sombrio e obsessivo; o de Andrea, despreocupado e alegre. Donna era séria; não gostava de brincadeiras ou jogos, e não tolerava essas superstições como astrologia ou quiromancia. Andrea, brincalhona por natureza, amava tais coisas e não precisava esconder seu interesse em campos paracientíficos, pois obviamente tinha também vários outros interesses sérios. Osten sorriu relembrando a profunda convicção dela de que poderia obter valiosa percepção do seu subconsciente através do estudo minucioso da sua letra. Para Donna, paixão sexual era uma força tão excessiva e intensa que não podia controlá-la ou compartilhá-la adequadamente; essa paixão a dominava interiormente muito antes que seu amante a tivesse conquistado. Mas Andrea, linda e igualmente passional, trazia para o sexo tanto o recato quanto a confiança; era feliz deixando seu amante fazê-la render-se ao prazer físico.

Osten anteviu um momento, uns poucos meses adiante, ou possivelmente semanas, quando levaria Andrea numa viagem através da Califórnia. Mostraria o esplendor do deserto Anza Borrego, com seu Oásis de palmeiras e *canyons* ásperos e desfiladeiros pedregosos, e identificaria para ela o estranho e distante uivo de um coiote. Depois a levaria através de Julian para o rancho sobre a colina próxima. Vagarosamente, fingindo que não tinha certeza do caminho, iria manobrar o carro para subir a rampa e atravessar o portão. Pararia na casa principal, abriria a porta para ela — para o New Atlantis e para seu passado inteiro.

O telefone despertou Osten. Era Andrea.

— Por favor, me ajude — disse ela com voz trêmula. — Estou em apuros.

— Onde você está? — perguntou Osten. Sentiu-se tonto e desorientado. Olhando para seu relógio, viu que era tarde da noite. Estivera dormindo o dia todo.

— No Old Glory. Você sabe, a casa de Domostroy, onde você esteve outro dia...

Isto o deixou perplexo. Apenas ontem ela dissera que não conhecia Domostroy.

— O que você está fazendo aí? — perguntou.

— Explicarei quando você chegar. Por favor, Jimmy, você precisa vir logo. Lembra-se do caminho? Tome...

Havia autêntica urgência na voz dela.

— Conheço o caminho — ele interrompeu. — Não se preocupe. Estou saindo agora.

No carro, sua mente disparava. Se Andrea conhecia Domostroy, podia realmente ser aquela que escrevera para ele, Goddard, todas aquelas cartas surpreendentes. Esperava que fosse, pois assim afinal teria alguém adorável, inteligente, bem-educada e refinada para amar. E já não admitira ela seu amor por ele? Com sua fascinação por teatro e música, era a companheira perfeita para compartilhar seu segredo criativo. Depois, seus pensamentos desviaram-se para Domostroy. Qual era o papel dele? Era apenas o fotógrafo dela, ou teria representado outra parte no que poderia ser uma trama para desmascarar Goddard? Mas de quem era essa trama?

O portão para o Old Glory estava aberto, com dois carros estacionados em sua entrada, cuja porta também estava aberta. Osten parou ao lado do carro de Domostroy, o velho sedã, e correu para o interior da casa. Todas as luzes estavam acesas no salão de baile, e o piano de cauda brilhava no palco. As estantes dos músicos e a maior parte da mobília estavam cobertas com lençóis empoeirados, fazendo o lugar parecer um abandonado cenário de teatro. Ao entrar, Osten escutou rápidos movimentos atrás de si. Quando se voltou viu Patrick Domostroy, pálido e desgrenhado. Parado atrás dele, usando luvas de borracha justas e segurando um revólver contra suas costas, estava um homem de cabelos pretos com uma camisa aberta e calças largas. O rosto do homem, a despeito de seus grandes óculos escuros, pareceu familiar a Osten. Ao lado deles, com suéter e *jeans*, estava Andrea, também usando luvas de borracha e segurando um revólver, apontado para Osten.

— Como vai, Jimmy? — disse Domostroy, os lábios sem cor.

— Cale a boca — ordenou Andrea. — Tire seu casaco lentamente — disse a Osten — e jogue no chão.

— O que significa isso? — perguntou Osten, ainda incerto se estavam brincando ou não.

— Faça o que ela diz — disse o estranho, sua arma ainda nas costas de Domostroy. Como Osten hesitasse, o homem berrou. — Obedeça! Agora! — e sua voz ecoou através do salão de baile. Quando ele gritou, Osten reconheceu-o, pois vira esse rosto recentemente numa das capas dos discos de Andrea.

— Você é Chick Mercúrio, não é? — disse Osten, tirando sua jaqueta e atirando-a aos pés de Andrea. — O que é que você quer? — perguntou a Andrea. O peito dele estava congelado com o pavor de perdê-la.

Ainda apontando sua arma para ele, Andrea abaixou-se e, com a mão esquerda, apalpou os bolsos da jaqueta. Depois enfiou a mão dentro de uma pasta de documentos aberta no chão e tirou o gravador que ele havia deixado em seu apartamento.

— Surpresa, surpresa! — disse, segurando-o. — Não precisamos mais disso, precisamos? — esmagou o gravador de encontro à mesa, e novamente metendo a mão na pasta, tirou um bloco de papel.

Atirou-o para Osten, que o pegou.

— Há uma caneta dentro da capa — disse, e quando ele a encontrou, ela continuou: — Sente-se e escreva o que vou ditar.

Intrigado pelo desprezo que ouviu na voz dela, Osten ficou ressentido.

— E se eu não quiser? — perguntou. — Você me matará?

— Não a provoque — disse Mercúrio. — Apenas faça o que ela diz.

Como Osten não se movesse, Andrea segurou a arma com as duas mãos, afastou as pernas, e apontou a arma para a virilha de Osten.

— Escreva! — berrou Mercúrio.

— Escreva, Jimmy — Andrea secundou numa voz calma —, ou atirarei bem nas suas tripas.

— O que quer que eu escreva? — perguntou Osten, pegando a caneta, sentando na mesa mais próxima e procurando em sua mente por algum motivo que pudesse ter juntado Andrea e Mercúrio ali.

— Querida Andrea — ela ditou quando Osten começou a escrever. — Estive aqui por volta das quatro, mas você não estava em casa, por isso estou deixando esse bilhete por baixo de sua porta. Patrick Domostroy pediu-me para ir vê-lo essa noite. Disse que se eu não for — ela esperou que Osten a acompanhasse — dirá a todo mundo quem sou realmente, e não posso deixar que isso aconteça. — Ela parou uma vez mais, depois continuou: — Desde que me desmascarou com aquelas cartas da Casa Branca, que ele próprio me escreveu aos cuidados da Nokturn, vem me chantageando por dinheiro, que sempre venho pagando. Agora quer mais, e ameaça me denunciar se eu não lhe pagar. Não posso recusar conversar com ele, mas o homem está louco e me sentirei mais seguro com alguém ao meu lado quando for visitá-lo.

Andrea parou novamente e Osten pôde ouvir apenas o som de sua caneta no silêncio do salão de baile.

— Por essa razão — ela voltou a ditar — espero que você e Chick possam ir ao Old Glory no South Bronx, onde Domostroy mora. Estarei lá por volta das onze da noite. É urgente. Amor, Goddard. — Quando Osten terminou de escrever, ela disse. — Não é só isso! — Refletiu por um momento, depois prosseguiu. — P.S.: Por favor, guarde bem os papéis que lhe dei. Não confio em Domostroy.

Osten terminou e olhou para ela.

— Isso é tudo? — perguntou.

— Não! — Andrea respondeu com raiva. — Jogue-me o bloco.

Ele atirou-o no chão perto dela. Andrea o pegou e colocou na pasta, da qual tirou algumas folhas de papel-ofício totalmente datilografadas. Apontando seu revólver diretamente para a cabeça dele, aproximou-se e colocou as folhas dobradas diante de Osten, recuando rapidamente. Osten sentiu o perfume, que o fez recordar-se da última vez em que o sentira no corpo dela; agora parecia um longo tempo atrás.

— Assine o original e cada cópia como James Norbert Osten e Goddard — comandou ela. — Há uma cruz em cada lugar. E nenhum truque com a assinatura!

Osten assinou os documentos, deixou-os cair no chão e chutou-os para Andrea, que os apanhou, examinou as assinaturas e recolocou-os na pasta, um sorriso jubilante no rosto.

— Posso perguntar o que acabei de assinar? — perguntou Osten, irado, a Andrea.

— Seu testamento, foi isso, datado de três meses atrás — disse Chick Mercúrio. — Tudo redigido por um advogado e selado por um tabelião.

— Obrigada, Jimmy — disse Andrea. — Vejo que os assinou adequadamente.

Osten olhou para ela perplexo.

— Não entendi — disse com desprezo.

— Seu idiota! Não se lembra de ter assinado seu nome em meu apartamento quando lhe contei toda aquela história sobre escrita automática?

— Eu estava alto — disse Osten.

— Eu esperava que estivesse — bufou Mercúrio. — Aquela maconha era muito mais forte do que qualquer outra. Você tinha que estar como um zumbi!

— E estava — disse Andrea, rindo desdenhosamente. — Estava como um sonâmbulo. Nem sabia onde estava! Duas vezes me chamou de "Leila" e fez tudo que mandei, inclusive cantar *Volver, volver, volver* para mim com a voz de Goddard!

Osten reparou que Domostroy estava olhando fixo para ele.

— Estou surpreso, Jimmy — exclamou Domostroy —, de como você pode mudar sua voz. Nunca teria imaginado que fosse Goddard.

— Uso um microfone modificador para cantar e minha voz gutural para falar — disse Osten, mudando para sua voz normal, e em resposta ao intrigado erguer de sobrancelhas de Domostroy, completou: — Embora, honestamente, duvide que alguém, mesmo escutando meu tom de voz normal, possa lembrar-se de Goddard!

— Fascinante — disse Domostroy. — Uma vez até sugeri a Andrea que Jimmy Osten não era nada além de um "cuco... uma voz errante... uma coisa invisível... um mistério!" Agora me sinto um tolo! — Ele riu.

— Não deveria — disse Osten. — E eu que estava pronto para intitular meu próximo disco de "Andrea"!

— Chega disso — disse Chick Mercúrio, cutucando Domostroy com a arma. — Andrea, você vigia esse aqui enquanto nosso músico da Máscara de Ferro e eu vamos para a cozinha para uma conversa.

Quando Andrea apontou a arma para Domostroy, Mercúrio dirigiu-se a Osten.

— Vamos — disse com um movimento de sua arma. — Para a esquerda e por esta porta aqui! Anda! — gritou, batendo em Osten duramente com a arma.

— Chick, você tem de fazer isso? — perguntou Andrea.

— Sim, tenho! — respondeu Mercúrio enquanto empurrava Osten para a cozinha.

— O que seu amigo vai fazer? — perguntou Domostroy a Andrea num tom falsamente ameno. — Comer Jimmy vivo? Ou cozinhá-lo primeiro?

— Desde quando você se preocupa tanto com Jimmy? Nunca teve medo de que Donna fosse comê-lo, teve? — perguntou. — A propósito, como está sua escurinha?

— Você sabe que ela está em Varsóvia. — Domostroy subitamente ficou preocupado com a segurança de Donna. — E ela não sabe nada sobre nós, acredite-me, Andrea.

Andrea cutucou-o com sua arma.

— Espero que não, pelo bem dela!

Ele controlou a raiva.

— Diga-me, como descobriu que Osten era Goddard?

— Suspeitei dele no momento que apareceu com Donna no seminário de literatura de piano onde estivemos estudando as cartas de Chopin. Você e eu citamos uma na última carta para Goddard, lembra? Isso me deixou de sobreaviso, especialmente quando Jimmy examinou todas as garotas da classe e começou a fixar-se em mim. Obviamente, suspeitou que eu pudesse ser a garota dos retratos. Foi quando Chick e eu começamos a elaborar um testamento para Jimmy assinar. E então Jimmy me disse que a primeira vez que reparou em mim foi há três meses. Ele mentiu: quando Donna nos apresentou, disse que ele só estava na cidade há um mês e pouco. A noite em que Jimmy foi ao meu apartamento, percebi algo no bolso dele, e quando ele adormeceu, olhei no seu casaco. Como a coisa não estava lá, concluí que a escondera em algum lugar do apartamento. Depois, descobri o gravador. Mas por que desejaria Jimmy Osten espionar a coitadinha de mim? E durante a noite, alto como o céu com minha marca especial de maconha, ele perguntou dormindo se minhas tetas aumentariam e meus mamilos ficariam mais largos se ele me engravidasse, e falou muito de meu púbis raspado. Finalmente, cantarolou aquela canção mexicana com sua voz normal! Aí ele se entregou! Eu sabia que era hora de conferir sua assinatura e letra para preparar o testamento! — Ela parou e acrescentou, após refletir: — Era só isso o que eu sempre quis!

— E, graças a mim, você conseguiu — disse Domostroy, esperando acalmá-la.

— E daí? Você teve seu divertimento. Agora é minha vez. E de Chick.

— Diga-me — continuou Domostroy —, você e seu amigo pretendem nos matar, e arranjar as coisas para simular que nos matamos um ao outro? Ou, segundo minha natureza supostamente romântica, me matarei depois de matá-lo?

— Você verá — disse Andrea. — Sou eu a estudante de teatro, lembra-se?

— E agora se diplomou em crime. Qual é o fim dessa peça cruel?

— Artaud disse: "Crueldade é uma idéia posta em prática". — Riu. — Na prática, depois que você e Jimmy saírem do palco, pela vontade e testamento de Goddard, eu me torno a única herdeira real de todos os seus bens, incluindo, evidentemente, todos os futuros direitos autorais de sua música. Quantos milhões você disse que nosso garoto invisível vale? Quinze? Dezessete?

— Eu não disse. Você deve ter conseguido essa informação de uma de suas outras fontes. Diga-me uma coisa: por que me escolheu? — perguntou-lhe, sem ter certeza se queria mesmo saber a resposta.

Ela o fitou com uma expressão de desdém e piedade.

— Provavelmente você pensa que o escolhi porque viu muita coisa e esteve em muitos lugares e conheceu muita gente. Mas está errado. Você não foi nem mesmo o primeiro. Antes de você, contratei, um após outro, três outros homens, cada um mais bem informado e mais bem equipado do que você, e também melhor trepador. Mas todos fracassaram em encontrar Goddard. Então escolhi você, Domostroy, porque, apesar de toda sua música e experiência, você era um perdedor, e eu sabia que poderia consegui-lo barato. Mais ainda, você é um filho da puta tão calculista e obsceno que de certa forma senti que seria vil o suficiente para fazer esse trabalho!

Nesse momento, um grito agudo de dor ecoou no salão de baile e Domostroy estremeceu. Sem uma palavra, Andrea apertou sua arma nas costas dele e forçou-o a caminhar na direção da cozinha.

Lá encontraram Jimmy Osten em pé com sua cabeça parcialmente dentro do frigorífico, a boca aberta e sua língua estendida e presa à fria parede de metal. Um gemido pavoroso saiu de seu peito. Atrás dele estava Chick Mercúrio, balançando a arma e rindo do olhar atônito de Andrea.

— Chick! O que está fazendo? — berrou ela.

— Basta dar um puxão, Andrea — disse —, para vermos inteirinha a língua mais escondida da América! — Segurou Osten e estava a ponto de arrancá-lo do frigorífico, quando a porta atrás de Andrea abriu-se violentamente e dois membros da quadrilha dos Libertários entraram, pistola na mão, apontando-as a curta distância para Andrea e Mercúrio.

— Soltem as armas! — gritou um deles, e nesse instante Mercúrio virou-se para a voz que gritara e atirou às cegas, à queima-roupa. Quando o Libertário caiu ao chão, o sangue jorrando de sua barriga, atirou de volta em Mercúrio com mortal precisão, atingindo-o na garganta.

Quase simultaneamente, Andrea atirou no outro Libertário e estourou seu queixo. Um segundo antes de cair ao chão, ele apertou o gatilho de sua arma e mandou uma bala que atravessou o peito dela. Num instante o lugar ficou silencioso. Mercúrio tremia, com sangue saindo da boca; Andrea jazia imóvel deitada de costas, seus olhos apagando e um grande círculo de sangue saindo de sob seu suéter.

Muito trêmulo para fazer qualquer coisa, Domostroy ficou paralisado, observando o sangue dos corpos formar uma poça; estavam todos mortos. Um medo sacudiu-o; se Andrea estivesse viva, ele poderia ser processado como seu cúmplice no plano de extorsão contra Goddard. Conjecturou se algum júri no mundo poderia considerá-lo inocente. Imaginou dia após dia as manchetes sensacionalistas e as intermináveis narrativas, na imprensa e televisão de todos os lúgubres aspectos do acordo que ele tramara com Andrea para desmascarar Goddard. Pensou também em Donna, uma inocente espectadora, metida naquilo tudo simplesmente porque correspondera ao seu amor. Um juiz poderia bem mandá-lo para a prisão por anos.

Domostroy forçou-se a chegar perto de Andrea e inclinar-se sobre ela. Com os polegares, fechou suas pálpebras. Depois tocou em seu pescoço. Estava tépido, como se seu corpo estivesse resistindo à morte. Pensou nela quando fora sua, enchendo o espaço e o tempo ao seu redor com vibrante beleza, sua carne, agora tão impotente, uma fonte de alegre surpresa cada vez que o deixava possuí-la. Se pudesse, conjecturou, ele a traria de volta à vida?

Uma voz severa dentro de si disse-lhe que a pergunta era inútil. Ela estava morta. A luz fluorescente da cozinha dava aos seus cabelos soltos um brilhante reflexo; seus lábios, entreabertos para seu último alento, estavam brancos como seu rosto. Virou-se para Chick Mercúrio. Fiel à sua pose em vida, mesmo na morte o cantor mantivera os olhos cobertos por óculos escuros, e suas mãos ainda seguravam a arma. Ao lado, os dois quadrilheiros mortos jaziam imóveis e grotescos.

O gemido estrangulado de Osten trouxe Domostroy de volta à realidade. Com ânsia de vômito, engolindo a bílis amarga que subitamente encheu sua garganta, Domostroy encontrou o interruptor do frigorífico, desligando-o. Começou a ensopar toalhas na água morna e aplicá-la na língua de Osten, gradualmente livrando o delicado tecido da superfície de metal.

Trêmulo, Osten virou-se e olhou para os quatro corpos, seu rosto tão pálido quanto os deles; então, sem uma palavra, passou ao lado da poça de sangue e saiu da cozinha.

Domostroy seguiu-o.

Em seu quarto, Domostroy ajudou Osten, seu corpo ainda sacudido por tremores, a aplicar um anti-séptico na língua e nos lábios queimados.

— Tenho de chamar a polícia — disse Domostroy, tentando em vão controlar seu tremor. — É melhor você ir embora rápido.

— Não precisa de mim como testemunha? — gaguejou Osten, mal conseguindo falar com a língua inchada e os lábios rasgados.

— Uma testemunha será suficiente — disse Domostroy.

— O que vai dizer à polícia?

— Direi — disse Domostroy — que meu velho amigo Chick Mercúrio e sua namorada, Andrea Gwynplaine, vieram me visitar. E que alguns Libertários, amigos meus que vigiam minha casa porque vivo sozinho, chegaram inesperadamente. Cada lado pensou que os outros eram intrusos, entraram em pânico, sacaram as armas e abriram fogo. A polícia poderá ver o resto. Só isso.

— Não vão perguntar-lhe onde esteve durante todo esse tempo?

— Vão. E vou dizer-lhe que estive no meu quarto.

— Não vão querer saber por que todos os seus amigos estavam armados?

— Talvez. Mas a polícia sabe que grande número de pessoas andam armadas no South Bronx à noite.

— Creio que assim está bom — disse Osten. — Antes de ir, quer responder uma coisa? — perguntou, encarando Domostroy.

— O que quer saber?

— Onde você se situa nisso tudo? Ajudou Andrea e Mercúrio a encontrar Goddard?

— Só Andrea — confessou Domostroy. — Tudo que ela me disse foi que queria encontrar você.

— E as cartas?

— Eu as escrevi.

— Escreveu todas elas?

— Sim. Todas. Exceto as citações das cartas de Chopin — ele sorriu.

Osten deu-lhe um longo olhar.

— Então — vacilou por um momento, visivelmente emocionado —, você me compreendeu, e à minha música, melhor do que qualquer outra pessoa.

— Talvez existam outras pessoas que o compreendam igualmente bem! Pense em quantas percepções você pode estar perdendo em todas as cartas de fãs que não tem tempo de ler! A propósito, o que o fez pensar que eu estava metido nessa embrulhada? Todas as pistas nas cartas levavam a Andrea. Não havia nada, e ninguém exceto Andrea, que pudesse tê-lo conduzido a mim.

— Sim, havia. Só uma coisa. Os retratos — disse Osten.

— Os retratos? Mas todos eram de Andrea. Não havia neles um traço meu!

— Havia uma pista. O estranho ângulo de um deles — disse Osten.

— O ângulo da câmera?

— Você uma vez fotografou Vala Stavrova do mesmo ângulo, de baixo, perto do solo, a fim de pegar as coxas dela, creio. Vi essa fotografia; está no quarto de meu pai. Até pensei que tivesse repetido aquele ângulo de propósito, para levar-me até você se eu não conseguisse descobrir Andrea!

— Não o fiz — disse Domostroy. — Nem sequer tive consciência de que o ângulo era estranho! Mas Vala! Que chance remota!

— Não mais remota do que qualquer outra — disse Osten. Pegou o gravador quebrado e cuidadosamente colocou-o na pasta de Andrea. Tem certeza de que não precisa que eu lhe dê apoio com a polícia? — perguntou.

— Positiva — disse Domostroy. — De qualquer modo, você tem o seu nome Goddard para proteger.

Osten olhou para ele.

— Não vai dizer a ninguém o que sabe sobre mim? — perguntou calmamente.

— Para quê? O que sei sobre você não torna minha música nada melhor.

— Obrigado. Meu pai me disse que as vendas da Etude têm melhorado substancialmente nos últimos meses. E que seus discos ainda são o orgulho de sua lista de Clássicos Contemporâneos!

— Estou encantado — disse Domostroy. — Só desejaria ter seu entusiasmo, o entusiasmo para fazer música. Onde você fará a próxima?

Osten pegou seu casaco e a pasta.

— Em New Atlantis — disse. — A Casa de Sons.

— De Francis Bacon? — perguntou Domostroy. — Também já vivi lá! — riu.

— E você? O que fará? — perguntou Osten.

Domostroy levantou-se e abotoou seu casaco.

— Apenas ficarei aqui e esperarei por Donna.

— Espero que ela vença em Varsóvia. Diga-lhe que lhe desejo boa sorte.

Saiu do salão de baile. Depois que escutou seu carro partir e soube que Osten estava a uma distância segura, Domostroy pegou o telefone para chamar a polícia.

Não havia TV no Old Glory, e Domostroy queria assistir Donna no programa de entrevistas do fim da noite, em que ela estava programada para aparecer. Assim, ele foi até o Kreutzer. Era sua noite de folga, e para evitar ser reconhecido pelos repórteres, que há dias o estavam perseguindo para obter uma declaração sobre os crimes, usou óculos escuros, bigode falso e um chapéu. Apesar do impacto inicial do tiroteio entre Chick Mercúrio e Andrea Gwynplaine e os dois integrantes da quadrilha dos Libertários ter diminuído, a investigação policial prosseguia e o nome de Domostroy e ocasionais retratos seus ainda apareciam na imprensa.

Quando pensava em Goddard, agora que sabia quem ele era, Domostroy imaginava-o bastante isolado em sua vida diária, apesar de, como músico, ele estar em contato com milhões de pessoas. Como Domostroy, ele provavelmente tinha poucos relacionamentos e, ainda menos, amigos verdadeiros. Contudo, permanecendo escondido do seu público, Jimmy Osten podia pelo menos fazer o que queria de sua vida e manter sua arte na vitrola automática. Domostroy, por outro lado, devido a sua antiga celebridade como intérprete e compositor, nunca poderia separar sua vida de sua arte; e como sua composição havia cessado, a vida se tornara sua única arte, sem objetivo, como a trilha de uma bola de aço numa máquina de fliper. Para Goddard, indubitavelmente, o sucesso público de sua música sempre seria uma fonte de prazer e afirmação; para Domostroy, privado da vontade de compor, as fontes de prazer e afirmação haviam se estreitado a uma ocasional proeza sexual, tão desafiante agora em sua espontaneidade quanto antes fora escrever música.

Com uma dolorosa pontada, Domostroy recordou a época em sua própria carreira em que era perseguido dia e noite pelos entrevistadores, executivos de gravadoras, produtores de TV e cinema e fãs. E se ele, como Goddard, tivesse decidido então, ou mais cedo, fugir de toda publicidade e viver sua vida em reclusão, ou em disfarce? Teria agido assim para salvar sua música, ou poupar-se da notoriedade de um escândalo público para aplacar seus inimigos e detratores? Mas especular sobre isso parecia inútil. Yeats estava bem ciente de que a noção que o artista tinha de sua vida era, por natureza, inseparável da sua arte, ao escrever:

Ó castanheiro, grande florescedor enraizado,
Tem você a folha, o broto ou o tronco?
Ó corpo derreado à música, ó resplandecente vislumbre,
Como podemos distinguir o dançarino da dança?

Começou a meditar o que sua vida teria sido se ele fosse Goddard. Teria se retirado para a segurança de uma remota propriedade à beira-mar ou para o retiro de um campo distante? Ou iria, por capricho, preferir habitar o Old Glory? Iria, por aborrecimento ou necessidade criativa, desafiar seu destino de tempos em tempos apresentando-se em público, talvez nas mesmas espeluncas onde agora era forçado a tocar?

Quanto mais Domostroy se imaginava como Goddard, mais convencido ficava de que, fosse ele realmente um misterioso astro, teria vivido sua vida exatamente como viveu até agora, cedendo ao que era natural nele. Pois a vida vivida contra a inspiração espiritual que a elevava era como uma correnteza subindo uma colina, destinada a inundar a própria nascente.

Para Karlheinz Stockhausen, cujas composições eletrônicas influenciaram tão claramente Goddard, um evento musical não tinha um começo determinado e um fim inevitável; não era uma conseqüência de algo que o precedeu nem a causa de algo a seguir; era eternidade, atingível a qualquer momento, não ao fim do tempo.

Não eram os eventos da vida assim também?, conjecturou Domostroy.

O aparelho de TV colocado em cima do bar estava ligado, mas sem som. O programa acabara de começar, mas Donna só apareceria no final.

No banco alto ao lado dele estava sentada Lucretia, uma prostituta que ele notara muitas vezes no Kreutzer, e que, por motivos que lhe escapavam, nunca o encorajara a fazer uso de seus encantos. Lucretia era negra, bonita, com vinte e poucos anos, e sempre se vestia da maneira discreta de uma colegial do Leste. Graças a seus modos discretos e aparência fina, o gerente tolerava que ela andasse por lá. A despeito do disfarce de Domostroy, Lucretia o reconheceu instantaneamente, e colocando sua mão sobre o braço dele e assegurando-lhe que era seu convidado aquela noite, pediu para ele um cuba-libre e para ela um coquetel de champanhe. Após tomar alguns goles de seu drinque, aproximou-se mais dele.

— Sinto muito por aquele incidente azarado em sua casa — disse. — Que coisa terrível, seus amigos se matando uns aos outros daquela forma! E aquele Chick Mercúrio era tão engraçadinho!

Domostroy baixou a cabeça, simulando tristeza.

— Li nos jornais sobre Donna Downes, a pianista negra — prosseguiu ela num tom confidencial — e o quanto você a ajudou. Ela disse que você foi como seu guia espiritual, que sem você não havia meios dela poder ganhar aquele grande prêmio em Varsóvia. — Parou. — Essa foi uma boa coisa de se fazer, ajudar uma garota negra a abrir seu caminho no mundo.

— Donna Downes é uma batalhadora — disse Domostroy um tanto asperamente. — Creia-me, ela não deve nada a ninguém.

Lucretia deu-lhe um olhar cético.

— Houve alguma coisa entre vocês dois de que não queira falar?

— Não houve nada — disse Domostroy, aborrecido.

Lucretia assumiu um jeito conspirador.

— Diga-me — falou —, você é casado?

— Não.

— Algum filho?

— Nenhum.

Pensou por um momento.

— Como seus pais morreram? Quero dizer, de alguma doença?

— De velhice. Por que pergunta?

— Por nada. Quantos anos você tem?

Ele disse sua idade.

Ela deu-lhe um olhar avaliador.

— Você tem um bocado de rugas para sua idade! E parece cansado. Como se sente?

— Não me queixo. — Estava achando engraçado.

— Isto é porque você não fuma e não come demais, e cuida bem do seu corpo. — Hesitou. — Olha, tenho algo em que você pode estar interessado — exclamou.

— O que é? — ele perguntou, admirado pela determinação dela.

— Estou pensando em ter um bebê. Estou na idade certa para ter um. — Ela lançou-lhe um longo olhar.

Ele não disse nada.

— E quero que meu bebê tenha tudo do melhor. Posso pagar por isso. Tenho trabalhado nas ruas desde os doze anos e economizei um bocado. Está tudo guardado em segurança — garantiu-lhe, uma ligeira advertência em sua voz.

Ele observou-a enquanto ela falava.

— Posso me casar, mas o sujeito certamente vai querer saber o que eu fazia antes. Olha, não me envergonho disso. Só que não quero me chatear. Tudo que quero é um pai para meu filho. Só isso. Um pai, não um marido.

— Compreendo — disse Domostroy, com um aceno de cabeça.

Ela engoliu o resto do seu drinque.

— Olha, se eu e você fôssemos fazer uma viagem — parou para ver se estava indo depressa demais, mas ele sorriu para ela. — Só nós dois. Uma viagem para um desses países que a gente vê na TV, como Hong Kong ou Brasil. Talvez até ao redor do mundo. Em oitenta dias! — acrescentou com uma risada. Depois, ficando séria, continuou: — Tenho dinheiro suficiente para nós dois gozarmos de tudo. Viagem de primeira classe, comida, hotéis, clubes noturnos, tudo isso. E sou saudável. Sou limpa. Cuido do meu corpo. Também sou boa de cama, essa é uma coisa que aprendi a fazer bem na minha profissão, nenhum freguês jamais reclamou. — Parou. O garçom entregou-lhe outro drinque. — Você não se incomodaria de fazer um bebê comigo. Posso mostrar meu dinheiro a você adiantadamente se não confiar em mim.

— Conheço você — disse Domostroy. — Sei que não é uma mentirosa.

— Entende o que quero dizer, não? — ela perguntou.

— Quer que eu fique com você até ficar grávida.

— Quero que fique comigo até meu filho *nascer*, cavalheiro — declarou com firmeza. — Todos os nove meses. E depois quero ter meu bebê na melhor clínica que existe, em um desses países, Suíça ou Suécia, certo? Onde tratam todos os bebês, negros ou brancos, iguais. Um bebê, branco ou preto, necessita muito de amor desde o começo. — Ela olhou-o firmemente.

— E depois o quê? — perguntou Domostroy. — O que faremos depois?

— Voltamos para cá — disse ela como se já tivesse vivido a experiência — e você segue seu caminho e eu sigo o meu. O garoto fica comigo.

— E poderei ver você e o bebê depois? — ele perguntou.

Ela suspirou.

— Não, não poderá. Será então o meu bebê. No que lhe diz respeito, nós nunca o tivemos. Esse é o trato. O que acha?

Ele esperou um momento.

— Por que eu?

— Porque tem música dentro de você. No jornal disseram que escrevia música, era um grande pianista e ganhava muito dinheiro, aparecia na TV e até em filmes! Quero que meu filho seja assim, faça tudo por ele mesmo, não dependa de ninguém. Mas não sou pianista; não tenho talento para dar a ele. — Parou. — Além disso, aposto que você será bom para uma garota negra. Você ajudou essa Donna Downes! — Novamente, ela parou. — O jornal disse também que você viajou um bocado, logo vai saber onde ir e o que ver. Pode conseguir os melhores médicos e a melhor clínica. E se me levar lá como sua dama, vão me respeitar e ao bebê desde o início. Tudo que conheço — ela movia as mãos num exaustivo círculo — é o South Bronx. Não estive nem em Atlantic City! — Terminou sua bebida. — Podemos partir a qualquer hora. Você só precisa me dizer o tipo de roupas e malas que devo comprar. Para nós dois, quero dizer...

— Vou ser franco com você, Lucretia — disse ele, comovido por sua candura. — Não há nada que eu gostasse mais do que ir com você, mas não posso. Eu não seria uma boa companhia de qualquer maneira. Você merece o melhor.

Pôde ver que ela ficou magoada, mas tentou dissimular seus sentimentos fazendo uma pose e pintando os lábios. Ela pagou as bebidas, deu gorjeta ao garçom e, lentamente, virou-se para Domostroy.

— Isso é por minha causa?

— Não é — ele disse com profunda convicção. — Creia-me, não é.

Ela o fitou longa e duramente. Satisfeita, perguntou:

— Outra mulher?

Ele assentiu e um sorriso suavizou o rosto dela.

— Não seria aquela garota, Donna Downes?

Ele assentiu novamente.

— Achei que fosse. — Ela se levantou e caminhou para a vitrola automática. Leu a lista de músicas, depois enfiou uma moeda e pressionou o botão. Quando ela saiu do bar, a sala encheu-se com o som macio do *blues* de Champion Jack Dupree:

Acordei essa manhã, descobri que meu bem partiu
Acordei essa manhã, descobri que meu bem partiu
Bem, ela me escreveu uma carta,
dizendo um dia voltarei para casa.

Os olhos de Domostroy voltaram para o aparelho de TV sobre o bar, seu som ainda desligado por causa da vitrola. Viu o apresentador fazer sinais e apontar para uma cortina no palco. A platéia aplaudiu e Donna entrou, tudo em movimentos silenciosos. Uma vez mais, olhando para ela à distância, como se nunca a tivesse encontrado, ele ficou consciente de sua beleza inigualável. Num longo vestido preto, seus cabelos presos numa coroa, ela poderia ser uma estrela de Hollywood num cenário de filme. Domostroy observou-a sentar-se para conversar com o anfitrião, um amável californiano de boa aparência que era também músico amador, e que ocasionalmente tocava piano para distrair seus espectadores. Embora nenhum som saísse do aparelho de TV, Domostroy poderia afirmar que ela estava falando sobre sua vitória em Varsóvia e seus planos para o futuro.

Mesmo antes dela voltar, Domostroy havia assistido trechos do concurso pela televisão, incluindo tomadas da sua assombrosa vitória, e lera inúmeros relatos de jornais a respeito. Em contraste com o frio comportamento dos outros competidores, e a aura de severidade que permeou a sala do concurso, Donna, desde sua primeira aparição no palco, estivera inteiramente à vontade, mais inspirada e mais flexível do que qualquer outro pianista, mas também a mais perfeita e segura como artista; e dos seus dedos emergira uma música que era tão carregada de emoção e vigor quanto ela.

Desde o começo Donna havia dominado o piano, a platéia e os juízes com a surpreendente dinâmica de seu andamento, seu conhecimento e controle das partituras, e sua rara habilidade para transmitir seus sentimentos impetuosos e diretamente aos ouvintes.

Havia assistido e ouvido Donna tocar o *Sexto Estudo de Chopin em Dó Sustenido Menor*, uma das maiores e mais nostálgicas obras de Chopin, mas também o mais longo, mais complexo, talvez o mais difícil *cantabile* para a mão esquerda que já foi escrito. Em suas mãos, os dois temas melódicos do estudo, duas vozes — o masculino impulsivo, o feminino nobre —, haviam sido brilhantemente diferenciados, tão relutantes para se fundirem quanto para se separarem, passional em suas notas remotas, quieta nos calmos interlúdios, depois culminando com precisão clássica na imensa amplitude do tema dominante. Enquanto a ouvia relembrou quando ela tocara esse estudo e ele recitara as palavras de advertência de Chopin: "O objetivo não é tocar tudo com um mesmo tom. A qualidade de uma técnica desenvolvida é combinar uma variedade de matizes."

Em Varsóvia, Donna não esquecera suas aulas no Old Glory. Ele vira como ela ficara controlada quando os votos do júri foram computados e ela foi declarada vencedora, e quão graciosa e digna permaneceu ao receber o prêmio. Ele admirara o tato e a sabedoria de seu curto discurso e ficara profundamente emocionado por sua breve menção ao Zal: uma qualidade que sentia ter partilhado, através da música de Chopin, com todas as pessoas da Polônia. Vira e lera sobre a recepção a ela oferecida pelo *premier* polonês no Zelazowa Wola, o local de nascimento do compositor, e sobre o concerto ao ar livre que dera nos estaleiros de Gdansk, para o Solidariedade, o maior sindicato do país, onde fora rodeada por milhares de operários, homens e mulheres, que a aplaudiram como se tivesse saído de suas próprias fileiras para ganhar o cobiçado prêmio.

Depois ele fora encontrá-la no aeroporto, no meio da incrível confusão que a mídia preparou para sua chegada, e a conduzira de carro, cansada mas excitada com a viagem, direto para o Edifício RCA, para gravar o programa que agora estava assistindo.

O apresentador fez um gesto convidativo; Donna ergueu-se e as câmeras a seguiram quando caminhou para o centro do palco e sentou-se ao piano de cauda. Enquanto tocava, os ângulos da câmera se alternavam: havia imagens de suas mãos sobre o teclado, *closes* do rosto dela, planos gerais de seu corpo, e *closes* de seus pés sobre os pedais.

Enquanto assistia Donna tocar na TV, seus calmos e estudados movimentos e sua pose perfeita, pensou no outro lado dela que conhecia. Relembrou-a como sua amante, que todo dia depois de estudar piano corria para ele, suas faces ruborizadas, tirando as roupas com um gemido nos lábios, depois ajudando-o a se despir, atirando no chão os travesseiros e a coberta da cama, empurrando-o para a cama, suas mãos e boca sobre ele, torcendo, espremendo e esticando, até que ele a deitava como um bebê com febre, e incitado pelos dentes cerrados, as pernas agitadas, o tremor de suas mãos, seus súbitos gritos, seus cabelos em desordem, o olhar de seus olhos, ele a penetrava com toda a força, seus sentimentos fluindo dentro dela vindos do centro de uma *persona* que já não parecia ele próprio, vindos de um eu arcaico, um eu sem nome, cuja existência ele conhecia mas não podia identificar. Recordava-se dela como num transe sensual, enrolada em volta dele, agarrada aos seus ombros e coxas como se cada centímetro de espaço entre eles pudesse criar um abismo intransponível. Depois, os lábios e a língua dela procuravam a boca dele, e ela gritava a cada movimento que fazia. Depois, recuando num orgasmo, voltava para ele num ímpeto, implorando por mais, ensopada de suor, gotejante; agarrava-o só para se desvencilhar, quase brutalmente, e depois, mordendo a própria língua, seus olhos abaixados, os punhos cerrados, ela o golpeava várias vezes sobre o rosto e o peito até que, para se defender, ele a prendia, os braços sobre ela, os joelhos sobre seus ombros. Ela parava um instante, e depois, implorando, agarrando os quadris dele, rastejava por baixo das pernas dele e enterrava a cabeça entre sua coxas. Em seu clímax, gritando e chorando, seu orgasmo atravessando-a como relâmpago, ela se esticava sobre ele, sua respiração desigual, seus lábios secos; ela não permitia que saísse de dentro dela e se agarrava a ele, tremendo, recusando parar, urgindo que se movesse para fora e para dentro dela, para restaurar a tensão que sentia escapar, para prolongar o desafogo que já estava diminuindo.

Na tela da televisão, Donna terminou a curta peça, inclinou-se graciosamente para a platéia e depois voltou a conversar com o anfitrião. Era a última convidada, e no final do *show* os dois se levantaram e acenaram para a platéia, a muda imagem deles rapidamente apagada por um comercial de cerveja. Domostroy terminou seu cuba-libre, cedeu seu lugar a um freguês de pé, e afastou-se do bar.

Na mesa de bilhar, dois profissionais discutiam sobre um detalhe técnico. Numa cabine telefônica, uma mulher de meia-idade bêbada, gritando incoerentemente no fone, percebeu o olhar curioso de Domostroy e, furiosa, fechou a porta da cabine com um chute. Ao lado da mesa de bilhar três jovens, apaticamente, lutavam a guerra nas estrelas na tela de um jogo eletrônico computadorizado e, num espaço adjacente do bar, um velho casal de negros hesitantemente dançava ao som do *rock* vindo da vitrola automática.

Era tarde demais para fazer qualquer coisa além de ir dormir, mas ele não estava com sono. A essa hora, de volta ao estúdio do Carnegie Hall, fatigada por sua apresentação na TV, Donna devia saber que ele não iria vê-la, que ela iria dormir sozinha.

Uma vez mais, pensou no bilhete que Donna lhe mandara de Varsóvia: "Se você ainda não adivinhou, eu o amo. Se estou relutante em admitir isso até para mim mesma, é porque estou insegura quanto o que represento em sua vida."

Sua decisão de não ver Donna caiu sobre ele como um manto pesado. Os horríveis eventos no Old Glory haviam manchado sua reputação; as colunas de mexericos haviam trazido de volta o passado em alusões à sua má conduta. Até sua música passara a ser atacada, sendo descrita como perniciosa, com uma tendência desagradável para a dissonância. Era óbvio que sua presença não beneficiaria a imagem pública de Donna, e por isso decidira deixá-la sozinha. Teria de ficar sozinha para ir de um sucesso a outro, como indubitavelmente iria; assim como ele, uma evidência do fracasso — que poderia um dia acontecer com ela, como com qualquer artista —, tinha que permanecer sozinho, em seu próprio refúgio.

Domostroy não tinha nada a fazer, nenhum lugar para ir. Poderia sair de carro. Ouvira falar sobre um sótão artístico no Soho, onde um grupo chamado Uma Melhor Maneira de Amar reunia-se de madrugada, mas estava chovendo, e ele tinha medo de dirigir até o centro de Manhattan com os limpadores de pára-brisa ligados, seus rápidos movimentos cronometrados fazendo-o lembrar-se de um metrônomo.

Virou-se para uma máquina de fliperama, um modelo popular chamado Mata Hari, seus avisos DE UM A QUATRO PODEM JOGAR e JOGO TERMINADO ainda acesos do jogo anterior. O painel de vidro iluminado do Mata Hari retratava uma mulher escassamente vestida, inclinada voluptuosamente sobre um sofá e entregando um documento a um cavalheiro idoso. A legenda do retrato era: "O mapa secreto, Barão!" Os olhos de Domostroy demoraram-se sobre a mulher, jovem e esbelta, as curvas de seu corpo deliciosamente macias e sensuais.

Enfiou uma moeda na abertura. Onde estava JOGO TERMINADO um segundo antes, agora começava a cintilar para ele O JOGO COMEÇA. Pressionou o botão, e a primeira bola saltou à frente do pino lançador, mas por um momento Patrick Domostroy não conseguiu decidir se jogava ou não.

Este livro foi composto na tipologia Dutch
766 em corpo 11/14 e impresso em papel
Offset 90g/m² no Sistema Cameron da
Divisão Gráfica da Distribuidora Record.